* Breisach

rororo

Ceri Radford ist stellvertretende Chefredakteurin des «Telegraph». «Das Leben ist kein Gurkensandwich» ist ihr erster Roman. Constance war ursprünglich eine Figur aus einer Website-Kolumne des «Telegraph», sie wurde so erfolgreich, dass Ceri Radford sie zur Hauptperson dieses Romans machte.

Breisach

Ceri Radford

~

Das Leben ist kein Gurkensandwich

Roman

~

Aus dem Englischen von
Bea Reiter

Rowohlt Taschenbuch Verlag

Die englische Originalausgabe erschien 2011
unter dem Titel «A Surrey State of Affairs»
bei Abacus, London.

Veröffentlicht im Rowohlt Taschenbuch Verlag,
Reinbek bei Hamburg, Januar 2013

Redaktion Friederike Ney

Umschlaggestaltung any.way,
Barbara Hanke/Cordula Schmidt
(Abbildung: Wolf-Rüdiger Marunde)
Satz ITC New Baskerville Postscript, InDesign,
bei KCS GmbH, Buchholz bei Hamburg
Druck und Bindung CPI – Clausen & Bosse, Leck
Printed in Germany
ISBN 978 3 499 25675 2

Das Leben ist kein Gurkensandwich

Dienstag, 1. Januar 2008

Heute ist Neujahr, und welcher Tag wäre besser geeignet, um etwas ganz Neues auszuprobieren? Ab sofort habe ich mein eigenes Blog, und dies ist mein erster Eintrag. Mein Sohn Rupert glaubt, dass es vielleicht überall auf der Welt gelesen wird. Das muss man sich mal vorstellen: Wenn er recht hat, würde man von Milton Keynes bis nach Mauritius verfolgen, was ich zu sagen habe. Bisher tut das eigentlich nur Darcy, mein Papagei. Er ist ein prächtiges Tier und ein großer Trost für mich, seit die Kinder aus dem Haus sind, doch seine Aufmerksamkeitsspanne hat so ihre Grenzen. Deshalb rufe ich für gewöhnlich meine Tochter, Sophie, oder Rupert an, um ein wenig zu plaudern. Mein Sohn war es übrigens, der während unseres letzten Telefonats meinte, es wäre doch viel schöner, wenn ich das Ganze nicht ihm erzählen, sondern meine Gedanken über das Internet mit ganz vielen Menschen teilen würde. Er ist ja so ein aufmerksamer Junge.

Sophie hat mir alles eingerichtet – auch sie hält das Blog für eine großartige Idee – und sich dann gleich in ihr Zimmer zurückgezogen, damit ich in Ruhe schreiben kann. Was also kann ich Ihnen erzählen? Ich könnte zum Beispiel mit gestern Abend beginnen. Ich weiß ja nicht, wie Sie zu Silvester stehen, aber ich bin dreiundfünfzig Jahre alt, und in diesem Alter gleicht eine Jahreswende der anderen. Silvester hat für mich seinen Reiz verloren.

Böller und Raketen sind eher etwas für umtriebige Teenager wie Sophie.

Meinem Mann zuliebe habe ich mir dann trotzdem einen Ruck gegeben und mir etwas einfallen lassen: ein Abendessen mit Krimispiel à la *Mord im Dunkeln.* Jeffrey ist Anwalt, und eine derartige Abendveranstaltung erfordert genau die kriminalistischen Fähigkeiten, die sein Berufsstand mit sich bringt. Jeffrey hat sich zwar nicht auf Mord, sondern auf Firmenfusionen und Übernahmen spezialisiert, aber da soll es ja durchaus Ähnlichkeiten geben. Und weil er in letzter Zeit ein wenig griesgrämig gewesen ist, war ich der Meinung, etwas Abwechslung würde ihm guttun.

Der Abend ließ sich gut an. Ich spielte die Gräfin und trug das elegante Samtkleid meiner Mutter, eine mehrreihige Perlenkette und eine Fuchsstola, die sehr schön zu meinem kastanienbraunen Pagenkopf passt. Mit seinem distinguierten Benehmen ist Jeffrey prädestiniert für die Rolle des Grafen. Sein Bruder Edward gab den Arzt und hatte sich ein Stethoskop um den Hals gehängt, meine Schwägerin Harriet war eine Nonne. Mutter spielte mit erstaunlich überzeugender Überheblichkeit eine adlige französische Exilantin, Reginald, unser Gemeindepfarrer, schlug sich wacker als Butler. Sophie hielt sich aus allem heraus und verbrachte den Abend bei einer Freundin. Gott sei Dank, kann ich da nur sagen, denn als sie das letzte Mal meine Fuchsstola zu Gesicht bekam, hat sie mit einem entsetzten Schrei reagiert.

Natalia spielte sich selbst. Ich bezweifle, dass die Erfinder des Spiels für die Rolle der Haushälterin eine muffelige Litauerin mit äußerst dürftigen Kenntnissen der gepflegten englischen Sprache im Sinn hatten, aber man muss schließlich mit dem arbeiten, was man hat. Ich muss ihr zugutehalten, dass sie Jeffrey immer sehr fleißig Wein nachgeschenkt hat, aber die Gute sollte sich wirklich ein paar robustere Knöpfe für den Ausschnitt ihrer Bluse besorgen. Vielleicht hätte ich ihr zu Weihnachten statt der extravaganten Ohrringe aus Straußenfedern, die Jeffrey mir vor sieben Jahren geschenkt hat, lieber angemessene Oberbekleidung kaufen sollen.

Nach dem Essen ging ich im Salon auf und ab, wie es die Spielregeln vorsahen, während die anderen Mitwirkenden sich im Haus verteilten. Dann erlosch das Licht. Nur ein Keuchen, ein männliches Keuchen, war zu hören, bis unmittelbar darauf das schrille, theatralische Kreischen meiner Schwägerin Harriet das Haus erfüllte. Die Nonne war tot.

Die darauffolgenden Ermittlungen waren ein Heidenspaß. Obwohl es nur ein Spiel war, wurde Reginald ständig rot, wenn er jemanden verdächtigen musste, und ehe der Fall gelöst war, erstand die Leiche von den Toten auf und verlangte ein Glas Portwein. Jeffrey war so scharfsinnig, Natalia als niederträchtige Täterin zu überführen, obwohl sie sich die ganze Zeit über völlig teilnahmslos gegeben hatte. Er denkt eben wie ein Anwalt. Mutter schlug ihm aus Anerkennung so kräftig auf den Rücken, dass er sich fast an seinem Brandy verschluckt hätte. Um Mitternacht stießen wir mit Champagner an, und die Stimmung wurde recht ausgelassen. Harriet riss sich den Nonnenschleier vom Kopf, und Reginald wagte ein Tänzchen und sah dabei aus wie eine angeschossene Krähe. Dieser Anblick brachte sogar Mutter zum Lächeln.

Der Abend war ein voller Erfolg, aber als ich später zu Bett ging, das erste Mal in diesem neuen Jahr, bekam ich das eigenartige Keuchen nicht aus dem Kopf, das ich kurz vor dem «Mord» gehört hatte. Es lag mir noch in den Ohren, lange nachdem *Auld Lang Syne*, das wir wie immer um Mitternacht gesungen hatten, verklungen war.

Mittwoch, 2. Januar

Bitte verzeihen Sie, dass ich gestern einfach so drauflosgequasselt habe. Ich weiß nicht, was in mich gefahren ist. Auf diesem neuen Laptop sind meine Finger einfach so über die Tasten geflogen. Ich habe mich ja noch nicht einmal vorgestellt.

Mein Name ist Constance Harding. Ich bin mit Jeffrey Harding verheiratet, Seniorpartner bei *Alpha & Omega*, und die Mutter von Rupert, einem fünfundzwanzigjährigen IT-Berater; außerdem habe ich eine achtzehnjährige Tochter, Sophie, der momentan ein wenig die Orientierung fehlt. Sie absolviert ein freiwilliges ökologisches Jahr und wird bald wieder zu ihrem Projekt nach Frankreich zurückkehren, wo sie in einer Öko-Hotelanlage wohnt und das Stichlingsvorkommen in der Ardèche dokumentiert.

Ich sitze gerade im Salon auf meinem Lieblingsmöbel, einem mit cremefarbenem Stoff bezogenen Regency-Stuhl, und schreibe diesen Blog-Eintrag auf meinem nigelnagelneuen Computer. Jeffrey hat ihn mir zu Weihnachten geschenkt, und mein zuvorkommender Sohn hat ihn mit der nötigen «Software» ausgestattet. Während ich tippe, versuche ich, einen kleinen, hartnäckig haftenden Aufkleber mit dem Schriftzug *Alpha & Omega* abzupulen. Den hat Jeffrey wohl in einem Moment der Zerstreutheit an meinem Geschenk angebracht; seine Firma bedeutet ihm wirklich alles.

Wir wohnen am Rand eines hübschen Dorfes in Surrey, in einem großzügigen Haus im gregorianischen Stil mit fünf Schlafzimmern. Unsere Gemeinde hat einen kleinen Park, ein Pub namens The Plucked Pheasant, eine Kirche namens St. Mary's, einen Blumenladen, ein Restaurant und ein Postamt. Ein typisches englisches Dorf also – bis auf die Teestube, die bedauerlicherweise zu einem chromblitzenden pseudoitalienischen Café umgebaut wurde, in dem statt Tee und Scones nun Latte macchiato und Biscotti serviert werden.

Das soll fürs Erste genügen. Noch mehr Details über meinen Wohnort werde ich mir nicht entlocken lassen, sonst fallen hier am Ende noch Horden randalierender Internetbenutzer ein, die meine Schneeglöckchen zertrampeln, die Terrassentüren einschlagen und meine Kerzenständer stehlen. Das ist alles schon mal vorgekommen. Gerade neulich hat der *Daily Telegraph* einen großen Artikel über diese Vandalen gebracht.

Donnerstag, 3. Januar

Jeffrey hat sich heute Morgen irgendwie merkwürdig benommen. Er nimmt jeden Tag um 7.22 Uhr den Zug nach London, und als er heute das Haus verließ, gab er mir nur einen hastigen Abschiedskuss und eilte wortlos davon. Zurück blieben zwei mit Marmelade bestrichene Toastränder und eine halbvolle Tasse mit lauwarmem Earl Grey. Und ich.

Vielleicht fällt es ihm nach den Weihnachtsferien schwer, wieder zur Arbeit zu gehen, oder es bedrückt ihn, dass Sophie bald wieder nach Frankreich abreist. Oder er ärgert sich genau wie ich über Natalia, die von Tag zu Tag schlampiger wird. Obwohl ich sie schon mehrmals dafür gerügt habe, hängt sie ihre Unterwäsche zum Trocknen immer in Jeffreys Arbeitszimmer auf die Heizung. Unordnung im Haus, Unordnung im Kopf, sage ich immer. Kein Wunder, dass er vorhin so zerstreut wirkte. Zu allem Übel ist besagte Unterbekleidung auch noch aus diesem ordinären schwarzen Polyestermaterial. Ich hoffe nur, dass es nicht schmilzt und die Heizung verfärbt, die habe ich nämlich erst letzten Herbst neu lackieren lassen. Ich werde ein ernstes Wörtchen mit ihr reden müssen, wieder einmal.

Nachdem Jeffrey also weg war, räumte ich das Geschirr auf die Seite, das Natalia abwaschen sollte, goss mir eine Tasse Kaffee ein und setzte mich in den Wintergarten, um eine Zeitschrift zu lesen. Ich bin nicht der Typ, der zu Müßiggang neigt, aber ich finde, hin und wieder sollte man sich die kleinen Annehmlichkeiten des Lebens nicht versagen.

Gerade hatte ich einen interessanten Artikel zu Ende gelesen, in dem es darum ging, dass geblümte Tapeten wieder in Mode kommen – was ich sehr begrüße –, da stieß ich bei den Kleinanzeigen auf ein Inserat, das mich zutiefst erschütterte. Die Annonce war mit «Verbotene Liebschaften» übertitelt, und genau dazu lud sie auch ein.

«Bekommen Sie in Ihrer Ehe nicht die Leidenschaft, nach der Sie sich sehnen?», las ich. Und dann war die Rede von einer «kostenlosen Premium-Mitgliedschaft für Frauen» und von «absoluter Diskretion».

Verstehen Sie mich bitte nicht falsch, heutzutage ist es bestimmt nicht mehr nötig, Ehebrecher auspeitschen zu lassen. Aber mit unserer Gesellschaft stimmt doch etwas nicht, wenn jemand, der unverblümt zu ehelicher Untreue auffordert, in einer Zeitschrift für anständige Frauen inserieren kann.

Schon beim Lesen wurde mir fast schlecht. Aber gleichzeitig war ich auch dankbar dafür, dass Jeffrey und ich so eine stabile und erfüllte Ehe führen.

Freitag, 4. Januar

Jedes Jahr das Gleiche. Kaum ist der Weihnachtsbaum abgeschmückt, haben sämtliche Illustrierte nur noch ein Thema: wie wir die Pfunde wieder loswerden, die wir uns angefuttert haben, indem wir über die Feiertage die Rezepte aus denselben Illustrierten nachgekocht haben. Die Zeitung von heute enthielt eine Sonderseite über Diäten. Die Überschrift lautete: «Neues Jahr, neue Figur», und als *das* Wundermittel zum Abnehmen wurde Kohlsuppe empfohlen.

Ich finde die Einstellung zur Ernährung heutzutage ja höchst bedenklich. An einem Tag dreht sich alles um üppige Torten mit belgischer Schokolade und Panna cotta, am nächsten ist «Entgiftung» mit heißem Wasser und Kohlepulver angesagt. Alles Unsinn, sage ich. Frauen meiner

Generation kennen die simple Wahrheit: Wer abnehmen will, muss weniger essen und sich mehr bewegen. Ich bin vielleicht nicht mehr so rank und schlank wie bei meiner Hochzeit, aber Gott sei Dank hat meine Figur nach wie vor mehr Ähnlichkeit mit einer Sanduhr als mit einer Birne. Jeffrey hat also keinen Grund zur Klage. Ich hoffe nur, dass Sophie sich nicht von diesem Mumpitz verrückt machen lässt. Sie ist gertenschlank – in ihrem Alter war ich das auch – und hat es gar nicht nötig, abzunehmen. Aber als Teenager ist man eben noch leicht zu beeinflussen.

Vorhin war sie auf dem Sofa in eine Zeitschrift vertieft, die ziemlich nach Schund aussah. Ich begann ein Gespräch, weil ich ihr erklären wollte, wie wichtig es ist, sich eine gesunde Einstellung zum eigenen Körper zu bewahren. Gerade als ich angefangen hatte, über die Vorzüge regelmäßiger leichter Körperertüchtigung wie zum Beispiel flotte Spaziergänge oder Gartenarbeit zu sprechen, verdrehte sie die Augen gen Himmel, steckte sich einen Mince Pie in den Mund und schaltete den Fernseher ein.

Noch neun Tage, dann ist sie wieder in Frankreich.

Samstag, 5. Januar

Dieses Blog verleitet mich offenbar dazu, mehr zu sagen, als ich eigentlich will. Ich möchte nicht, dass Sie den Eindruck gewinnen, ich würde die Tage bis zur Abreise meiner Tochter zählen. Und ich möchte ebenso wenig, dass sie das hier liest und zu dem gleichen Schluss kommt, deshalb habe ich vorsichtshalber den Namen meines Blogs geändert («Silberglöckchen» klingt hübsch, aber auch anonym). Ich werde Sophie schrecklich vermissen, das müssen Sie mir glauben. Wenn sie nicht hier ist, vergehen die Tage langsamer, die Uhren ticken lauter, Natalias angebranntes Omelett beleidigt meinen Gaumen, und ich gehe in der Diele auf und ab und warte, dass Jeffrey wieder nach Hause kommt. Doch wie jede Mutter weiß, liegen im Umgang mit Teenagern Glück und Leid häufig dicht beieinander. Ich kann nur hoffen, dass sie durch die Erfahrung, ein Jahr mit dem Zählen von Stichlingen zu verbringen, an Geduld und an Reife gewinnt, Zeit wäre es jedenfalls. Und dass, falls sie einmal einen netten jungen Mann kennenlernen sollte, er nicht das Weite sucht, wenn er sie in ihren Gummistiefeln sieht.

Sonntag, 6. Januar

Heute wurde das übliche Sonntagsprogramm absolviert: Gottesdienst und ein Besuch bei Mutter in ihrem Seniorenheim, das den schönen Namen «Die Eiche» trägt. Ich vermute, der Name soll das Bild eines starken Baumes heraufbeschwören, dessen Blätter sich womöglich noch in einer sanften Brise wiegen, aber leider sprüht irgendein verkommenes Subjekt immer wieder ein *L* dazu.

Der größte Teil des Tages war von den moralistisch durchtränkten Monologen geprägt, die Reginald als Pfarrer von Berufs wegen und Mutter als Hobby von sich gibt. Allerdings gehen beide unterschiedlich ans Werk: Immer wenn der liebe Reginald das Wort ergreift, setzt er eine schmerzverzerrte Miene auf, als hätte ihm jemand eine der Reißzwecken vom Schwarzen Brett der Kirchengemeinde in seine Amtskleidung gesteckt. Dann versucht er, seine Zuhörer so schnell wie möglich in ein Gespräch zu verwickeln, um zu erfahren, was sie bewegt. Heute wollte er zum Beispiel von jedem einzelnen Kirchenbesucher wissen, wie man seinen Glauben dieses Jahr festigen wolle. Es gelang mir gerade noch rechtzeitig, Jeffrey durch einen kräftigen Stoß mit dem Ellbogen zu wecken, bevor er an der Reihe war.

Mutter teilt Reginalds Interesse an der Meinung anderer nicht. Wenn sie spricht, duldet sie keine Unterbrechung, und jeder, der es dennoch wagt, wird mit einem so eisigen Blick bedacht, dass er künftig für immer schweigen möchte. Meine erste Frage an sie – nämlich wie ich Natalia davon abbringen könne, ihre Unterwäsche auf den Heizkörpern zu trocknen – löste einen umfassenden Diskurs aus: über die Rolle von Bediensteten, den Zerfall der Sitten, den Niedergang von Hüfthaltern, die enorme Bedeutung von klaren Hierarchien, das britische Empire und das Strafgesetzbuch. Das Ganze gipfelte in der Empfehlung, Natalia zwei Tage in die Speisekammer zu sperren. Eine verlockende Vorstellung, doch Jeffrey meint, so etwas sei ein Verstoß gegen das neuzeitliche Arbeitsrecht.

Montag, 7. Januar

Heute war ich mit Sophie in London shoppen. Ich wollte ihr ein paar warme, praktische, aber dennoch elegante Sachen für den Winter kaufen, der in Südfrankreich dieses Jahr recht kühl ist, Treibhauseffekt hin oder her. Außerdem hatte ich gehofft, dass sie nach einem Tag in der

Stadt vielleicht empfänglicher für ein paar gutgemeinte Ratschläge sein würde. Nur deshalb brachte ich das größte Opfer, das einer Mutter möglich ist: Ich setzte mich sowohl der Londoner U-Bahn als auch dem Winterschlussverkauf aus.

Unser kleiner Ausflug fing nicht gerade vielversprechend an. Kaum saßen wir im Zug nach London, rammte sich Sophie die Stöpsel ihres pinkfarbenen iPods in die Ohren, den sie unbedingt zu Weihnachten hatte haben wollen. Ein Gespräch war damit unmöglich. Hätte ich mich doch bloß nicht von ihrem Hungerstreik beeindrucken lassen und ihr dieses vermaledeite Ding nicht gekauft.

Als wir im Anschluss nach einer Fahrt mit der U-Bahn schließlich das Stadtzentrum erreicht hatten, glaubte ich die üblen Ausdünstungen der Menschenmenge nie wieder aus der Nase zu bekommen. Sofort wollte ich den sicheren Hafen von John Lewis ansteuern, aber Sophie wollte lieber zu H & M, wo es nicht wie in einem normalen Geschäft zugeht, sondern aussieht, als würde man in einem heruntergekommenen Bordell einen Trödelmarkt veranstalten. Wir gingen zu H & M.

Mittags entspann sich ein ähnlicher Konflikt. Ich wollte in das Café des Victoria and Albert Museum, wo es ganz ausgezeichnete belegte Sandwiches und Scones gibt, Sophie in eine auf orientalisch gemachte Turnhalle namens Wagamama. Wieder gab ich nach, in der Hoffnung, dass sich dadurch die richtige Stimmung für ein nettes Mutter-Tochter-Gespräch ergeben würde, doch der Geräuschpegel erstickte jede Unterhaltung im Keim. Ich murmelte in meine missratenen Asia-Nudeln, dass man jungen Männern, die keine Manschettenknöpfe besitzen, auf keinen Fall über den Weg trauen sollte. Dann verlangte ich Besteck.

Auch nach dem Mittagessen wurde es nicht besser. Mein Angebot, ihr ein Paar Pumps zu kaufen, wurde brüsk zurückgewiesen. Mein Angebot, ihr eine Kaschmirstrickjacke zu kaufen, wurde ebenfalls brüsk zurückgewiesen. Das einzige Kleidungsstück, das unser beider Geschmack traf, war ein Paar Wollhandschuhe, die ich «praktisch», Sophie dagegen «voll retro» fand.

Um vier Uhr nachmittags gestand ich mir schließlich ein, dass der Tag nicht von Erfolg gekrönt war. Ich ging mit Sophie zurück in Richtung U-Bahn und bemühte mich, einen möglichst großen Bogen um einen langhaarigen Bettler zu machen, der an der Straßenecke herumlungerte. Zu meinem Entsetzen schob Sophie mich zur Seite und warf sich diesem Simulanten an den dürren, braungebrannten Hals. Wie sich herausstellte, handelte es sich bei dem jungen Mann um Nicholas, den älteren Bruder ihrer Schulfreundin Jessica. Er ist ein entfernter Cousin von Lady Zara Philips.

Wann hat die britische Oberklasse eigentlich verlernt, sich anständig zu kleiden?

Dienstag, 8. Januar

Ein Zirkus gastiert im Dorf. Zuerst sind mir nur die grellen Plakate in Pink und Gelb aufgefallen, aber dann waren auch die Wohnwagen auf unserer schönen Dorfwiese nicht mehr zu übersehen, leider. Jeffrey muss unbedingt darauf achten, dass unsere Wertsachen sicher unter Verschluss sind. Früher, als ich klein war, stand der Zirkus für Zuckerwatte, Löwen und Clowns. Heute steht er für Letten in Leggings und einen drastischen Anstieg der lokalen Kriminalität.

«Zigeuner», zischte mir Miss Hughes beim Zeitungskiosk zu. «Denen kann man nicht trauen.» Ich verschränkte die Arme vor der Brust und schüttelte den Kopf. So etwas kann man doch nicht sagen, nicht in der heutigen Zeit. Es ist schließlich ein Unterschied, ob man Zigeunern im Allgemeinen oder lettischen Zirkuskünstlern im Speziellen misstraut, denn bei Letzteren handelt es sich nicht um eine ethnische Gruppe. Miss Hughes' Ansichten könnte man jedenfalls schon fast als Vorurteile bezeichnen. «Das können Sie doch nicht einfach so verallgemeinern», sagte ich zu ihr. «Nicht jeder Ausländer entspricht dem Klischee.» Ich lächelte Mr Rasheed an, den Zeitungshändler, doch er bemerkte es gar nicht – er war zu sehr darauf konzentriert, die vielen kleinen Kupfermünzen zu zählen, mit denen Miss Hughes bezahlt hatte.

Jedenfalls hat Sophie sich eine Zirkusvorstellung angesehen, trotz meines gutgemeinten Rates, dass ihre Zeit sinnvoller genutzt wäre, wenn sie Französisch üben oder ihren abblätternden Nagellack erneuern würde.

Mittwoch, 9. Januar

Gestern Abend fand die erste Probe der Wechselläuter in diesem Jahr statt. Einmal die Woche kommt eine Gruppe Gleichgesinnter in der Kirche zusammen, um sich in kunstvollen Variationen des Glockenläutens zu üben. Zum Glück waren weder die Glocken noch wir Glöckner über die Weihnachtsfeiertage eingerostet. Alle waren da – Pfarrer Reginald, Daphne, die Vorsteherin des Postamts, Miss Hughes, Gerald, der Geschichtslehrer, und seine Frau Rosemary –, und alles war ganz genauso wie immer. Bis auf Rosemary. Sie hatte Lippenstift aufgelegt, knallroten Lippenstift. Die lockigen braunen Haare hatte sie zu einem hohen Pferdeschwanz zusammengebunden, wodurch sie ein bisschen wie ein schmuddeliger Pudel aussah. Ihre Augen strahlten, die Wangen waren gerötet. Statt ihrer üblichen orthopädischen Sandalen trug sie Schuhe mit Absätzen.

Als Rosemary während unserer Teepause auf die Toilette verschwand, äußerte ich Miss Hughes gegenüber die Vermutung, dass sie zum Jahreswechsel vielleicht in einer Illustrierten einen Artikel zum Thema «Neues Jahr, neuer Look» gelesen habe. Aber Miss Hughes meinte, das seien bloß die Wechseljahre.

Donnerstag, 10. Januar

Heute Morgen kam Reginald auf eine Tasse Tee vorbei. Er macht sich Sorgen um seinen Sohn David, einen blassen Neunzehnjährigen, der den Transporter der Wanderbücherei fährt. Der arme Reginald hat seinen Sohn sehr liberal erzogen und ihm immer wieder erklärt, wie wichtig Toleranz und Offenheit sind. Was zur Folge hatte, dass David zur Kabbala konvertiert ist, einer dubiosen Sekte, die eine große Anhängerschaft unter berühmten Fitnessfanatikern wie zum Beispiel Madonna haben soll. Offenbar ist das auch die Erklärung dafür, dass David neuerdings ein rotes Armband trägt. Als ich ihn das letzte Mal damit sah, dachte ich, er wäre im Hallenbad gewesen.

Reginald starrte nachdenklich auf seinen Pfefferminztee und bat mich mit einem leichten Zittern in seiner sanften Stimme um Rat. Ich schlug vor, David entweder eine Freundin zu suchen oder ihn als Freiwilligen bei der britischen Armee anzumelden. In beiden Fällen hätte er zu wenig Freizeit, um sich weiterhin seinen fragwürdigen religiösen Eskapaden hinzugeben. Reginald wandte ein, dass sein Sohn Pazifist sei, und wir verstummten beide.

Dann hatte ich eine Eingebung: Sophie! Abgesehen von seinen etwas exzentrischen religiösen Ansichten ist David ein anständiger junger Mann, der ältere Menschen mit Respekt behandelt und saubere Fingernägel hat. Vielleicht hat er ja einen positiven Einfluss auf Sophie. Gut, sie geht am Sonntag wieder in die Ardèche, aber sie könnten doch Brieffreunde werden. Ich finde ja, dass es etwas äußerst Romantisches an sich hat, wenn man einem lieben Bekannten in der Ferne schreibt, wenn man sich nach jemandem jenseits des Meeres sehnt, und außerdem würden sich dadurch vielleicht ihre Grammatikkenntnisse verbessern.

Freitag, 11. Januar

Reginald und David sind gerade gegangen, Letzterer eher gehinkt. Sophie hat sich empört in ihrem Zimmer eingeschlossen. Sie merken es schon, es ist nicht ganz so gelaufen wie geplant.

Dem armen Reginald zuliebe zog ich alle Register. Ich platzierte Vater und Sohn strategisch günstig im Salon. Dass Natalia ihnen Tee in den Schoß kippte, überraschte mich kein bisschen, aber sobald die Hosen der beiden wieder einigermaßen trocken waren, ging ich nach oben, um Sophie zu holen. Ich sagte ihr, dass David zu Besuch sei, ein charmanter, intelligenter und einfühlsamer junger Mann. Sie fragte, ob ich «diesen zurückgebliebenen Vollidioten mit den schwulen Haaren» meinte. Das fing ja gut an.

Mit der Aussicht auf ein Stück meines Madeira-Kuchens konnte ich sie schließlich doch nach unten locken. Da ich die übrigen Stühle wohlweislich in der Küche untergebracht hatte, musste sie sich auf den einzigen freien Platz, neben David auf das Sofa, setzen. Beim Anblick meiner Tochter – die aus unerfindlichen Gründen ein Tutu und Leggings trug – bekam Davids blasses Gesicht Farbe, und um ein Haar hätte er vor Freude mit seinen abstehenden Ohren gewackelt. Wenn er sich den zarten Flaum auf der Oberlippe abrasieren würde, würde er einen ganz passablen Schwiegersohn abgeben.

Reginald und ich begannen nun, munter miteinander zu plaudern, und erwähnten dabei auch beiläufig Davids berufliche Erfolge, unter anderem die Urkunde, die ihm von der Gemeindeverwaltung für seine Verdienste um die Wanderbücherei ausgestellt worden war. Sophie starrte die ganze Zeit auf einen kleinen Fleck an der Wand. Vermutlich fiel ihr gerade auf, wie schlampig Natalia putzt.

Schließlich brach Sophie ihr Schweigen und fragte, was es mit Davids Armband auf sich habe. Er antwortete mit einer langatmigen, aber leidenschaftlichen Lobeshymne auf die Kabbala, die in dem Vorschlag gipfelte, sich der Sekte auf der Stelle anzuschließen. Sophie starrte ihn entgeistert an. David hielt ihre Verwirrung wohl für ein Ja, denn plötzlich nahm er ihre kleine, zarte Hand in seine große Pratze und zog ein rotes Armband aus der Hosentasche. Sophie sprang auf und trat ihm vors Schienbein. Mein Gott, war mir das peinlich. Wenn sie schon gewalttätig werden musste, hätte sie sich doch wenigstens wie eine Dame benehmen und ihm eine Ohrfeige geben können.

Samstag, 12. Januar

Als Reginald heute anrief, um sich zu entschuldigen, sagte ich ihm, dass dafür keinerlei Anlass bestehe, er sei ja schließlich nicht für den Fauxpas seines Sohnes verantwortlich. Wenn man uns für alles verantwortlich machen würde, was unsere Kinder anstellen, würde ich mich gar nicht mehr aus dem Haus trauen.

Wenn sich jemand entschuldigen sollte, dann Sophie. Ich klopfte an ihre Tür, um es ihr ans Herz zu legen, und wurde mit einem wenig einladenden «Ja, komm halt rein» begrüßt. Da sie morgen abreist, hatte ich erwartet, ihre Sachen bereits in ordentlichen Stapeln vorzufinden, die nur noch eingepackt werden mussten. Stattdessen sah es aus, als hätte eine Bombe eingeschlagen: Das ungemachte Bett und der schmutzige Teppichboden waren mit Kleidung und Wäsche übersät, umgekippte Nagellackfläschchen hatten Zeitschriften verklebt, und zwischen heruntergebrannten Kerzen gammelten die Verpackungen von Schokoladenriegeln neben Gel-Tuben und Cremetöpfchen vor sich hin. Sophie drängt zwar jedem ungefragt ihre «Rettet die Erde»-Parolen auf, ich sah aber mehrere Einkaufstüten mit neuen, noch ungetragenen Kleidungsstücken von Topshop und Primark, die bestimmt alle von Kindern in ausbeuterischen Betrieben zwischen Indien und Kambodscha hergestellt und dann durch die halbe Welt verschifft werden. Und sehr zu meinem Verdruss fiel mein Blick auf eines meiner Seidennachthemden, das an einer Seite aufgeschlitzt und mit einer Reihe großer Sicherheitsnadeln wieder zusammengesetzt worden war. Ich deutete stumm auf das Nachthemd, und Sophie antwortete ungerührt, das Kleid sei neu, sie sei sich nur noch nicht sicher, ob ihr die Farbe stehe. Das setzte dem Ganzen die Krone auf. Es ist doch allgemein bekannt, dass Pfirsichrosa dem Teint schmeichelt.

Angesichts dieser chaotischen Verhältnisse hatte es wohl wenig Sinn, ihr eine Entschuldigung wegen David abzuringen. Ich werde Natalia sagen, dass sie das Zimmer am Montag gründlich sauber machen soll. Bei jeder Gelegenheit macht sie es sich auf dem Ledersofa in Jeffreys Arbeitszimmer bequem, da wird ihr etwas Bewegung guttun. Noch ist sie zwar schlank, aber Osteuropäerinnen haben ja die Veranlagung, mir nichts, dir nichts einen Hintern wie ein Brauereipferd zu bekommen.

Sonntag, 13. Januar

Nun ist Sophie abgereist. Jeffrey und ich haben sie heute Nachmittag zum Flughafen gebracht. Wir standen in Gatwick vor Terminal 1, der Wind peitschte uns ins Gesicht. Ich umarmte sie, und Jeffrey tätschelte ihr den Rücken. Sie fühlte sich so dünn und zerbrechlich in meinen Armen an. Einen Augenblick lang dachte ich, sie würde weinen, doch als ich sie trösten wollte, behauptete sie, der Wind habe ihr die Haare in die Augen geweht. Sie fluchte ganz entsetzlich, zog ihren viel zu vollen Rollkoffer hinter sich her und verschwand.

Wieder zu Hause, versuchte ich mich durch einen kleinen Plausch mit Darcy abzulenken, aber ich glaube, Natalia hat ihm Litauisch beigebracht. Entweder das, oder er hat die Vogelgrippe. Jedenfalls gab er nur ein ganz merkwürdiges, krächzendes Geräusch von sich, als ich «Fischers Fritz fischt frische Fische» vorsagte. Ich rief sofort Rupert an, der meinte, solange Darcy keine anderen Symptome zeige, als komisch zu sprechen, könne man die Vogelgrippe wohl ausschließen. Ich war beruhigt und fragte ihn, was er denn heute Schönes gemacht habe. Er sagte, er habe «MP3s heruntergeladen», was mir noch weniger sagte als die Worte eines Litauisch sprechenden Papageis.

Montag, 14. Januar

Endlich habe ich mir Natalia vorgeknöpft. Ich habe genug von ihrer Lethargie, ihren kalten Suppen, ihren zusammengefallenen Soufflés, ihrem nachlässigen Staubwischen, ihrer omnipräsenten Unterwäsche. Um Sophies Zimmer wieder in einen bewohnbaren Zustand zu bringen, muss sie sich schon mehr Mühe geben. Ich setzte mich in Jeffreys Arbeitszimmer auf den Drehsessel aus Leder und rief sie herein.

Sie wirkte keinesfalls eingeschüchtert, sondern kam hereingeschlendert und lehnte sich lässig gegen die Wand. Eine Hand hatte sie in die Tasche ihrer Jeans gesteckt, die andere zupfte ständig an diesen merkwürdigen gelbbraunen Strähnen herum, die sie sich in die langen schwarzen Haare hat pinseln lassen. Ich teilte ihr mit, dass ihre Reinigungsmethoden jeder Beschreibung spotteten und dass ich umgehend eine Verbesserung erwartete, doch sie zuckte lediglich mit den Achseln und sah verwirrt aus. Ich gab ihr zu verstehen, dass sie fleißiger werden müsse, doch sie starrte mich nur an. Ich sagte ihr, dass sie damit aufhören solle, ihre Unterwäsche auf der Heizung liegen zu lassen. Wieder sah sie mich fassungslos an. Schließlich versuchte ich es mit einer Zeichnung, die ich auf die Schnelle anfertigte. Sie riss die Augen auf, und erst als ich immer wieder mit meinem Stift auf die Zeichnung einstieß, nickte sie langsam.

Ich glaube, jetzt habe ich sie so weit.

Dienstag, 15. Januar

Mein Versuch, Natalia zu disziplinieren, hat sich als völliger Fehlschlag erwiesen. Als Jeffrey gestern nach Hause kam, ging er gleich nach oben. Ich folgte ihm, weil ich ihm erzählen wollte, dass der Herd in der Küche schon wieder nicht funktionierte. Er öffnete die Tür zu seinem Arbeitszimmer, was den Blick auf Natalia freigab, die gerade putzte – in äußerst knapper schwarzer Unterwäsche, auf der kleine rote Herzen glänzten. Offenbar hat sie nicht nur mit der englischen Sprache erhebliche Schwierigkeiten, sondern auch damit, eine einfache Zeichnung zu verstehen. Jeffrey musste gleich ein Nickerchen machen, um den Schock zu verdauen. Englische Männer sind einen derartigen Anblick nicht gewohnt.

Mittwoch, 16. Januar

Ich habe schlechte Neuigkeiten von den Wechselläutern. Als ich gestern Abend um Punkt 19.30 Uhr die Tür zum Glockenturm öffnete, erwartete mich nicht nur der übliche kalte Luftzug, sondern auch Gerald, der in einer dunklen Ecke stand. Das allein war nicht ungewöhnlich; nach fünfundzwanzig Jahren als Lehrer an der örtlichen Jungenschule ist der Mann zwangsweise pünktlich wie ein Uhrwerk. Aber es war nicht seine Art, dass er mir auf mein freundliches «Guten Abend» keine Antwort gab. Als ich ihn noch einmal grüßte, sah er mit mürrischem Gesichtsausdruck durch mich hindurch. Erst dann fiel mir die Veränderung auf. Rotblonde Barthaare zogen sich wie ein exotischer Pilz über Kinn und Wangen. Das säuberlich gestärkte karierte Hemd und die blankpolierten Lederhalbschuhe, die er sonst immer trug, waren einem schmutzigen, sackartigen Pullover und ein Paar Pantoffeln gewichen. An seiner beigefarbenen Baumwollhose fehlte die Bügelkante. Unter seinen Augen lagen tiefe Schatten, und aus seinen Ohren ragten Haarbüschel.

«Oh, Gerald!», sagte ich. «Was in aller Welt ist los mit dir?»

«Rosemary», sagte er mit gebrochener Stimme. «Sie ist weg.»

«Ach, du meinst die Exkursion des Frauenvereins nach Tunbridge Wells? Mach dir keine Sorgen, sie ist ja in einer Woche wieder da. Wenn ich Natalia mit dem Haushalt allein lassen könnte, wäre ich auch mitgefahren.»

Doch Geralds Frau war nicht verreist, um sich historisch bedeutsame Bauwerke in Kent anzusehen. Rosemary, Gruppenleiterin bei den örtlichen Pfadfinderinnen, erfolgreichste Spendensammlerin der Konservativen in ganz Surrey, treu sorgende Ehefrau von Gerald und Mutter seiner beiden erwachsenen Söhne, war mit einem Trapezkünstler aus dem Zirkus, der bei uns im Dorf gastiert hatte, durchgebrannt.

Ich fasse das Ganze etwas zusammen, um die Geduld meiner Leser nicht zu strapazieren: Ich und die anderen Glöckner brauchten eine halbe Stunde, um die ganze Wahrheit aus Gerald herauszubekommen. Irgendwann musste Reginald ihn mit einem großen Schluck des Alkohols wiederbeleben, mit dem wir Rostflecken aus den Glocken entfernen. Der Arme war völlig aufgelöst, was ich ihm auch nicht verübeln kann. Keiner von uns hatte mit so etwas gerechnet, aber wenn ich jetzt so darüber nachdenke: Letztes Jahr beim Essen des Rotary Club mit anschließender Karaoke hatte Rosemary eine ausgesprochen gefühlsgeladene Version von *I want to break free* von Queen zum Besten gegeben. Um ihrer Darbietung Nachdruck zu verleihen, hatte sie sich dabei sogar ein Büschel Haare herausgerissen. Ich erzählte Miss Hughes davon, als der arme Gerald kurz das Bad aufsuchte, und sie war mit mir einer Meinung, dass wir es schon damals hätten kommen sehen müssen.

Kennen Sie zufällig eine Methode, mit der man seinen erwachsenen Sohn dazu bringt, etwas mehr aus seinem Leben zu erzählen? Geralds tragisches Schicksal hat mir zu denken gegeben, und ich grüble darüber nach, wie wenig wir doch manchmal von denen wissen, die uns nahestehen. So, wie meine Gespräche mit Rupert momentan ablaufen, bezweifle ich allerdings, dass ich jemals mehr über ihn erfahren werde. Unsere Unterhaltung gestern Abend war wieder einmal typisch. Sie lief ungefähr so ab:

«Guten Abend, Rupert. Wie geht es dir?»

«Hallo, Mum. Danke, gut.»

«Was gibt es Neues?»

«Oh, nicht viel.»

«Wie läuft es bei der Arbeit?»

«Gut.»

«Wie läuft es mit der Wohnung?»

«Gut.»

«Ziehst du dich auch warm genug an?»

«Ja.»

«Trägst du den hübschen Schal, den ich dir letztes Jahr zu Weihnachten geschenkt habe?»

«Ja.»

«Hast du deine Zimmerpflanzen schon gegossen?»

«Mum, das habe ich dir doch schon so oft gesagt – es sind Kakteen.»

Und so weiter und so fort, bis ich mich irgendwann dazu genötigt fühlte, das Gespräch in Gang zu bringen, und von Rosemary, der glockenläutenden Ehebrecherin, und Natalias nuttiger Unterwäsche erzählte.

Er ist mein Fleisch und Blut, und deshalb beunruhigt es mich manchmal, dass ich so wenig über seinen Alltag weiß. Er ist fünfundzwanzig Jahre alt, und bis jetzt hat er noch kein einziges Mal eine Freundin mit nach Hause gebracht. Den spärlichen Informationen nach zu urteilen, die er freiwillig von sich gibt, könnte er sein Geld statt als Software-Experte in Milton Keynes ebenso gut als Stepptänzer im Marsmenschkostüm verdienen.

Freitag, 18. Januar

Als ich gestern Nacht wach lag und über Ruperts Untüchtigkeit in Liebesdingen nachdachte, kam ich auf eine großartige Idee. Am liebsten hätte ich Jeffrey in die Rippen gestoßen und ihm sofort alles erzählt, aber er schnarchte gerade so friedlich, dass ich ihn nicht stören wollte. Dann erzähle ich es eben Ihnen. Passen Sie auf:

In zwei Wochen ist Ruperts sechsundzwanzigster Geburtstag. Zur Feier des Tages werde ich eine kleine Party organisieren und Mädchen einladen, so viele Mädchen, wie ich auftreiben kann. Und wenn alle versammelt sind, werde ich Rupert Geschenke überreichen, die seine Attraktivität in den Augen der Frau von heute unterstreichen. Als da wären:

Ein Rugbyball. Obwohl in allen Zeitungen über den sogenannten «metrosexuellen Mann» geschrieben wird, bin ich der Meinung, dass die meisten Mädchen immer noch auf den Typ «ruppiges Raubein» stehen.

Ein Kompass. Um das Image des Naturburschen zu unterstreichen und auf seinen Beschützerinstinkt hinzuweisen. Sollte sich ein junges Paar einmal verirren, muss der Mann vorbereitet sein.

Ein Abonnement für eine Autozeitschrift. Auch dieses Geschenk wird deutlich machen, dass ihm nichts ferner liegt als jegliche verweichlichte Metrosexualität. Schließlich hat bei einem Liberaldemokraten noch keine Frau weiche Knie bekommen.

Ein Welpe. Welche Frau kann einem jungen Mann widerstehen, der einen niedlichen Hund auf dem Arm hält? Es wird wohl etwas in Richtung Labrador werden, auf keinen Fall einer dieser gemeingefährlichen Pitbulls, die sich die Proleten halten. Wobei ich mich ja immer frage, warum man für falschen Goldschmuck überhaupt einen Wachhund braucht.

Montag, 21. Januar

Heute war ich fast erleichtert, als Jeffrey zur Arbeit ging. Dieses Wochenende hat sich alles nur um Skilaufen gedreht: Unser jährlicher Skiurlaub in St. Moritz droht. Der Trip wird jedes Jahr von Jeffreys Kanzlei organisiert, und meine Anwesenheit ist Pflicht. Ich möchte jetzt nicht den Eindruck erwecken, ich würde meine Pflichten als Ehefrau nicht ernst nehmen, aber während Jeffrey sich beim Skilaufen königlich amüsiert, ist dieser Sport für mich die reinste Qual – ein Garant, mir die Knochen zu brechen und in peinliche Situationen zu geraten.

Wie soll man sich auch wie eine Dame bewegen, wenn man in wasserdicht imprägnierte Daunenbekleidung eingepfercht ist, zwei Holzbretter an den Füßen und Stöcke in der Hand hat und noch dazu Mütze, Handschuhe, Brille, Papiertaschentücher, Sonnencreme, Lippenpflegestift, einen Snack für den Notfall, Feuchttücher und Lippenstift mit sich herumschleppt? Außerdem kann man jederzeit von einer Lawine überrollt werden. Oder von einem deutschen Snowboarder.

Am Samstag war Jeffreys Bruder Edward zum Essen da, und die beiden Männer übertrumpften sich den ganzen Abend lang gegenseitig mit Geschichten von schwarzen Pisten und verwegenen Heldentaten jenseits der Absperrungen. Meine Schwägerin Harriet, die Kummer gewohnt ist, sah mich mitleidig an, aber wir bekamen das Thema Skifahren nicht vom Tisch. Ich versuchte, das Gespräch auf meine Pläne für Ruperts Geburtstag und die steigenden Preise für heiße Schokolade in den Alpen zu lenken, aber es war alles vergebens.

Ein Gutes hat das Ganze immerhin – Sophie kommt mit. Wenn wir zehn Meter über dem Erdboden in einer Skigondel eingesperrt sind, wird es ihr nicht gelingen, einem konstruktiven Mutter-Tochter-Gespräch zu entgehen.

Dienstag, 22. Januar

Reginald kam vorhin vorbei. Ich nahm an, dass er mit mir darüber sprechen wollte, wie er Gerald vor der Probe mit den Glöcknern heute Abend am besten geistlichen Beistand leisten konnte. Doch dann stellte sich heraus, dass ihn ein Problem privater Natur bedrückte.

Als er seinen Keks in den Tee tunkte (eine lästige Angewohnheit, die ich ihm aber durchgehen ließ), erzählte er mir mit seiner dünnen, zaghaften Stimme, dass David sich von der Kabbala losgesagt habe. Ich wollte ihm schon gratulieren, doch ein Blick in seine tränenumflorten grauen Augen ließ mich schweigen. Allem Anschein nach ist David jetzt zum Islam konvertiert und versucht nun gerade, aus dem Flaum auf seinem Kinn einen Vollbart zu züchten. Er nennt sich jetzt Abdul Mohammed Ahmed Aziz und trägt ein schwarz-weiß kariertes Tuch um den Hals. Außerdem hat er Reginalds Bio-Würstchen mit Salbei und Senfsamen in den Mülleimer geworfen und bei sämtlichen spärlich bekleideten jungen Damen im *Guardian* von heute die anstößigen Stellen mit einem Filzstift geschwärzt. (An seiner Stelle hätte ich das Gleiche auch noch mit dem Text gemacht, aber das behielt ich für mich.)

Der Keks hatte sich aufgelöst, und der Tee war kalt geworden, als Reginald seine Erzählung beendet hatte, in der sich die Bedenken hinsichtlich des radikalen Eifers seines Sohnes und Lobpreisungen der hehren Geschichte des Islam in etwa die Waage hielten. Ich wusste nicht, was ich sagen sollte. So eine Situation ist mir völlig fremd. Seit ich denken kann, besucht meine Familie jeden Sonntag den Gottesdienst, aber auf Schweinefleisch verzichtet keiner von uns.

Trotzdem wollte ich dem armen Reginald natürlich helfen. Ich schlug ihm vor, David zu Ruperts Geburtstag mitzubringen. Eine schöne Party mit ein paar hübschen Mädchen und einer großen Schüssel Rumpunsch dürfte ihm die religiösen Flausen schon austreiben. Und falls nicht, kann er sich in die Ecke setzen und schmollen, das lässt dann wenigstens Rupert umso besser aussehen.

Mittwoch, 23. Januar

Gestern Abend hatten wir wieder Probe. Geralds Zustand hat sich erheblich verschlechtert. Seine Nasenhaare sind außer Kontrolle, die Pantoffeln dreckverkrustet. Wir gaben uns alle Mühe, ganz normal zu üben, doch der Arme hatte nicht einmal mehr die Kraft, seine Glocke ordentlich zu läuten. Einmal wurde er derart von seinen Gefühlen übermannt, dass er mich bat, sie kurz für ihn zu halten. Hinterher musste ich mir die Hände waschen.

Donnerstag, 24. Januar

Gute Nachrichten! Die Damen, die sich um den Blumenschmuck in unserer Kirche kümmern, haben mir ihre Unterstützung für Ruperts Geburtstag zugesagt. Pru hat mir bereits versichert, dass ihre Tochter Ruth, Grundschullehrerin und eifrige Amateur-Bühnenautorin, an besagtem Tag noch nichts vorhat, und die anderen Damen werden ähnliche Erkundigungen unter ihrer weiblichen Verwandtschaft anstellen.

Eine von ihnen hat mir sogar die Telefonnummer eines Labradorzüchters gegeben. Je länger ich darüber nachdenke, desto mehr begeistert mich dieser Teil meines Plans. Rupert war ein empfindsames, verantwortungsbewusstes Kind und hatte im Gegensatz zu Sophie nie diese Phase, in der ständig an Darcys Schwanzfedern gezogen werden musste. Daher bin ich mir sicher, dass es ein Hund gut bei ihm haben wird. Sein Vermieter wird sich schon nicht beschweren – ein wachsames Haustier ist doch ein

Gewinn für jede Immobilie. Rupert könnte den Hund ja darauf abrichten, nach Straußentauben zu schnappen, oder nach Landstreichern, die vor der Haustür herumlungern.

Freitag, 25. Januar

Heute habe ich Rupert in meine Pläne für seinen Geburtstag eingeweiht. Ich rief ihn im Büro an, weil er meine Anrufe bei sich zu Hause häufig verpasst. Es wäre etwas übertrieben, wenn ich behaupten würde, dass er begeistert war, aber nach einer halben Stunde sanfter Überredung begann er die Vorzüge meines Plans zu erkennen und war einverstanden, seine Reservierung in der Brasserie Blanc in Milton Keynes zu stornieren. Ich bot ihm an, den Freunden, die er dort zum Essen eingeladen hatte, auch eine Einladung zu seiner Party zu schicken, aber er konnte sich nicht an ihre Adressen erinnern. Wie bedauerlich, dass das Internet den jungen Leuten das Gedächtnis ruiniert.

Sonntag, 27. Januar

Jeffrey hat sich ein absolutes Unding geleistet. Für gewöhnlich ist er ein recht pflegeleichter Ehemann, bis auf die Momente, in denen er den ehelichen Frieden dadurch gefährdet, dass er beispielsweise verkündet, er habe den Seniorpartner von *Alpha & Omega* für denselben Abend bei uns zum Dinner eingeladen oder er reise in zwei Stunden spontan für ein Golfwochenende nach Marokko.

Das, was er mir heute zu sagen hatte, war noch viel

schlimmer. Er war gerade mit seinem Nachtisch fertig und griff zum *Economist.* Natalia räumte unter lautem Geklapper das Geschirr weg, und ich notierte mir noch einige organisatorische Stichworte für Ruperts Party. Da eröffnete er mir in aller Seelenruhe, dass sich für die Feier nächstes Wochenende ein weiterer Besucher angekündigt hatte: Iwan.

Liebe Leser, Sie ahnen ja nicht, welches Grauen diese Worte in mir auslösten. Iwan der Schreckliche, wie ich ihn nenne, ist Jeffreys mit Abstand vulgärster Freund: ein peinliches, unkultiviertes, aus dem Mund riechendes, gelbzahniges Rudiment aus einem höchst bedauerlichen Kapitel in der Vergangenheit meines Mannes.

Jeffrey hat Iwan an der Durham University kennengelernt, als er gerade seine kommunistische Phase hatte. Mit neunzehn war Jeffrey der Überzeugung, dass Fortschritt zu nichts gut war, was zu einer vorübergehenden Fixierung auf die Sowjetunion und in letzter Konsequenz zur Freundschaft mit Iwan, dem Sohn russischer Emigranten, führte. Und dazu, dass er Hammer und Sichel auf die Wand seines Zimmers im Studentenwohnheim malte. Als ich Jeffrey kennenlernte, hatte er gerade ein Praktikum bei *Alpha & Omega* hinter sich, war Mitglied der Jungen Konservativen und hatte das anstößige Symbol an der Wand übermalt – ich habe mir also nichts vorzuwerfen. Auch Iwan hat schon lange jegliche Sympathie für die Kommunisten hinter sich gelassen und bevorzugt inzwischen die kapitalistischen Grabenkämpfe – und die Armani-Anzüge – des Geschäftslebens. Das Einzige, was ihn noch mit seiner Vergangenheit verbindet, ist seine Weigerung, Geld in neue Zähne zu investieren.

Trotzdem werden Sie verstehen, dass der Besuch eines Mannes von Iwans Schlag nicht unbedingt gelegen kommt, besonders dann nicht, wenn man gerade an der geeigneten Kulisse bastelt, vor der sich der Sohn in eine Grundschullehrerin verlieben soll.

Montag, 28. Januar

Wir haben ein neues Familienmitglied! Mit Jeffreys Landrover habe ich Poppy zu uns geholt, ein ganz entzückendes, drei Monate altes, schwarzes Labradormädchen mit feuchter Nase und braunen Augen. Ich bin alles andere als rührselig – im Gegensatz zu Sophie fange ich nicht an zu weinen, wenn im Fernsehen *Tiere suchen ein Zuhause* läuft –, aber für Hunde habe ich eine gewisse Schwäche.

Ich bin in einem großen, alten Haus in den Cotswolds aufgewachsen, zusammen mit Collies und Pferden, und wollte schon immer einen schokoladenbraunen Labrador haben. Wenn nur Jeffreys Allergien nicht wären! Darcy ist zwar ein guter – und allergenfreier – Ersatz, aber er wird natürlich nie Sitz machen oder Stöckchen holen. Einmal hat er sich durch den Stamm eines Weihnachtsbaums genagt, aber das ist eben nicht dasselbe.

Ich muss Poppy bis Freitag verstecken. Natürlich ist mir gar nicht wohl dabei, vor dem eigenen Ehemann Geheimnisse zu haben, aber was er nicht weiß, macht ihn nicht heiß. Ich brauche nämlich nur das Wort Hund zu erwähnen, und schon geht das große Niesen und Schniefen los.

Ich bin auf Natalias Hilfe angewiesen. Ich hatte mich auf Verständigungsschwierigkeiten eingestellt, aber dieses eine Mal schien sie mir ausnahmsweise einmal nicht überfordert. Sobald sie Poppy sah, drückte sie die kleine Hündin an ihren Busen, streichelte ihr die Ohren und plapperte in ihrer merkwürdigen exotischen Sprache drauflos, während ich sie über Ruperts Party, Jeffreys Allergien und die Notwendigkeit der Geheimoperation Hund aufklärte. Ich zeigte ihr, wie man das Hundefutter abmisst und die Wasserschüssel nachfüllt. Dass Natalia bei Poppy mit solcher Begeisterung bei der Sache war, beeindruckte mich sehr. Ich werde demnächst bei Marks and Spencer vorbeifahren und ihr zur Belohnung etwas bequemere Unterwäsche kaufen. Das hebt ihre Stimmung sicher, und das könnte wiederum einen positiven Effekt auf Jeffrey haben. Sobald sie den Raum betritt, sieht er nämlich irgendwie peinlich berührt aus. Dann steht er auf und geht, und wenn sie gegangen ist, kommt er wieder. Ihre Launen sind offenbar zu viel für ihn, und ich mache mir inzwischen Sorgen, dass dieses ständige Fliehen vor Natalia dem Armen auf die Gesundheit schlagen könnte.

Dienstag, 29. Januar

Meine Nachbarin Tanya ist um die dreißig, gefühlt aber offenbar jünger, denn sie zieht sich eher wie ein Mädchen in Sophies Alter an. Im letzten Jahr haben wir uns recht gut angefreundet, und das trotz der Tatsache, dass sie Creolen trägt und darauf besteht, mich Connie zu nennen, was aus einem anderen als Jeffreys Mund ausgesprochen vulgär klingt – und selbst er benutzt diesen Spitznamen nur, wenn wir unter uns sind.

Heute Morgen kam Tanya auf einen Sprung vorbei. Sie hat viel Freizeit, und hier in der Gegend gibt es nicht viele kinderlose Frauen in ihrem Alter. Sie hat früher als Assistentin – früher hieß das Sekretärin – gearbeitet, in der Abteilung ihres Mannes Mark, der Börsenmakler ist; aber wenn Sie mich fragen, war das nur eine Beschäftigungstherapie. Sie sind in einen ziemlich protzigen Neubau im Tudor-Stil gezogen, mit einem Rasen wie ein Billardtisch und schnurgeraden Reihen aus immergrünen Heckenpflanzen. Sie kann sich also nicht einmal mit Renovieren oder Gartenarbeit beschäftigen. So bleibt ihr ausgesprochen viel Zeit, um bei mir hereinzuschneien, eine Tasse Kaffee (schwarz) zu trinken und die Schlagsahne von einem meiner Scones zu lecken («Low Carb» nennt sie dieses befremdliche Essverhalten).

Ich lud Tanya zur Party am Freitag ein, und sie sagte sofort zu und bot an, ein bisschen «Knabberkram» mitzubringen. Als ich ihr von meinen Plänen für Rupert erzählte, sah sie mich ganz sonderbar an, so als wollte sie etwas sagen, doch dann drang ein energisches Bellen aus dem Hauswirtschaftsraum. Ich beschloss, ihr Poppy vorzustellen, was sich als keine gute Idee erwies. Tanya kreischte laut auf, als Poppy wie ein Springteufel auf sie zuschoss und auf ihrer engen weißen Jeans schmutzige Pfotenabdrücke hinterließ. Ich versuchte, die Flecken mit dem Spüllappen zu entfernen, doch Natalia hatte damit wohl schon Jeffreys Orangenmarmelade vom Küchentisch gewischt, sodass ich alles nur noch schlimmer machte. Tanya machte sich dann auch sofort auf den Weg, weil sie noch nach London wollte, für «einmal St. Tropez und einmal brasilianisch». Ich sagte ihr, wenn man mit dem

Auto unterwegs ist, solle man besser nicht so viele Cocktails trinken.

Mittwoch, 30. Januar

Der arme Gerald hat sich immer noch nicht gefangen. Zur gestrigen Probe der Wechselläuter erschien er in einem geradezu erbärmlichen Zustand. Außerdem hat er jetzt offenbar auch noch eine ausgewachsene Phobie gegen Männer in Leggings entwickelt. Er erzählte uns, dass jede Nacht Trapezkünstler durch seine Albträume fliegen und dass er sich gestern Morgen eine halbe Stunde lang nicht aus dem Haus traute, bis er ganz sicher war, dass eine Gruppe Radfahrer außer Sicht war.

Ich habe ja durchaus Verständnis für seine Lage, aber so langsam sollte er sich zusammenreißen. Stattdessen fixiert er mich ständig mit diesem verzweifelt-flehentlichen Blick, genau wie Poppy, wenn ich an der Schachtel mit Hundekeksen vorbeigehe. Schließlich ist er erwachsen. Es wird Zeit, dass er sein Leben selbst in die Hand nimmt.

Ich lud ihn zu Ruperts Party ein, die von mir lieber heute als morgen stattfinden könnte. Es ist ziemlich schwierig, Poppy zu verstecken. Heute Morgen fing Jeffrey zu niesen an, aber zum Glück konnte ich ihm einreden, dass er sich eine Erkältung eingefangen hat. Dann schickte ich ihn mit einer Packung Vitamin C und einem Flachmann Whisky zur Arbeit.

Iwan der Schreckliche ist da. Es ist schon nach Mitternacht, und während ich diese Zeilen schreibe, dringen von unten schrilles Gelächter und lautes Gläserklirren zu mir ins Arbeitszimmer hinauf. Ich hatte schon im Bett gelegen, aber an Schlaf war nicht zu denken, weil Jeffrey sein vermaledeites Led-Zeppelin-Album so laut laufen ließ, dass mein Nachttisch zu klappern begann.

Ich ahnte bereits, dass der Abend anstrengend werden würde, als Iwan das Haus betrat, mit seinen dreckverschmierten Schuhen auf meinem beigefarbenen Läufer herumtrampelte und Jeffrey heftig umarmte. Er trug verwaschene Jeans, ein schwarzes Sakko und ein weißes T-Shirt, aus dessen Halsausschnitt das angegraute Brusthaar aufdringlich hervorquoll. Ein verschlagenes Grinsen gab den Blick auf den katastrophalen Zustand seiner Zähne frei, und um ein Haar wäre ich zurückgewichen, als Iwan mich zur Begrüßung auf die Wange küsste. Es hätte mich nämlich nicht gewundert, wenn er einer dieser Männer wäre, die so tun, als wollten sie einen auf den Mund küssen, sodass man krampfhaft versucht, ihnen auszuweichen, und dann im letzten Moment mit einem heiseren Lachen selbst den Kopf zur Seite drehen.

Beim Abendessen gab ich mich freundlich und lächelte immerzu, sogar, als Iwan mit den Zähnen laut auf dem Besteck herumklapperte und Brotkrumen auf mein neues Damasttischtuch spuckte. Natalia zeigte weniger Entgegenkommen als ich. Vielleicht herrscht zwischen Litauen und Russland ja eine tiefverwurzelte Abneigung; vielleicht ärgerte sich Natalia aber auch nur darüber, dass sie noch so spät arbeiten musste und ihre Casting-Show im Fernsehen verpasste. Ich dulde natürlich nicht, dass das Personal unhöflich zu meinen Gästen ist, aber als sie die Tomaten-Basilikum-Suppe auf Iwans weißem Ralph-Lauren-T-Shirt verschüttete, musste ich mir mit der Serviette die Mundwinkel abtupfen, um ein Schmunzeln zu verbergen.

Seltsamerweise schreckte Iwan Natalias Feindseligkeit nicht ab, im Gegenteil: Er flirtete offensiv drauflos. Zumindest nehme ich an, dass er flirtete, als er Natalia mit lüsternem Gesichtsausdruck immer wieder etwas zuraunte, das ich nicht verstand. Beim Dessert wurde er dann völlig zügellos: Er kniff ihr in den Po, als sie sich vorbeugte, um Sahne über Jeffreys Profiteroles zu gießen.

Natalia reagierte mit einem Schwall von litauischen Schimpfwörtern – danach hörte es sich jedenfalls an –, Iwan brüllte vor Lachen, Darcy begann zu kreischen, und Jeffrey machte sich einen Whisky Soda. Dann floh Natalia in ihr Zimmer, schaltete den Fernseher ein und drehte die Casting-Show auf volle Lautstärke, worauf Jeffrey mit Led Zeppelin konterte.

Jedes Mal, wenn Iwan zu Besuch kommt, versucht Jeffrey, seine verlorene Jugend zurückzuholen. Er begreift einfach nicht, dass er an einem Auslaufmodell festhält, das, ebenso wie der Kommunismus, keine Neuauflage verdient.

Freitag, 1. Februar

Um meinen Pflichten als Gastgeberin nachzukommen, habe ich mich gestern Abend gezwungen, Iwans widerliche Wodka-Plörre zu probieren. Dabei muss ich doch heute Ruperts Party vorbereiten und brauche einen klaren Kopf. Vor der Feier muss ich noch mit Poppy Gassi gehen, Natalia instruieren, wie man Räucherlachs und Frischkäsepastete zubereitet, das Haus mit Blumen schmücken (ich halte weiße Lilien für passend – elegant, aber nicht überkandidelt, was genau das Image ist, das Rupert ausstrahlen sollte). Außerdem muss ich den Champagner kalt stellen, die Geschenke einpacken, Iwan dem Schrecklichen zumindest die Grundlagen menschlicher Umgangsformen einimpfen und mein Lieblingskleid – graue Wolle mit einem Wasserfallausschnitt – aus der Reinigung holen.

Samstag, 2. Februar
0.33 Uhr

Erneut kauere ich spät nachts über der Tastatur und schütte den unendlichen Weiten des Internets mein Herz aus, während ich angespannt an meinen Nägeln knabbere und mir damit meine Maniküre ruiniere.

Ruperts Party war das reinste Desaster. Er hat sich nicht in Ruth verliebt – und auch in keines der anderen Mädchen, die zur Verfügung standen –, und er redet nicht mehr mit mir. Jeffrey schläft im Gästezimmer. Angeblich, damit seine Hustenanfälle wegen dieses «elenden Köters» mich nicht wecken, aber das ist wohl nur die halbe Wahrheit. Iwan der Schreckliche hat sich hingegen großartig amüsiert, was ein beschämendes Armutszeugnis für meine Party ist.

Dabei fing der Abend recht aussichtsreich an. Pru, Ruth und Miss Hughes kamen mit selbstgebackenen Obstkuchen und kleinen Törtchen, Gerald mit Schuppen auf den Haaren, Tanya mit einem in Klarsichtfolie gewickelten Tablett mit Gemüsesticks und Hummus. Reginald kam mit David, der sich einen schwarz-weißen Schal um den Kopf gewickelt hatte, was immerhin sein fliehendes Kinn kaschierte. Ruth kreischte vor Begeisterung und fragte ihn, ob er Lawrence von Arabien sei. Dann fügte sie hinzu, dass sie in ihrem Einhornkostüm gekommen wäre, wenn sie etwas von einer Kostümparty gewusst hätte.

Als alle versammelt waren, hielt ich eine kurze Rede, in der ich Ruperts Vorzüge betonte – dabei erwähnte ich auch, wie beherzt er neulich eine Spinne mit dichter Beinbehaarung aus der Badewanne entfernt hatte –, dann ging es mit den Geschenken weiter. Ich überreichte ihm das Abonnement für die Autozeitschrift, den Kompass und den Rugbyball, und wie es so seine Art ist, ließ er es sich nicht anmerken, wie sehr er sich freute. Ruth übergab ihm ein kleines Päckchen, das mit silberfarbenem Geschenkband verziert war und einen Bildband über Wolken enthielt. Rupert bedankte sich mit einem schüchternen, etwas verhaltenen Lächeln.

Nun war es Zeit für mein Kabinettstück: Poppy. Ich winkte Natalia zu mir, dann gingen wir gemeinsam in den Hauswirtschaftsraum. Während Natalia sie festhielt, band ich Poppy eine große blaue Schleife um den Hals. Natalia guckte erstaunt, aber nicht so erstaunt wie Poppy, die sich auf den Rücken warf und nach der Schleife schnappte. Mit vereinten Kräften zerrten wir sie in den Salon. Die Gäste verstummten. Schließlich brachen Jeffrey und Rupert gleichzeitig das Schweigen. Jeffrey sagte: «Großer Gott», Rupert etwas, das sich anhörte wie: «Schöne Bescherung.»

Poppy war von dem ungewohnt großen Publikum überfordert, wand sich aus der Schleife und galoppierte mit hängender Zunge durch den Raum, um Miss Hughes in die Krampfadern zu zwicken und nach einem Zipfel von Davids herunterhängendem Kopftuch zu schnappen. Bei dem Versuch, Poppy einzufangen, verlor ich einen Schuh und stieß zwei Vasen mit Lilien um, doch ich sah diesen etwas würdelosen Auftritt als Mittel zum Zweck und übergab den Welpen schließlich feierlich an Rupert. Genau wie ich es geplant hatte, faltete Ruth die Hände und seufzte entzückt.

Und von diesem Moment an ging es nur noch abwärts. Liebe Leser, Sie können sich vorstellen, wie sehr es mich schmerzt, das schreiben zu müssen, aber mein Sohn hat sein Geschenk zurückgewiesen und Poppy sanft, aber entschieden von sich geschoben. Und sobald Natalia die Situation erfasst hatte (normalerweise ist sie ja ziemlich schwer von Begriff), fing sie an zu heulen und schluchzte, dass sie Poppy ja so sehr liebe und sie auf gar keinen Fall dem herzlosen Computermann überlassen würde – damit war Rupert gemeint. Dann drückte sie den Welpen an sich. Als ich ihren stahlharten Griff von Poppy zu lösen versuchte, brach sie in hysterisches Kreischen aus, Jeffrey bekam einen Niesanfall, und Poppy erbrach sich auf den Perserteppich. Offenbar hatte Natalia das arme Tier mit der Hälfte des Räucherlachses und der Frischkäsepastete gefüttert. Wahrscheinlich war Poppy ohnehin die Einzige, der Natalias undefinierbare Masse schmeckte.

Wir waren in einer Sackgasse angelangt. Iwan kippte einen Wodka nach dem anderen, und Rupert, der normalerweise so gut wie gar nicht trinkt, tat es ihm gleich. Als er einige Gläser intus hatte, sagte mein Sohn, dass er den Hund auf keinen Fall zu sich nach Hause nehme. Jeffrey entgegnete, dass «es» aber auch auf keinen Fall hierbleiben könne, und nieste. Schließlich verkündete Gerald mit Tränen in den Augen, dass er der armen, geschundenen Kreatur ein Zuhause geben wolle und Natalia den Hund so oft besuchen könne, wie sie wolle. Das besänftigte sie offenbar, denn sie machte sich endlich daran, das Erbrochene vom Teppich zu wischen.

Meine Erinnerung an den Rest des Abends ist verschwommen. Jeffrey drehte die Musik auf, Iwan der Schreckliche griff sich Ruth und wirbelte sie so schnell herum, dass ihr die Brille von der Nase flog, die er dann mit seinen Krokodillederschuhen zertrampelte.

Mir war, als würde Rupert das Gleiche mit meinem Herzen tun. Ich erkannte meinen Sohn gar nicht wieder: Er trank Wodka, kaute mit offenem Mund auf Törtchen herum und warf das Abonnement für die Autozeitschrift ins Feuer.

11.00 Uhr

Am späten Vormittag wurde ich durch das Piepen meines Mobiltelefons geweckt. Es war eine SMS von Rupert:

Mum, thx für party + geschenke. sorry wg abo. poppy wirds bei gerald gut haben. LG, rupert.

Mit dieser Entschuldigung hat Rupert mehr Anstand bewiesen, als Iwan der Schreckliche jemals aufbringen wird, obwohl Letzterer schmutzige Fußabdrücke auf meinem Teppich hinterlassen, eine wertvolle Porzellanvase zerschmettert und das Mädchen, das ich zur Braut meines Sohnes bestimmt hatte, durch die Gegend gewirbelt hat.

Als ich in die Küche kam, hatte Iwan dort bereits überall Gläser mit Essiggurken verteilt. Sie sahen aus wie kleine, amputierte Krokodilfüße. Er trank Wodka aus meiner blauen Lieblingsteetasse und pfiff irgendein geschmackloses russisches Volkslied, das er unterbrach, um «Guten Morgen, Konnie» zu sagen (das *K* konnte ich ganz deutlich hören) und mir einen Klaps auf den Po zu geben.

Jeffrey gesellte sich dazu und sah sehr ausgeschlafen aus. Er gab mir einen Kuss auf die Wange und sagte: «Alles wieder gut, ja?», was entweder bedeuten konnte, dass er es mir nichtübelnahm, einen Allergieschub bei ihm ausgelöst zu haben, oder dass er sichergehen wollte, dass ich *ihm* nicht übel nahm, einen süßen Hundewelpen des Hauses verwiesen zu haben. Jeffrey versteht es einfach, wenige Worte mit viel Bedeutung aufzuladen.

Jedenfalls sind dann beide Männer auf den Golfplatz gefahren. Ich räumte alles auf und dachte über den gestrigen Abend nach, aus dem ich folgende Schlüsse ziehe:

Wenn ich Rupert das nächste Mal eine Frau besorge, muss ich seiner angeborenen Schüchternheit mit äußerstem Fingerspitzengefühl begegnen.

Litauerinnen haben einen Hang zur Rührseligkeit, den man auf den ersten Blick gar nicht vermuten würde.

Ich werde Ruth nie zu einer Kostümparty einladen.

Keine Kanapees für Hunde.

«Süß ist die Frucht der Widerwärtigkeit», würde Shakespeare dazu sagen.

Sonntag, 3. Februar

Manchmal, aber nur manchmal erhört Gott meine Gebete. Beim heutigen Gottesdienst forderte Reginald uns auf, Gott dem Vater unseren Geist zu öffnen und Ihm unsere Wünsche und Sorgen zu offenbaren. Ich schloss die Augen und bat Ihn inständig, mich von Iwan zu erlösen, der morgens eine getragene Unterhose auf dem Badewannenrand hatte liegenlassen. Als ich dann von der Kirche nach Hause kam, fand ich auf dem Küchentisch eine Nachricht von Jeffrey (der Arme hatte Kopfschmerzen und hat deshalb den Gottesdienst verpasst): Er habe Iwan zum Bahnhof gebracht, weil dieser einen wichtigen Geschäftstermin in London habe.

Vermutlich gebietet es die christliche Barmherzigkeit, Mitleid für Iwans Kollegen zu haben, die jetzt seine Anwesenheit ertragen müssen. Mir ist schleierhaft, womit er sein Geld verdient, aber seine Arbeit lässt ihm ganz offensichtlich viel Freizeit zum Jagen, Schießen, Golfen und Belästigen der Ehefrauen seiner Freunde. Iwan behauptet, er beschäftige sich mit «dynamischen Personallösungen» und würde in Rohstoffe investieren. So drückt man es wahrscheinlich in Russland aus, wenn man seine schmutzigen Finger überall hineinsteckt. Ich hoffe wirklich, dass er sie sich irgendwann einmal verbrennt.

Montag, 4. Februar

Vor unserem Skiurlaub wollte ich noch einen Brief an Sophie schreiben. Sie zieht es zwar vor, per E-Mail, per SMS oder immer häufiger auch per Telepathie zu korrespondieren (anders kann ich mir nicht erklären, dass sie sich so lange nicht gemeldet hat), aber ich hänge nach wie vor an den traditionellen Wegen der Kommunikation. Außerdem mag ich den Geruch von Umschlägen.

Ich habe ihr Folgendes geschrieben:

Liebe Sophie,
ich hoffe, es geht dir gut und du genießt deine Zeit in Frankreich. Est-ce que tu fais des progrès en français? Ich habe es immer für eine effektive Methode gehalten, vor dem Schlafengehen die unregelmäßigen Verben zu konjugieren, während ich mir das Haar bürstete, immer ein Wort pro Bürstenstrich. Einen scharfen Verstand und schöne Haare wirst du später im Leben noch häufig gebrauchen können. Uns geht es allen blendend. Die Party zu Ruperts Geburtstag am Freitag war lustig, aber etwas chaotisch. Manchmal mache ich mir Sorgen wegen deines Bruders, aber darüber unterhalten wir uns ein anderes Mal. Du hast nicht zufällig ein paar nette Freundinnen, die du über Ostern mitbringen könntest? Vorzugsweise mit Interesse an Informationstechnologie und guten Zähnen.
Freust du dich schon auf den Skiurlaub? Dein Vater hat

mir erzählt, dass er dir die Reisedaten per E-Mail geschickt hat. Vergiss nicht, deine Thermounterwäsche einzupacken! Ich lege einen Fünfzig-Pfund-Schein bei, damit du dir vor deiner Abreise noch die Haare machen lassen kannst. Nur weil du ein Jahr lang durch einen französischen Fluss stiefelst, musst du dich ja nicht gleich völlig gehenlassen.
Kuss, Mum

Dienstag, 5. Februar

Ich habe Natalia neue Unterwäsche gekauft. Sie kann wirklich etwas Aufmunterung vertragen. Am Vormittag hatte ich sie dabei beobachtet, wie sie mit einem halbleeren Karton Hundekekse in der Hand im Hauswirtschaftsraum stand. Eine Träne lief über ihre Wange und zeichnete eine Schneise in ihr orangefarbenes Make-up.

Die Sache mit Poppy nimmt sie noch immer ziemlich mit. Sie hat ja schon von Natur aus nicht gerade ein heiteres Gemüt, und dass ständig die Polyesterunterwäsche scheuert, steigert ihr Wohlbefinden bestimmt nicht. Ich war gezwungen, ihre Schubladen zu durchsuchen, um ihre Größe herauszufinden (75C und 36, das trug ich das letzte Mal 1983), und fuhr dann zu Marks and Spencer. Ich entschied mich für ein Geschenkset mit T-Shirt-BHs und Slips in Beige, Weiß und Zartrosa. Mutter wäre mit Sicherheit schockiert darüber, einer «Bediensteten» ein derart persönliches Geschenk zu machen. Zu ihren Zeiten war das mit dem Personal viel einfacher, da musste man nur einen Sixpence zu Weihnachten geben, und gut war's. Aber die Zeiten haben sich eben geändert. Genauso wie Baumwoll-Elastan-Mischungen.

Als ich nach Hause zurückkehrte, staubte Natalia gerade in Zeitlupe das Hochzeitsfoto von Jeffrey und mir ab und starrte dabei ins Leere. Eine Trauermücke auf Valium hat mehr Elan als sie. Als ich zu ihr sagte, ich hätte etwas für sie, zuckte sie zusammen: Sie hatte wohl ein schlechtes Gewissen wegen ihres schludrigen Staubwischens. Sie blickte mich fragend an, als sie die Unterwäsche aus den Kartons holte, und als ich ihr erklärte, es sei ein Geschenk, weil sie doch wegen Poppy so traurig sei, fing sie schon wieder an zu weinen. Das arme Mädchen. Sie muss wirklich an diesem Hund gehangen haben.

Mittwoch, 6. Februar

Gestern Abend hatten wir beim Wechselläuten einen Besucher: Poppy. Der gefühlsduselige Gerald wollte sie nicht allein zu Hause lassen. Poppy mag zwar ein besseres Rhythmusgefühl als Daphne haben, aber ihre Umgangsformen sind um einiges schlechter. Als die Glocken zu läuten begannen, brach sie in lautes Gejaule aus, das sie nur gelegentlich unterbrach, um nach den pelzigen Wollgriffen an den Seilen zu schnappen. Um sie zu beruhigen, fütterte ich sie mit den Schokoladenkeksen, die ich eigentlich für die Pause mitgebracht hatte. Sie hat es mir nicht gedankt: Sie verschlang die Kekse, spuckte dabei mit Krümeln um sich, bellte zweimal und urinierte auf Miss Hughes' Handtasche. Nur Geralds beherztem Einsatz als menschlicher Schutzschild ist es zu verdanken, dass Miss Hughes nicht mit dem Gehstock auf Poppy losgehen konnte. Nächste Woche bleibt sie wohl doch lieber zu Hause.

Donnerstag, 7. Februar

Sophie hat mir eine SMS geschickt:

Hi mum, war beim friseur, voll fett!! kannst du mehr geld f skipull schickn? bibabu soph xxx

Ich war nicht der Meinung, dass so etwas eine Antwort verdiente, geschweige denn eine Finanztransaktion.

Freitag, 8. Februar

Die Koffer sind gepackt. Drohend bäumen sich Jeffreys Ski in der Diele auf: Es gibt kein Entkommen. St. Moritz erwartet uns, morgen früh um fünf Uhr geht es los.

Ich habe Natalia sechs Seiten laminierter Instruktionen hinterlassen, einschließlich detaillierter Anweisungen, wie die fehlenden Knöpfe an Jeffreys Hemden anzunähen sind, das Silber zu polieren und zur Abschreckung von Einbrechern das Licht in regelmäßigen Abständen ein- und auszuschalten ist. Die Woche in Einsamkeit steht ihr sicher bevor, aber die Gute hält sich ausgesprochen tapfer. Als ich meine Reisetasche zur Tür schleifte, pfiff sie sogar vergnügt ein kleines Lied. Ich wusste, dass die Unterwäsche sie aufmuntern würde.

Der Abschied von Darcy fiel mir schwer. Er warf mir einen langen, schmachtenden Blick aus seinen schwarzen Augen zu und fuhr sich verlegen mit der Kralle durch seine smaragdfarbenen Federn. Ausnahmsweise einmal sprach er mit mir kein Litauisch. Er krächzte zum Abschied einfach nur: «Oh, Jeffrey», was ich ganz rührend fand. Na gut, es gelingt Darcy offenbar nicht, seine Besitzer auseinanderzuhalten, aber wenigstens ist seine Loyalität zur englischen Sprache ungebrochen. Die Erinnerung an ihn wird mich wärmen, wenn ich den kalten Pisten der Alpen trotze.

Samstag, 9. Februar

Nun sind wir da. Sophie auch. Ihr Haar reicht ihr auf der linken Seite gerade noch bis zum Ohr, der Rest wurde diagonal über den Kopf frisiert, sodass die Haare auf der rechten Seite bis knapp auf die Schulter fallen. Im Nacken sind sie «unterschnitten», was wohl ein anderer Ausdruck für «auf Schweineborstenlänge rasiert» ist. Sophie hat sie wasserstoffblond färben lassen und sieht jetzt aus wie die Tresenbedienung in einer Fernfahrerkneipe.

Mir bleibt keine Zeit, meiner Empörung gebührend Ausdruck zu verleihen, denn gerade werden unsere Sachen aufs Zimmer gebracht, während ich in der Lobby des Hotels am Computer sitze und von Jeffrey fragende Blicke ernte.

Sonntag, 10. Februar

Es ist noch viel schlimmer, als ich dachte, und damit meine ich nicht nur das, was meine Tochter auf dem Kopf trägt. Verstehen Sie mich bitte nicht falsch: Das Hotel ist reizend, die Matratzen nicht zu weich, das Wasser heiß genug, das Alpenpanorama vor unserem Balkon grandios. Problematisch sind eher die Mitreisenden. Und das Skifahren.

In den letzten Jahren haben Jeffrey und ich uns immer mit Andrew, einem Seniorpartner von *Alpha & Omega*, und dessen Frau Barbara zusammengetan. Barbara ist eine Frau ganz nach meinem Geschmack, eine pensionierte Lehrerin mit einer gesunden Abneigung gegen Kleidung mit tiefem Ausschnitt und einem wohltuenden Desinteresse an Wintersport. Gemeinsam fuhren wir immer ganz gemütlich ein paar blaue Pisten hinunter und hielten dann irgendwo an, um eine heiße Schokolade zu trinken, frische Luft zu tanken und uns über die zahlreichen Flausen unserer Kinder auszutauschen. Ich war schon gespannt, zu erfahren, ob ihre Tochter inzwischen zugegeben hat, in der 7. Klasse bei der Musikprüfung geschummelt zu haben.

Ich werde es wohl nie erfahren. Denn Jeffrey hat mir die nicht unwesentliche Information vorenthalten, dass Barbara innerhalb eines einzigen Jahres durch eine achtundzwanzigjährige Anwältin mit schwarzer Lockenpracht ersetzt worden ist. Andrews Neue hat nicht nur eine Taille, die selbst im Skianzug noch unverschämt schmal wirkt, sie legt beim Skifahren auch noch einen äußerst ungesunden Ehrgeiz an den Tag und hängt die Männer mit Leichtigkeit ab. Jeffrey meinte, es sei doch nichts dabei, wenn sich eine Frau fürs Skilaufen interessiere, und begann jedes Mal, wenn er von Amanda überholt wurde, wild mit den Skistöcken zu rudern und wie ein Wahnsinniger hinter ihr herzuhecheln.

Sie werden bestimmt verstehen, dass ich mich in dieser Gesellschaft nicht besonders wohlfühlte. Auf Sophie konnte ich nicht zählen, sie war den ganzen Tag mit ihrem Snowboardkurs beschäftigt. Ich war gerade im Begriff, ins Hotel zurückzukehren, weil ich die anderen bei jeder Abfahrt nur aufhielt, da zog sich das Wetter zu. Amanda fuhr jedoch unbeeindruckt weiter, und ihr enger schwarzer Skianzug verschwand in dichtem, weißem Nebel. Jeffrey und Andrew folgten ihr. Die Sicht wurde immer schlechter. Das Gleiche galt für meinen Gleichgewichtssinn. Als ich links fuhr, schien der Abhang vor mir nach rechts wegzukippen, als ich rechts fuhr, war mir, als raste die Piste auf mich zu. Ich hielt an. Es war auf eine geradezu unheimliche Weise still, Schneeflocken sammelten sich in den Falten meines Skianzugs. Mir war schwindlig. Also tat ich, was jede Engländerin in einer solch misslichen Lage getan hätte: Ich genehmigte mir einen anständigen Schluck Tee.

Zum Glück bin ich stets vorbereitet. In meiner Gürteltasche hatte ich eine kleine Thermoskanne mit Earl Grey und ein Paket Butterkekse untergebracht. Ich rutschte an den Rand der Piste, wo ich den Schnee zu einer Art Sessel zusammenschob, setzte mich und wartete darauf, dass das Wetter besser wurde. Mutter sagt immer: Geduld ist eine Tugend. Also zählte ich Schneeflocken. Gerade als ich bei 5683 angelangt war, schreckte mich der ohrenbetäubende Lärm eines Hubschraubers auf. Zwei Männer fuchtelten mit den Armen herum und brüllten etwas. Als ich die orangefarbenen Westen der Bergwacht erkannte, schwante mir nichts Gutes.

Die peinlichen Details dieses Nachmittags erspare ich Ihnen lieber, nur so viel sei gesagt: Als ich nicht am Fuß des Berges auftauchte, bestand Amanda darauf, den

Rettungsdienst zu alarmieren. Zum Glück hat Andrew geschäftlich mit dem Bürgermeister von St. Moritz zu tun. Er erklärte sich bereit, die Kosten der Rettungsaktion abzuschreiben.

Montag, 11. Februar

Nach den turbulenten Ereignissen gestern habe ich beschlossen, den heutigen Tag zuerst am Hotelpool und dann mit einem guten Buch vor dem Kamin zu verbringen. Jeffrey schien das ganz recht zu sein. Offenbar ist ihm das Desaster mit der Rettungsaktion noch peinlicher als mir, denn jedes Mal, wenn er etwas hört, das auch nur entfernt nach einem Hubschrauber klingt, zuckt er zusammen. Heute Morgen hat er sich sogar erschrocken, als das Zimmermädchen auf dem Gang den Staubsauger angeschmissen hatte.

Da ich heute nicht auf Skiern unterwegs bin, kann ich Ihnen in aller Ruhe das Neuste in Sachen Sophie erzählen. Ich hatte ja gehofft, durch ihren Auslandsaufenthalt würde sie endlich erwachsen werden und lernen, wie man sich unter zivilisierten Menschen benimmt. Das Gegenteil ist wohl eher der Fall.

Gestern Abend zum Beispiel. Ich klopfte an ihre Tür, um vor dem Abendessen noch ein wenig mit ihr zu plaudern. Ich hatte angenommen, dass meine Begegnung mit dem Tod (oder zumindest mit einer üblen Erkältung) ihre töchterliche Sorge geweckt hatte, doch sie hob kaum den Blick, als ich eintrat. Stattdessen fuhr sie unbeirrt fort, sich etwas in die Haare zu schmieren, das wie knallblaues Ohrenschmalz aussah, sich auf meine Nachfrage hin aber als «Power Volume Styling-Gel Ultra Strong» entpuppte. Sie trug ein ärmelloses weißes T-Shirt, unter dem man ganz deutlich einen Büstenhalter in Neonpink sehen konnte – von der Sorte, die Marks and Spencer nicht führt –, dazu Jeans-Hot-Pants und Glitzerstrumpfhosen. Einzig die klobigen, mit falschem Pelz gefütterten Wildlederstiefel verrieten, dass wir uns zum Wintersport in den Schweizer Alpen befanden und nicht auf den Bahamas oder in einem Bordell. Als ich fragte, wann sie sich zum Abendessen umziehen wolle, sah sie nur an sich hinunter und zuckte mit den Achseln. Ich konnte sie weder dazu bewegen, die Kleidung zu wechseln, noch dazu, mir zu erzählen, was genau sie beim Zählen von Stichlingen nun eigentlich gelernt hatte. Das einzige Thema, für das sie sich begeistern konnte, war ihr «voll süßer» Snowboardlehrer Jake.

Mir war nicht wohl dabei, Sophie in diesem Aufzug zum Abendessen mitzunehmen, vor allem, weil sie neben einem jungen Rechtsanwalt namens James zu sitzen kam, der ein akkurat gebügeltes blaues Hemd und eine Baumwollhose trug. Während sie die Details meiner «voll gestörten» Rettungsaktion zum Besten gab, zwirbelte sie ständig die längere Seite ihrer Haare um den Zeigefinger. James bemerkte gar nicht, dass ich die Augen verdrehte und mein Brötchen energisch mit Butter bestrich – er war viel zu sehr in den Anblick von Sophies Büstenhalter vertieft. Bestimmt war auch ihm nicht entgangen, dass er überhaupt nicht zu ihrem Oberteil und den Strümpfen passte. Zumindest hoffe ich, dass es daran lag, dass er die Augen nicht von ihrer Unterwäsche lassen konnte.

Dienstag, 12. Februar

Von heute gibt es wenig zu berichten. Im Hotel geblieben. *Wege des Herzens,* Maeve Binchys neuesten Roman, zu Ende gelesen. Jeffrey sieht völlig fertig aus. Nach ein paar Tagen Skifahren schleppt er sich die Treppe hoch wie ein angeschossener Grizzlybär.

Mittwoch, 13. Februar

Für Sophie gibt es nur noch Snowboarden, sonst nichts. Ich hätte heute gern den Vormittag mit ihr zusammen am Hotelpool verbracht, doch sie sagte, sie und Jake, ihr Lehrer, seien gerade bei einer ganz neuen Dimension des Trainings angelangt. Ihre Zielstrebigkeit ist bewundernswert, doch ich wünschte, sie würde sich eine passendere Sportart suchen – es ist wenig damenhaft, dauernd die Beine zu spreizen, auch wenn Snowboarden gerade in Mode ist.

Donnerstag, 14. Februar

Es ist Valentinstag. Jeffreys heftige Abneigung gegen die schnöde Kommerzialisierung der Liebe ist ungebrochen: Das letzte Valentinsgeschenk – ein Paar Seidenstrümpfe – habe ich 1985 von ihm bekommen. Ich bewahre sie immer noch auf, ganz hinten in der Kommode, zwischen einem Nähetui und einem Lavendelkissen. Ich bin gewiss kein rührseliger Typ – Teddys, die Herzen an sich drücken, oder große Rosensträuße will ich gar nicht haben –, aber ein kleines, geschmackvoll verpacktes Zeichen der Zuneigung wäre zur Abwechslung mal ganz nett.

Ich beschloss, mich dem Berg erneut zu stellen, um mit Jeffrey, Andrew und Amanda zu Mittag zu essen. Die Skistiefel klemmten wie Schraubstöcke um meine Knöchel, trotzdem meisterte ich die einzige blaue Piste, die zu unserem Treffpunkt führte, ohne Zwischenfälle. Als ich ankam, saßen die beiden Männer an einem Tisch in der Nähe des Kaminfeuers, die Beine zufrieden von sich gestreckt. Die Skibrillen hatten weiße Ränder auf ihren tiefroten Gesichtern hinterlassen. Kaum hatte ich mich dazugesellt, kam Amanda mit ein paar Drinks von der Bar zurück. In den Schaum von Andrews und Jeffreys Bier hatte sie je ein Herzchen gemalt. Bevor mir dazu eine Bemerkung einfiel, begrüßte sie mich mit albernen Wangenküsschen und lobte lauthals meine Tapferkeit, weil ich mich nach der gefährlichen Rettungsaktion wieder auf den Berg wagte.

Nach dem Mittagessen überlegte ich gerade, ob ein Schnaps der Abfahrt ins Tal zuträglich oder eher hinderlich sein würde, als vier Männer im Smoking hereinkamen, sich Amanda gegenüber platzierten und begannen, Händels *Die Ankunft der Königin von Saba* zu spielen. Andrew hatte doch tatsächlich ein Streichquartett engagiert, um Amanda auf zweitausend Meter Höhe zum Valentinstag ein Ständchen zu bringen. Das schien mir doch ziemlich übertrieben, und so warf ich Jeffrey einen dementsprechenden Blick zu, damit wir gemeinsam die Augen verdrehen konnten, doch er war vom Piepen seines BlackBerrys abgelenkt. Ich fragte ihn, wer ihm im Urlaub eine

SMS schickte, doch er brummelte nur: «Beruflich», und steckte das BlackBerry wieder in die Tasche.

Nach dem Essen fuhr ich wieder ins Hotel, um ein ausgiebiges Bad zu nehmen. Heute Abend findet im Hotel ein Galadinner zum Valentinstag statt, und da ich darauf spekuliere, Jeffrey ganz für mich allein zu haben, möchte ich natürlich umwerfend aussehen.

23.05 Uhr

Mein Gott, was für ein Theater! Ich weiß nicht, ob ich mich für meine Tochter schämen soll oder ob sie Bewunderung verdient. Jedenfalls ist es ihr gelungen, für einen handfesten Skandal zu sorgen.

Ich hatte mich für das Galadinner schick gemacht und eine malvenfarbene Seidenbluse, einen knielangen schwarzen Rock, eine Wickelstrickjacke aus Merinowolle und schwarze Lackpumps angezogen. Vorsichtshalber ging ich rüber zu Sophie, um zu überprüfen, ob auch sie angemessen gekleidet war. Sie öffnete die Tür und stand in einem T-Shirt in grellem Pink vor mir, auf das in großen Goldbuchstaben *Nackt sehe ich noch besser aus* gedruckt war. Dazu trug sie schwarze Leggings und goldene Stilettos. Ich zählte im Geiste langsam bis zehn, sprach über Anstand und Sitte und drohte, nicht mehr für ihre Snowboardstunden zu zahlen, und schon gab sie nach und zog sich widerwillig um. Sie entschied sich für ein Minikleid mit Spaghettiträgern und trug darüber einen Kapuzenpulli mit Reißverschluss. Keine optimale Lösung, aber mehr war einfach nicht zu machen.

Wir nahmen an langen Tischen Platz, die mit Blumen, Kerzen und kleinen Papierherzen geschmückt waren. Die Paare saßen zusammen, alle anderen waren bunt gemischt worden. Sophie sah gut aus, die Tage an der frischen Luft und das schmeichelnde Kerzenlicht im Saal ließen ihren blassen Teint richtig strahlen. Wieder saß sie neben James, der sich an ihrem sonderbaren Kleidungsstil nicht zu stören schien. Ganz im Gegenteil: Er war derart um Sophies Aufmerksamkeit bemüht, dass ich schon überlegte, wie er wohl zu einer kirchlichen Hochzeit stand und was für einen Verlobungsring man mit dem Gehalt eines Junganwalts kaufen konnte. Ich wollte die Angelegenheit mit Jeffrey besprechen – diskret natürlich –, aber er war zu nichts zu gebrauchen. Das ganze Dinner über wirkte er irgendwie abwesend und wollte mir auch partout nicht sagen, was er von einem Festzelt in unserem Garten hielt. Vielleicht bekommt ihm die Höhe nicht.

Nach dem Essen ging es in die Bar, wo ich James dabei beobachtete, wie er gähnte, sich ausgiebig reckte und dann wie zufällig den Arm auf die Rückenlehne von Sophies Barhocker sinken ließ. Es beruhigt mich ungemein, dass in dieser Welt, in der so vieles dem Wandel unterworfen ist – Gebühren von Privatschulen zum Beispiel oder die Farbe von Strumpfhosen –, wenigstens die männlichen Eroberungsstrategien immer gleich bleiben.

Meine Überlegungen wurden durch die Ankunft eines braungebrannten jungen Mannes mit Stachelfrisur unterbrochen. Wie Sophie trug er einen Kapuzenpulli, und aus seiner Jeans lugte der Gummizug seiner Unterhose hervor. Er stürmte auf Sophie zu, warf James einen empörten Blick zu, zog sie von ihrem Barhocker herunter und küsste sie. Ich wollte Jeffrey gerade meinen Ellbogen in die Rippen rammen, damit er etwas gegen diesen unverschämten Eindringling unternahm, der unsere Tochter belästigte, als ich sah, dass Sophie den Kuss erwiderte. Da erkannte ich, dass es sich bei dem jungen Mann um Jake, ihren Snowboardlehrer, handelte. James sprang auf, verschüttete seinen Gin Tonic und begann, den Nebenbuhler zu schubsen. Darauf folgte eine unbeholfene Rauferei, die mit der herkömmlichen Vorstellung eines romantischen Duells nicht das Geringste zu tun hatte. Fäuste flogen, die meist ihr Ziel verfehlten, es wurde an Haaren gezogen und einmal auch am Gummizug von Jakes Unterhose. Es war nicht zu erkennen, wen Sophie unterstützte, aber ich hoffte, dass es James war. Schließlich gelang es den Barkeepern, die Streithähne zu trennen. Jake stürmte hinaus, nicht ohne ein paar Stühle hinter sich umzuwerfen. James sagte, er fühle sich ein wenig wacklig auf den Beinen und müsse sich hinlegen. Sophie bestellte sich noch einen Drink. Diese Kaltblütigkeit muss sie von Jeffrey haben.

Ich muss wirklich ein ernstes Wörtchen mit ihr reden. Eine wohlerzogene junge Frau sollte nicht so dumm sein, zwei Männer gleichzeitig zu ermutigen. Allerdings finde ich es sehr erfreulich, dass meine Tochter beim männlichen Geschlecht ankommt – trotz ihres extravaganten Kleidungsstils. Und wenigstens hat sie – ganz im Gegensatz zu diesen brutalen Mädchengangs, über die immer im Fernsehen berichtet wird – die Prügelei nur verursacht, aber nicht selbst daran teilgenommen.

Samstag, 16. Februar

Zu Hause! Was für eine Oase des Friedens und der gemäßigten Temperaturen nach dieser ereignisreichen Woche in den Alpen. Das Haus ist leidlich sauber, Darcy sieht gepflegt und gesund aus, und sogar Natalia scheint froh zu sein, dass wir wieder da sind.

Bei unserer Abreise aus St. Moritz hatte mich Amanda wieder einmal wild auf beide Wangen geküsst und mit einem albernen Grinsen darauf bestanden, unbedingt in Kontakt zu bleiben, falls ich wüsste, wie das mit den E-Mails funktioniert. Als ich mich von Sophie verabschiedete, betonte ich noch einmal die Vorzüge solventer Anwälte gegenüber weltenbummelnden neuseeländischen Wintersportlehrern. Sie räumte immerhin ein, dass James «brauchbar» sei, was hoffentlich bedeuten soll, brauchbar für eine ernsthafte Beziehung mit der Aussicht auf Heirat.

20.32 Uhr

Ich wollte gerade ein Bad nehmen, aber mein Badeöl mit Meeresmineralien ist leer. Bei meiner Abreise war die Flasche noch zu drei Vierteln voll. Außerdem kann ich meinen flauschigen weißen Morgenmantel nicht finden. Und meine Feuchtigkeitscreme von Estée Lauder auch nicht. Natalia!

Sonntag, 17. Februar

Natürlich stellte sich Natalia dumm, als ich sie zum Verbleib meiner Badeutensilien befragte. Sie sah mich mit ihren kalten, unergründlichen Augen an und sagte: «Nicht wissen.» Ich hatte keine Kraft, mich mit ihr zu streiten. Ich brauche meine ganze Energie für den Besuch bei Mutter, die äußerst schlechter Laune ist, weil der letzte Fernsehgottesdienst der BBC in Wales stattgefunden hat und sie kein Wort der Predigt verstehen konnte.

Montag, 18. Februar

Gestern Abend habe ich mit Rupert telefoniert. Nachdem ich ihm alles über St. Moritz erzählt und er mir zugestimmt hatte, dass ich nichts Besseres hätte tun können, als abzuwarten, bis die Schlechtwetterfront vorbeigezogen war, und dass James wirklich eine bessere Partie als Jake sei, kam unser Gespräch ins Stocken. Als hätten wir eine stillschweigende Vereinbarung getroffen, erwähnte keiner von uns seine Geburtstagsparty. Schließlich beschloss ich, die peinliche Stille zu füllen, indem ich über das Neueste vom Tage sprach, wie etwa ein rollschuhlaufendes Eichhörnchen, über das ich auf der Webseite der BBC einen Bericht gelesen hatte. Und dann, als ich über die endlosen Möglichkeiten des Internets nachdachte, hatte ich eine wunderbare Idee.

Ich werde Rupert bei einer Internet-Partnerbörse anmelden. Erst letzte Woche habe ich in einer Illustrierten einen Artikel über eine Chorleiterin gelesen, die auf diesem Wege mit neunundfünfzig Jahren ihre große Liebe, einen pensionierten Windhundzüchter, gefunden hat. Wenn es bei ihnen geklappt hat, warum dann nicht auch bei Rupert? Und bei all den Vorteilen, die diese diskrete, praktische Art der Partnervermittlung mit sich bringt, fällt die geringfügige Verletzung seiner Privatsphäre doch gar nicht groß ins Gewicht. Rupert habe ich am Telefon natürlich noch nichts davon erzählt, aber in Gedanken war ich schon dabei, eine Anzeige zu formulieren, die etwa so lauten sollte:

«Attraktiver Akademiker, 26 Jahre alt, mit eigenem Apartment und gepflegten Zähnen, sucht seriöse junge Dame für gemeinsame Unternehmungen. Heirat nicht ausgeschlossen. Jungfrauen bevorzugt. Feministinnen, Sozialistinnen sowie Frauen, die zur See fahren oder geschieden sind, nicht erwünscht. Bitte keine Piercings unterhalb der Ohrläppchen, keine Tätowierungen und kein gefärbtes Haar. Muss tierlieb sein und vor allem Papageien mögen.»

Das Wichtigste ist natürlich die Auswahl der richtigen Partnervermittlung. Ich gab «Online Internet Partnervermittlung» bei Google ein (Rupert hat mir einmal erklärt, dass Google so etwas wie eine virtuelle Telefonauskunft ist, und ich bin sehr stolz auf meine technischen Fähigkeiten). In Sekundenbruchteilen wurden mir unzählige Ergebnisse angezeigt. Es gab Webseiten für Frauen auf der Suche nach «Sugar Daddys», für Männer auf der Suche nach Frauen in Polizistinnenuniform oder für solche, die sich für «dralle Damen» interessierten. Außerdem gab es spezielle Portale für Weinliebhaber, Vegetarier und für jene, die Gleichgesinnte suchten, um mit ihnen so explizit geschilderte akrobatische Verrenkungen auszuführen, dass ich entsetzt den Deckel meines Laptops zuschlug, nur um ihn dann gleich wieder langsam aufzuklappen und fasziniert weiterzulesen.

Da scheint mir eine sorgfältige Planung vonnöten. Damals, als Jeffreys und meine Blicke sich in Durham bei einem geselligen Abend der Konservativen trafen, war das alles viel einfacher.

Dienstag, 19. Februar

Beim Abendessen – Natalia hatte den Shepherd's Pie so lange im Ofen gelassen, dass er oben völlig verkohlt war – eröffnete ich Jeffrey meinen Plan, Rupert im Internet anzupreisen, und bat ihn, mir bei der Suche nach einer geeigneten Webseite behilflich zu sein. Seine Meinung war mir wichtig, vor allem nach dem Debakel mit der Geburtstagsparty und meinem erfolglosen Versuch, Sophie mit David zu verkuppeln. Als ich Jeffrey die Einzelheiten meines Vorhabens erklärt hatte, legte ich meine Gabel zur Seite und sah ihn erwartungsvoll an. Aber er schüttelte nur bedächtig den Kopf, sagte: «Mach dich doch nicht lächerlich», und schlug die *Financial Times* von heute auf, die er wie einen pfirsichfarbenen Windschutz vor seinem Gesicht aufbaute.

Männer! Jeffrey lassen meine Sorgen völlig kalt, aber er wird schließlich nicht jeden Tag daran erinnert, was uns alles entgeht. Ich bin jetzt dreiundfünfzig Jahre alt. Alle Freunde und Bekannten in meinem Alter suchen für ihre Kinder efeuumrankte Kirchen auf dem Land aus, bauen

Festzelte in ihrem Garten auf oder freuen sich, ein weiteres Enkelkind in der Familie willkommen heißen zu können. Edward und Harriet haben schon einen drei Jahre alten Enkelsohn und eine süße kleine Enkeltochter, die gerade Krabbeln lernt. Das Einzige, wofür meine Kinder je Verantwortung übernommen haben, ist ein Kaktus und ein Goldfisch. Der Goldfisch ist allerdings schon lange tot, weil einer von Sophies Schulfreunden einen Himbeer-Martini ins Aquarium gekippt hat.

Mittwoch, 20. Februar

Verzeihen Sie bitte, dass ich gestern so in Selbstmitleid versunken bin. Bei der Probe der Wechselläuter gestern Abend wurde ich daran erinnert, dass das Schicksal einigen meiner Mitmenschen wesentlich übler zusetzt als mir. Gerald geht es immer noch sehr schlecht. Der Hund mag ja der beste Freund eines Mannes sein, aber ich glaube nicht, dass er ihm die Frau ersetzen kann, die dreißig Jahre an seiner Seite war, zwei Söhne großgezogen hat und an der hiesigen Volkshochschule einen Kurs für Feinbäckerei mit Auszeichnung abgeschlossen hat. Geralds Wangen sind eingefallen, sein Blick ist ähnlich mitleiderregend wie der seines Welpen, und seine Kleidung ist schmutzig. Er lässt den Kopf hängen, wirkt zerstreut und verpasst ständig seinen Einsatz. Es muss dringend etwas geschehen, und ich weiß auch schon, was. Gerald braucht die zärtliche Zuwendung einer Frau. Rupert ist nicht der einzige Mann, der in Sachen Liebesglück auf meine Hilfe angewiesen ist. Meine Erfolgsbilanz in diesem Bereich lässt zwar noch etwas zu wünschen übrig, aber Pflicht ist Pflicht.

In unserem Dorf wimmelt es nicht gerade von ledigen Frauen, die sich leidenschaftlich für Glockenkunde und Hunde interessieren, aber erneut kommt mir ein rettender Einfall zu Hilfe: Miss Hughes! Sie ist die einzige ledige Frau beim Wechselläuten, und ich halte es nicht für unwahrscheinlich, dass sie in einem Haus voller Labradore aufgewachsen ist. Sie hat nie geheiratet – das hängt wohl mit einem Kieferorthopäden zusammen, der mit ihrer Schwester durchgebrannt ist –, doch die Liebe kann auch in reifem Alter erblühen, wie in dem Werbespot einer Versicherungsgesellschaft, in dem braungebrannte Sechzigjährige über einen sonnenbeschienenen Strand schlendern. Und auch wenn der Gehstock anderes vermuten lässt, ist Miss Hughes bestimmt höchstens ein oder zwei Jahre älter als Gerald.

Als würde eine unbekannte Macht meine Bemühungen in Herzensangelegenheiten unterstützen, klingelte das Telefon, kaum dass ich zu Hause war. Es war Bridget, eine alte Freundin von der Universität, die inzwischen für einen Verlag in London arbeitet und privat zur Expertin auf dem Gebiet der Internet-Partnervermittlungen avanciert ist. Was bleibt ihr als geschiedener Frau auch anderes übrig, aber ich wollte sie dann doch nicht fragen, ob sie bei «Weinliebhaber» oder vielleicht bei den «Drallen Damen» angemeldet war. Stattdessen erzählte ich ihr von meinem Vorhaben, Rupert eine Frau zu finden, und dass er ganz begeistert von meiner Idee sei. Sie empfahl mir, die Partnervermittlung der Zeitung in Erwägung zu ziehen, die er online liest. Gleich nach unserem Telefonat inspizierte ich die Webseite des *Daily Telegraph,* und dort gibt es tatsächlich eine Kontaktbörse, die sehr vielversprechend aussieht. Jetzt muss ich nur noch an der Formulierung der Anzeige feilen. «Attraktiver Akademiker, 26 Jahre alt, mit eigenem Apartment und gepflegten Zähnen» oder «Akademiker, gut aussehend, 26 Jahre alt, mit eigenen Zähnen und gepflegtem Apartment»? Es muss alles stimmen. Schließlich will ich ihn ja nicht verärgern.

Donnerstag, 21. Februar

Ein beunruhigender Vorfall hat das heutige Treffen unserer Damengruppe, die sich um den Blumenschmuck für die Kirche kümmert, überschattet. An und für sich gibt es nichts Unaufgeregteres als unsere Arbeit: Wir suchen Blumen passend zur Jahreszeit aus, wir stellen Gestecke und Sträuße zusammen und platzieren sie so, dass sie in der Kirche gut zur Geltung kommen und gleichzeitig die Spinnweben verdecken. Zwischendurch machen wir eine Pause und trinken Tee. Dann wiederholen wir das obige Prozedere. Heute jedoch kam Pru zu mir und durchbohrte mich mit einem stechenden Blick. Dabei spitzte sie derart konsterniert die Lippen, dass ihr fuchsiafarbener Lippenstift sich in den Fältchen um ihren Mund verteilte und sich bis zu ihren überpuderten Wangen zog. War sie mir etwa böse, weil ich die letzte Gladiole genommen hatte? Schlimmer. Allem Anschein nach war die überteuerte Rechnung für die Reinigung des Teppichs nicht die einzige unangenehme Folge von Ruperts Geburtstagsparty. Pru setzte mich darüber in Kenntnis, dass sich ihre

Tochter, wie von mir geplant, «Hals über Kopf» in meinen Sohn verliebt habe, was angesichts ihrer «liebenswerten, gutgläubigen Art» auch nicht anders zu erwarten gewesen sei. Ich war entsetzt. Soweit ich das beurteilen kann, hatte Rupert Ruth keinerlei Hoffnungen gemacht. Er hatte sogar ihr Geschenk – den Bildband über Wolken – im Gäste-WC im Erdgeschoss liegengelassen, was ja wohl kaum für Liebe auf den ersten Blick spricht. Außerdem ist die Party doch schon Wochen her.

Trotzdem beharrte Pru darauf, dass Ruth immer noch so hingerissen von Rupert sei, dass sie sich jeden Abend in den Schlaf weine, weil er nie auf die SMS mit dem Foto von ihr geantwortet habe, für das sie sich mit Theaterschminke ein Herz auf die Wange gemalt hatte. Anscheinend hatte sofort etwas bei ihr «Klick» gemacht, als sie ihm auf der Party begegnet war, und weil er sie angeblich so durchdringend angesehen hatte, war sie sich jetzt sicher, dass er genauso empfand wie sie. Ich wusste nicht, was ich dazu sagen sollte, und fragte mich, ob Rupert vielleicht nur Probleme mit seinen Kontaktlinsen gehabt hatte, aber das behielt ich dann doch lieber für mich. Pru erwartete eindeutig eine tiefer greifende Erklärung; außerdem hatten die anderen Damen bereits Blumen und Steckblöcke zur Seite gelegt und hörten uns aufmerksam zu. Das Ganze war eine heikle Angelegenheit.

Natürlich möchte ich Rupert lieber heute als morgen unter der Haube wissen, und auf den ersten Blick ist Ruth eine recht passable Kandidatin. Sie ist hübsch genug, um auf einem Hochzeitsfoto eine gute Figur zu machen, zumindest wenn sie endlich etwas gegen ihre Naturkrause unternimmt, aber sie ist nicht so attraktiv, dass ihr ständig andere Männer nachstellen würden. Sie ist Grundschullehrerin, was auf ein Herz für Kinder schließen und auf unbegrenzten Zugang zu Büromaterial hoffen lässt. Doch trotz der Aussicht auf eine Schar Enkelkinder und einen unerschöpflichen Vorrat an Büroklammern befürchte ich, dass sie aufgrund ihrer unverkennbar labilen emotionalen Disposition kaum in der Lage wäre, ein Weihnachtsessen mit Iwan dem Schrecklichen und Mutter zu überstehen. Mir war klar, dass hier Diplomatie vonnöten war. Mir war auch klar, dass dies nicht der geeignete Moment war, die Damen um Hilfe bei der Formulierung von Ruperts Kontaktanzeige zu bitten. Stattdessen erklärte ich Pru, dass Rupert einer von den ganz Schüchternen sei, dessen Schweigen darauf schließen lasse, dass er von seinen Gefühlen überwältigt worden sei. Als sich mich dann nach seiner Adresse fragte, weil sie diese an Ruth weitergeben wollte, konnte ich ja schlecht nein sagen.

Freitag, 22. Februar
3.00 Uhr

Ich bin aus einem furchtbaren Traum aufgeschreckt. Ruth hatte sich an das Geländer vor Ruperts Wohnung in Milton Keynes gekettet und sich selbst in Brand gesteckt, als stellte sie die plakative Protestaktion eines kambodschanischen Mönchs nach. Szenenwechsel: eine Hochzeit, auf der Rupert lodernde Flammen mit Champagner erstickte und Ruth statt eines Hochzeitskleids ein Einhornkostüm trug. Poppy stand mit allen vier Pfoten in der Hochzeitstorte, und Iwan der Schreckliche hing wie ein Affe mit den Krallen am Kronleuchter und baumelte hin und her. Als ich Jeffrey mit einem Ellbogenstoß weckte und ihn fragte, was der Traum wohl zu bedeuten habe, murmelte er nur: «Zu viel Roquefort.» Dieser Antwort fehlten meiner Meinung nach sowohl psychologische Tiefe als auch Einfühlungsvermögen.

Sonntag, 24. Februar

Vielleicht kann ich ja hellsehen. Vielleicht gibt es diese übernatürlichen Phänomene wirklich, trotz meiner Abneigung gegen Leute, die Batikkleidung tragen und nach Sandelholz riechen. Heute kommt mir mein Traum jedenfalls wie eine Vorahnung vor. Keine Angst, liebe Leser, es hat keine Selbstverbrennungen auf der Treppe vor Conifer Court, Ruperts Wohnanlage, gegeben. Aber dennoch kam es dort zu einem Zwischenfall. Als Rupert heute anrief und mich «Mutter» und nicht wie sonst «Mum» nannte, wusste ich gleich, dass etwas nicht stimmte. Er wollte wissen, wie «sie» an seine Adresse gekommen war. Mir ist es ein bisschen peinlich, das zuzugeben, aber ich stellte mich dumm und sagte, falls es um Ruth ginge, dann müsse sie ihn bestimmt über MyFace oder einen anderen dieser Internet-Jugendclubs ausfindig gemacht haben, über die ständig in den Zeitungen geschrieben werde.

Rupert schwieg eine Weile und sagte dann etwas milder gestimmt, aber mit deutlicher Anspannung in der Stimme: «Weißt du, was sie gemacht hat, Mum? Als ich gestern von Sainsbury's zurückkam, klebten an meiner Haustür Hunderte gelber Post-its, die sie in Form eines Herzens angeordnet hatte. In die Mitte hatte sie ein Polaroidfoto von sich geklebt, auf dem mit schwarzem Filzstift ihre Telefonnummer geschrieben stand. Auf dem Bild trug sie ein Engelskostüm. Das ist doch krank. Was soll ich bloß tun?»

Mein erster Gedanke war, dass er damit anfangen könnte, bei Waitrose und nicht bei Sainsbury's einzukaufen, aber ich biss mir auf die Zunge. Dann dämmerte mir, dass das hier die Gelegenheit war: Ich fragte ihn, ob er nicht die eine oder andere weibliche Bekanntschaft habe, mit der Ruth ihn eventuell Hand in Hand sehen könnte. Da verstummte er und murmelte, er müsse ganz dringend seinen Kaktus gießen. Wahrscheinlich wollte er von seiner Schüchternheit ablenken. Ich bin inzwischen mehr denn je davon überzeugt, dass eine Online-Partnervermittlung der einzig richtige Weg ist.

Montag, 25. Februar

Ich stehe unter Schock. Ich sehe den Computer vor mir an, und mir ist, als wäre er besudelt. Meine Finger schwitzen. Das Internet ist wahrlich eine unwegsame Wildnis voll sonderbarer Kreaturen und Hinterhalte. Ich wollte die Kontaktbörse des *Daily Telegraph* aufrufen und bin dabei auf ein furchtbares Geheimnis gestoßen.

Jeffrey hatte den Computer über Nacht angelassen, was er sonst nie tut. Er sitzt häufig noch spät am Abend mit einem Glas Scotch in seinem Arbeitszimmer, um die Entwicklung seines Wertpapierdepots zu verfolgen, und kommt dann mit einem zufriedenen Funkeln in den Augen ins Schlafzimmer. Aber ich schweife schon wieder ab.

Heute Morgen fiel mir auf, dass er den Computer über Nacht im Standby-Modus gelassen hatte, was er normalerweise tunlichst vermeidet, seit Sophie ihm vorgeworfen hat, sich dadurch mitschuldig am Untergang der Malediven zu machen. Als ich die Maus bewegte, erschien das Foto einer Blondine mit einem idiotischen Grinsen und einem ausgesprochen prallen Dekolleté auf dem Bildschirm. Als ich genauer hinsah, wurde mir klar, dass ich mich auf einer Art Fanseite von Facebook befand und unter Jeffreys Namen angemeldet war. Ich kannte die abgebildete junge Dame aus dem Fernsehen, sie moderiert bei der BBC eine Kindersendung. In letzter Zeit hat sie allerdings hauptsächlich deshalb Schlagzeilen gemacht, weil sie mit einem aufgerollten Fünfzig-Pfund-Schein Kokain von Russel Brands Brust geschnupft und sich dabei auch noch hat erwischen lassen. Die Fanseite enthielt eine «Pinnwand» mit Kommentaren von Bewunderern, unter anderem «Die Braut ist ja so was von scharf, ich seh sie immer im TV und stell mir vor, was man mit ihr so anstellen könnte» und «klasse T***en». Es war ein Stich ins Herz, als ich Jeffreys Kommentar bemerkte, der lediglich aus einem «Wooooow!» bestand. Wenn ich sage, Jeffrey, meine ich damit Jeffreys Internetpersönlichkeit, die sich aus seinem richtigen Namen und einem Foto von Roger Moore als 007 zusammensetzt. Er lebt also seine schmutzigen Phantasien im Internet aus. Aber was mich daran am meisten kränkt, ist, dass er diese Phantasien ausgerechnet auf eine kaum der Pubertät entwachsene Fernsehmoderatorin lenkt, die, was Aussehen und Kleidungsstil angeht, das genaue Gegenteil von mir ist. Wenn es schon eine andere Frau sein muss, die seinen Speichelfluss anregt, dann hätte er sich wenigstens einen kultivierteren Typ aussuchen können. Warum besucht er denn nicht Kate Winslets Fanseite? Oder die von Nigella Lawson?

Natalia putzte gerade das Arbeitszimmer, als ich auf Jeffreys virtuelles Doppelleben stieß. Ich schnappte hörbar nach Luft, und sie kam zum Schreibtisch, um herauszufinden, was mich so erschüttert hatte. Als sie die Fanseite sah, war sie ebenfalls schockiert. Die Gute fühlt mit mir. Vielleicht sollte ich nicht so streng mit ihr sein.

Inzwischen habe ich mich wieder etwas gefangen. Aber nun stehe ich vor einem Dilemma: Soll ich das Bild dieser grinsenden Blondine aus meinem Gedächtnis streichen und so tun, als wäre alles in Ordnung, soll ich Jeffrey darauf ansprechen, oder soll ich mich auch bei Facebook anmelden und ihn «cyberstalken»? Ich sehe meinen Fund zwar nicht als böses Omen, aber Sie werden mir sicher zustimmen, dass das Timing nicht gerade optimal ist. Ruperts Kontaktanzeige werde ich fürs Erste nicht aufgeben.

Dienstag, 26. Februar

Seit meinem sechsunddreißigsten Geburtstag vermeide ich es weitestgehend, mich eingehend im Spiegel zu betrachten. Heute aber holte ich tief Luft und starrte mein Spiegelbild an. Und mein Spiegelbild starrte mich an. Mit meinen Augen bin ich noch zufrieden – sie sind grün, weit auseinanderstehend und mandelförmig, was Jeffrey früher so bewundert hat. Aber die Bereiche um, über und unter den Augen bereiten mir Kopfzerbrechen. Ich habe Krähenfüße. Zwischen meinen Augenbrauen entdecke ich eine kleine Furche. Zwischen Nase und Mundwinkeln sind Falten entstanden, die bis jetzt noch keine Anti-Aging-Creme ausradieren konnte. Mein Dekolleté hat die Struktur eines überreifen Pfirsichs. In den siebziger Jahren, als wir regelmäßig Urlaub in der Provence machten, hatte es sich eben noch nicht herumgesprochen, wie wichtig Sonnenschutz ist. Meine Figur ist noch recht gut für mein Alter, Größe 42, und mit der richtigen Unterwäsche wirke ich sogar fast schlank. Der Gesamteindruck ist in etwa so wie bei meinem Lieblingssessel: eine elegante Silhouette, aber leichte Gebrauchsspuren. Doch im Großen und Ganzen habe ich das Gefühl, dass alles an mir genau so ist, wie es bei einer Frau meines Alters sein sollte. Reife Frauen, die in kurzen Radlerhosen herumstolzieren, wie Madonna, sind nicht normal, natürliche Zeichen der Alterung dagegen schon. Ich möchte meine Haut nicht so hochziehen lassen, dass ich wie eine erschrockene Katze aussehe, oder mir Botox in die Stirn spritzen lassen, bis sie so straff ist wie eine Bongotrommel. Und ich möchte auch keine glänzenden engen Bodys tragen. Trotzdem würde ich mich freuen, wenn Jeffrey wenigstens ab und zu einmal auch ein «Wooooow!» für mich übrig hätte.

Was sieht er, wenn er mich anschaut? Sieht er das junge, schlanke und straffe Mädchen, das er geheiratet hat, oder sieht er nur eine alte Frau mit erschlafften Gesichtszügen? Sieht er mich überhaupt?

Das Wechselläuten gestern Abend hat meine trüben Gedanken zerstreut. Es würde bestimmt vielen Frauen guttun, sich ehrenamtlich in ihrer Gemeinde zu engagieren, statt in den Illustrierten einen Psychotest nach dem anderen zu machen, um ihr Selbstwertgefühl zu stärken. Kaum hatte ich die Glockenstube betreten, kam auch schon Reginald auf mich zu und verkündete, dass David seinen Araberschal entsorgt habe und dem Islam für immer entsage. «Haben ihn letztendlich doch bestimmte Passagen des Korans zum Zweifeln gebracht?», fragte ich. «Hat er sich endlich, mit einiger Verspätung, darauf besonnen, dass Jesus Christus der Weg, die Wahrheit und das Leben ist?» Reginald schüttelte den Kopf und sagte, David sei es schlicht und einfach nicht gelungen, eine Pizza mit Hühnchen und Barbecue-Sauce aufzutreiben, die *halal* sei.

Gerald war auch da, ohne Poppy. Er hatte gerötete Augen und wirkte nachdenklich. Um das Eis zu brechen, sagte ich so etwas in der Richtung wie: «Da sind wir ja wieder» und «Wieder eine Woche rum», und er erwiderte mit zitternder Stimme, dass ich mit jedem Tag schöner würde. In Anbetracht meiner gestrigen Grübeleien hätte ich ihn küssen können, allerdings nur, falls ihn vorher jemand von Kopf bis Fuß desinfiziert hätte. Aber im Ernst, es wäre wirklich die reinste Verschwendung, wenn er weiter ohne Frau durchs Leben gehen müsste. Nur schade, dass Miss Hughes gestern Abend nicht kommen konnte, weil sie wegen ihrer Hammerzehen ans Bett gefesselt war.

Donnerstag, 28. Februar

Heute waren wieder die Blumenschmuck-Damen an der Reihe. Ich ging mit einem flauen Gefühl in die Kirche, weil ich fast damit rechnete, dass Pru mir eine Gartenschere in den Rücken stoßen würde. Aber sie war wie ausgewechselt. Sie kam zu mir, legte mir ihre kleine, schlaffe Hand auf die Schulter und sagte: «Constance, Ruth hat mir alles erzählt. Du bist ja so tapfer. Du und Rupert, der Arme, das ist ja schrecklich.» Sie blinzelte, sah mich mitfühlend an, schüttelte den Kopf und drückte mir fünf Gewächshauslilien in die Hand. Was um alles in der Welt hatte das zu bedeuten? Sie hatte doch nicht etwa aus der Flasche mit dem Blumendünger getrunken? Da man einem geschenkten Gaul nicht ins Maul schaut, entschied ich mich dafür, freundlich zu lächeln und die neugierigen Blicke der anderen Damen zu ignorieren. Gottes und Prus Wege sind unergründlich.

21.05 Uhr

Ich habe Ruperts Festnetzanschluss angerufen, eine Nachricht auf der Mailbox seines Handys hinterlassen und sechs SMS geschickt. Keine Reaktion. Was wird hier gespielt? Was hat er Ruth gesagt – oder angetan –, dass Pru sich auf einmal so sonderbar benimmt? Diese Ungewissheit macht mich ganz krank. Als ich beim Abendessen den Salzstreuer in meine Suppe fallen ließ und die Gemüseeinlage auf Jeffreys Hemd spritzte, ist sogar ihm aufgefallen, dass ich zurzeit nicht ganz bei mir bin. Ich hoffe, Rupert meldet sich bald. Schließlich gibt es ja keinen Grund, mir aus dem Weg zu gehen.

Freitag, 29. Februar

Ein wirrer Traum hat die Nacht zur Qual gemacht: Jeffrey war James Bond, und ich saß als Miss Moneypenny in meinem Büro. Vor dem Fenster tauchte die blonde Fernsehmoderatorin in einem winzigen Bikini mit Stringtanga aus einem türkisfarbenen Meer auf. Ich konnte nur steif und ohnmächtig an meinem Schreibtisch sitzen, während Jeffrey das Büro verließ und auf den Strand hinaustrat, ohne einen Blick zurückzuwerfen. Als ich um fünf Uhr morgens aufwachte, hatten meine Fingernägel kleine rote Abdrücke in meinen Handballen gegraben. Ich weiß, was zu tun ist: Ich muss der Sache auf den Grund gehen. Ich muss mich bei Facebook registrieren.

Sobald Jeffrey auf dem Weg zur Arbeit und Natalia einkaufen war, schloss ich mich im Arbeitszimmer ein und gab «Facebook» bei Google ein. Ich befolgte die Anweisungen für die Registrierung, geriet aber ins Stocken, als ich gebeten wurde, ein Foto auszuwählen. Was wäre am besten geeignet: ein zehn Jahre altes Urlaubsfoto von mir, ein Bild der Queen, ein eleganter Schwan, eine Eule, Apfelblüten, ein Kirchturm oder doch lieber Miss Moneypenny in einem Kostüm mit Bleistiftrock? Das hatte sich schnell von selbst erledigt, als mir aufging, dass ich ja gar nicht wusste, wie man ein Foto hochlädt. Ich rief Rupert an und versuchte es dann bei Sophie, doch da keiner von beiden antwortete, war ich gezwungen, mich mit dem Standardbild, einem königsblauen Fragezeichen, zufriedenzugeben, mit dem man nun leider überhaupt keinen Eindruck schinden kann. Der Rest war einfacher. Bei Beziehungsstatus gab ich «Verheiratet» ein, bei religiöse Ansichten «Anglikanische Kirche» und bei politische Ansichten «Konservative Partei, aber bitte Kenneth Clarke, nicht David Cameron».

Nachdem ich mich registriert hatte, fragte mich das Programm freundlicherweise, ob ich nun Freunde suchen wolle. Ich weiß nicht, ob «Freund» die korrekte Bezeichnung für jemanden ist, mit dem ich seit dreiunddreißig Jahren Tisch und Bett teile, aber ich tippte Jeffreys Namen ein, und tatsächlich: Unter den vielen mir unbekannten Jeffrey Hardings fand ich sein kleines James-Bond-Foto. Mein Herz schlug schneller. Da das alles noch Neuland für mich ist, war ich mir nicht sicher, wie es nun weitergehen würde, war aber davon ausgegangen, dass ich in der Lage sein würde, auf alle Daten von Jeffrey zuzugreifen, herauszufinden, wer seine «Freunde» waren, welchen Fanclubs er angehörte, was er als seine religiösen Ansichten angegeben hatte und wie viele halbnackte Fernsehmoderatorinnen er mit begeisterten Kommentaren bedachte. Zu meiner großen Enttäuschung war nichts davon möglich. Die einzigen Optionen waren «als Freund hinzufügen» oder «Nachrichten senden». Nach kurzem Zögern klickte ich auf Ersteres. Das Programm zeigte an, dass eine «Freundschaftsanfrage» an Jeffrey gesendet wurde. Wird er nach über dreißig Jahren Ehe noch einmal «Ja» sagen? Wird er sich freuen, mir im Cyberspace zu begegnen? Wird er mir böse sein? Wird er ein schlechtes Gewissen wegen seiner «Wooooows» bekommen?

Wo ich gerade dabei war, suchte ich gleich noch nach meinen Kindern. Es gab mehrere Rupert Hardings, von denen eigentlich keiner mein Sohn sein konnte, allerdings behauptete einer, der ein Bild von Oscar Wilde in seinem Profil hatte, in Milton Keynes zu wohnen. Vielleicht war das mein Rupert; er hat schon in der Schule so gern gelesen.

Sophie zu finden war dagegen ein Kinderspiel. Auf ihrem Foto trug sie einen pinkfarbenen Bikini und einen Sombrero und saß rittlings auf den Schultern eines Rugbyspielers. In der einen Hand hielt sie einen Cocktail, in der anderen eine Sprühdose mit Schlagsahne. Ich schickte ihr eine Nachricht, in der stand: «Du solltest niemals zulassen, dass jemand ein Foto von dir macht, das du deiner Mutter nicht zeigen würdest. Kuss, Mum.» Ich hielt es für das Beste, weder sie noch den potenziellen Rupert als Freunde auszuwählen. Schließlich legen die Kinder heutzutage großen Wert auf ihre Privatsphäre.

Nachdem es mir zu guter Letzt auch noch gelungen war, Bridget ausfindig zu machen – sie hatte ein glamouröses Foto von sich eingestellt, eine Profilaufname, auf der sie gewelltes Haar trug und einen altmodischen Zigarettenhalter an ihre blutroten Lippen führte –, schloss ich mich einer Gruppe von «Fans» des National Trust und einer Gruppe von Papageienliebhabern namens Paratweet an. Das Knirschen von Autoreifen in der Einfahrt ließ mich hochschrecken. Natalia war von ihrem Einkauf bei Waitrose zurück, und erst jetzt stellte ich überrascht fest, wie viel Zeit vergangen war. Kein Wunder, dass manche Menschen internetsüchtig werden und ihr ganzes Leben verschwenden, weil sie ständig ziellos durch das Netz irren. Deshalb schaltete ich auch gleich den Computer aus und ging nach unten, um Natalia mit den Einkaufstüten zu helfen. Dann ging ich wieder nach oben, schaltete den Computer wieder ein und aktualisierte meinen «Status» zu «ist verärgert darüber, dass die Haushälterin schon wieder vergessen hat, Serrano-Schinken einzukaufen».

Samstag, 1. März

Rupert hat sich gemeldet. Endlich. «Hi, Mum», sagte er fröhlich. «Sag schon, was hast du ihr erzählt?», fuhr ich ihn an. Nach einer kurzen Pause antwortete er: «Mum, bitte versteh doch. Die Frau hat mich total fertiggemacht. Sie hat ein Päckchen mit selbstgebackenen Plätzchen in meinen Briefkasten gezwängt. Sie hat mir vor meiner Wohnung aufgelauert, mit einer Strickmütze aus Mohair auf dem Kopf.» Bei aller Liebe zu Selbstgebackenem muss ich zugeben, dass weder ein derartiges Verhalten noch ein solcher Kleidungsstil angemessen für eine potenzielle Schwiegertochter waren. «Wie unangenehm», entgegnete ich. «Und weiter?»

Rupert räusperte sich. Dann erzählte er es mir, und ich traute meinen Ohren kaum.

Ruth, Pru und bald wahrscheinlich auch der Rest des Dorfes glauben nun zu wissen, dass mein Sohn Lepra hat. Keine gewöhnliche Form von Lepra. Nein. Rupert hat Ruth weisgemacht, dass er an einer seltenen Ausprägung der Krankheit leidet, die für andere unsichtbar in seinem Körper schlummert, aber hochansteckend ist und durch emotionalen Stress noch verschlimmert wird. Er erzählte ihr, er habe sich während eines Hilfsprojekts in einem Waisenhaus in Bangladesch damit angesteckt. Eine einsame Träne glänzte auf ihrer Wange, als er ihr offenbarte, dass ihre Liebe keine Zukunft habe. Dann ging sie.

Ich wusste nicht, was ich sagen sollte. Einerseits war ich entsetzt, andererseits bewunderte ich seine Erfindungsgabe. Natürlich würde ich mich schämen, jemanden so zu belügen, aber vielleicht kann mir diese Geschichte von Nutzen sein, wenn die Zeugen Jehovas das nächste Mal bei mir klingeln.

15.27 Uhr

Ich habe mich bei Facebook eingeloggt und meinen Status geändert in «hat gerade erfahren, dass Sohn Lepra hat». Jeffrey hat meine Freundschaftsanfrage immer noch nicht bestätigt. Soll ich ihn darauf ansprechen?

Sonntag, 2. März

Wieder einmal hat Jeffrey eine Partie Golf dem Gottesdienst und einem Besuch im Seniorenheim vorgezogen. Ich saß also allein in der Kirchenbank und musterte die Gesichter der Gemeinde. Weißes Morgenlicht fiel auf straffe junge und auf runzlige alte Haut, auf zappelnde Kinder und erschöpfte Mütter, auf Nickelbrillen und Schnurrbärte. Gab es unter ihnen jemanden, der die gleichen Probleme hatte wie ich? Wie viele der Anwesenden hatten Ehemänner, die auf Facebook ihren Voyeurismus auslebten, wie viele hatten Söhne, die vor der Verantwortung einer festen Bindung flohen? Und wie viele dieser Söhne würden zu diesem Zweck so weit gehen, Lepra vorzutäuschen? Gelegentlich lenkte mich Reginalds Predigt – sie handelte davon, dass materieller Reichtum allein nicht selig macht – von meinen Gedanken ab, doch die meiste Zeit über gelang es mir, ihn zu ignorieren.

Nach dem Gottesdienst fuhr ich ins Seniorenheim, wo ich Mutter bester Laune vorfand, da im Fernsehen eine Antiquitätensendung lief, in der ein silbernes Sahnekännchen in Kuhform präsentiert wurde, das genauso aussah wie ihres. Sie erkundigte sich nach Jeffrey, Rupert und Sophie, und ich gab ihr freundliche, aber knappe Antworten. Als ich meine Mutter in ihrer grünen Strickjacke so dasitzen sah, eine stämmige alte Frau, deren Kinn schlaff herabhing wie das eines Truthahns und deren zu kleiner Ehering ihr den Finger abschnürte, wurde mir bewusst, dass ich viel zu wenig über sie wusste. Zur Zeit meiner Kindheit in Shipton-under-Wychwood war es einfach nicht üblich gewesen, in den eigenen Eltern menschliche Wesen zu sehen, geschweige denn menschliche Wesen, die eine «Beziehung» miteinander hatten. Vater war Tierarzt, Mutter kam aus einer wohlhabenden Familie mit Verbindungen zum Adel, und zusammen waren sie eine unangreifbare Eltern-Einheit. Solange ich mir selbst die Schnürsenkel band und mir vor dem Essen die Hände wusch, blieb ich mir selbst überlassen. Aber vielleicht war es noch nicht zu spät, mehr über meine Mutter zu erfahren, von den Erfahrungen ihres langen Lebens zu profitieren und diese auf meine eigene Ehe zu übertragen.

«Mutter», sagte ich. «Wie war Vater wirklich?»

Sie stutzte, setzte ihre Brille auf, sah mich an und sagte:

«Große Füße. Hat Senf gemocht. Hat immer geschnarcht, wenn er auf der linken und nicht auf der rechten Seite schlief.»

Das waren nicht die Informationen, auf die ich gehofft hatte. Ich versuchte es noch einmal.

«Du warst fünfzig Jahre mit ihm verheiratet. Was ist das Geheimnis eurer glücklichen Ehe?»

Sie schnaubte. «Ich habe immer darauf geachtet, dass er auf der rechten Seite schläft. Und an kalten Wintermorgen habe ich ihm seine Socken und seine Unterwäsche zum Vorwärmen an den Ofen gehängt. Aber was meinst du mit glücklich? Warum fragst du mich das alles?»

An dieser Stelle beschloss ich, das Thema zu wechseln, und staunte über die Anzahl der Narzissen im Garten des Seniorenheims.

Als ich nach Hause kam, war Jeffrey noch unterwegs, also loggte ich mich erneut bei Facebook ein. Er hatte mich noch immer nicht als «Freund» bestätigt. Aber Bridget hatte mir eine nette Nachricht geschrieben, in der sie sich erschrocken nach Ruperts Gesundheit erkundigte. Ich schrieb zurück und beruhigte sie. Ich hatte außerdem eine Freundschaftsanfrage von einer ehemaligen Mitschülerin, die immer nach Mottenkugeln gerochen hatte. Wir hatten uns zuletzt auf einem Klassentreffen zwanzig Jahre nach unserem Abschluss gesehen. Der Frisur nach zu urteilen, stammte das Foto in ihrem Profil aus dieser Zeit. Sie sah mindestens zehn Jahre jünger aus als dreiundfünfzig, aber ich bestätigte sie trotzdem. Dann ging ich ins Paratweet-Forum und schrieb einen Beitrag, in dem ich Leinsamenöl als ideales Mittel für glänzende Federn empfahl. Danach änderte ich meinen Status zu «macht sich

Gedanken über die unüberwindliche Kluft zwischen den Generationen» und meldete mich ab.

Montag, 3. März

Es ist jetzt eine ganze Woche her, dass ich Jeffreys Facebook-Seite gefunden habe, und ich habe nichts weiter unternommen, als darauf zu warten, dass er meine Freundschaftsanfrage beantwortet. Also habe ich heute Tanya besucht. Ich brauche den Rat einer Frau von Welt, und das ist sie meiner Meinung nach, denn manchmal trägt sie einen rosa Nicki-Anzug von Juicy Couture. Als sie die Tür öffnete, hatte sie ein knallrotes Gesicht und japste nach Luft. Ein blassrosa Stirnband hielt ihr die blondgesträhnten Haare aus dem Gesicht. «Hey, Connie, entschuldige meinen Aufzug», sagte sie, während sie mich hereinbat. Es stellte sich heraus, dass sie gerade Aerobic-Übungen zu einer Girls-Aloud-DVD machte. Vermutlich verbrennt man dabei mehr Kalorien als bei der Gartenarbeit, aber ich vermute, dass die Gehirnzellen bei dieser Form der Körperertüchtigung ebenso verkümmern wie die Staudenrabatte.

Während sie in der Küche Kaffee aufsetzte, sah ich mich im riesigen Wohnzimmer um. Die Einrichtung war in Cremetönen gehalten, es gab eine Art ferngesteuertes Kaminfeuer, schokoladenbraune Ledersofas, die meine Hände schwitzen ließen, folkloristische, mit dürren Zweigen gefüllte Vasen und ein gigantisches Gemälde mit lauter Rechtecken und Dreiecken, das wohl moderne Kunst darstellen sollte. Tanya gesellte sich wieder zu mir, drückte mir einen Kaffee in einer Starbucks-Tasse in die Hand und fragte, wie es mir gehe. Ich beschloss, gar nicht erst um den heißen Brei herumzureden.

«Tanya», sagte ich. «Ich habe herausgefunden, dass Jeffrey sich für andere Frauen interessiert. Auf Facebook. Was hat das zu bedeuten? Was soll ich tun? Muss ich Angst um unsere Ehe haben?»

Sie sah mich an und lachte. Ihrer Meinung nach ist Jeffreys Fehltritt völlig harmlos. Sie erklärte mir, dass ihr Mann Mark als Börsenmakler zwangsweise die Hälfte seiner Freizeit «mit dem Gesicht zwischen den T***en einer Lap-Tänzerin» verbringe und dass sie das nicht im Geringsten beunruhige. Sie und Mark blättern sogar gemeinsam Zeitschriften durch und geben den Models darin Schulnoten für Gesicht und Figur.

«Er kann sich Appetit holen, wo er will, aber letzten Endes zählt nur das hier», sagte sie, während sie mir ihren Ehering entgegenhielt. «Und außerdem weiß er, dass ich, sollte er doch fremdgehen, das Haus und das Auto bekomme und ihm mit der Nagelschere die Eier abschneide.»

Was soll man dazu sagen? Bis jetzt hatte es noch keinen Anlass gegeben, eine offene Drohung an Jeffreys Genitalien auszusprechen, aber ich vermute ohnehin, dass Tanyas Bemerkung metaphorisch gemeint war.

Jedenfalls war ich nach unserem Treffen schon viel besser gelaunt, und beim Abendessen fragte ich Jeffrey frisch von der Leber weg, wie ihm Facebook gefalle. Er fing an, energisch an seinem Steak herumzusäbeln, und murmelte, er habe sein Konto löschen müssen, weil er ständig Freundschaftsanfragen von nigerianischen Spammern bekomme.

Ich stecke in eine Zwickmühle. Nun habe ich mehrere Tage lang mit der richtigen Formulierung gerungen, einige misslungene Entwürfe verworfen und schlussendlich ein passendes Profil erstellt, um Rupert auf der Kontaktbörse des *Daily Telegraph* ins rechte Licht zu rücken. Ich hatte mir eingeredet, dass der Zweck (Hochzeit, Enkelkinder) die Mittel (Auftreten unter falscher Identität, arglistige Täuschung) heiligt. Und dennoch, als meine Hand über der Maus schwebte, um auf «Abschicken» zu klicken, brachte mich eine innere Stimme – entweder war es Gott oder mein Gewissen, das lässt sich manchmal nur schwer auseinanderhalten – dazu, abzubrechen. Vielleicht war für mein Vorhaben ja doch eine andere Methode geeigneter, eine, bei der weniger Gefahr bestand, dass Rupert sie in den falschen Hals bekam und keine meiner SMS mehr beantwortete. Nachdem ich die Kontaktbörse ausgiebig inspiziert hatte, beschloss ich, zunächst einmal eine Liste mit geeigneten Kandidatinnen zusammenzustellen. Dann würde ich Rupert das fertige Profil präsentieren und um seine Erlaubnis für die weiteren Schritte bitten. Bis jetzt gefallen mir diese drei Mädchen recht gut:

Name: Flossie
Alter: 24
Größe: 1,67 Meter
Beruf: PR/Marketing
Über mich: Ich bin ein optimistisches, fröhliches Mädel und für jeden Spaß zu haben. Meine Freunde sagen, ich sei spontan und kontaktfreudig. Ich bin

leidenschaftliche Hobby-Turniertänzerin. Meinen verführerischen Bewegungen wirst du bestimmt die Höchstnote geben!
Ich suche: einen netten, lustigen Mann, mit dem ich chillaxen kann, vielleicht eine ernste Beziehung, vielleicht Hochzeit und Kinder, wer weiß?!

(**Anmerkungen:** Nett, aber etwas beschränkt. Unwahrscheinlich, dass sie durch eine steile Karriere an der Produktion von Enkelkindern gehindert wird. Vermutlich anpassungsfähig. Größe in Ordnung. Rausfinden: Was bedeutet «chillaxen»?)

Name: Karen
Alter: 32
Größe: 1,70 Meter
Beruf: Kulturmanagerin
Über mich: Ich genieße die einfachen Dinge des Lebens: eine selbstgekochte Mahlzeit, einen Spaziergang, ein gutes Buch. Ich bin schüchtern, aber wenn du dir die Zeit nimmst, mich kennenzulernen, wirst du nicht enttäuscht werden.
Ich suche: Mir ist schon einmal das Herz gebrochen worden, daher suche ich einen einfühlsamen, ehrlichen Mann, der mich nicht für die erstbeste Tussi mit Silikonbrüsten sitzenlässt.

(**Anmerkungen:** Sie ist zweiunddreißig und hat vermutlich Torschlusspanik. Würde schnell heiraten. Günstig im Unterhalt.)

Name: Jackie
Alter: 26
Größe: 1,58 Meter
Beruf: Stallgehilfin
Über mich: unkompliziertes Mädchen vom Land. Ich mag Pferde, Hunde, ländliche Pubs, deftigen Nachtisch.
Ich suche: einen einfachen Mann, der lange Spaziergänge mit mir macht und ein gutes Sonntagsessen schätzt.

(**Anmerkungen**: Nach Ruth ist unkompliziert auf jeden Fall gut. Tierlieb. Und vielleicht schafft sie es, Rupert aus seiner Wohnung zu zerren und ein bisschen Farbe in sein Gesicht zu bekommen.)

Jetzt muss ich nur noch Rupert anrufen. Drücken Sie mir die Daumen!

18.32 Uhr

Das Gespräch mit Rupert ist anders verlaufen als geplant. Es war alles vergebens: meine Recherche, die ausgedruckten Profile geeigneter Damen, die Vorbereitung auf unser Telefonat, das ich zehnmal in Gedanken durchgespielt hatte, bevor ich zum Hörer griff. Wie kann man nur so stur sein und sich jeglicher Vernunft und Romantik verweigern?

Unser Gespräch lief in etwa so ab:
«Hallo, Rupert, wie geht es dir?»
«Gut.»

«Wie läuft es bei der Arbeit?»
«Gut.»
«Wie läuft es mit der Wohnung?»
«Gut.»
«Rupert, ich habe nachgedacht. Es liegt mir fern, mich in dein Privatleben einzumischen, aber ich lese immer wieder, wie sehr die jungen Leute heutzutage beruflich eingespannt sind und wie schwierig es da ist, die große Liebe zu finden, und ich habe mich gefragt, ob du schon einmal darüber nachgedacht hast, über eine Online-Partnervermitt…»
«MUM!»
«Bitte unterbrich mich nicht. Ich bin überzeugt, dass du über die Kontaktbörse des *Daily Telegraph* ein sehr nettes Mädchen kennenlernen könntest. Ich habe auch schon drei Stück für dich herausgesucht. Hör dir das mal an: ‹Unkompliziertes Mädchen vom Land. Mag Pferde, Hunde, ländliche Pubs …›»
«MUTTER!»
«Rupert, jetzt lass mich doch bitte ausreden. Was hast du schon zu verlieren? Du brauchst dir nicht einmal die Mühe zu machen, dein Profil zu schreiben, das habe ich nämlich schon für dich getan. Was hältst du davon?: ‹Attraktiver Akademiker, 26 Jahre alt, mit eigenem Apartment und gepflegten Zähnen, sucht seriöse junge Dame für gemeinsame Unternehmungen. Heirat nicht ausgeschlossen …›»
Es machte klick. Er hatte aufgelegt. Wäre das Wechselläuten nicht gewesen, hätte ich den Abend bestimmt in tiefster Verzweiflung verbracht.

Das Wechselläuten ist eine weitaus kompliziertere und anspruchsvollere Angelegenheit, als gemeinhin angenommen wird. Ich bin mir sicher, dass das konzentrierte Auszählen der diffizilen Muster Miss Hughes dabei hilft, sich ihren scharfen Verstand zu bewahren. Gestern Abend war sie mal wieder in Hochform: Sie stieß Daphne mit ihrem Gehstock in die Rippen, als diese ihren Einsatz verpasste, und fragte Reginald, warum er denn nicht dafür sorge, dass der Boden anständig gefegt werde. Ich sah sie an, und dann sah ich Gerald an, dessen lautes Schniefen zwischen zwei Glockenschlägen zu hören war, und machte mir so meine Gedanken.

Gerald ist neunundfünfzig und wird in nicht allzu ferner Zukunft seine Karriere als Geschichtslehrer an der Privatschule beenden, um in den Ruhestand zu gehen. Sicher, zurzeit ist er ein emotionales Wrack, aber bevor Rosemary ihn verlassen hat, war er ein zufriedener Mensch, der seltene Wildblumen sammelte und presste und an den Feiertagen mit seinen Kindern zum Hadrianswall fuhr, um ihnen ihre Vergangenheit zu zeigen.

Miss Hughes ist etwas älter als er und hat vor ihrer Pensionierung als Sprechstundenhilfe in der hiesigen Arztpraxis gearbeitet. Ich glaube, es hat sie zutiefst befriedigt, Patienten sagen zu können, vor nächster Woche Donnerstag sei kein Termin frei. Stattdessen droht sie nun den Jugendlichen im Dorf mit ihrem Stock, wenn diese ihren Abfall herumliegen lassen. Ich bezweifle, dass die beiden es bei der Partnervermittlung des *Daily Telegraph* auf ganze fünf Herzchen bringen würden (die Herzchen geben an, wie gut ein Paar zusammenpasst), dennoch glaube ich, dass es begründeten Anlass zur Hoffnung gibt.

Gerald treibt momentan ohne Halt und ohne Ziel durchs Leben, als engsten Vertrauten nur einen vier Monate alten schwarzen Labrador an seiner Seite. Miss Hughes ist vielleicht genau das, was er braucht, um wieder zu alter Form zurückzufinden. Und Gerald könnte ihr neues Projekt werden, jetzt, da sie ihre Ligusterhecke vom Efeu befreit hat. Daher beschloss ich, Miss Hughes in unserer Teepause ein paar Fragen zu stellen, um Geralds Interesse an ihr zu wecken.

«Miss Hughes», sagte ich, «haben Sie schon einmal darüber nachgedacht, sich einen Hund anzuschaffen? Mit einem Hund ist man immer in angenehmer Gesellschaft.»

«Ein Hund?», erwiderte sie, wobei sie eine ihrer dünnen Augenbrauen hochzog. Dann erklärte sie, die einzige Daseinsberechtigung eines Hundes bestehe darin, abgeschossene Vögel einzusammeln; alles andere sei Unsinn. Ich beobachtete Geralds Reaktion, doch er blickte ins Leere, mit einem verträumten Blick in den Augen und einer Fluse auf seinem Schnurrbart. Dieser Fall erfordert mehr Arbeit, als ich angenommen habe.

Donnerstag, 6. März

Die Sorge um Rupert und sein ungeschicktes Händchen für Frauen lässt mich nicht los. Nach wie vor ist er strikt dagegen, dass ich sein Profil in der Kontaktbörse des *Daily Telegraph* veröffentliche.

Ich möchte niemandem etwas unterstellen, schon gar nicht meinem eigen Fleisch und Blut, bei dem Jeffrey und ich uns größte Mühe gegeben haben, es so zu erziehen, dass es nicht vom Pfad der Tugend abkommt, aber so langsam komme ich ernsthaft ins Grübeln.

Könnte es sein, dass Ruperts Vorlieben in eine andere Richtung gehen? Habe ich mich etwa all die Jahre in meinem Sohn getäuscht?

Könnte es sein, dass er – ich bringe es kaum über mich, das zu schreiben – heimlich den *Guardian* liest?

Ich bin unschlüssig, ob ich ihn darauf ansprechen und eine Erklärung verlangen soll oder ob es sich nach dem Motto «Was ich nicht weiß, macht mich nicht heiß» nicht unbeschwerter lebt.

Freitag, 7. März

Eine SMS von Rupert, in der stand: *Hi Mum, sorry, dass ich aufgelegt habe. LG, Rupert.*

Wenigstens hat ihm die Lektüre linksliberaler Blätter noch nicht das letzte Fünkchen Anstand ausgetrieben.

Samstag, 8. März

Ich hatte ein merkwürdiges Gespräch mit Natalia. Da ihre Ausdrucksfähigkeit im Englischen Grenzen hat, sind eigentlich alle Gespräche mit ihr merkwürdig, aber dieses hier war besonders speziell. Ich ging gerade im Garten auf und ab, um die Frühlingssonne zu genießen und zu kontrollieren, ob der Gärtner letztes Jahr auch genügend Zwiebeln gesetzt hatte, als Natalia auf mich zukam. «Mrs Harding», sagte sie. «Ich mit Ihnen reden wollen.» Sie trug einen Korb mit Wäsche vor sich her, die zu einem derart hohen Stapel aufgetürmt war, dass ich kaum ihr Gesicht sah; als würde ein Kissenbezug mit Augen zu mir sprechen. Ich nahm ihr den Wäschekorb ab und stellte ihn auf den Boden. Nun sah sie plötzlich ganz schutzlos aus. Sie steckte eine Hand in die Tasche ihrer Kittelschürze, zwirbelte mit der anderen eine Haarsträhne zwischen den Fingern und fragte, ob ich ihr einen großen Gefallen tun könne. Sie habe eine Zwillingsschwester, Lydia, die sehr traurig sei, weil ihr Freund ein böser Mann sei und sie wegen einer Blondine mit einer Stelle bei der Bank und einem großen Auto verlassen habe. Überall auf der Welt das Gleiche, dachte ich mir und nickte mitfühlend. Natalia fuhr fort, dass ihre Schwester Studentin sei, aber zu Ostern Ferien habe, und dass sie, Natalia, Geld gespart habe, um Lydia ein Flugticket zu kaufen. Damit könne sie nach England kommen und für eine Weile wieder glücklich sein.

Liebe Leser, denken Sie jetzt bitte nicht, ich hätte ein Herz aus Stein. Ich war zutiefst gerührt von dieser litauischen Saga um Liebe und Verlust. Unter anderen Umständen hätte ich die unter Liebeskummer leidende Zwillingsschwester liebend gern willkommen geheißen, obwohl mich die Aussicht auf eine doppelte Portion Natalia zugegebenermaßen etwas beunruhigt. Aber diese Lydia wollte uns ausgerechnet über Ostern mit ihrem Besuch beehren, am gleichen Wochenende also, an dem wir auch Sophie aus Frankreich zurückerwarten. Ich hatte es bereits als perfekte Gelegenheit auserkoren, endlich ein langes Gespräch mit meiner Tochter zu führen und ihr einen neuen Regenmantel für den Frühling zu kaufen. Es ist leider so, dass Sophie und Natalia nicht besonders gut miteinander auskommen. Natalia mag es nicht, dass Sophie alles herumliegen lässt, Sophie mag es nicht, dass Natalia laut pfeifend ihre Sachen herumräumt. Einmal soll Natalia sogar ihren schwarzen Nagellack gestohlen haben. Mit einer weiteren Litauerin im Haus würde Sophie die ganze Woche lang schlechte Laune haben, und all meine Pläne wären für die Katz. Es ging einfach nicht.

Ich brachte Natalia so freundlich wie möglich bei, dass es in der Osterwoche nicht passe, Lydia aber gern zu einer anderen Zeit zu Besuch kommen könne. Sie starrte mich schweigend an. Ihre starkgeschminkten Augen verengten sich zu schwarzen Schlitzen. Dann packte sie den Wäschekorb, taumelte kurz unter seinem Gewicht und ging davon.

Sonntag, 9. März

Beim Frühstück gelang es Jeffrey, mich zu überraschen. Ich hatte gerade mein gekochtes Ei geköpft und war in einen Zeitungsartikel über «Trophäenfrauen» vertieft, als er sagte, er müsse etwas mit mir besprechen. Ich legte die Zeitung beiseite. Das waren ja ganz neue Töne.

«Es geht um Natalia», sagte er, was mich nur noch mehr überraschte. Um das Wohlergehen des Personals kümmert er sich in der Regel nicht. Natalia hatte sich wohl nicht mit meinem Nein abfinden wollen und an eine höhere Instanz appelliert. «Ich finde wirklich, wir sollten ihr diesen Wunsch erfüllen und ihre Zwillingsschwester über Ostern bei uns aufnehmen», sagte er, wobei der Gedanke an ein unglückliches junges Mädchen seine Augen mitfühlend funkeln ließ. «Es macht doch keine Umstände.»

Ich war hin- und hergerissen. Normalerweise ordne ich mich Jeffreys Willen bereitwillig unter (es sei denn, es geht um die Farbe der Tischwäsche), doch jetzt spürte ich, wie etwas in mir rebellierte. Ich hatte für das Osterwochenende bereits andere Pläne, die meine Tochter betrafen. Ich hatte die Angelegenheit doch schon mit der Haushälterin geklärt. Sämtliche Fragen, die den Haushalt betreffen, unterliegen meiner Verantwortung, da konnte ich derartige Entscheidungen wohl auch allein treffen. Ich erwiderte, ich hielte das für keine gute Idee, und wandte mich wieder meinem Artikel über Trophäenfrauen zu. (Ob Tanya wohl auch eine ist? Sie ist um einiges jünger als Mark und verfügt über die aparte Schönheit eines Soap-Stars, aber ich glaube, dass ihr dunkelbrauner Haaransatz sie für die Kategorie der Vorzeigefrau disqualifiziert.)

Jeffrey war eindeutig auf Versöhnungskurs, denn er folgte mir ohne Murren in den Gottesdienst und hörte dann geduldig zu, wie Mutter gleich zweimal hintereinander erzählte, dass die neue ausländische Schwester ihre Hausschuhe versteckt habe. Er muss wirklich Mitleid mit Natalia haben. Unter seinem kühlen britischen Äußeren ist ein Herz verborgen, so weich wie unsere fettreduzierte Butter.

Wo soll ich nur anfangen? Die Ereignisse des heutigen Tages haben mich derart aufgewühlt, dass ich mich nur dank einer Familienflasche Notfalltropfen nach Dr. Bach, einer Stunde Ruhe in einem abgedunkelten Raum und der Unterstützung einer Selbsthilfegruppe auf Facebook wieder gefangen habe.

Am Morgen ist Darcy verschwunden. Darcy, mein geliebter Papagei, mein treuer, gefiederter Gefährte. Immer wenn ich ihn im Wintergarten fliegen lasse, damit er sich auch einmal seine Flügel vertreten kann, überprüfe ich doppelt und dreifach, ob die Fenster geschlossen sind. Das kann nur Natalias Werk sein. Sie hatte Motiv, Mittel und Gelegenheit.

Um etwa zehn Uhr ließ ich Darcy aus seinem Käfig, zog die Tür des Wintergartens hinter mir ins Schloss und ging in die Küche, um mir eine Tasse Kaffee zu holen. Um 10.05 Uhr betrachtete ich den Rasen durch das Küchenfenster und beschloss, dass der Gärtner unbedingt etwas gegen das Moos unternehmen sollte. In diesem Moment nahm ich aus dem Augenwinkel heraus eine Bewegung wahr – smaragdfarbene Federn blitzten über den Rhododendren auf. Es dauerte ein wenig, bis ich begriff, was ich da gesehen hatte. Aber als mir dämmerte, was geschehen war, kam mir jegliche damenhafte Contenance abhanden, und ich brüllte wie ein Tier.

An die nächsten Stunden kann ich mich nur bruchstückhaft erinnern. Auf bloßen Füßen irrte ich über den Rasen und auf die Straße hinaus. Ich rannte den Gehsteig hinunter, während kleine Steinchen in meine Fußsohlen piksten, und musste hilflos mit ansehen, wie Darcys Silhouette in der Ferne immer kleiner wurde und schließlich aus meinem Blickfeld verschwand. Herzzerreißend.

Ich kehrte ins Haus zurück. Ich weinte. Ich zitierte Natalia zu mir und brüllte sie an. Sie zuckte nur mit den Achseln. Ich rief in der Kanzlei an und flehte Jeffreys Sekretärin an, ihn aus seiner Besprechung zu holen.

Wieder zog es mich hinaus, wo ich ziellos durch die Straßen lief und mit zusammengekniffenen Augen den Himmel absuchte. Schließlich rollte Tanyas großer schwarzer Toyota-Jeep an mir vorbei. Sie war so rührend, dass ich hiermit verspreche, nie wieder ein böses Wort über ihre Haarverlängerungen zu verlieren.

Sobald sie im Bilde war, griff sie sich eine Packung Bio-Müsli von Waitrose, das sie als Köder benutzen wollte, und fuhr mit mir erst den kleinen Dorfpark ab, dann weiter nach Surrey Heath, Richmond Park und schließlich bis nach Hampstead Heath. Ein paar Sittiche kreuzten unseren Weg, bei deren Anblick mein Herz schneller klopfte, doch keiner der Vögel sah Darcy auch nur im Entferntesten ähnlich. Nach vier langen Stunden gaben wir auf. Mein Mund war trocken, mein Magen spielte verrückt.

Und dann ... Wieder zu Hause angelangt, verabschiedete ich mich von Tanya und ging langsam die Einfahrt hinauf. Drinnen sah alles aus wie immer – Jeffreys Golfschirm lehnte am Hutständer, die Lilien in der Vase fingen an, den Eichentisch mit Blütenstaub zu bedecken –, aber dennoch wirkte das Haus ohne Darcy leer und seelenlos. Ich ging in die Küche und sah durch das Fenster auf den Rasen, wo ich meinen armen Papagei zum letzten Mal gesehen hatte. Ich sah genauer hin. Liebe Leser, es war tatsächlich Darcy! Er saß im Apfelbaum auf einem Ast, der sich langsam im Wind bewegte, und blickte, wie ich meine, schelmisch zu mir herüber. Einige lockende Worte und Paranüsse später war er wieder sicher in seinem Käfig. Mein Herz machte Luftsprünge, auch wenn das erste Wort, mit dem er mich bedachte, ein litauisches war.

Ich holte ein Vorhängeschloss aus dem Schuppen, sperrte damit den Käfig ab und fädelte den Schlüssel auf die Weißgoldkette, an der ich Mutters Medaillon um den Hals trage. Dann legte ich mich eine Weile hin, um mich zu beruhigen, und meldete mich anschließend bei Facebook an. Im Forum der Paratweets schilderte ich mein Martyrium. Die Gruppenmitglieder hatten vollstes Verständnis für meine Lage. «OMG, du Arme. Das ist ja noch schlimmer als damals, als sich meine Tochter zwei Stunden lang im Wäscheschrank versteckt hat», schrieb jemand. Nachdem ich gegoogelt hatte, was OMG bedeutet, lächelte ich zustimmend.

Mein Magen beruhigte sich langsam, und auch das Hämmern in meinem Kopf ließ nach, doch ein Problem blieb: Natalia. Sie hat mir deutlich gezeigt, wozu sie fähig ist. Ich änderte meinen Status zu «hat nicht vor, sich durch einen Akt des Terrors vom Personal in die Knie zwingen zu lassen».

Dienstag, 11. März

Ich bin nicht stark genug. Ich habe kapituliert. Lydia kommt.

Aber glauben Sie bloß nicht, dass es mir leichtgefallen

wäre. Nach ihrem gestrigen Verrat hätte ich sie am liebsten mitsamt ihrer albernen Big-Ben-Teekiste und ihrem sonstigen lächerlichen Krimskrams zurück nach Litauen geschickt. Aber Jeffrey musste ja wieder das letzte Wort haben. Beim Abendessen erzählte ich ihm von Darcys Verschwinden und dass das Ganze allein Natalias Schuld sei. Ich schlug vor, eine neue Haushälterin zu suchen, und versäumte auch nicht, darauf hinzuweisen, dass Natalia ohnehin sehr schlampig Staub wische und überall ihre nuttige Unterwäsche herumliegen lasse. Jeffrey reagierte anders als erwartet, blickte mich einen Augenblick lang distanziert an und referierte dann in seinem Anwaltsmodus (herausgestreckte Brust, sonore Stimme, tiefe Sorgenfalte zwischen den Augen) über das Prinzip der Unschuldsvermutung, nach dem jeder so lange als unschuldig zu gelten habe, bis man ihm das Gegenteil beweisen könne. Seiner Meinung nach fehlten Beweise, die zweifelsfrei belegten, dass es tatsächlich Natalia war, die Darcy freigelassen hatte. Es gebe keine Fingerabdrücke und keine DNS, stattdessen nur Vermutungen und Verdächtigungen. Fast dränge sich ihm der Eindruck auf, jemand wolle diesem jungen, unbescholtenen Mädchen, das sein ganzes Leben noch vor sich habe, etwas anhängen.

Manchmal glaube ich, dass Jeffrey sein ganzes Talent im Steuerrecht gar nicht entfalten kann. Als er fertig war, trank er einen großen Schluck Wein und sagte mit wieder ganz normaler Stimme: «Außerdem schwächelt die Wirtschaft, meine Pension wird weniger üppig als gedacht ausfallen, und sie ist billig.»

Er hat natürlich recht, aber ich mag nicht so recht glauben, dass die Wirtschaftslage derart aussichtslos ist. Nach wie vor bekomme ich – wenn auch seltener als früher – Briefe, in denen mir Platin-Kreditkarten angeboten werden. Und erst letzten Sonntag habe ich in der Wochenendbeilage des *Telegraph* gelesen, dass es eine Warteliste von sechs Monaten für die neue 1200 Pfund teure Handtasche von Mulberry gibt. Wenn man sich so einfach Geld leihen kann, um sich etwas zu kaufen, das man sich eigentlich nicht leisten kann, wird sich die Wirtschaft schon wieder erholen.

Jedenfalls wollte Jeffrey partout nicht nachgeben. Natalia bleibt, und wenn ich nicht in ständiger Furcht vor neuen Anschlägen leben will, bedeutet das, dass wir auch Lydia aufnehmen müssen. Sie wird in Ruperts altem Zimmer schlafen, aber ich denke gar nicht daran, seine Comic-Sammlung und seine Computerbücher wegzuräumen, um Platz für ihre billige osteuropäische Kosmetik zu schaffen.

Mittwoch, 12. März

Beim Wechselläuten erzählte ich allen, was Darcy widerfahren war, und erntete viel Mitgefühl. Miss Hughes meinte, das zeige einmal mehr, dass diese Osteuropäer ihre eigenen Großmütter für ein Paar goldener Ohrringe verkaufen würden. Reginald sah etwas verwirrt aus und sagte: «Wer ohne Sünde ist, werfe den ersten Stein.» Gerald legte mir in einer trostspendenden Geste seine Hand auf die Schulter und sagte: «Du Arme. Ich weiß, wie es ist, verlassen zu werden.»

Obwohl ich noch schwer mit den traumatischen Ereignissen um Darcys Verschwinden kämpfte, hatte ich nicht vergessen, dass hier in der Kirche ein Projekt auf mich wartete: Gerald. Ich versuchte, mehr über Miss Hughes' Geschmack herauszufinden, und erkundigte mich, ob ihr Reginalds neuer, rostfarbener Pullover gefalle und ob sie nicht auch der Meinung sei, dass Männer ruhig mehr Farbe tragen sollten. Sie rümpfte die Nase. «Die Farbe erinnert mich an eine Jauchegrube», erwiderte sie. «Aber ich mag Männer, die Violett tragen können.» Den zweiten Satz – dass Männer in Violett gut aussehen –, wiederholte ich laut, damit Gerald es auch hörte. Dann eilte ich nach Hause, um nach Darcy zu sehen.

Donnerstag, 13. März

Heute habe ich Walnussschnitten gebacken und sie Tanya rübergebracht, als kleines Dankeschön für ihre Hilfsbereitschaft. Als sie die Tür aufmachte, sah sie irgendwie anders aus als sonst. Ich fragte, ob es ihr gutgehe, weil sie so blass aussah, doch sie lachte und sagte, sie versuche nur, Geld zu sparen, und habe daher die Besuche im Solarium gestrichen. Offenbar ist nicht nur Jeffrey aufgefallen, dass es mit der Wirtschaft bergab geht. Mark, ihr Mann, macht sich solche Sorgen, dass er die Putzfrau gefeuert und Tanya das Taschengeld gekürzt hat. Sie öffnete den Kühlschrank, in dem sich importierte Erdbeeren und Blaubeeren, Fertiggerichte von Marks and Spencer und makrobiotische Joghurts stapelten, nahm eine Tüte Bio-Milch für den Kaffee aus einem der grellbeleuchteten Fächer und sagte zu mir, sie wisse nicht, wo sie sonst sparen könne. Ich erwiderte, dass sie ja wenigstens das Haus hätten, was ihr ein dünnes Lächeln entlockte. Ich finde, dass sie ohne die künstliche Bräune sowieso besser aussieht: zerbrechlicher, mit leichten Sorgenfalten um die Augen, aber hübscher.

Weiter ging es in die Kirche, wo ich von den Blumendamen verhalten, aber voller Mitgefühl gemustert wurde. Im Gegensatz zum schnöden Azaleen-Binden war der Gedanke an die leprösen Körperteile meines Sohnes sicher eine willkommene Abwechslung. Wieder zu Hause, loggte ich mich bei Facebook ein und stellte fest, dass ich Freundschaftsanfragen von zwei ehemaligen Klassenkameradinnen hatte, von denen die eine alt und die andere fett aussah. Ich änderte meinen Status zu «hat schon wieder viel bessere Laune».

Allerdings nicht ganz so gute Laune wie Natalia, deren monotoner Singsang lauter als je zuvor durchs Haus dröhnt, seit sie erfahren hat, dass ihre Zwillingsschwester nun doch kommen darf. Als besondere Aufmerksamkeit hat sie mir sogar einen Kaffee mit einem Klecks geschlagener Sahne und einem halben zerbröselten Schokoladenkeks serviert. Da ich ihre ausnahmsweise einmal gute Stimmung nicht sabotieren wollte, wartete ich, bis sie in eine andere Richtung sah, und löffelte dann den oberen Teil des Kaffees diskret in den Mülleimer.

Freitag, 14. März

Nur noch wenige Tage, und Sophie kommt nach Hause! Ich hatte ihr angeboten, die Rückreise mit dem Zug von

Jeffreys Sekretärin organisieren zu lassen, doch Sophie sagte, sie würde bei einer achtstündigen Zugfahrt «überschnappen» und lieber fliegen. Sie bat mich, «den Kohlendioxidausstoß durch den Verzicht auf Kunststoffprodukte wieder einzusparen». Solange die Menschen bereit sind, viel Geld für die Illusion von einem guten Gewissen zu zahlen, kann es um unsere Wirtschaft wirklich nicht allzu schlecht bestellt sein. Ich schickte ihr folgende E-Mail (die ich nach einem elfminütigen Telefongespräch mit Rupert über «copy and paste» in mein Blog einfügen konnte):

Liebe Sophie,
ich hoffe, du genießt deine letzten Tage. Hast du schönes Wetter? Denk an die Sonnencreme, wenn es warm wird. Wenn du in mein Alter kommst, wirst du mir für diesen Rat dankbar sein. Blasse Haut wirkt nobel, das musst du dir immer wieder sagen.
Ich habe eine ziemlich turbulente Woche hinter mir – fast hätte ich Darcy verloren, und Natalia hätte ich am liebsten zur Hölle geschickt! Ich werde dir alles erzählen, wenn du wieder zu Hause bist, und freue mich auf ausführliche Gespräche mit dir. Wir fahren zum Tee und zum Einkaufen nach Tunbridge Wells – ich lade dich ein.
Wir holen dich dann am Donnerstag um 14.00 Uhr am Flughafen ab.
Kuss, Mum

Ausnahmsweise einmal antwortete sie umgehend:

yo mum, kann ich zac mitbringen?
soph xxx

Ich konnte mich nicht daran erinnern, dass sie jemals einen Zac erwähnt hätte. Ich schrieb zurück:

Liebe Sophie,
Wer ist Zac?
Kuss, Mum

Sie erwiderte:

mein bester Freund. wird dir gefallen. flug hat er schon gebucht. bis dann!!

Ich muss mich jetzt also nicht nur mit einer überzähligen Litauerin herumschlagen, sondern auch noch mit einem mir völlig unbekannten Mann, der die geplanten Einkäufe und Mutter-Tochter-Gespräche vermutlich vereiteln wird. Noch schlimmer ist, dass ich keine Ahnung habe, in welcher Beziehung er zu Sophie steht. Was hat er für Absichten? Ist er wirklich nur *ein* Freund? Oder ist er ihr Freund?

Samstag, 15. März

Endlich habe ich mir ein Herz gefasst und Rupert angerufen. Wenn er tatsächlich den *Guardian* liest, besteht ja vielleicht Hoffnung auf Heilung. Man muss ihn nur auf sanfte Art mit vernünftigen politischen Ansichten konfrontieren oder einfach zehn Jahre warten, bis sich das Ganze ausgewachsen hat. Vielleicht sollte ich ihm den *Spectator* zuschicken, sobald Jeffrey ihn ausgelesen hat, um den Prozess etwas zu beschleunigen. Jedenfalls war ich der Meinung, es sei Zeit, eine Brücke zu schlagen und ihn zu fragen, ob er herkommen und mir helfen würde, diesen Zac unter die Lupe zu nehmen. Rupert war so höflich wie immer – vielleicht etwas ruhiger als gewöhnlich –, sagte aber zu, nächsten Sonntag zum Lammbraten zu kommen. Wenigstens ist er noch nicht zum Vegetarier geworden.

Montag, 17. März

Kaum verkünden die ersten Sonnenstrahlen den Frühling, schon gleicht der Garten einer Wildnis. Gott sei Dank ist heute Randolph gekommen. Er hilft im Garten aus, seit unser Gärtner Douglas letzten Sommer in Pension gegangen ist. Randolph ist Amerikaner (daher der altmodische Name und die schönen geraden Zähne) und der Neffe von Daphnes Mann, der ursprünglich aus New York stammt. Randolph verbringt nach seinem Schulabschluss ein Jahr in Europa, was für diese Generation junger Leute so selbstverständlich zu sein scheint wie bei mir früher die Notwendigkeit, erwachsen zu werden und eine gute Anstellung zu finden. Aber er ist ein netter junger Mann, der darauf besteht, mich «Madam» zu nennen. Und ich soll Randy zu ihm sagen, was ich aber entschieden abgelehnt habe. Nachdem ich mich in den Wintergarten zurückgezogen hatte, zog er sein T-Shirt aus, obwohl es erst März ist – ich habe ja noch nicht einmal meine Kaschmir-Twinsets in den Kleiderschrank des Gästezimmers umgeräumt. Vielleicht haben die vielen Muskeln eine isolierende Wirkung. Ich beobachtete über den Rand meiner Zeitschrift hinweg, wie er den Spaten in die Blumenbeete stieß und sein schlanker, sehniger Körper in der Sonne schimmerte. Jammerschade, dass er bloß Gärtner ist. Wenn man Randolph mit dem Gartenschlauch abspritzen, ihm einen hellgrauen Anzug und einen MBA verpassen würde, dann wäre er gar keine schlechte Partie für meine Sophie.

Dienstag, 18. März

Raten Sie mal, was für phantastische Neuigkeiten ich heute erfahren habe. Endlich kann ich dieses Geschenkset aus Babystrampler und Schühchen kaufen, vor dem ich bei Marks and Spencer jedes Mal stehen bleibe. Tanya ist schwanger! Sie ist heute Morgen auf einen Kaffee vorbeigekommen, und ich hätte gleich etwas ahnen müssen, als sie ein ganzes Stück meines selbstgebackenen Zitronenkuchens aß, anstatt wie sonst immer nur an der Glasur zu knabbern. Ihr Stimme war sehr leise, als sie den Teller auf dem Tisch abstellte und mir alles erzählte. Die leichte Gewichtszunahme, die sie auf die nicht ganz so konsequent durchgeführte makrobiotische Diät von Gwyneth Paltrow geschoben und mit Aerobic-Übungen zu bekämpfen versucht hatte, war Anzeichen einer Schwangerschaft.

Sie war so sehr in Sorge um Marks Stelle gewesen, dass sie nicht im Traum daran gedacht hätte, sie könne schwanger sein. «Er muss vor Freude ganz aus dem Häuschen sein», sagte ich. Sie sah mich an, blinzelte und verschlang die Finger ineinander. «Ja, bestimmt ist er das», erwiderte sie nach einer kleinen Pause. «Aber als ich es ihm gesagt habe, ist er so weiß wie meine Sojamilch geworden und musste sich erst mal hinsetzen. Dann hat er laut ‹Scheiße› gesagt. Und dann hat er geweint.»

Ich sagte ihr, dass jeder seine Freude auf andere Art ausdrücke. Jeffrey beispielsweise trank gleich drei Scotch auf einmal, als ich ihm gesagt hatte, dass ich Rupert erwartete, und noch einmal sechs an dem Tag, an dem mein Sohn geboren wurde. Tanya lächelte matt. Ich weiß, dass sie um ihre finanzielle Situation besorgt ist, aber Mark ist doch ein erfolgreicher junger Mann. Ich weiß noch, dass er Jeffrey auf Ruperts Party alles über eine einmalige Investitionsmöglichkeit erzählt hat, bei der es um Kreditausfall-Swats oder ähnliches Fachchinesisch ging, das nur die Eingeweihten verstehen. Wenn es nach mir ginge, würde ich mein Erspartes nach wie vor unter der Matratze verstecken, doch zum Glück kümmert sich Jeffrey um unsere Geldangelegenheiten. Aber die Finanzkrise wird sicher bald vorbei sein, und dann kann Tanya anfangen, das Kinderzimmer einzurichten. Wird sie sich für Rosa oder Blau entscheiden? Oder für Gelb, wie es heute anscheinend Mode ist? Vielleicht kaufe ich für das Baby eine von diesen kleinen Modelleisenbahnen aus Holz. Darüber würde sich Mark sicher auch freuen.

Mittwoch, 19. März

Liebe Leser, ich glaube, mein Plan geht auf! Beim Wechselläuten gestern Abend trug Gerald ein violettes T-Shirt in X-Large, auf dem die Silhouette eines Hengstes und die Worte «Wild Thing» aufgedruckt waren. Er muss sich Miss Hughes' Worte zu Herzen genommen haben, obwohl sie vermutlich eher eine flotte Krawatte im Sinn hatte. Und als wir die Glockenstube verließen, drehte er sich zu mir um, warf mir einen vielsagenden Blick zu und flüsterte: «Constance, wir müssen reden. Allein.» Endlich. Bestimmt ist er unsicher, mit welcher Taktik er bei Miss Hughes landen kann. Es ist durchaus möglich, dass die beiden als Paar kommen, wenn Tanya ihr Baby taufen lässt. Das Problem ist nur, dass ich wegen unserer Gäste zu Ostern so viel zu tun habe, dass ich mich erst für nächsten Mittwoch mit ihm in der Teestube verabreden konnte. Wahre Liebe wird wohl so lange warten können.

Donnerstag, 20. März

Sophie und Zac sind da, daher muss ich mich kurzfassen. Er trägt eines dieser dicken, rechteckigen Brillengestelle, das die Vermutung nahelegt, dass auch er den *Guardian* liest.

Der erste Besucheransturm hat also eingesetzt. Zuerst ist Lydia eingetroffen. Sie ist, wie man wohl erwarten kann, das Ebenbild ihrer Schwester, einschließlich der schulterlangen dunklen Haare, die von hellen Strähnen durchzogen sind. Man sollte doch annehmen, dass Zwillinge so vernünftig sind, wenigstens unterschiedliche Frisuren zu tragen, aber nein. Sogar Jeffrey war sichtlich irritiert. «Wie sollen wir sie denn auseinanderhalten?», sagte er und fuhr sich mit der Hand durch sein schütteres Haar, als Lydia ihren pinkfarbenen Plastikkoffer aus der Diele rollte. «Wie um alles in der Welt sollen wir die beiden auseinanderhalten?»

Freitag, 21. März

Heute habe ich ein bisschen mehr Zeit. Sophie und Zac sind ins Kino gegangen, in einen Film mit Angelina Jolie, bei dem auch noch ein fliegender Mönch mitspielt. Ich habe meinen Laptop mit nach unten in den Wintergarten genommen. Von hier aus habe ich die Zwillinge im Blick, die im Garten herumhängen. Lydia scheint ein nettes Mädchen zu sein, vielleicht wirkt es aber auch nur so, weil sie auf Englisch lediglich «bitte», «danke», «Entschuldigung» und «Cadbury-Schokolade» sagen kann.

Aber sie scheint die gleiche robuste Konstitution wie ihre Schwester zu haben. Es sind bestimmt nicht mehr als fünfzehn Grad draußen, aber die beiden sitzen in kurzen Rüschenröcken draußen auf der Terrasse (ich verweigere mich dem Trend, «Sonnendeck» zu sagen, das gehört auf ein Schiff und sonst nirgendwohin) und teilen sich den Kopfhörer eines tragbaren CD-Players. Ich mache mir ein wenig Sorgen, dass sie sich erkälten könnten oder Randolph beim Pflanzen der Petunien ablenken.

Samstag, 22. März

Heute Morgen haben wir alle gemeinsam gefrühstückt. Natalia bereitete für sich, Lydia und Zac ein herzhaftes, warmes Frühstück zu, und Sophie löffelte ihre geliebten Schoko-Crispies, für die sie sich immer noch nicht zu alt fühlt. Jeffrey saß in der Ecke und aß wie üblich Toast mit Marmelade. Hin und wieder lugte er hinter der *Financial Times* hervor und warf einen Blick auf das bunte Treiben.

Hoffentlich fühlt er sich durch die Gäste nicht zu sehr gestört. Trotz seiner gastfreundlichen Ader zählt er bestimmt die Tage, bis Lydia wieder verschwindet – und mit ihr der nervtötende Klingelton ihres Handys, der pausenlos *Girls just want to have fun* dudelt.

Nach einer Weile schob Sophie ihre Schüssel beiseite, trat ans Fenster, starrte hinaus und fragte: «Wer ist denn das?» Ich warf einen Blick nach draußen. Randolph mähte den Rasen, das Hemd lässig um die Hüften geknotet, als könnte ihm der kühle Frühlingsmorgen nicht das Geringste anhaben. Ich erklärte Sophie, es sei der neue Gärtner, den ich als Ersatz für Douglas eingestellt hätte. «Was für ein Fortschritt», sagte sie, während sie die Nase ans Fenster drückte.

Wenig später, nachdem Jeffrey in sein Arbeitszimmer verschwunden war, klopfte es leise an der Hintertür. Ich öffnete. Vor mir stand Randolph. Sein Hemd hatte er sich wieder übergezogen, es aber nicht richtig zugeknöpft, sodass ein paar seiner dunklen Brusthaare zu sehen waren. In jeder Hand hielt er eine rosa Tulpe. «Hi», sagte er, als er in die Küche trat. «Ich bin Randy.» Sophie ließ den Löffel in ihre Schale mit Milch fallen. Aber die Blumen waren nicht für sie. «Für die Damen», sagte Randolph, während er auf Natalia und Lydia deutete. Natalia sah ein bisschen verärgert aus. Lydia kicherte. Vielleicht war es auch andersherum – ich kann die beiden beim besten Willen nicht auseinanderhalten.

Jedenfalls nahm ich ihm die Blumen ab und bedankte mich kühl. Er verstand den Fingerzeig und ging wieder in den Garten, nicht ohne sich noch einmal umzudrehen und dem doppelten Litauen Lottchen ein letztes Mal zu-

zulächeln. Bei meinen Frühlingsblumen hat Randolph sich eindeutig zu viele Freiheiten herausgenommen, da nützt auch sein hinreißendes Lächeln nichts. Da der Schaden nun schon angerichtet war, suchte ich zwei schlanke Vasen für die stibitzten Tulpen und drückte sie den Zwillingen in die Hand. Sophie rannte aus der Küche und hätte dabei fast ihren Stuhl umgeworfen. Ihre Schoko-Crispies ließ sie einfach stehen. Zac warf mir einen entschuldigenden Blick zu und folgte ihr; er scheint ein netter Junge zu sein, nur schade, dass er zu klein und zu sommersprossig ist, um als Liebhaber für Sophie in Frage zu kommen.

Natalia – es musste Natalia sein, weil sie wusste, wo die Tabs für die Spülmaschine waren – räumte den Frühstückstisch ab, während Lydia aus dem Fenster starrte und mit dem Gürtel ihres Morgenmantels aus hellrosa Polyester spielte. Ich kann nur hoffen, dass sie einen großen Bogen um den Gasherd macht; das Material sieht aus, als könnte es blitzartig Feuer fangen.

Am liebsten hätte ich Sophie getröstet und ihr gesagt, dass es ein schmuddeliger Amerikaner nicht wert sei, das Frühstück einfach stehenzulassen, doch da hörte ich die Haustür ins Schloss fallen. Sie hatte sich zusammen mit Zac aus dem Staub gemacht. Vermutlich war es auch besser so: Ich muss jetzt los und den Sonntagsbraten für morgen kaufen, und da Mutter auch zum Essen kommt, muss es ein möglichst zartes Stück Lamm sein, sonst bleibt wieder ihr Gebiss daran hängen.

Das gemeinsame Sonntagsessen hätte harmonischer verlaufen können. Mutter fühlte sich von Anfang an unwohl in Natalias und Lydias Nähe. Sie konnte einfach nicht verstehen, warum die Haushälterin und die Schwester der Haushälterin mit uns zusammen am Tisch saßen, Weingläser vor sich und Servietten auf dem Schoß, als wären sie Teil der Familie (nur ihre identischen bauchfreien T-Shirts mit einem Werbeaufdruck für den Eurovision Song Contest 2006 verrieten, dass dies nicht der Fall war). Zu Mutters Zeit gab es eine eigene Tür für die Dienstboten, sie aßen an einem eigenen Tisch, mit eigenem Besteck und hatten ein eigenes Leben, das sich nur zu ganz bestimmten Gelegenheiten mit dem der Herrschaften kreuzte. Ich kann mich noch daran erinnern, wie sie mich als kleines Mädchen einmal ausschimpfte, weil ich mit der Tochter der Putzfrau Himmel und Hölle gespielt hatte – als Einzelkind war ich immer auf der Suche nach Spielgefährten. Schon für damalige Verhältnisse war sie altmodisch; klammerte sich an ihrer kleinen Welt fest, während die Fünfziger langsam, aber sicher den skandalösen Ereignissen und den noch skandalöseren Rocksäumen der Sechziger Platz machten.

Ich muss gestehen, dass ich ihr in dieser Beziehung ein bisschen ähnlich bin. Ich bin zum Beispiel der Ansicht, dass es immer einen richtigen und einen falschen Weg gibt, dass man Traditionen respektieren sollte und dass in einen Gin Tonic keine Limette, sondern eine Zitrone gehört. Trotzdem bin ich voll und ganz im 21. Jahrhundert angekommen. Natalia ist trotz einiger Indizien, die das

Gegenteil vermuten lassen, ein eigenständiges menschliches Wesen, und ich muss – wie Sophie immer sagt – der Realität ins Auge sehen. Von alldem habe ich Mutter natürlich nichts gesagt. Da ist mittlerweile nichts mehr zu machen. Sie weigerte sich, Natalias höfliche, wenn auch in starkem Akzent vorgebrachte Fragen zu verstehen, und unterhielt sich ausschließlich mit Jeffrey. Zac war ein weiteres Rätsel für sie. Nachdem er ihr vorgestellt worden war, dachte sie zuerst, dass er Ruperts Freund sei, der ebenfalls zum Essen gekommen war. Aber nein, sagte ich, er ist Sophies Freund, und sie fragte mich, ob er ehrbare Absichten habe. Wir waren gerade in der Küche, und Rupert erklärte ihr geduldig, dass sie «platonische Freunde» seien, was für viele Jungen und Mädchen heutzutage ganz normal sei. Daraufhin räusperte sie sich laut und sagte, sie würde jedenfalls genau darauf achten, was er unter dem Tisch mit seinen Händen anstelle.

Als ich gerade den Tisch abräumte, sah ich durch das Küchenfenster, wie ein halbnackter, schmutzverkrusteter Randolph Saatgut verteilte. Eigentlich hatte er sonntags ja frei. Nach einer Weile kam er zum Haus, klopfte, noch immer hemdlos, an die Tür und fragte vor Mutter, Natalia, Lydia, Sophie und mir, ob er reinkommen und «schiffen» gehen könne. Ich fragte ihn, was er an seinem freien Tag hier mache, und er erwiderte, er hätte einfach herkommen müssen, wobei er den Zwillingen zuzwinkerte. Dann ging er in das Gäste-WC im Erdgeschoss und hinterließ überall schmutzige Fußabdrücke. Mutter hätte sich fast an ihrem Portwein verschluckt.

Gellende Schreie rissen mich aus dem Schlaf. Brannte das Haus? Hatte sich Randolph als einer dieser gestörten amerikanischen Teenager voller Komplexe entpuppt und stand nun mit einer Schrotflinte in der Hand auf der Treppe, bereit zum Amoklauf?

Nein. Natalia hatte einen Frosch in ihrem Bett. Das hysterische Kreischen hatte Schlimmeres vermuten lassen, weshalb ich mit dem Pfefferspray, das ich immer für Notfälle in meiner Handtasche dabeihabe, aus meinem Schlafzimmer gestürmt war, gefolgt von Jeffrey, der im Halbschlaf einen Baseballschläger hinter sich herschleifte. Zumindest der war überflüssig.

In ihrem Zimmer fanden wie eine völlig aufgelöste Natalia vor, die ein kurzes schwarzes Hemdchen aus irgendeinem glänzenden Material trug und zitternd wie Espenlaub auf ihre Bettwäsche deutete. Unmittelbar darauf kam Lydia hereingestürmt, die das gleiche Nachthemd trug, und die beiden Mädchen fingen sofort an, lautstark auf Litauisch miteinander zu reden, wobei sie sich aneinanderklammerten und hin und wieder spitze Schreie ausstießen. Ich forderte Jeffrey auf, etwas zu unternehmen, doch er war immer noch so schlaftrunken, dass er einfach nur dastand und die beiden wie versteinert anstarrte. Nach einer Weile griff sich Natalia (oder war es Lydia?) einen Kleiderbügel und hob damit die Bettdecke an.

Und dann sahen wir sie, die kleine Amphibie. Sie machte einen Riesensatz und landete mitten auf Natalias lilafarbenem Kopfkissen. Ich bin auf dem Land aufgewachsen und nicht gerade zimperlich, wenn es um Tiere geht, aber wenn es nicht unbedingt sein muss, fasse ich sie lieber nicht an. Daher verpasste ich dem Frosch eine ordentliche Ladung meines Pfeffersprays. Natalia und Lydia rannten hustend aus dem Zimmer, aber der Frosch zeigte keinerlei Regung, hockte nur wie erstarrt da. Ich brachte Jeffrey dazu, eine seiner Bettsocken auszuziehen und den grünen Eindringling darin zu verstauen. Er verknotete das Ende der Socke und hielt das zappelnde Bündel in gebührendem Abstand von sich, als Sophie und Zac hereinkamen, die von dem Lärm geweckt worden waren.

Zac, dem die Haare zu Berge standen, rieb sich die Augen und wirkte verwirrt und beunruhigt zugleich. Sophie dagegen schien hellwach. Auf ihren Knien glaubte ich Spuren von Erde zu erkennen. Würde sie etwa? Hatte sie etwa? Gut möglich, dass sie beim Studium des Ökosystems der Ardèche auch gelernt hat, wie man einen Frosch fängt; trotzdem kann ich mir beim besten Willen nicht vorstellen, dass meine eigene Tochter zu einer solch niederträchtigen Tat fähig ist.

Nachdem Jeffrey mit der Socke nach draußen gegangen war und sich ihres Inhalts unter den Büschen am äußersten Rand des Gartens entledigt hatte, setzte ich Tee auf. Niemand sagte ein Wort. Natalia und Lydia saßen dicht nebeneinander, die Hände um ihre Tassen geklammert, und fragten sich zweifellos, wie es zu diesem furchtbaren Zwischenfall hatte kommen können. Sophie war die Erste, die das Schweigen brach. «Den muss dir jemand ins Bett gelegt haben», meinte sie. Natalia und Lydia hoben gleichzeitig den Kopf. «Jemand, der sich in der Natur auskennt, der weiß, wo man so etwas Ekliges findet. Jemand, der uns kennt, und das Haus auch.» Sie hielt inne. Alle senkten verblüfft den Blick, «Warum hat sich gestern eigentlich dieser Randy hier rumgetrieben? Er hatte doch frei.»

Du meine Güte. Hatte sie recht, oder wollte jemand Randolph (ich wünschte, sie würde seinen vollen Namen benutzen) etwas anhängen? Natalia flüsterte ihrer Schwester eine Übersetzung des Gesagten ins Ohr, und prompt brach Lydia in Tränen aus, was man ihr auch nicht verdenken konnte. Sie war voller Verzweiflung aus ihrem Land geflohen, vor einem Mann, der sie für ein reiches Mädchen hatte sitzenlassen, nur um gleich darauf Trost in den Armen eines Mannes zu suchen, der Amphibien in das Bett ihrer Zwillingsschwester schmuggelt. Ich musste eingreifen. «Aber, Sophie», fragte ich demonstrativ, «warum in aller Welt sollte Randolph so etwas tun?» Sie ließ sich nicht aus der Fassung bringen und nahm einen Schluck Tee, bevor sie antwortete. «Du weißt doch, wie Männer sind. Wahrscheinlich fand er es lustig.»

Natalia dolmetschte wieder für Lydia, die erneut heftig zu weinen begann. Dann aber reckte sie das Kinn und verkündete etwas, das Natalia wiederum in eine Art Englisch übersetzte. «Sie sagt, sie hassen Männer. Alle Männer Löcher im Arsch. Sie jetzt Mädchen, das Mädchen mag.» Jeffrey wirkte etwas benebelt, was vielleicht an den Strapazen der Froschbeseitigung lag, und erklärte, er müsse sich dringend hinlegen.

Dienstag, 25. März

Bevor Sophie und Zac heute zum Flughafen mussten, hatte ich endlich Gelegenheit, mich unter vier Augen mit meiner Tochter zu unterhalten. Zac war joggen gegangen – wie alle zu kurz geratenen Männer scheint er von einer ungesunden Fixierung auf seinen Körper getrieben zu sein –, und Sophie blieb im Wintergarten zurück, wo sie versuchte, Darcy etwas beizubringen, das wie «Ich kriiiieg dich» klang, zum Glück ohne Erfolg. Ich setzte mich in einen der Korbstühle und wartete. Schließlich konnte sie nicht mehr so tun, als wäre ich gar nicht da, und ließ Darcy in Ruhe, der unruhig von einem Fuß auf den anderen trat und immer wieder «kriiiieg» krächzte. Sophie sah mich an und sagte: «Also gut, Mum.»

Ich beschloss, sofort zur Sache zu kommen. «Danke, es geht mir gut, aber ich mache mir Sorgen wegen *dir,* Sophie», sagte ich. «Eifersucht ist etwas ganz Furchtbares.» Ich starrte sie vielsagend an, weil ich hoffte, dass sie es zugeben oder zumindest Gewissensbisse bekommen würde. Stattdessen rammte sie die Hände in die Taschen ihrer schlecht sitzenden Jeans und starrte mich aus zusammengekniffenen Augen an, die sie mit einem dicken grünen Kajalstrich nachgezeichnet hatte. «Ja, ich weiß», sagte sie. «Ich habe dir angesehen, wie schwer es für dich war, als Tante Harriet verkündete, dass Laura bald heiraten wird.» Es war zwecklos. Ich werde nie herausfinden, ob meine Tochter ein Verbrechen aus Leidenschaft begangen und einen hilflosen Frosch als Tatwerkzeug benutzt hat; sie wird nie ein Geständnis ablegen.

Also lenkte ich das Gespräch in ungefährlichere Gefilde. Ich fragte, ob ihr die Ardèche gefalle, und sie sagte: «Ja, schon», ich fragte, ob sie viele neue Freunde gefunden habe, und sie sagte: «Ja, schon», ich fragte, ob ihr Französisch besser werde, und sie sagte: «Ja, schon.» Dann wurde sie etwas gesprächiger und erzählte, sie kenne jetzt einen guten Spruch auf Französisch, um einen Jungen abblitzen zu lassen. Sie würde ihm einfach sagen, er könne sich einen Pinienzapfen in den A**** – den Rest erspare ich Ihnen, liebe Leser, lieber. Ich weiß, dass ich sie dafür hätte tadeln sollen, aber ich konnte mir ein Schmunzeln nicht verkneifen. Ich umarmte sie und spürte doch tatsächlich, wie sie mich ebenfalls drückte. So war ich guter Stimmung, als ich sie und Zac nach Heathrow fuhr. Ende der Woche reist Lydia ab, und dann wird hoffentlich wieder alles so sein wie gehabt.

Wegen der Osterferien war heute keine Probe der Wechselläuter, doch nach der Hektik der letzten Tage war es mir ganz recht, einen ruhigen Abend vor dem Fernseher verbringen zu können. Es lief eine Reality-Show, in der es um Immobilien ging. Ein Paar hatte 1996 für 100 000 Pfund eine Dreizimmerwohnung in Clapham gekauft und sie für 375 000 Pfund weiterverkauft, nachdem es «als Blickfang» eine Mauer aus Glasbausteinen hochgezogen und alles weiß gestrichen hatte. Jeffrey und ich haben unser Haus 1988 gekauft, und selbst ohne diesen neumodischen Kram wie durchsichtige Mauersteine dürfte es seit damals einiges an Wert gewonnen haben.

Jetzt muss ich aber ins Bett. Morgen treffe ich mich mit Gerald, und ich muss meine fünf Sinne beisammenhaben, um ihn sicher in die Arme von Miss Hughes zu lotsen.

Ich bin gerade von meinem «Rendezvous» mit Gerald zurückgekommen. Wir haben uns in der früheren Teestube getroffen, die nun Café Milano heißt und über eine fragwürdige europäische Inneneinrichtung verfügt. Gerald erwartete mich bereits, kauerte auf einem der sichtlich unbequemen, chromblitzenden Barhocker und umklammerte mit schweißnassen Fingern eine Taschenbuchausgabe von *Anna Karenina.*

Er trug einen lavendelfarbenen Cordanzug zu einem weißen T-Shirt. Entweder hatte er sich Miss Hughes' Vorliebe für Violett zu sehr zu Herzen genommen, oder seine gesamte vernünftige Kleidung war in der Wäscherei verlorengegangen. Als ich mit einem freundlichen «Hallo» auf ihn zukam, hatte ich den Eindruck, dass er sich in seiner Haut nicht wohlfühlte. Vielleicht war er nervös wegen unseres Gesprächs, vielleicht lag es aber auch daran, dass ihn die Getränkekarte voller Latte macchiato und Espresso doppio überforderte. Als Engländerin in einer englischen Teestube gibt es für mich keinerlei Anlass, etwas zu bestellen, das auf «o» endet. Ich fixierte also mit einem entschlossenen Lächeln die Bedienung (das Wort *barista* wird mir niemals über die Lippen kommen). Als ich bei ihr einen Tee, einen Milchkaffee und ein paar Kekse bestellte, wies sie auf eine Schiefertafel, auf der in schnörkeliger Kreideschrift Getränke mit seltsam klingenden Namen aufgelistet waren. Unbeirrt wiederholte ich meine Bestellung, bis die junge Dame mit ihrer albernen Baseballmütze schließlich nickte und sich anschickte, das Gewünschte zu holen. Gerald sah mich bewundernd an.

Bestimmt hoffte er, dass ich bei Miss Hughes ebenso viel erreichen würde wie bei der Bedienung.

Nachdem wir uns an einen kleinen Metalltisch gesetzt hatten, sah Gerald mich an und fragte leise, ob ich mir vorstellen könne, warum er mich hergebeten habe. Ich erwiderte mit einem wissenden Lächeln, ich hätte da so eine Ahnung. Dies schien ihn zu ermutigen, denn er fuhr fort: «Seit Rosie mich verlassen hat, bin ich furchtbar einsam gewesen. Das war die schlimmste Zeit meines Lebens. Ich dachte, ich überstehe es nicht. Wenn Poppy nicht gewesen wäre und … und …» Da verlor er den Faden. «Das Wechselläuten?», schlug ich mit einem aufmunternden Lächeln vor. «Ja, das hat mich sicher abgelenkt, und alle waren so nett zu mir, vor allem, ähm … Das ist vielleicht auch der Grund dafür, warum ich angefangen habe … angefangen habe, gewisse Gefühle zu entwickeln … Weißt du, Constance, ich habe den Glauben an die Ehe verloren. Rosie hat mich nach sechsunddreißig Jahren verlassen. Ihren Ehering hat sie in der Seifenschale liegenlassen. Welche Bedeutung hat sie überhaupt noch – die Ehe? Und deshalb sage ich dir das auch, deshalb erzähle ich dir von meinen … meinen Gefühlen.»

Er verstummte und zerkrümelte mit der rechten Hand einen Keks (Keks, nicht *biscotto*!) zu feinem Pulver. Ich beschloss, ihm eine Brücke zu bauen. «Es geht um Miss Hughes, nicht wahr?», sagte ich. Gerald zuckte zusammen und verschüttete Tee auf seine Untertasse. «Ich habe das schon vor einer ganzen Weile erraten. Von mir wird es niemand erfahren», versicherte ich ihm. Er saß da und stierte mich stumm an, während die Muskeln in seinem Gesicht arbeiteten.

«Miss Hughes ist eine großartige Frau. Sie weiß, was sie will, aber das ist ja nicht das Schlechteste. Ich werde alles tun, was in meiner Macht steht, um dir zu helfen.» Ich tätschelte ihm den Arm. Mit einem Ruck erwachte er aus seiner Erstarrung. «Ähm, ja, natürlich, Miss Hughes. Ja. Sehr nett. Ich wusste, dass ich auf dich zählen kann. Ähm. Tolle Frau. Hammerzehen. Ähm, gerade fällt mir ein, dass der Klempner in zehn Minuten vorbeikommt, um ein undichtes Wasserrohr zu reparieren. Ich verlange die Rechnung, ja?»

Der Arme. Er braucht nur Miss Hughes' Namen zu hören, schon ist er nicht mehr Herr seiner Gefühle. Ich bin schon so gespannt auf das Wechselläuten nächste Woche!

Donnerstag, 27. März

Heute erschien Pru zum Blumenbinden in einer Wolke aus Parfum, das wie Lufterfrischer roch (ein paar Tropfen Anais Anais sind alles, wozu ich mich hinreißen lasse), und teilte mir mit gedämpfter Stimme mit, dass es Ruth dank der Therapie schon viel besser gehe. «Therapie? Wozu das denn?», fragte ich. «Du weißt schon», flüsterte sie gerade laut genug, dass es die anderen Damen auch hören konnten. «Um den Schock wegen Rupert zu verarbeiten. Ihre Therapeutin hat vorgeschlagen, dass er an einer der nächsten Sitzungen teilnimmt. Sie könnte auch eine Therapie für ihn arrangieren, wegen seines … Zustands.»

Ich erwiderte, dafür sei die Lage noch zu riskant, und Pru nickte verständnisvoll. Es kommt gar nicht in Frage, dass Rupert bei so etwas mitmacht. Er hat panische Angst vor Ruth, außerdem sind Therapien der schlimmste amerikanische Import seit Britney Spears, die Sophie früher immer als ihr großes Vorbild ansah. Rupert liest bestimmt noch nicht so lange den *Guardian,* dass er es nötig hätte, einen Fremden zu bezahlen, damit dieser sich seine Probleme anhört. Dafür hat man Freunde. Oder Papageien.

Bei meiner Rückkehr war das Haus von Blumenduft erfüllt. Im ersten Moment vermutete ich dahinter Jeffreys erste romantische Geste seit 1989, doch dann stellte sich heraus, dass Randolph am Werk gewesen war. Natalia und Lydia gingen kichernd zwischen den mit Iris und Narzissen gefüllten Milchflaschen hin und her, die überall herumstanden. Natalia erklärte, dass sie Randolph auf die Sache mit dem Frosch angesprochen habe und er beteuert habe, damit nichts zu tun zu haben. Und dann habe er die Blumen gebracht, um den Zwillingen eine Freude zu machen. Es war sicher nett gemeint, aber nun hat er sich schon wieder an meinen Blumenbeeten vergriffen. Als Jeffrey nach Hause kam, warf er einen Blick auf die florale Pracht und sagte, das sei ein Kündigungsgrund. Er hatte Randolph von Anfang an nicht leiden können. Normalerweise hätte ich Jeffrey vielleicht nicht zugestimmt, doch in seiner Stimme lag eine derart wütende Entschlossenheit, dass sogar Natalia beeindruckt schien und ich ihm recht gab.

Freitag, 28. März

Heute hat Natalia den Bogen endgültig überspannt. Sie und Lydia hatten einen Tagesausflug in die Cotswolds gemacht und nach dem Tee noch ein Pub besucht, um einige Pints Cider zu trinken, der offenbar so stark gewesen war, dass die beiden nicht mehr in der Lage waren, den letzten Bus nach Hause zu erwischen. Ich war also gezwungen, sie aus Stow-on-the-Wold abzuholen. Als die beiden im Wagen saßen, sangen sie aus vollem Hals *Girls just want to have fun.* Natalia bekam etwa fünfzig Prozent der Wörter richtig heraus, Lydia ein Prozent. Dann steckten sie kichernd die Köpfe zusammen, tuschelten – außer den Namen von Randolph und Jeffrey verstand ich kein Wort –, bekamen Schluckauf und fingen an zu weinen. Was Mutter wohl dazu sagen würde?

Samstag, 29. März

Lydia ist abgereist; es herrscht wieder Ruhe im Haus. Jeffrey war so nett, sie zum Flughafen zu bringen. Kaum war er wieder zu Hause, zog er sich in sein Arbeitszimmer zurück, vermutlich um den Frieden zu genießen. Randolph stand mit hängenden Schultern im Garten, auf seine Hacke gestützt, die sich unter seinem Gewicht sechs Zentimeter tief in die Erde bohrte.

Montag, 31. März.

Endlich ist wieder alles beim Alten. Nachdem ich Natalia angewiesen hatte, alle Schlafzimmer gründlich zu reinigen und nach versteckten Fröschen abzusuchen, machte ich es mir mit einer Tasse Kaffee vor meinem Laptop bequem. Wie immer hatte ich einige Newsletter von Waitrose und

The National Trust erhalten und keine E-Mail von Sophie – dabei hatte sie mir vor ihrer Abreise versprochen, mir jeden Montag ein Foto von sich zu schicken, damit ich überprüfen konnte, dass sie nicht abgenommen hatte oder sich zu einem weiteren experimentellen Haarschnitt hatte hinreißen lassen.

Und dann konnte ich einfach nicht anders, als mich bei Facebook einzuloggen, um herauszufinden, ob Jeffrey wirklich seinen Account gelöscht hatte. Eine Suche nach seinem Namen ergab, dass sich sein ursprüngliches Profil tatsächlich in Luft aufgelöst hatte, aber weiter unten auf der Seite machte ich eine beunruhigende Entdeckung: J. Hardon, dessen Profilbild Daniel Craig in einem James-Bond-Smoking zeigte. Es kann sich nur um einen Zufall handeln. Es ist nicht Jeffreys Stil, Roger Moore einfach so zu ersetzen.

Dienstag, 1. April

Heute habe ich Tanya besucht und sie gefragt, ob sie glaube, dass sich hinter J. Hardon Jeffrey verbirgt, und falls ja, was ich tun soll. Sie war nicht ganz bei der Sache, nahm statt der Milch eine Flasche Granatapfelsaft aus dem Kühlschrank und goss ein wenig davon in meinen Kaffee, erklärte mir aber schließlich mit einem angestrengten Lächeln, dass meine Sorgen sicher unbegründet waren. Ich glaube, die Schwangerschaft macht ihr zu schaffen, was verständlich ist. Ich weiß noch, dass mein Gehirn weitgehend auf Sparflamme lief, als Rupert unterwegs war. Einmal kam Jeffrey nach Hause und kriegte sich gar nicht mehr ein, weil ich darüber schimpfte, dass mir die Wolle ausging, während ich den dritten Babyschuh eines «Paars» strickte. Er stellte seinen Aktenkoffer ab, nahm mich in den Arm und lachte in mein Haar, während er meinen Bauch streichelte. Ich fragte Tanya, ob Mark sich auf das Baby freue. Sie zuckte mit den Achseln und sagte, er sei nie zu Hause. Dann machte sie den Kühlschrank auf, starrte fünf Sekunden hinein und machte ihn kopfschüttelnd wieder zu.

Mittwoch, 2. April

Was für eine Enttäuschung. Gerald ist gestern Abend nicht zum Wechselläuten erschienen. Dafür muss es gute Gründe geben, denn er wusste ganz genau, dass ich die Sache mit Miss Hughes vorantreiben wollte. Vielleicht ist wieder ein Wasserrohr geplatzt.

Jedenfalls wollte ich die Gelegenheit zu einem ruhigen Gespräch mit ihr nicht ungenutzt verstreichen lassen, wobei ruhig angesichts ihrer Schwerhörigkeit und des Dröhnens der Glocken nicht ganz der passende Ausdruck ist. Sie gehört zu den Frauen, die einen sachlichen Ton zu schätzen wissen – sie neigt dazu, «Und was wollen Sie damit sagen?» zu brüllen, wenn sie bei einem Gespräch nicht mehr weiterweiß. Daher beschloss ich, kein Blatt vor den Mund zu nehmen.

«Miss Hughes, ich würde gern mit Ihnen über Gerald sprechen», sagte ich. «Gerald?», erwiderte sie. «Das dachte ich mir schon. Der Mann verpasst ständig seine Einsätze. Soll ich ihn mir zur Brust nehmen, wenn er nächste

Woche wieder da ist, und ihm sagen, dass er sich mehr anstrengen muss? Oder dass er sich endlich mal wieder um sein Äußeres kümmern und diesen furchtbaren Schnurrbart stutzen soll?»

Ich dachte über ihre Worte nach. Immerhin eine Möglichkeit, auf einen Schlag das künstlerische Niveau unseres Spiels und die hygienischen Verhältnisse in der Gruppe zu verbessern. Trotzdem durfte ich mein eigentliches Ziel nicht aus den Augen verlieren, nachdem ich nun schon einmal angefangen hatte.

«Das habe ich nicht gemeint», sagte ich. Dann legte ich eine Pause ein, um meine Gedanken zu sammeln. Miss Hughes runzelte die Stirn und wippte ungeduldig mit ihrem Fuß auf und ab, wobei ihr Gesundheitsschuh aus Veloursleder ein dumpfes Geräusch auf den Steinplatten erzeugte. Zaudern war meiner Sache nicht dienlich. Ich räusperte mich.

«Ich will ganz offen zu Ihnen sein», fing ich an. «Und nicht um den heißen Brei herumreden. Gerald braucht keinen Nasenhaarschneider. Was er wirklich braucht, ist die Liebe einer Frau.»

«Wirklich?»

«Wirklich.»

«Und was hat das mit mir zu tun?», fragte sie, während sie die Arme vor ihrer cremefarbenen Bluse verschränkte.

«Um es ganz direkt zu sagen: Ich habe Grund zur Annahme, dass Sie die Frau sind, nach der er sich verzehrt. Gerald hat schon immer große Stücke auf Sie gehalten. Seit fast fünfzehn Jahren stehen Sie beide Schulter an Schulter hier und lassen die Glocken läuten. Aber seit

Rosemary ihn verlassen hat, sieht er Sie in einem völlig neuen Licht.»

Miss Hughes verengte ihre Augen zu schmalen, schräg stehenden Schlitzen, und auf ihrem Gesicht erschien ein sonderbarer Ausdruck, der mich aus irgendeinem Grund an einen Fuchs vor einem Hühnerstall erinnerte.

«Darf ich fragen, woher Sie das alles wissen wollen?», fragte sie, während sie eine vorwitzige Strähne ihrer ansonsten perfekt sitzenden stahlgrauen Haare aus dem Gesicht strich und mit einer Haarklemme feststeckte.

«Er hat es mir gesagt.»

«Wirklich?»

«Wirklich.»

Mehr gab es nicht zu sagen. Ich hoffe, Gerald hat das Problem mit dem Wasserrohr bis nächste Woche gelöst.

Donnerstag, 3. April

Kaum beginnt die Liebe von Gerald und Miss Hughes zart zu erblühen, werde ich mit den schwelenden Überresten einer weniger geglückten Verkupplungsaktion konfrontiert. Heute hat Pru ihre Tochter mit zu den Blumendamen gebracht. Ruth hing wie ein nasser Sack am Arm ihrer Mutter, ihre Haare standen ihr in einer riesigen rotbraunen Wolke vom Kopf ab, und sie trug klumpige rosa Plastikschuhe, die nach Zeichentrickfigur aussahen. Ich starrte entgeistert auf ihre Füße. Sie folgte meinem Blick und fragte: «Gefallen Ihnen meine Crocs?» Ihre Stimme wurde brüchig, als sie hinzufügte: «Meine Therapeutin wollte, dass ich herkomme. Sie sagte, ich müsse aufhören, wie ein erschrecktes Lämmchen in der Gegend herumzulaufen, und mich der Vergangenheit stellen, wenn ich über Rupert hinwegkommen wolle. Deshalb ist es wichtig für mich, Sie hier zu treffen. Das Einzige, vor dem wir Angst haben müssen, ist die Angst selbst.» Ihr versagte die Stimme, und sie glotzte mich schweigend an.

«Sind diese Schuhe wasserdicht?», brachte ich schließlich heraus.

Nach einer Weile sagte sie: «Ich weiß, dass auch Sie leiden, Constance. Das ist in Ordnung. Ich vergebe Ihnen. Groll ist wie eine Feder, die man in der Faust hält und zerdrückt. Sie müssen Ihre Hand aufmachen und sie wegfliegen lassen, hoch hinauf in den blauen Himmel, damit sie Ihre Sorgen mit sich nimmt ...» Schließlich verstummte sie wieder. Selbst Pru wirkte leicht irritiert. Sie setzte ihre Tochter vor einen Stapel frischer Tulpen, allerdings weigerte sich Ruth, die Blätter von den Stängeln zu reißen. Sie sagte, dass auch Blumen Schmerz empfänden.

Ich war froh, als ich wieder zu Hause war, obwohl ich dort Natalia dabei erwischte, wie sie, statt ihre Arbeit zu erledigen, eine Zeitschrift las – genauer gesagt, starrte sie auf Fotos von magersüchtigen Mädchen mit orangefarbener Bräunung, die aus einem Taxi herausfielen. Ich scheuchte sie zum Großeinkauf in den Supermarkt. Morgen Abend kommen nämlich Edward, Jeffreys Bruder, und seine Frau Harriet zum Essen, und mit der schnellen und einfachen Küche, die sonst bei uns üblich ist, würde ich mich bis auf die Knochen blamieren. Als wir das letzte Mal bei ihnen eingeladen waren, hatte uns Harriets Haushälterin ein perfektes, luftiges Käsesoufflé serviert. Das Leben ist nicht fair.

Freitag, 4. April
23.59 Uhr

meine lieben, lieben leser, ich glaube, ich habe eine dummheit gemacht. vielleicht auch zwei. oder drei. egal. ist alles edwards schuld, schließlich hat er mir ja alle zwei minuten nachgeschenkt. und warum musste er ausgerechnet portwein mitbringen? der trank sich so schnell wie normaler wein, war aber viel stärker, vor allem das dritte glas hatte es in sich. alles hattys schuld. hab sie nie richtig leiden können. komischer zinken mit einem höcker auf dem nasenrücken, wie ein mann, spitzt immer so merkwürdig die lippen, und warum passt sie in größe 40, obwohl sie ständig nachschlag verlangt? und warum musste sie mir die fotos aufdrängen? das hochzeitsalbum, laura in einem cremefarbenen korsagenkleid, pelzstola, löckchen umrahmen das gesicht, strahlendes lächeln, auf dem nächsten harriet als brautmutter in einem kleid von jaeger, größe 40, und ihr hut und ihr champagnerglas. foto von mir und sophie sophie trägt diese hässlichen uggboots und starrt finster in die kamera ich wollte dass sie die hübschen cremefarbenen schuhe mit absatz anzieht ich hab's versucht wirklich. und dann die babyfotos ihres zweiten enkelkinds, johns kleiner tochter, rosa gesichtchen, pausbacken, perfekt, und ein foto des anderen enkels, der wie ein kleiner rugbyspieler aussieht und neben ihr steht und lächelt. warum nur? warum?

ich hab dann rupert und sophie angerufen und mich bei facebook eingeloggt und ich will gar nicht mehr daran denken jetzt brauche ich zwei große gläser wasser und eine portion von dem übrig gebliebenen huhnschinkenauflauf mit einem spiegelei drauf und dann ins bett. warum hat jeffrey mich nicht aufgehalten? ich kann ihn von hier aus schnarchen hören deshalb

Samstag, 5. April

Es ist fast Mittag. Ich habe lange geschlafen. Jeffrey ist mit Edward Tennis spielen gegangen. Im Haus ist es ruhig, bis auf Natalia, die gerade die Spülmaschine ausräumt und mit dem Geschirr herumklappert. Ich habe zwei Aspirin genommen und drei Schokoladenkekse gegessen. Meine körperliche Verfassung hat sich ein wenig stabilisiert. Von meinem Gemütszustand kann ich das leider nicht behaupten.

Heute ist mir mein Eintrag von gestern Nacht ausgesprochen peinlich. Ich hätte wissen müssen, dass es in meinem Zustand vernünftiger gewesen wäre, sich von jeglicher Form der elektronischen Kommunikation fernzuhalten. Besonders wenn man sie nicht mehr zurücknehmen kann. Bitte ignorieren Sie meine Bemerkungen über meine Schwägerin Harriet. Ihre Nase ist nicht komisch. Genau genommen verleiht sie ihr ein nobles Profil.

Wie ich Ihnen, liebe Leser, ja leider bereits erzählt habe, ist beim Essen so einiges aus dem Ruder gelaufen. Edward war sehr großzügig mit dem Wein, Harriet glühte förmlich vor Aufregung, weil sie endlich das Hochzeitsalbum ihrer Tochter Laura fertig beschriftet hatte, die letztes Jahr im Dezember geheiratet hatte. Sie hatte außerdem die ersten Fotos ihrer entzückenden Enkeltochter dabei, zu deren Taufe wir eingeladen sind. Es war eine gefährliche Kombination. Je mehr Fotos ich mir ansah, desto größer wurde der Drang, immer und immer wieder mein Glas an die Lippen zu führen. Harriet war viel zu sehr in die Fotos vertieft, um es zu bemerken; Jeffrey und Edward führten eine hitzige Diskussion über die Weltwirtschaftslage, die sie nur unterbrachen, um für Weinnachschub zu sorgen. Schließlich erreichten mich nur noch Fetzen ihrer Unterhaltung, und die Fotos wirbelten in bunten Klecksen vor meinen Augen hin und her, bis sie zu einer großen, konturlosen Masse verschwammen.

Das ging wohl noch einige Stunden so weiter, und irgendwann hörte ich, wie die Haustür ins Schloss fiel. Dann saß ich plötzlich mit meinem Handy in der Hand im Wintergarten und wählte Ruperts Nummer. An die Details unserer Unterhaltung konnte ich mich allerdings erst wieder erinnern, als ich heute um sechs Uhr früh aufwachte und sich meine Zunge wie ein abgenutzter Fußabtreter anfühlte. Soweit ich mich entsinnen kann, lief das Gespräch in etwa so ab:

«Hallo, Rupert. Ich bin's.»

«Mum! Alles klar bei dir? Es ist fast Mitternacht.»

«Ja. Ich meine nein. Der Auflauf war am Rand etwas trocken, obwohl ich Natalia gesagt habe, sie soll mehr Brühe nehmen, aber das dumme Ding will ja nicht hören. Aber mach dir keine Gedanken, sonst ist alles in Ordnung. Bis auf die Tatsache, dass nichts in Ordnung ist.»

«Mum, geht es dir gut? Hast du getrunken?»

«Ja. Ich meine nein! Hör auf, das Thema zu wechseln. Ich habe mir heute viele Fotos und viele Strampelanzüge angesehen und habe mir so meine Gedanken gemacht. Ich meine, ich habe darüber nachgedacht, warum du dich nicht bei der Partnervermittlung des *Telegraph* registrieren willst.»

«Mum, darüber möchte ich jetzt wirklich nicht reden.»

«Unterbrich deine Mutter nicht. Was ich damit meine, ist Folgendes: Ich habe nachgedacht und mir Sorgen um dich gemacht. Und dann habe ich weiter nachgedacht und mir noch mehr Sorgen gemacht. Und ich glaube, jetzt hab ich's. Du versteckst etwas vor mir. Du bist nicht der, für den ich dich gehalten habe.»

«Großer Gott, Mum. Bist du sicher, dass du mit mir darüber sprechen möchtest?»

«Du sollst den Namen des Herrn nicht missbrauchen. Aber das ist dir piepegal, stimmt's? Wahrscheinlich bist du sowieso Atheist. Das würde ins Bild passen. Bestimmt hast du diese Kampagne unterstützt, bei der sie ‹Es gibt keinen Gott› auf die Linienbusse gemalt haben, und dich köstlich darüber amüsiert, zusammen mit deinen Freunden, die rechteckige Brillengestelle und Turnschuhe von Converse tragen. Sogar David Cameron trägt jetzt Converse. Heutzutage kann man niemandem mehr trauen.»

«Mum, wovon redest du eigentlich?»

«Rupert, du liest den *Guardian,* stimmt's? Gib es ruhig zu. Du willst, dass dein Vater durch hohe Steuern in den Ruin getrieben wird. Du rebellierst gegen uns. Du hasst alles, wofür wir stehen. Du wärst am liebsten auf einem Bauernhof aufgewachsen, der Strom durch Windenergie erzeugt und von Asylbewerbern betrieben wird. Nun sag schon, du bist ein *Guardian*-Leser, stimmt's?»

Ich glaube, Rupert seufzte, bevor er sagte:

«Ja, Mum. Es stimmt. Ich lese den *Guardian,* meistens online. Manchmal lese ich auch die Webseite der BBC.

Aber ich kaufe jeden Sonntag die *Sunday Times,* wegen der Wochenendbeilagen. Ich hasse dich und Dad nicht. Ich glaube, dass Windkraft nur einen Teil eines gemischten Energieportfolios ausmachen sollte, und obwohl ich der Meinung bin, dass wir eine moralische Verpflichtung haben, politischen Flüchtlingen Asyl zu gewähren, würde ich dich und Dad um nichts in der Welt gegen andere Eltern tauschen wollen, obwohl mir das in diesem Moment sicherlich niemand verübeln würde. Gehst du jetzt bitte ins Bett?»

«Gute Nacht. Schlaf gut und träum was Schönes.»

Damit endete unser Gespräch, und ich war sogar ein bisschen erleichtert. Zumindest liest er einmal in der Woche eine Zeitung, die ihm die nötigen Impulse liefert, wie ein anständiges menschliches Wesen zu denken. Ich kann nur hoffen, dass er den Auto-Motor-und-Sport-Teil nicht auslässt.

Nachdem ich mit Rupert gesprochen hatte, rief ich bei Sophie an. Sie ging nicht ans Telefon, aber ich kann mich vage daran erinnern, dass ich eine lange Nachricht auf ihrer Mailbox hinterließ, in der es um die ästhetischen Abgründe von Ugg-Boots ging. Danach loggte ich mich bei Facebook ein und schickte meiner Freundin Bridget eine verzweifelte Nachricht, in der ich fragte, ob ich sie besuchen könne. Da sie kinderlos und geschieden ist, schien sie mir als Einzige auf der Welt in der Lage, mich in meinem desolaten Zustand aufzuheitern, weil sie noch mieser dran ist als ich. Unglücklicherweise habe ich eine ähnliche Formulierung auch in meiner Nachricht verwendet. Außerdem habe ich an all meine Freunde virtuelle Cocktails ausgeteilt und J. Hardon «angestupst». Meinen

Status habe ich eben zu «hat einen Kater und ein schlechtes Gewissen» geändert. Hoffentlich wird Bridget mir verzeihen.

Gerade hat mein Mobiltelefon gepiept. Eine SMS von Sophie: *hi mum, warst du letzte nacht breit? am abfeiern gewesen?? lol!!! xxx*

Ich werde mich wieder hinlegen.

Sonntag, 6. April

Heute bin ich eine mustergültige Mutter, Tochter und Ehefrau gewesen. Ich ging in den Gottesdienst, brachte Mutter einen Blumenstrauß vorbei (bei Blütenstaub muss sie immer niesen, aber der Gedanke zählt), rief meine beiden Kinder an und hinterließ ganz normale, unbetrunkene Nachrichten auf ihren Anrufbeantwortern und grillte Jeffrey ein Steak mit selbstgemachter Béarnaise. Zum Abendessen trank ich nur Wasser. Ich werde Buße tun, versprochen.

22.00 Uhr

Guter Gott, mein neues, mustergültiges Leben hat erste Risse bekommen. Ich habe eine Mitteilung von J. Hardon bekommen. Die gute Nachricht ist, dass er unmöglich Jeffrey sein kann. Die schlechte Nachricht ist, dass auf meiner «Pinnwand» jetzt Folgendes steht, und alle können es sehen:

bist du scharf auf drink's und heiße stunden?

Jeffrey würde nie einen Apostroph falsch setzen.

Montag, 7. April

Dem Himmel sei Dank. Bridget hat sich weder von J. Hardon noch von meiner unhöflichen Nachricht abschrecken lassen und sich bei mir gemeldet. Zum Glück ist sie nicht nachtragend. Ich erinnere mich noch genau an eine Episode aus unserer Studentenzeit in Durham: Ein paar Jungs glaubten, es sei witzig, in die Mädchenzimmer einzubrechen, unsere Unterwäsche zu stehlen und das Skelett der Medizinischen Fakultät damit auszustaffieren, das sie dann in der Eingangshalle des Studentenwohnheims aufstellten. Ich schämte mich so, dass ich anfing zu weinen, während Bridget dem Skelett Büstenhalter, Slip und Morgenrock abnahm, über ihre Kleidung zog und ein kleines Tänzchen für die versammelte Menge hinlegte, bevor sie zurück auf ihr Zimmer stolzierte. Ihrem robusten Naturell ist es sicher auch zu verdanken, dass sie auf meinen alkoholgetränkten Erguss völlig unbeeindruckt reagierte. Sie schrieb:

Du meine Güte, Constance, wenn das Leben am Stadtrand dich dermaßen deprimiert, gibt es nur eine Lösung: London! Komm übers Wochenende her. Freu dich auf Spiel, Spaß und eine heiße Zeit. Bridge.

Ich bin zwar etwas beunruhigt, weil ich nicht weiß, was Bridget unter «Spiel und Spaß» versteht, aber schlimmer als handgeschriebene Anmerkungen zu zweihundertsechsundsiebzig Hochzeitsfotos kann es nicht sein. Ich antwortete, dass ich mich schon wahnsinnig freute, und buchte gleich ein Zugticket.

Ich hatte erwartet, dass sich Jeffrey über meine plötzlichen Unabhängigkeitsbestrebungen wundern würde, doch als er nach Hause kam, ich ihm den Aktenkoffer abnahm, seinen Mantel aufhängte und ihm von meinen Plänen erzählte, lächelte er nur breit und sagte: «Na, dann viel Spaß.» Manchmal ist er wirklich ein Schatz. Ich werde Natalia sagen, dass sie sich am Wochenende gut um ihn kümmern soll.

Dienstag, 8. April

Liebe Leser, ich habe schlechte Nachrichten. Die arme Tanya. Heute Morgen bin ich schnell zu ihr hinübergegangen, um ihr einen Kaffee-Walnusskuchen zu bringen. Außerdem hatte ich eine Zeitschrift für Schwangere dabei, mit einem Sonderteil zum Thema Kinderzimmereinrichtungen. Als ich auf das Haus zuging, fiel mir auf, dass zwischen dem gelben Steinpflaster der Einfahrt das Unkraut wucherte – nun hatten sie also nicht nur die Putzfrau, sondern auch den Gärtner entlassen. Ich werde ihr hin und wieder Randolph vorbeischicken, dachte ich bei mir. Die Haustür stand weit offen. Ich klopfte trotzdem, aber niemand antwortete. Ich schob die Haustür etwas weiter auf und rief Tanyas Namen; es wäre doch schade um den Kuchen gewesen. In diesem Moment vernahm ich ein ersticktes Schluchzen aus Richtung der Küche. Ich kam mir vor wie ein Eindringling, warf meine Skrupel aber über Bord und betrat das Haus, wobei mir um ein Haar der Kuchen aus der Hand gerutscht wäre, als ich meine Schuhe auszog. Tanya saß an dem Tisch aus massiver Pinie, hatte die Hände in die Haare gekrallt, genau an der Stelle, an der ihr herausgewachsener brauner Ansatz in Honigblond übergeht, und weinte. Ich eilte zu ihr und legte den Arm um sie. Was hatte sie bloß? Waren es nur die Hormone, oder war etwas Schlimmes passiert?

«Es ist etwas Schlimmes passiert», sagte sie und sah mich an. Ihre Wimperntusche hatte schwarze Spuren auf ihren blassen Wangen hinterlassen. «Mark. Er hat seinen Job verloren.»

So schrecklich diese Neuigkeit auch war, verspürte ich doch eine gewisse Erleichterung. Mark war weder von einem blutdürstigen Asylbewerber noch von einem rachsüchtigen Steuerzahler angegriffen worden, der ihn nach einem Schlag auf dem Kopf sterbend in der Gosse seinem Schicksal überlassen hatte; Tanya und dem Baby ging es gut. Ich stellte den Wasserkessel auf den Herd, holte zwei von Tanyas merkwürdigen, eckigen Tellern aus dem Schrank und servierte den Kuchen. Als der Tee fertig war, schniefte sie nur noch stoßweise und strich immer wieder mit den Händen über ihren Bauch. Nach einem halben Stück meines Kuchens fühlte sie sich gestärkt genug, mir zu erzählen, was passiert war.

Kaum war Mark heute früh im Büro erschienen, hatte ihn sein Vorgesetzter zu sich gerufen und ihm so freundlich wie möglich erklärt, dass er entlassen sei und seinen Schreibtisch ausräumen solle. Mark hatte schon seit Monaten damit gerechnet. Er ist Derivatehändler (was immer das auch sein mag – Tanya versuchte es mir zu erklären, aber irgendwann gab sie auf und starrte nur noch vor sich ins Leere, genau wie ich). Durch die Finanzkrise war diese Arbeit quasi hinfällig geworden, und seine berufliche Zukunft hing an einem so seidenen Faden wie das Leben einer Gans im Dezember. Nachdem das Unvermeidliche dann eingetreten war, war Mark in seinem Porsche nach Hause gefahren, hatte der fassungslosen Tanya von der Entlassung erzählt, ihr einen Kuss auf die Wange gedrückt und war dann gleich wieder gegangen, um «den Kopf freizubekommen». Das war vor einer Stunde gewesen. «Dabei hat er jeden Tag seine Glücks-Manschettenknöpfe getragen», sagte sie und fing wieder an zu schluchzen. Sie deutete auf eine kleine Kiste in der Küche, die alles enthielt, was sich während sieben langer Jahre im Büro angesammelt hatte: einen Schreibtischkalender von Reuters, einen kleinen Geschenkkorb von Fortnum & Mason, einige Ordner, ein Buch mit dem Titel *Kapitalanlage für Dummies,* das lauter Eselsohren hatte, einen Taschenrechner und einen Nussknacker in Form von Margaret Thatcher.

«Das ist alles», sagte sie. «Alles, was ihm geblieben ist.» Tanya wandte den Blick von den traurigen Überresten seines Berufslebens ab und blickte auf eines der vielen gerahmten Hochzeitsfotos, die überall im Haus verteilt waren. Das Bild zeigt das Brautpaar auf Barbados. Tanya trägt ein Etuikleid aus Seide und eine quietschrosa Hibiskusblüte hinter einem Ohr, ihre Haut ist tiefbraun und glänzend, ihr Haar flachsblond, ohne hässlichen Ansatz. Mark steht in einem cremefarbenen Anzug neben ihr, mit offenem Hemd, über das ganze Gesicht strahlend. Tanya sagte, sie hätten damals hundertzwanzig Leute eingeflogen für die Trauung am Strand bei Kerzenschein. Mit

Puderzuckersand unter den Füßen hatten sie sich ewige Liebe «in guten wie in schlechten Tagen» geschworen, bevor die Party mit Bollinger und Hummer losging.

«Und jetzt weiß ich nicht einmal mehr, ob wir uns einen Kinderwagen von Bugaboo leisten können. Was soll nur aus uns werden, wenn Mark keine neue Stelle findet?»

Ich tröstete sie, so gut es ging. Als ich spürte, dass sie allein sein wollte, ging ich wieder. Die Zeitschrift, die ich ihr eigentlich hatte geben wollen, klemmte ich mir diskret unter den Arm und nahm sie wieder mit.

Mittwoch, 9. April

Das Wechselläuten gestern Abend ließ mich Tanyas Probleme für eine Weile vergessen.

Ich hatte inständig gehofft, dass Gerald wieder auftauchen würde, sobald seine Klempnerprobleme überstanden wären. Schließlich hatte ich doch letzte Woche so gute Vorarbeit geleistet. Zunächst sah alles danach aus, als würde sich mein Plan auch weiterhin nach meinen Vorstellungen entwickeln. Miss Hughes trug einen olivgrünen Rock aus einer Wollmischung, der gute sieben Zentimeter kürzer war als sonst. Außerdem hatte sie kirschroten Lippenstift aufgelegt, der einen schönen Kontrast zu ihrem blassen Teint und den hellen, wässrigen Augen bildete. Ihr Haar hatte sie auf beiden Seiten nach oben aufgetürmt und mit Schildpattkämmen festgesteckt. Die Frisur verlieh ihr eine Aura der Eleganz, erinnerte aber gleichzeitig ein wenig an einen Kakadu mit aufgestelltem Federkamm.

Doch wo blieb der Mann, der sich an diesem Anblick

laben sollte? Gerald, als Lehrer an einer Privatschule stets die Pünktlichkeit in Person, verspätete sich und kam zu meiner Verwunderung erst in die Glockenstube, als wir bereits dabei waren, uns warm zu spielen. Wie üblich stellte er sich neben mich. Sofort ergriff Miss Hughes die Initiative und fragte in zuckersüßem Ton, den ich gar nicht von ihr kannte, ob ich wohl so nett wäre, den Platz mit ihr zu tauschen. Ich war natürlich sofort einverstanden.

Leider stellte sich heraus, dass Gerald einer dieser Männer ist, die nicht richtig aus sich herauskommen, wenn sie unter Druck gesetzt werden. Unser Schachzug verunsicherte ihn sichtlich. Während Miss Hughes ihn mit einem forschen Funkeln in den Augen fixierte, klammerte er sich so verzweifelt an sein Seil, als könnte er jede Sekunde ertrinken. Er war so konfus, dass er gegen Ende der Probe den letzten Wechsel dermaßen schnell läutete, dass ich auf und ab hüpfen musste, um mitzukommen.

Dann verschwand er, ohne ein Wort zu sagen.

Männer!

Donnerstag, 10. April

Auch diese Woche war Ruth beim Blumenschmuck wieder mit von der Partie. Sie trug ein wallendes weißes Gewand, das aus mehreren Lagen bestand und sie wie ein ängstliches Gespenst aussehen ließ. Als sie mit einer Leidensmiene im Gesicht und einem Buch mit dem Titel *The Secret – Das Geheimnis* in der Hand auf mich zukam, hatte ich endgültig genug. Diesen Unsinn wollte ich nicht länger mitmachen. Sie wollte gerade ausführen, dass man Trauer nur von innen heraus überwinden könne, als ich ihr ins Wort fiel.

«Jetzt hör mir mal zu, junge Dame», sagte ich, «hast du festgestellt, dass du schwanger bist und dein Mann gerade seine Stellung verloren hat? Oder hat man dich vielleicht nach sechsunddreißig Jahren Ehe wegen eines lettischen Trapezkünstlers sitzengelassen?»

Sie schwieg. Ihr entrücktes Lächeln gefror.

«Nein? Dann würde ich vorschlagen, dass du dich endlich zusammenreißt.»

Pru schnappte empört nach Luft, aber in ihren Augen las ich, dass sie insgeheim auf meiner Seite war.

Als alle Gestecke und Sträuße fertig waren, sammelte ich die übrig gebliebenen Blumen zusammen und brachte sie Tanya vorbei, die sich gerade unter Tränen abmühte, eine Karotte zu schälen. Mark hatte vorgeschlagen, sie solle zur Abwechslung einmal kein Fertiggericht auf den Tisch bringen, sondern etwas Richtiges kochen, was sie völlig aus der Bahn geworfen hatte. Ich wies sie in die Geheimnisse des Brühwürfels ein und half ihr bei der Zubereitung eines Shepherd's Pie. Als ich nach Hause ging, fragte ich mich, ob Tanya denn gar keine Freunde hatte, die ihr in dieser schweren Zeit beistehen konnten. Den Kontakt zu ihren ehemaligen Kollegen hat sie wohl verloren, nachdem sie zu arbeiten aufgehört hatte, und ich vermute, dass sie sich heute in gänzlich anderen Kreisen bewegt als ihre Schulfreunde.

Als ich vor dem Computer saß, loggte ich mich bei Facebook ein und änderte meinen Status zu «freut sich auf Nachricht, falls jemand jemanden kennt, der einen Job für einen Börsenmakler hat!». Ich bekam keine Antwort.

Freitag, 11. April

Für meinen Wochenendtrip nach London habe ich nur das Nötigste eingepackt: schwarze Pumps, eine elegante schwarze Hose, einen knielangen grauen Rock, ein eng anliegendes schwarzes Top, eine zartgelbe Kaschmirstrickjacke, meinen cremefarbenen Burberry-Trenchcoat und eine Dose Pfefferspray. Ich bin auf alles vorbereitet. Sollten Sie dennoch nichts mehr von mir hören, liebe Leser, dann wenden Sie sich bitte an den Bürgermeister und veranlassen Sie ihn, einen Suchtrupp in die Gegend von Notting Hill zu schicken.

Samstag, 12. April

Ich kann nur kurz schreiben. Bridget steht gerade unter der Dusche, und wenn sie fertig ist, sehen wir uns eine Ausstellung im Victoria & Albert Museum an. Ich habe geschlagene zehn Minuten gebraucht, um herauszufinden, wie ihr kleiner weißer Mac funktioniert. Gestern Abend habe ich etwas erfahren, das ich Ihnen sofort erzählen muss. Meine Freundin Bridget mit ihrem Einser-Examen und ihrer steilen Karriere im Verlagswesen hat sich beruflich neu orientiert. Sie schreibt jetzt unter dem Pseudonym Bluebell Lahore erotische Romane. Nach ein paar Gläsern Wein erklärte sie mir, dass es mit der Verlagsbranche momentan bergab gehe und es daher nicht schaden könne, eine lukrative Nebenbeschäftigung zu haben. «Auch in schlechten Zeiten werden Frauen immer Schokolade, Make-up, Spitzenunterwäsche und schmutzige Taschenbücher kaufen», sagte sie, während sie ihre vom Rotwein verfärbten Lippen zu einem breiten Grinsen verzog. Ich musste an Tanya mit ihrem Sparschäler und ihrem hässlichen Haaransatz denken und ob sie wohl irgendeines dieser Dinge aufheitern könnte.

«Außerdem ist es ein Klacks, die Dinger zu schreiben. Es gibt nur drei mögliche Handlungen. Nummer eins: Arme, vom Schicksal gebeutelte junge Heldin kämpft sich durchs Leben, Mann A, ebenfalls arm und vom Schicksal gebeutelt, verliebt sich in Heldin, die sich wiederum in Mann B verliebt, einen stinkreichen, schmierigen Frauenhelden, mit dem sie eine heiße Affäre hat, der ihr aber das Herz bricht. Dann nimmt Mann A Kampf gegen Mann B auf und erbt eine Menge Geld, Heldin und Mann A leben glücklich bis ans Ende ihrer Tage. Nummer zwei: Resolute, erfolgreiche junge Heldin langweilt sich in Ehe mit Mann A, der herzensgut, aber sterbenslangweilig ist. Heldin beginnt Affäre mit Mann B, einem stinkreichen, schmierigen Frauenhelden, der ihr das Herz bricht und sie in die Arme von Mann A zurücktreibt, der inzwischen ins Fitnessstudio geht, ein Sixpack vorzuweisen und Plüschhandschellen besorgt hat. Nummer drei: Herzensgute, naive junge Heldin bewahrt sich ihre Jungfräulichkeit für Ehe mit Jugendfreund Mann A auf, als Frauenheld Mann B auftaucht und sie vom rechten Weg abbringt. Mann A nimmt Kampf gegen Mann B auf, gewinnt Heldin zurück, die am Ende aber trotzdem mit Mann B durchbrennt, weil ihr ein Leben voller Leidenschaft lieber ist als geordnete Verhältnisse.»

Ich starrte sie mit offenem Mund an und hatte völlig vergessen, meinen Wein zu trinken.

«Siehst du? Ganz einfach», fuhr sie ungeniert fort. «Man muss nur ein paar Namen und Orte erfinden, und schon fließt das Geld aufs Konto. Probier's doch auch mal. Du hast doch schon immer gut schreiben können.»

Fast hätte ich ihr gesagt, dass mir dieses Blog als Ventil für etwaige schriftstellerische Ambitionen vollauf genügte, doch ich biss mir auf die Zunge. Ich halte es nicht für förderlich, wenn jemand aus meinem Bekanntenkreis meine Einträge liest. Daher murmelte ich, dass ich mit meinem Hobby, dem Wechselläuten, schon ausgelastet genug sei, und ging zu Bett. Um drei Uhr morgens schreckte ich aus einem Traum hoch: Gerald stand in der Glockenstube und trug ein Namensschild mit der Aufschrift *Mann B* an seiner Cordjacke, Miss Hughes schwang in einem viktorianisch angehauchten Nachthemd mit kleinen Rüschen an einem Glockenseil hin und her, während ihr gelöstes Haar im Wind flatterte und ihre Hammerzehen hin und her baumelten. Ich selbst hatte eines dieser Minikleider an, die Sophie bei Topshop gekauft hatte. Daran war ein Namensschild befestigt, auf dem *Heldin* stand. Ich frage mich, was das zu bedeuten hat.

Ich habe jetzt keine Zeit, um darüber nachzudenken. Im Bad ist gerade Bridgets Föhn angegangen, und ich muss Schluss machen.

Montag, 14. April

Nun sitze ich wieder vor meinem heimischen Laptop. Mein Londoner Abenteuer ist zu Ende. Zwei Tage und zwei Nächte lang habe ich das mondäne Leben eines

Großstadtsingles geführt. Ich habe auf Bridgets Wohnzimmerboden gesessen und Schokoladen-Eclairs aus der nahe gelegenen französischen Patisserie gegessen (Backen gehört zu den wenigen Dingen, bei denen man den Franzosen blind vertrauen kann), die großen Erkerfenster, die antiken Bücherregale und die hübschen Perserteppiche bewundert und nicht meinem Drang nachgegeben, ständig mit den Fingern über die verstaubten Oberflächen zu fahren. Bridget sieht gar nicht so verhärmt aus, wie ich das von einer alleinstehenden, kinderlosen Frau von dreiundfünfzig erwartet hatte. Genau genommen hat sie sogar weniger Falten als ich. Ich habe sie heute Morgen gezählt, als sie sich am Frühstückstisch vorbeugte, um sich auf ihr Kreuzworträtsel zu konzentrieren. Sie trug einen bunten Seidenkimono und pfiff fröhlich vor sich hin. Man sieht ihr wirklich nicht an, dass es das Leben nicht gut mit ihr gemeint hat. An einem der Abende aßen wir in einem feinen Restaurant, und nachdem ich mich eine halbe Stunde lang über die neuesten Sperenzien von Sophie und Rupert ausgelassen hatte, sagte sie, sie sei zwar allein, aber wunschlos glücklich, und lächelte gelassen, während sie zwischen den verwelkten grünen Blättern auf ihrem Teller nach der Winzigkeit von Loup de Mer suchte. Vielleicht lässt sie es sich ja nur nicht anmerken, dass sie unzufrieden ist, oder vielleicht bringt das luxuriöse Faltenserum von Clarins, das ich in ihrem Badezimmerschränkchen entdeckt habe, ja tatsächlich etwas. Nach dem Essen gingen wir in eine Art Vierziger-Jahre-Club, wo alle Frauen Kleider aus der Nachkriegszeit trugen und komisch tanzten. Die Martinis, die Bridget mir einflößte, stiegen mir sofort in den Kopf, und ich musste ein Taxi nach Hause nehmen. Bridget blieb und muss sich später auf Zehenspitzen hereingeschlichen haben, denn ich wurde nicht einmal wach. Offenbar hatte sie trotzdem genug Schlaf bekommen, denn beim Frühstück am nächsten Morgen wirkte sie sehr beschwingt.

Ich glaube, die Tage in London haben mir gutgetan. Jetzt sehe ich der Taufe der kleinen Erica – der Enkelin von Harriet und Edward – nächstes Wochenende schon viel gelassener entgegen. Und wenn Bridget mit keinen Kindern, zwei Bonsaibäumen und einer Karriere als Pornoschriftstellerin glücklich sein kann, kann ich das auch mit meiner Familie.

Wie um das zu bekräftigen, begrüßte mich Jeffrey am Bahnhof mit einem hübschen Blumenstrauß. Was ist bloß in ihn gefahren? Normalerweise schenkt er mir nie Blumen, es sei denn, er hat etwas wiedergutzumachen, wie damals, als er mir eine Bloody Mary auf meinen Burberry-Trenchcoat gekippt hatte. Aber soweit ich weiß, hat er mir in letzter Zeit kein Kleidungsstück ruiniert. Das sind vermutlich die Frühlingsgefühle. Unter seinem leicht spröden Äußeren verbirgt sich eben doch ein großes, ja sogar leidenschaftliches Herz.

Dienstag, 15. April

Als Reginald heute zu Besuch kam, wusste ich sofort, dass etwas nicht stimmt, weil er so einen beunruhigten Eindruck machte. Ständig schob er seine Daumen durch die Gürtelschlaufen seiner Baumwollhose und zog sie wieder heraus, schon als er noch in der Tür stand. Er kam herein, und als er auf dem Sofa Platz nahm, fielen ihm die Haarsträhnen, die er sich immer über seine schuppige Kopfhaut kämmt, in die Augen. Er starrte mich durch einen Vorhang aus grauen Strähnen an, wie eines dieser seltenen langhaarigen Schafe, die immer auf der Landwirtschaftsmesse ausgestellt werden. «Reginald, was ist los?», fragte ich.

«So einiges», seufzte er, während er seine Haare wieder in die richtige Position schob.

«David ist jetzt Mitglied bei Scientology. Und St. Mary's bekommt Besuch vom Aufsichtsamt.»

Ich wusste nicht, was ich sagen sollte oder welche Neuigkeit schlimmer war. Über Scientology hatte ich einmal einen Dokumentarfilm gesehen: eine gefährliche Sekte mit lauter geisteskranken Amerikanern, die alle Sonnenbrillen tragen und sich furchtbar aufregen, wenn jemand sie oder ihre Sekte als geisteskrank bezeichnet. Ob die Kontrolleure vom Aufsichtsamt genauso geistesgestört sind wie die Scientologen? Berichten in der Zeitung zufolge könnte dies durchaus zutreffen.

Ich versuchte Reginald zu trösten, indem ich behauptete, David habe bestimmt wieder eine seiner Phasen, die mit Sicherheit wieder vorbeigehen würde, und versprach, ihm beim Ausfüllen des «Risikobewertungsformulars» für das Wechselläuten zu helfen.

Mittwoch, 16. April

Beim Wechselläuten gestern Abend war Miss Hughes' Rock um weitere sieben Zentimeter geschrumpft und enthüllte ein paar pralle, fleischige Knie. Das war eindeutig zu viel für Gerald. Er verließ fluchtartig die Glockenstube, noch bevor der letzte Glockenschlag verklungen war. Ich blieb dann aber noch eine Weile, um Reginald bei den Formularen zu helfen. Im Abschnitt «Potenzielle Gefahrenquellen» schrieben wir:

Glöckner könnten es versäumen, rechtzeitig das Seil loszulassen, in die Höhe gerissen werden, zu Boden fallen und sterben.

Glöckner könnten durch den Klang der Glocken taub werden.

Glöckner könnten von Gerald niedergetrampelt werden.

Glöckner könnten in der Pause an den Keksen ersticken.

Glöckner könnten von Miss Hughes mit ihrer Handtasche verprügelt werden, wenn sie ihren Einsatz verpassen.

Ich hätte das Ganze ja etwas abgeschwächt, doch Reginald beharrte darauf, dass Ehrlichkeit die beste Strategie sei. Im Abschnitt «Maßnahmen zur Beseitigung des Gefahrenpotenzials» schrieben wir:

Beten.

Im Abschnitt «Weitere Maßnahmen zur Risikominimierung» schrieben wir:

Glöckner sollten gesunden Menschenverstand und eventuell Ohropax anwenden.

Das sollte genügen.

Liebe Leser, ich fürchte, meine hilfsbereite Ader hat mich zu einer unüberlegten Aktion verleitet.

Heute ist Tanya zum Mittagessen gekommen, doch sie rührte meine selbstgebackene Zwiebel-Quiche mit grünem Salat kaum an, schob das Essen nur auf ihrem Teller hin und her und seufzte ständig. Ich dachte erst, ich hätte zu viel Salz in den Teig gegeben, aber wie sich herausstellte, hatte Tanyas Appetitlosigkeit ganz andere Gründe. Sie und Mark müssen das Haus verkaufen. Während sie sich ihre strähnigen straßenköterbraunen Haare hinter die Ohren strich, gestand sie mir, dass sie hoch verschuldet seien. Marks gesamte Bonuszahlungen waren für die Hochzeit, den Porsche, die All-inclusive-Urlaube im Sandals auf Jamaika und Luxusskiurlaube in Meribel, die Maßanzüge und Schuhe von Jimmy Choo draufgegangen. Seine Abfindung hatte er mit Online-Glücksspielen durchgebracht. Angesichts der rapide gesunkenen Immobilienpreise hatten sie ein hohes negatives Eigenkapital; die Pfändung drohte. Ich gab mir Mühe, mein Entsetzen zu verbergen. Tanyas Eltern lebten in Billericay, Marks Eltern in Spanien, keine der Wohnungen ist eine angemessene Bleibe für eine werdende Mutter. Ich hatte ja keine Ahnung gehabt, dass die Lage so ernst war.

Dieser verantwortungslose Mark! Nur der resignierte Ausdruck in Tanyas Augen hielt mich davon ab, gegen ihn zu wettern. Sie sagte, Mark habe vor Kummer schon sechs Kilo abgenommen, während sie aus lauter Frust alles Essbare in sich hineinstopfe und schon sechs Kilo zugenommen habe, was sie in dieser Phase ihrer Schwangerschaft für eindeutig zu viel hielt. Sie war am Boden zerstört. Tränen flossen ihr über die Wangen, doch dieses Mal hatte sie keine Wimperntusche aufgetragen, die sich hätte auflösen können. Liebe Leser, ich tat das einzig Richtige: Ich bot Tanya und Mark an, bei uns zu wohnen, so lange, wie sie brauchten, um wieder Fuß zu fassen.

Ich hoffe, Jeffrey hat nichts dagegen.

Freitag, 18. April

Ich warte noch auf den richtigen Moment, um Jeffrey die Sache mit Tanya zu erzählen. Als er gestern Abend nach Hause kam, war er ausgesprochen schlechter Laune – es hatte etwas mit dem Aktienkurs einer isländischen Bank zu tun –, daher hielt ich es für besser, meine spontane Einladung vorerst für mich zu behalten. Vielleicht kann ihn die Taufe unserer kleinen Großnichte aufmuntern. Ich habe ein silbernes Sparschwein für sie gekauft; da sie im Norden Englands aufwächst, wird sie mit Sicherheit sehr sparsam werden. Sobald Jeffrey heute von der Arbeit zurück ist, brechen wir nach York auf. Rupert fährt mit. Gerade hat Harriet angerufen und mit zitternder Stimme gefragt, ob wir auch schon so aufgeregt seien wie sie.

Ich werde nicht eifersüchtig sein.

Ich werde nicht eifersüchtig sein.

Ich werde nicht eifersüchtig sein.

Ich werde nicht eifersüchtig sein.

Ich werde nicht eifersüchtig sein.

Nein. Nein. Nein.

Ich bin eifersüchtig. Zwecklos, Sie anzulügen. Ich bin sogar ganz schrecklich eifersüchtig, vom Scheitel bis zur Sohle, von meiner Föhnfrisur, die mir inzwischen am Kopf klebt, bis zu meinen cremefarbenen Pumps, die der Matsch ruiniert hat. Ich sage es nicht gern, aber es gab den einen oder anderen Moment, in dem ich der vor Stolz geradezu glühenden Harriet am liebsten ins Gesicht geschlagen hätte. Der Tag war natürlich perfekt: warme Frühlingssonne, blühende Apfelbäume, deren Zweige vor der hübschen Kirche sanft im Wind schwankten. Nach der Taufe wurde in einem nahe gelegenen Festzelt Champagner serviert. Harriet fotografierte wie eine Besessene. Die kleine Erica mit ihren süßen Pausbäckchen trug ein weißes Spitzenkleidchen und ganz entzückende weiße Schühchen. Ständig hatte Harriet sie auf dem Arm und trug sie wie eine Trophäe in der Gegend herum. Am späten Nachmittag taten mir die Gesichtsmuskeln wegen meines gezwungenen Lächelns weh, daher entschuldigte ich mich und ging ins Hotel zurück. Jeffrey blieb noch, um mit Edward über den richtigen Golfschwung beim Abschlag zu diskutieren.

Während ich hier in der spärlich beleuchteten Lobby des Hotels sitze und auf den Computerbildschirm starre, gibt mir nur eines Zuversicht: Ich habe Rupert heute Abend ganz genau beobachtet, während er sich mit den Gästen unterhielt, unter denen auch viele junge Frauen in hübschen Kleidern waren. Er verhielt sich völlig ungezwungen in ihrer Gegenwart, lachte und plauderte. Es war nicht genau zu erkennen, ob er flirtete, aber es war offensichtlich, dass er sich in der weiblichen Gesellschaft nicht unwohl fühlte. Vielleicht überwindet er seine Schüchternheit allmählich. Vielleicht wird es nicht mehr lange dauern, bis ich ebenfalls eine Hochzeit und dann eine Taufe zu organisieren habe.

Sonntag, 20. April

Mein Gott, was für ein Theater. Ich hätte Jeffrey gleich von Mark und Tanya erzählen sollen, aber ich wollte den richtigen Moment erwischen, und da Familienfeste bei ihm grundsätzlich schlechte Laune auslösen, schien mir das Wochenende nicht opportun.

Aber eins nach dem anderen. Gestern Abend waren wir wieder zu Hause, nach einer fünfstündigen Fahrt über Milton Keynes, bei der Jeffrey unbedingt den Macho spielen musste und die ganze Zeit über fünf Stundenkilometer schneller fuhr als vorgeschrieben. Kaum hatten wir das Gepäck ausgeladen und Wasser für den Tee aufgesetzt, klingelte es an der Tür. Wir sahen uns fragend an. Konnte es Reginald sein, mit einem weiteren Formular für die Kontrolleure vom Aufsichtsamt? Er war es nicht.

Als ich die Tür öffnete, standen Tanya, Mark und etliche Umzugskartons vor mir. Die beiden sahen mich mit gehetztem Blick an, während ich über ihre Schultern hinweg ein Taxi mit quietschenden Reifen die Straße hinunterjagen sah. Nach dem Porsche fragte ich gar nicht erst. Ich versuchte die aufkommende Panik zu unterdrücken, begrüßte sie freundlich und bat Natalia, den beiden mit ihren Sachen zu helfen. Dann eilte ich Jeffrey entgegen, der gerade in die Diele kam, um nachzusehen, was los war.

Ich flüsterte ihm in Kurzform zu, in welcher Notlage die beiden steckten. Sein Gesicht wurde puterrot, ansonsten ist er aber zum Glück so gut erzogen, dass er sich nicht anmerken lässt, was er gerade denkt. Er schüttelte Mark die Hand und hieß die beiden herzlich willkommen. Mark, der noch immer seine Börsenmaklerhosenträger trug, drückte mir eine Flasche Wein in einer Geschenktüte in die Hand. Mir fiel auf, dass ein Anhänger mit seinem und Tanyas Namen daran befestigt war. Es gelang mir, ihn heimlich zu entfernen, bevor Jeffrey ihn bemerkte.

Nachdem die beiden ihre Sachen im Gästezimmer verstaut hatten, bereitete ich schnell ein paar Omeletts für das Abendessen zu, das wir schweigend einnahmen. Ich hätte ja Natalia gebeten, für uns zu kochen, doch sie glotzte die Neuankömmlinge finster an und sagte immer wieder: «Ich nicht verstehen.» Jeffrey verstand es auch nicht. Und ich eigentlich auch nicht.

Montag, 21. April

Nur ein kurzer Eintrag. Ich muss noch Filetsteak besorgen und es mit dem Fleischklopfer bearbeiten, damit es schön zart wird. Vielleicht kann eine anständige Schmorpfanne Jeffrey ja etwas milder stimmen. Es fällt ihm sichtlich schwer, sich auf die neue Situation einzustellen. Das merkte ich gestern Abend an der Art, wie er im Bett sein Buch festhielt. Er umklammerte es so fest, dass seine Fingerknöchel weiß wurden. So verärgert hatte ich ihn das letzte Mal gesehen, als ich das Gästezimmer entrümpelt und dabei aus Versehen seine Lieblingsgolfschläger entsorgt habe.

Dienstag, 22. April

Auch heute muss ich mich kurzfassen. Die Stimmung im Haus ist angespannt. Jeffrey ist gestern Abend erst um elf Uhr nach Hause gekommen, und bis dahin war aus meiner Schmorpfanne ein unappetitliches, breiiges Etwas geworden. Mark und Tanya ist das bestimmt nicht entgangen. Jeffrey behauptete, er hätte noch an einem wichtigen Fall arbeiten müssen, doch als ich als seine Aktentasche nach oben trug, klappte sie versehentlich auf, und heraus fielen vier alte Ausgaben eines Golfmagazins und ein Roman von Andy McNab.

Mittwoch, 23. April

Obwohl ich Bedenken hatte, das Haus unbeaufsichtigt zu lassen, wollte ich die Probe der Wechselläuter gestern auf keinen Fall verpassen. Derartige Loyalitätskonflikte sind das Los von uns Frauen, und da in einigen Monaten ein wichtiger Wettkampf stattfindet, überließ ich Familie und Gäste für ein paar Stunden ihrem Schicksal. Außerdem braucht Reginald unbedingt jemanden, der ihm zur Seite steht; er sah gestern Abend sehr blass und besorgt aus. David macht keinerlei Anstalten, sich von Scientology abzuwenden, und versucht ihm einzureden, Jesus – falls er denn überhaupt existiert habe – sei nicht von der Jungfrau Maria geboren, sondern von einem Vulkan ausgespuckt worden. Außerdem wird nächste Woche ein Kontrolleur vom Aufsichtsamt zur Probe kommen, um die Sicherheitsstandards zu überprüfen. Offenbar hat ihn unser Formular nicht davon überzeugen können, dass hier alles seine Ordnung hat. Jedenfalls fast, denn Gerald verrenkte sich bei der Probe durch einen unglücklichen Unfall den Rücken. Miss Hughes – deren kurzer Rock dieses Mal ein gutes Stück geädertes Bein in durchsichtiger, orangefarbener Strumpfhose offenbarte – hatte einen Schwächeanfall vorgetäuscht und Gerald gebeten, ihr beim Ziehen des Seils zu helfen. Als dieser das Seil ergriff, begann er zu zittern – zweifellos in freudiger Erwartung –, und dann legte Miss Hughes ihre Hände über die seinen. Das war zu viel für ihn. Er schrie auf und sackte zu Boden, wie ein Fußballer nach einem Foul. Miss Hughes kniete sich neben ihn und strich ihm über die Haare, was ihn sofort wiederbelebte: Er sprang auf, murmelte eine hastige Entschuldigung und verließ uns. Ich hoffe, er erholt sich bald wieder.

Als ich nach Hause kam, war Jeffrey noch immer nicht zurück. Mark und Tanya waren schon zu Bett gegangen. Im Mülleimer fand ich leere Verpackungen vom Chinesen und ein paar übrig gebliebene Krabbenchips. Mit dem Kochen steht Tanya eindeutig noch auf Kriegsfuß.

Donnerstag, 24. April

Auch das wöchentliche Blumenbinden wollte ich mir nicht entgehen lassen und habe mich wieder aus dem Haus und in die Kirche geschlichen. Gott sei Dank, kann ich nur sagen, denn dabei kam mir eine großartige Idee. Pru hatte Ruth dieses Mal zum Glück nicht mitgebracht, da ihre Tochter direkt nach dem Unterricht zu einem

«Chakra»-Kurs oder so etwas Ähnlichem musste. Ich fragte Pru, was das sei, und sie erwiderte mit blecherner Stimme: «Chakra ist die Lehre von konzentrischen Energiefeldern.» Ich zog eine Augenbraue hoch und musterte sie eine Weile schweigend. Schließlich streckte sie die Waffen. «Asiatischer Hokuspokus», flüsterte sie mir zu. Das klang schon eher wie die alte Pru. Ich nickte mitfühlend. Und da fiel es mir wie Schuppen von den Augen: Pru und der arme Reginald sind verwandte Seelen! Machte Reginald nicht gerade exakt das gleiche Martyrium mit seinem Sohn David durch? Diese Verbindung barg eine Riesenchance, denn wie könnten zwei junge Leute ihre sonderbaren esoterischen Hobbys besser vergessen, als wenn sie zusammen ausgehen und sich auf ganz normale Dinge konzentrieren, beispielsweise zwei Kinokarten zum Preis von einer und Dinner beim Pizzaexpress? Während Pru an ihrem Gladiolengesteck arbeitete, fiel mir auf, dass sich vor lauter Kummer und Stirnrunzeln bereits tiefe Falten in ihr Gesicht gegraben hatten. Am liebsten hätte ich ihr sofort von meiner Idee erzählt, doch ich hielt mich zurück. Ich brauche Zeit, um meinen Plan reifen zu lassen; besonders nach dem letzten Desaster.

Freitag, 25. April

Mark und Tanya wohnen jetzt seit fünf Tagen bei uns. Zeit, Bilanz zu ziehen.

Die Vorteile:

Es war richtig, sie bei uns aufzunehmen. Wenn ich sehe, wie Tanya auf dem Sofa sitzt und ihren immer runder werdenden Bauch streichelt, spüre ich das gleiche wärmende Gefühl in mir wie damals, als ich Jeffreys alte Plattensammlung für den Flohmarkt zugunsten von *Katzen in Not* spendete.

Außerdem ist es schön, dass ich jetzt jemanden hier habe, mit dem ich mich unterhalten kann und der mir auch antwortet, was bei Darcy oder Jeffrey nicht immer der Fall ist.

Die Nachteile:

Jeffrey ist gereizt und beleidigt. Er würde sich natürlich eher die Zunge abbeißen, als etwas zu sagen, aber er kommt immer spät nach Hause, trinkt mehr und macht im Bett manchmal das Licht aus, obwohl er genau sieht, dass ich noch *Zweiter Frühling* von Joanna Trollope lese.

Natalia ist gereizt und beleidigt. Ich habe eine Gewerkschaftszeitung in ihrem Zimmer gefunden, und sie kennt jetzt plötzlich Wörter wie «Arbeitsbelastung», «Ausbeutung», «Proletariat» und «Streik».

Tanya lässt immer ihre Klatschmagazine auf meinem Stapel mit Garten- und Wohnzeitschriften liegen. Ich kann nicht umhin, kurz darin zu blättern, aber hinterher fühle ich mich furchtbar, weil es Schund und völliger Unsinn ist und alle abgebildeten Frauen viel jünger und schlanker sind als ich.

Mark hat es offenbar nicht eilig, den Aufenthalt bei uns zu beenden, denn er macht keinerlei Anstalten, sich einen neuen Job zu suchen. Während Tanya seinen Lebenslauf auf den Websites von Personalvermittlungen einstellt (was mich an meine eigenen, leider nicht von Erfolg gekrönten Versuche mit Rupert und Online-Kontaktbörsen erinnert), verbringt Mark seine gesamte Zeit damit, Darcy die Wörter «kaufen», «halten» und «verkaufen» beizubringen. Er muss den Börsensaal wirklich sehr vermissen.

Heute habe ich eine halbleere Packung Käse-Zwiebel-Chips hinter der Rückenlehne des Sofas gefunden.

Wie Sie sehen, überwiegen die Nachteile die Vorteile. Trotzdem, noch einmal vor die Wahl gestellt, würde ich mich wieder ganz genauso entscheiden.

Sonntag, 27. April

Heute hat mich Tanya in die Kirche begleitet. Da auf City Jobs.com kein geeigneter Job für Mark zu finden war, wollte sie es mit Beten versuchen. Während des Gottesdienstes riss sie immer wieder ihren Kopf zum Mittelgang herum, und ich dachte schon, sie hätte einen nervösen Tick entwickelt, bis sie mir erklärte, dass sie bis jetzt immer nur zu Hochzeiten in der Kirche gewesen sei und aus lauter Gewohnheit in die Mitte sehe.

Reginalds Predigt war erheblich strenger als sonst und warnte davor, den gefährlichen Verlockungen von Götzen nachzugeben. Vermutlich hat er dabei an David gedacht. Ich hatte bisher noch keine Gelegenheit, ihm von meinen Plänen für Ruth und David zu erzählen, aber ich bin sicher, dass er genauso begeistert sein wird wie ich. Zum Abschluss wurde *All Things Bright and Beautiful*, eines meiner Lieblingslieder, gesungen. Tanya erhob sich zusammen mit dem Rest der Gemeinde, doch während alle anderen aus vollem Herzen sangen, bewegte sie nur stumm wie ein Goldfisch ihren Mund. Als ich später fragte, ob sie den Text denn nicht in der Schule gelernt habe, schüttelte sie den Kopf. Sie musste eine Weile überlegen, ehe sie sich überhaupt an Lieder aus ihrer Schulzeit erinnern konnte, nannte dann aber *Puff the Magic Dragon* und *Evita.* Ich glaube nicht, dass diese Art des Liedguts je kirchentauglich sein wird.

Nach dem Gottesdienst setzte ich Tanya zu Hause ab und fuhr dann allein weiter zu Mutter. Jeffrey hatte eine private Golfstunde gebucht. Angeblich muss er seinen Abschlag perfektionieren, aber ich glaube, er ist immer noch beleidigt. Mutter war sehr verärgert darüber, dass er nicht mitgekommen war. Sie hängt immer wie gebannt an seinen Lippen, obwohl er kaum mehr sagt als «Hallo», «Hm» und «Auf Wiedersehen». Nun saß sie steif und aufrecht in ihrem Sessel, umklammerte mit ihren von der Gicht verkrümmten Fingern den silbernen Griff ihres Gehstocks und warf mir mit strenger Stimme vor, ihren lieben Schwiegersohn vertrieben zu haben. Ich ging gar nicht darauf ein, sondern versuchte sie abzulenken, indem ich sie auf ein Interview mit Michael Parkinson in der Fernsehzeitschrift aufmerksam machte.

Montag, 28. April

Eine halbleere Flasche Selbstbräuner im Badezimmer und ein paar verräterische gelbliche Streifen auf dem Handtuch zeigen mir, dass sich Tanya auf dem Weg der Besserung befinden muss. Als ich heute Morgen nach unten kam, stellte ich fest, dass sie ein Tuch über den Esszimmertisch gebreitet und verschiedene Utensilien darauf abgestellt hatte: Pailletten in allen möglichen Formen und

Farben, Fläschchen mit buntem Nagellack und winzige Pinsel. Was ich zuerst für Mandelblättchen hielt, entpuppten sich als künstliche Nägel, die Tanya schon immer als eine Art Hobby angefertigt hatte. Jetzt hat sie begonnen, sie gegen einen kleinen Obolus für Freundinnen und Bekannte zu gestalten, und inseriert auch auf Facebook. Es fiel mir schwer, angesichts der geschmacklosen Endprodukte nicht das Gesicht zu verziehen. Aber wenigstens tut Tanya überhaupt etwas, was man von Mark leider nicht behaupten kann.

Als ich am Wintergarten vorbeiging, sah ich ihn mit den Händen in den Taschen dastehen und Darcy anstarren, der mit den Flügeln schlug, den Kopf hin und her drehte und zurückstarrte. Von Zeit zu Zeit sagte Mark etwas wie BP oder BATS oder RBS, und Darcy krächzte leise etwas zurück, woraufhin Mark matt lächelte und etwas in ein Notizbuch aus Jeffreys Arbeitszimmer kritzelte. Ich seufzte und ging wieder. Dann loggte ich mich bei Facebook ein und erkundigte mich im Paratweet-Forum, ob intensiver Kontakt zu einem arbeitslosen Börsenmakler bei einem Papagei Stress auslösen könne.

Dienstag, 29. April

Reginald ist auf einen Sprung vorbeigekommen. Zuerst hat er sich nett mit Tanya unterhalten und ihr Nagelgeschäft mit den Worten «Es ist gut, wenn man sich eine Beschäftigung sucht, statt die Hände in den Schoß zu legen – Müßiggang ist aller Laster Anfang» gelobt. Dann setzte er sich zu mir, und bei einer Tasse Tee besprachen wir, welche Vorkehrungen für die Kontrolle des Aufsichtsamts am Abend zu treffen waren. Nachdem wir festgelegt hatten, wer den Lagerraum nach toten Mäusen absucht und wer Miss Hughes' Handtasche wegschließt, erhob sich Reginald vom Sofa, und mir fiel auf, dass hinten an seiner Soutane drei grüne Pailletten klebten. Als er gegangen war, kam Tanya mit einem zufriedenen Lächeln ins Wohnzimmer und verkündete, sie werde ihr neues Unternehmen *Müßige Hände* nennen.

21.45 Uhr

Chaos beim Wechselläuten, ausgerechnet heute. In der Keksdose war eine Spinne, und Miss Hughes war so in Geralds Anblick vertieft, dass ihr das Seil aus der Hand rutschte, nach oben schnellte und sie im Gesicht traf, als es wieder nach unten gesaust kam. Reginald eilte ihr zu Hilfe, stolperte dabei aber über seine Soutane. Staub wirbelte auf und löste bei Gerald einen Hustenanfall aus. Der Kontrolleur machte sich so hastig Notizen, dass die Spitze seines Bleistifts abbrach. Zu Hause war es in der Zwischenzeit nicht weniger turbulent zugegangen: Tanya war beunruhigt, weil Mark vor zwei Stunden frische Luft hatte schnappen wollen und immer noch nicht zurück war, Darcy trippelte auf seiner Stange von links nach rechts und wieder zurück und krächzte: «Verkaufen! Verkaufen! Verkaufen!», und Jeffrey hatte sich mit einem Golfmagazin und einer vollen Flasche Portwein in seinem Arbeitszimmer eingeschlossen.

Mittwoch, 30. April

Mark ist gestern Nacht nicht nach Hause gekommen. Ich habe ein ungutes Gefühl. Mehr kann ich im Moment nicht schreiben, ich muss die Polizei und die Krankenhäuser in der Umgebung abtelefonieren und Tanya mit Notfalltropfen nach Dr. Bach ruhigstellen.

Donnerstag, 1. Mai

Keine Spur von Mark. Tanya ist fertig mit den Nerven. Ich mache mir wirklich Sorgen um sie, in ihrem Zustand. Sogar Jeffrey hat sich gestern Abend nicht hinter seinem *Economist* vergraben, sondern ein paar Bekannte in London angerufen, die Mark gesehen haben könnten. Natalia hat ihre Streikdrohungen vorerst auf Eis gelegt, allerdings weiß ich nicht, ob aus Rücksicht oder weil ihre Arbeitsbelastung sich ohnehin um ein Viertel verringert hat. Marks Eltern kommen morgen aus Spanien. Ich habe ihnen angeboten, bei uns zu übernachten, doch sie haben darauf bestanden, ein Zimmer in einer Travel-Lodge zu reservieren. Wie kann Mark ihnen so etwas antun? In solchen Hotels gibt es keine saubere Matratze. Wie konnte er Tanya so etwas antun? Ist er wirklich einfach so davongelaufen – während ich dies hier schreibe, reist er vielleicht gerade mit falschem Bart und einem Koffer voller Spielgeld in Kuba ein –, oder ist etwas Schlimmes passiert?

Freitag, 2. Mai

Liebe Leser, es gibt einen ersten Hinweis auf Marks Verbleib. Er wurde gesehen, genauer gesagt, jemand hat bei Facebook ein Foto von ihm entdeckt, auf dem er in einem Nachtclub sitzt, aus einer Champagnerflasche trinkt und eine Nippelquaste auf der Nasenspitze kleben hat. Tanya hatte sämtliche Freunde und Bekannte sowie einige seiner ehemaligen Arbeitskollegen über sein Verschwinden informiert, und einer von ihnen hat heute das Bild gesehen und sich gemeldet. Arme Tanya. Die gute Nachricht ist, dass ihr Mann lebt, die schlechte, dass er ein widerwärtiges, egoistisches Schwein ist. Tanya ist völlig durcheinander; sie lacht vor Erleichterung, nur um gleich darauf vor Wut in Tränen auszubrechen. Mark hat sich immer noch nicht bei ihr gemeldet, und sein BlackBerry ist ausgeschaltet.

Darcy krächzt nach wie vor: «Verkaufen!» Ich bin in großer Sorge. Was, wenn er unter dem Burn-out-Syndrom leidet? Das Paratweet-Forum war in dieser Hinsicht keine große Hilfe; offenbar hat niemand Erfahrung mit Papageien, die von arbeitslosen Börsenmaklern in den Wahnsinn getrieben wurden.

Samstag, 3. Mai

Mark ist wieder da. Ich war gerade dabei, die Holzjalousie in Jeffreys Arbeitszimmer abzustauben (Natalia ist für die filigranen Arbeiten einfach nicht geeignet), als mir auffiel, dass jemand die Einfahrt hinaufhinkte. Ich sah etwas genauer hin und erkannte Mark, der nur einen Schuh trug. Ich rief nach Tanya, dann stürmte ich nach unten ins Wohnzimmer, von wo aus man eine bessere Sicht nach draußen hat. Er trug einen zerknitterten Anzug, dazu ein aufgeknöpftes Hemd und keine Krawatte. Die Hosenträger hatte er sich über die Schulter gelegt, er war unrasiert und hatte ein blaues Auge. Tanya schritt mit einer Miene aus Granit zur Tür. Ich beobachtete, wie sie mit auf den Bauch gelegten Händen dastand. Mark hatte die Türschwelle erreicht. Er fiel auf die Knie. In diesem Moment tauchte Jeffrey auf, flüsterte: «Jetzt hör schon auf zu glotzen», und bugsierte mich in die Küche, wo ich Tee kochen sollte. Über das Pfeifen des Wasserkessels hinweg konnte ich erregte Stimmen hören. Schließlich fiel die Haustür ins Schloss, und Schritte stampften die Treppe hinauf. Ich wollte ihnen folgen – nur um mich zu vergewissern, dass mit Tanya alles in Ordnung war –, aber Jeffrey blockierte den Weg aus der Küche und schüttelte den Kopf. Ich ärgerte mich darüber, trotzdem konnte ich nicht umhin, die erhabene maskuline Strenge seines Gesichts zu bewundern.

17.00 Uhr

Ich musste etwa eine Stunde in der Küche warten, bis Tanya wieder nach unten kam. Mark hatte geduscht und rasierte sich gerade. Ich goss ihr schweigend eine Tasse Tee ein. Ihre Augen waren glasig, und ihre Haut war so durchscheinend wie das alte Porzellan meiner Mutter, wenn man es gegen das Licht hält. Schließlich erzählte Tanya mir, was

Sache war. Mark tut schrecklich leid, was passiert ist. Er ist einfach nicht mit seiner Entlassung fertiggeworden. Wie sehr sein Leben von seinem Job bestimmt worden war, hatte nicht einmal Tanya geahnt: Er hatte täglich viele Stunden auf der Arbeit verbracht und sich an den ständigen Druck, die Adrenalinstöße, die Kameradschaft und an das Gummihuhn gewöhnt, das an seinem Monitor befestigt war. Ohne all das, so hatte er Tanya erklärt, komme es ihm vor, als würde er in einer Badewanne mit Eiswasser liegen und spüren, wie nach und nach jegliches Gefühl aus Armen und Beinen weiche. Das sind natürlich nicht gerade Worte, die eine Ehefrau und werdende Mutter glücklich machen, doch Tanya war froh, dass er endlich mit der ganzen Wahrheit herausgerückt war.

Um sein Leben wieder mit Sinn zu füllen, hatte Mark seine Kreditkarten überzogen und mit dem Geld spekuliert, aber als das Geld weg war und das Haus auch, hat er nicht mehr weitergewusst. Zum Zeitvertreib stellte er ein hypothetisches Aktienportfolio zusammen, dessen Entwicklung er auf der Webseite der Londoner Börse verfolgte, und brachte, um dem Ganzen die Krone aufzusetzen, Darcy das Spekulieren bei: Wie sich herausstellte, waren die Aktienempfehlungen meines Papageis besser als seine eigenen. An dieser Stelle musste ich lächeln, weil ich so stolz auf Darcy war. Mark war kurz davor, durchzudrehen, hatte sich in seinen Börsenmakleranzug geworfen und einen Zug nach London genommen, wo es «ziemlich wild» zugegangen war, wie er es nannte. Tanya kommentierte das nicht näher, und ich drängte sie auch nicht.

Gestern Nacht, erklärte Mark weiter, als er in London auf dem Gehsteig gelegen und die Straßenlaternen und

Wolken über sich angestarrt hatte, sei ihm klargeworden, dass der stechende Schmerz, den er empfand, nichts mit dem Alkohol oder den Drogen oder den Teilen des zerbrochenen Pflastersteins, auf denen er gerade lag, zu tun hatte. Nein, der Schmerz kam daher, dass er sie so sehr vermisste, dass es wehtat. Tanyas Augen wurden feucht. Ich fragte mich, was er mit Drogen meinte und ob er illegale Substanzen in unser Haus geschmuggelt hatte, und falls ja, ob man Jeffrey oder mich dann verhaften und ins Gefängnis werfen würde, doch ersparte mir eine Bemerkung und legte Tanya meine Hand auf die Schulter. Sie trank ihren Tee aus und aß zwei Haferkekse, was ein gutes Zeichen ist. Arme Tanya. Armer Mark.

Sonntag, 4. Mai

Mark ist wie ausgewechselt. Gestern Abend entschuldigte er sich wortreich bei mir und Jeffrey dafür, dass er «so ein A********» gewesen sei, und schwor Stein und Bein, sich nützlich zu machen, solange er bei uns wohnte. Das demonstrierte er dadurch, dass er unsere besten Weingläser in die Geschirrspülmaschine räumte. Heute kam er mit in die Kirche, wo er während der gesamten Predigt ruhig dasaß, was man von Jeffrey leider nicht behaupten konnte. Später hörte ich, wie er Darcy beibrachte, «Amen» zu sagen. Sieht ganz so aus, als wäre die Börsenmaklerkarriere meines Papageis beendet.

Kaum hatte Jeffrey heute Morgen das Haus verlassen und ich mir eine zweite Tasse Kaffee eingeschenkt, hörte ich Mark telefonieren. Seine Stimme wirkte energiegeladen und hatte ihre alte Überzeugungskraft zurückgewonnen, während er von müßigen Händen, Mikrofinanzierung, Wachstumschancen und konjunktursicheren Nischen sprach. Ein gutes Zeichen. Tanya hat eine halbleere Tube Great-Lash-Wimperntusche im Bad liegenlassen. Noch ein gutes Zeichen, obwohl mir dadurch schmerzlich bewusst wurde, wie sehr ich Sophie vermisse, die die gleiche Wimperntusche benutzt. Ich griff spontan zum Telefon, um sie anzurufen.

Ich hatte eigentlich nicht damit gerechnet, sie zu erreichen, weil ich sie, die Gummistiefel knietief im Wasser der Ardèche, beim Stichlingezählen vermutete. Doch sie ging bereits nach zwei dieser tiefen europäischen Klingelzeichen ans Telefon. Im Hintergrund hörte ich lautes Gelächter und das Wummern elektronischer «Musik». Sophie erklärte, es steige gerade eine kleine Party, nachdem sie «einen A**** voll Fisch» – ich machte sie auf ihre zweifelhafte Wortwahl aufmerksam – gezählt hätten. Alles sei bestens, bis auf die Tatsache, dass ihr das Geld ausgegangen sei, weil sie ein spezielles Fischnetz aus Seide habe kaufen müssen. Nachdem ich versprochen hatte, Geld zu überweisen, und mich vergewissert hatte, dass sie Sonnencreme benutzte, nicht zu viel trank und nicht zu wenig aß, ging mir der Gesprächsstoff aus. Daher erkundigte ich mich nach ihrem besten Freund Zac. Verwirrtes Schweigen in der Leitung, dann sagte sie: «Zac? Ach ja, Zac. Ihm geht's gut. Aber meine beste Freundin ist jetzt Daisy. Sie ist cool.» Bei Daisy handelt es sich um eine aufstrebende «DJane», die «voll rockt». Sophie sagte, sie wolle auch DJane werden. Ich erinnerte sie daran, dass an der Universität von Bristol ein Studienplatz für Soziologie auf sie warte, was vielleicht nicht die passende Qualifikation für ihren neuen Berufswunsch sei, doch sie sagte: «Egal, ich muss jetzt, ciao», und legte auf.

Dienstag, 6. Mai

Ich hatte gehofft, nach Marks dramatischem Verschwinden würden nun endlich wieder Ruhe und Frieden einkehren, aber Pustekuchen! Als ich heute gemütlich im Wintergarten saß und Zeitung las, drang lautes Gezeter aus dem Hauswirtschaftsraum. Natalia hat Tanyas Morgenmantel – auf dessen Rücken ihr Name in Strasssteinen prangt – im Kochprogramm gewaschen, zusammen mit einer von Jeffreys schwarzen Socken. Der flauschige rosa Morgenmantel ist jetzt klein, rau und grau. Und hinten steht nur noch «ana» drauf. Natalia beteuerte, es sei keine Absicht gewesen, doch Tanya witterte Sabotage. Vielleicht hat sie recht. Tanya behauptete nämlich außerdem, Natalia hätte einen Satz aus zehn fertig designten Nagelverlängerungen aufgesaugt, eine Anschuldigung, der Natalia mit ihrer Standardreaktion begegnete, indem sie die Hände in die Hüften stemmte, die Augen zusammenkniff und «Ich nicht verstehen» brüllte. Ich gab mir größte Mühe, den Streit zu schlichten, dabei habe ich doch selbst genug um die Ohren. Heute Abend wird sich herausstellen, zu welchem Ergebnis der Kontrolleur vom Aufsichtsamt bezüglich der Sicherheit unseres Läutens gekommen ist.

Mittwoch, 7. Mai

Als ich gestern die Tür zur Glockenstube öffnete, war mir sofort klar, dass wir den Kontrolleur nicht hatten überzeugen können. Auf dem Boden lagen Schutzhelme und ein Bündel, das wie Gurtzeug zum Fallschirmspringen aussah. Reginald wanderte in der Glockenstube auf und ab, verpasste den diversen Ausrüstungsgegenständen hier und da einen Fußtritt mit seinen sandfarbenen Mokassins und kratzte sich am Kopf, wobei ihm die grauen Haarsträhnen in die Augen fielen. Das sah nicht gut aus. «Reginald, was ist denn passiert?», fragte ich. «Dieser Mann, dieser schreckliche Mann ...», murmelte er, während er einen der Gurte aufhob und sofort wieder fallen ließ. Ich redete sanft auf ihn ein, und schließlich erzählte er mir, was los war. Der Kontrolleur vom Aufsichtsamt hatte eine Verwarnung ausgesprochen. Beim nächsten Verstoß gegen die Vorschriften sind die Wechselläuter von St. Mary's Geschichte. Sollten wir nicht die vorgeschriebene Schutzausrüstung tragen und sämtliche Gesetzesvorschriften zum Schutz der Gesundheit und zur Unfallverhütung nach der amtlichen Regelung von 2003 penibelst befolgen, wird unsere illustre Gruppe aufgelöst und in alle vier Winde zerstreut werden. Ich hob einen der gebrauchten Schutzhelme vom Boden auf, schnupperte vorsichtig daran und hielt entsetzt die Luft an. Er roch nach Pfadfinder.

Inzwischen waren auch die anderen Wechselläuter gekommen und beäugten die Ausrüstung mit offenkundigem Misstrauen. Mein Blick wanderte zwischen meinen Mitstreitern und den Ballen aus schreiend buntem Segeltuch auf den alten, grauen Steinplatten hin und her, und ich erkannte, dass hier zwei Welten aufeinanderprallten. Wir hatten nur zwei Möglichkeiten: anpassen oder untergehen. Mein Kampfgeist war geweckt. Ich räusperte mich und appellierte an meine «Freunde und Glöckner», Ruhe zu bewahren, die Ausrüstung anzulegen und mit der Probe zu beginnen. Ich erklärte, dass das Wechselläuten nichts von seinem edlen Geist einbüßen werde, selbst wenn hier alles nach Abenteuerurlaub in Neuseeland aussehe. Einige murmelten Zustimmung; Reginald dankte mir, Gerald standen vor Rührung die Tränen in den Augen, und alle begannen eifrig, ihre Ausrüstung anzulegen. Alle, bis auf Miss Hughes. Sie trug zum ersten Mal seit Menschengedenken ein Kleid – aus hellgrauer Baumwolle, mit violetter Stickerei – und hatte ihr Haar zu zwei perfekt sitzenden stahlgrauen Außenrollen frisiert. Sie war nicht gewillt, sich von «diesem stinkenden Ding» die Frisur ruinieren zu lassen, und strich sich kokett mit der Hand über den Kopf. Ich versuchte vergeblich, sie zum Tragen des Schutzhelms zu überreden. Reginald kam mir zu Hilfe, aber es war nichts zu machen. Ich hatte die rettende Idee, stieß Gerald den Ellbogen in die Rippen und bat ihn flüsternd, sich des Problems anzunehmen. «Ich mache alles, was du von mir verlangst, Constance», flüsterte er zurück. Offenbar hatte meine kleine Rede großen Eindruck auf ihn gemacht. Er sagte Miss Hughes, sie solle aufhören, sich zu zieren wie eine alte Schreckschraube. Sie setzte den Helm auf, und die Probe konnte beginnen.

Da unsere Bewegungsfreiheit durch das sperrige Gurtzeug etwas eingeschränkt war und wir zudem noch durch Seile und Karabinerhaken an einem der Balken im Glockenstuhl gesichert waren, erreichte unser Läuten nicht ganz das sonst übliche Niveau, aber immerhin brachten wir einen schnellen Bob zustande. Ich jubelte. Am Ende der Probe nahm Miss Hughes ihren Schutzhelm ab, fuhr sich mit einem Kamm durch die Haare und erzählte Gerald, dass sie dringend Hilfe bei der Buchhaltung für *Katzen in Not* benötigte, und fragte, ob er ihr zur Hand gehen könne. Als er zögerte, bekam er wieder meinen Ellbogen in die Rippen. Ich sagte, das sei doch eine hervorragende Gelegenheit, ein gutes Werk zu tun. Der Mann ist außerstande, eine Gelengheit beim Schopf zu fassen. Jedenfalls hat es funktioniert, und er wird Miss Hughes Freitagnachmittag in ihrem Cottage besuchen. Angespornt von diesem Erfolg, beschloss ich, meinen Plan, Ruth und David zusammenzubringen, weiter voranzutreiben. Ich fragte Reginald, ob er nicht das nächste Mal in der Kirche vorbeischauen wolle, wenn wir Blumenschmuck zusammenstellten, um die Arbeit der Damen durch seelsorgerischen Beistand zu unterstützen. Er war sofort einverstanden.

Donnerstag, 8. Mai

Die Damen waren völlig aus dem Häuschen, als sie hörten, dass Reginald vorbeikommen würde. Mit seiner stämmigen Figur, den Pausbacken und dem schütteren grauen Haar ist er vielleicht kein Adonis, aber trotzdem sorgte sein Erscheinen für helle Aufregung. Blumengestecke wurden zurechtgerückt, zwei der Damen sprangen gleichzeitig auf, um für Reginald Tee zu machen, und die dicke Doris, die einfach nicht zu essen aufhört, obwohl ihr schon zweimal ein künstliches Knie eingesetzt wurde und sie am Stock geht, bot ihm von ihren Keksen an. Reginald war der Wirbel um seine Person sichtlich peinlich – das konnte ich ihm ansehen, denn er fuhr immer wieder mit dem Finger unter seinen Priesterkragen –, daher ließ er sich von mir bereitwillig vor eines der Buntglasfenster ziehen. Ich winkte Pru herüber, und als beide vor mir standen, kam ich gleich zur Sache.

«Reginald, Pru, euch verbindet etwas», sagte ich.

«Das Interesse an der Geschichte des Buntglasfensters?», riet Pru drauflos, während Reginald nachdenklich nickte.

«Nicht ganz», erwiderte ich. «Pru, du hast eine Tochter. Ein ganz bezauberndes Mädchen, aber sie verrennt sich in religiöse … oder sollen wir sagen, esoterische Vorstellungen, die … nun ja … ein wenig exzentrisch sind, nicht wahr?»

Pru warf mir einen empörten Blick zu, doch als sie Reginalds mitfühlendes Lächeln sah, stimmte sie mir zu und erzählte, dass Ruth gerade ihre Porzellaneulensammlung entsorgt habe, weil sie «schlechtes Feng-Shui» erzeuge.

Ich wandte mich an Reginald. «Und Sie haben einen Sohn, der bis auf seine Schwäche für Scientology ein ganz wunderbarer Bursche ist.»

Er nickte. «Ich muss etwas dagegen unternehmen, bevor er anfängt, auf Sofas herumzuspringen», sagte er. «Ich habe gehört, was bei Oprah Winfrey passiert ist. Dabei habe ich unsere Sitzgarnitur erst aufpolstern lassen.»

«Dann möchte ich um des Seelenfriedens und des Sofas willen einen Vorschlag machen», fuhr ich fort. «Wir bringen Ruth und David zusammen. Die beiden brauchen Ablenkung, und die können sie sich gegenseitig bieten. Außerdem besteht durchaus die Chance, dass ihre sonderbaren Ansichten sich gegenseitig aufheben, sobald sie aufeinandertreffen.»

Es bedurfte dann doch noch einiger Überzeugungsarbeit – Pru war durch das Rupert-Debakel sehr vorsichtig geworden, und Reginald hatte das Sophie-Debakel noch in lebhafter Erinnerung –, letzten Endes sahen aber beide ein, dass ein gewisses Restrisiko immer besteht, wenn man zufriedenstellende Ergebnisse erzielen will. Jetzt mussten wir nur noch ein Zusammentreffen arrangieren. Schließlich kamen wir zu dem Schluss, dass eine Vorführung von *Top Gun* auf Jeffreys neuem HD-Fernseher die richtige Stimmung erzeugen würde. Als Show-Einlage entschieden wir uns für den Auftritt einer Wahrsagerin, deren Nummer ich in den Gelben Seiten im Kirchenbüro fand. Nächste Woche Freitag soll es so weit sein. Pru und Reginald verließen federnden Schrittes die Kirche, und ich ging lächelnd nach Hause.

Freitag, 9. Mai

Heute habe ich meinen Badeanzug aus der letzten Saison anprobiert. In circa einer Woche brechen Jeffrey und ich wie jedes Jahr zu unserem zweiwöchigen Urlaub auf den Bahamas auf. Ich persönlich bin ja nicht der Meinung, dass idyllische Strände, azurblaues Meer und sanft im

Wind schaukelnde Palmen die erniedrigende Prozedur rechtfertigen, die ich täglich durchlaufen muss, um meine überflüssigen Pfunde in einen figurformenden Badeanzug von John Lewis zu zwängen. Warum können wir nicht einfach Ruinen in der Toskana besichtigen oder auf den Spuren des Malteserordens wandeln oder sonst wohin fahren, wo ein leichtes Hemdblusenkleid aus Baumwolle als angemessene Bekleidung gilt? Zu meinem Leidwesen besteht Jeffrey darauf, dass es nur dann einen Sinn ergibt, mit einem Panamahut in einer Hängematte zu liegen, wenn man sich in den Tropen befindet.

Als ich mich vor dem langen Spiegel im Bad betrachtete und mir wie ein Truthahn vorkam, platzte Tanya herein. Es war ihr nicht nur völlig egal, mich halb nackt vorzufinden, sie machte mir sogar ein Kompliment über meine Figur (das viel zu schmeichelhaft war, um glaubwürdig zu sein), das in dem Vorschlag gipfelte, «einen von diesen Badeanzügen mit den vielen Löchern» zu kaufen. Dann bot sie mir auch noch ihren Selbstbräuner an. Ich betrachtete meine weiße, von roten Äderchen durchzogene Haut und verglich sie mit Tanyas honigfarbenem Teint. Für einen kurzen Moment war ich versucht, ihr Angebot anzunehmen, doch dann kamen mir orangefarbene Handflächen, streifige Oberschenkel, Fußballerfrauen und die Entrüstung meiner Mutter in den Sinn. Nein, danke.

Samstag, 10. Mai

Als wollte uns das Wetter in die richtige Urlaubsstimmung bringen, war heute ein sehr schöner Tag, und wir beschlossen zu grillen. Jeffrey ist nicht gerade der Typ kerniger Naturbursche und normalerweise nicht die Bohne am Kochen interessiert, aber sobald das Thermometer mehr als 19 Grad anzeigt, regen sich irgendwelche Urinstinkte in ihm, und er stiefelt los, um die Holzkohle vom letzten Jahr zu suchen. Ich lud Harriet und Edward ein, und Rupert wollte von Milton Keynes herfahren.

Beim Essen verliefen die Gespräche zunächst etwas stockend. Harriet blickte immer wieder irritiert zu Tanya herüber, deren mittlerweile recht beachtlicher Schwangerschaftsbauch zwischen einem engen Top und einer auf der Hüfte sitzenden Jogginghose hervorquoll, während Jeffrey und Edward sich große Mühe gaben, in Gegenwart des armen Mark, der ständig Teller, Gläser und Servietten heranschleppte, nicht über ihre Jobs zu reden. Als alle einige Gin Tonics intus hatten und die Steaks auf dem Grill brutzelten, wurde die Stimmung lockerer. Rupert kam zu spät. Er brachte einen italienischen Rotwein mit und plauderte lange mit Tanya. Ob er jemals eine eigene schwangere Ehefrau haben wird, mit der er sich unterhalten kann?

Natalia blieb im Haus und schmollte. Dieses Wochenende hat sie ja frei, aber sie hätte sich ruhig zu uns gesellen können. In Jeffreys Gegenwart ist ihr Verhalten so seltsam, dass es schon fast an Unverschämtheit grenzt. Vielleicht mag sie ja keine Männer. Wenn sie nicht so nuttige Unterwäsche tragen würde, würde ich sie für eine Emanze halten.

Warum ist es nicht möglich, den Fernseher einzuschalten oder sich ins Internet zu wagen, ohne sofort mit Neuigkeiten über die Hochzeit irgendeines Fußballers bombardiert zu werden, die in irgendeiner protzigen italienischen Villa stattfindet? Angesichts des Medienrummels könnte man meinen, Wayne Rooney wäre der Dritte in der Thronfolge und nicht irgendein käsebleicher Kicker mit Segelohren, der aussieht wie ein Exsträfling. Ich habe nicht das geringste Interesse daran, mit Pressemitteilungen zu seiner Trauung traktiert zu werden, vor allem, da die Aussichten auf eine Hochzeit in meiner eigenen Familie nach wie vor miserabel sind. Aber zumindest seine Braut hat meine Hochachtung. Trotz ihres eher unspektakulären Äußeren könnte sie fast für eine Dame der Oberschicht durchgehen, da sie es durch ein gepflegtes Auftreten geschafft hat, sich eine gewisse Attraktivität zu erarbeiten. Ich wünschte, Sophie würde sich ein Beispiel nehmen. Sie verfügt über entschieden bessere Anlagen und könnte richtig hinreißend aussehen, wenn sie nur einen Hauch rosa Rouge auftragen und ihre Haare mit einer Rundbürste föhnen würde.

Als ich auf Facebook ging, sah ich, dass Bridget jetzt einer Gruppe beigetreten ist, die sich «Die Hochzeit dieses Fußballers ist mir s*****egal» nennt. Obwohl ich die Ausdrucksweise missbillige, kann ich dem Grundgedanken nur zustimmen. Daher wurde ich ebenfalls Mitglied.

Dienstag, 13. Mai

Die Wahrsagerin hat angerufen, um die Details für Freitag zu besprechen. Wenn sie wirklich hellsehen kann, warum musste sie dann nach meiner Adresse fragen? Ich behielt die Frage für mich.

Mittwoch, 14. Mai

Inzwischen scheinen sich alle an die neue Schutzausrüstung beim Wechselläuten gewöhnt zu haben; sogar Miss Hughes setzte gestern ohne Murren ihren Helm auf. Unter Geralds linkem Auge prangte ein großer blauer Fleck. Wurde er etwa auf dem Weg von der Teestube nach Hause von kriminellen Kapuzenträgern überfallen? Heutzutage überrascht einen ja nichts mehr. Miss Hughes war allerdings recht schweigsam und hatte kein Wort des Mitleids für den Armen übrig. Das verheißt nichts Gutes für ihre aufblühende Romanze. Ich lud Gerald ein, am späten Nachmittag auf ein Glas Sherry vorbeizukommen, damit ich herausfinden kann, was los ist. Er wird jeden Moment da sein, daher höre ich jetzt besser auf.

Donnerstag, 15. Mai

Der gestrige Abend nahm noch eine recht dramatische Wendung. Gerald stand pünktlich um 17.30 Uhr auf der Matte und überreichte mir einen Strauß welker Nelken und eine Schachtel Cadbury-Pralinen, was ich für leicht übertrieben hielt. Aber zumindest Darcy wird sich über die in Schokolade getauchten Paranüsse freuen.

Geralds Bluterguss war etwas verblasst, aber als er sich in einem der Sessel niederließ, verzog er vor Schmerz das Gesicht. Ich fragte, ob er von Halbstarken zusammengeschlagen worden sei, doch er meinte, sein Widersacher sei viel, viel schlimmer gewesen. Du meine Güte. Hatte er sich etwa mit einem tollwütigen Schäferhund oder einem arbeitslosen Osteuropäer angelegt? Wieder verneinte er. Dann stieß er einen tiefen Seufzer aus. «Constance, ich weiß nicht, wo ich anfangen soll.» Er holte tief Luft und blickte mir über den Rand seiner Teetasse hinweg in die Augen.

«Du könntest zum Beispiel damit anfangen, mir zu erzählen, wie es mit Miss Hughes läuft. Ich habe mich so sehr bemüht, für euch die Weichen zu stellen, und bis gestern Abend dachte ich ja, es würde laufen wie geschmiert. Hast du eine Ahnung, warum sie so abweisend war? Hattet ihr etwa eure erste kleine Beziehungskrise?»

Mit einem lauten Klirren stellte er seine Teetasse ab und begann zu husten. Ich ging zu ihm und klopfte ihm auf den Rücken, was sein Husten nur noch verstärkte. Als ich mich wieder hingesetzt und er sich etwas beruhigt hatte, sah er mich mit geröteten Augen an und sagte:

«Es war … es war … *diese Frau,* die mir das blaue Auge verpasst hat.»

Jetzt war es an mir, konsterniert meine Teetasse abzustellen.

«Was meinst du damit? Warum? Wie? Was ist passiert?»

Mit zitternder Stimme erzählte er, ihm sei, als er zur vereinbarten Zeit in ihrem Cottage erschienen war, sofort aufgegangen, dass sie an diesem Abend nicht die Buchhaltung für *Katzen in Not*, sondern etwas ganz anderes im Sinn hatte.

«Sie schubste mich in einen Sessel, sah mir in die Augen und sagte: ‹Du bist ein Mann. Ich bin eine Frau. Wir werden beide nicht jünger. Bevor wir einrosten, sollten wir besser zur Sache kommen. Ich will, dass du jetzt mit mir nach oben gehst und …› Großer Gott, das kann ich nicht wiederholen. Ich kann nicht!»

Ich wusste nicht, was ich sagen sollte. Miss Hughes ging eindeutig forscher ran, als ich erwartet hatte, und bestimmt hätte sich Gerald für den Anfang mit ein paar netten Abendessen und einem Tanzabend des Rotary Club wohler gefühlt, aber hatte sie nicht genau das getan, wonach sich Gerald schon seit langem sehnte?

Gerald erschauerte und sagte, ich hätte ihn völlig missverstanden. Ich war schockiert. Eigentlich besitze ich nämlich eine hervorragende Menschenkenntnis. Ich bat ihn, zu erzählen, wie es weitergegangen war.

«Ich bin in Panik geraten», erwiderte er. «Sie krallte ihre knorrigen Finger in meinen Oberschenkel und beugte sich zu mir herunter. Ihr Atem roch nach Fisherman's Friends. Mein Verstand setzte aus.»

«Und dann?»

«Und dann habe ich ihr die Wahrheit gesagt. Ich sagte, ich könne nicht mit ihr nach oben gehen, weil … weil ich mich in eine andere Frau verliebt hätte.»

«Gerald!»

«Dann hat sie mir ihren Gehstock gegen das Schienbein geknallt, mir ein blaues Auge verpasst und ist aus dem Haus gestürmt.»

«Wer um alles in der Welt ist es? In wen bist du verliebt?»

In diesem Moment ging die Tür auf, und Jeffrey kam herein. Er ist alles andere als eifersüchtig – so etwas ist unter seiner Würde –, aber als er den sichtlich aufgewühlten Gerald in seinem Lieblingssessel sah, wirkte er dann doch etwas verstimmt.

Dem armen Gerald gingen wohl die Nerven durch, denn er schoss wie ein Frettchen unter Strom aus dem Sessel empor, sauste zur Tür und stammelte etwas von einem Klempner.

Diese Ungewissheit bringt mich noch um. Wer hat ihm den Kopf verdreht?

Freitag, 16. Mai

Geralds schockierende Enthüllungen gestern lassen mich zugegebenermaßen an meinen Fähigkeiten als Heiratsvermittlerin zweifeln. Das mit David und Sophie war ein Desaster. Das mit Rupert und Ruth war ein Desaster. Das mit Gerald und Miss Hughes war ein Desaster, das mit einem blauen Auge und einem Geheimnis endete. Aber ich kann einfach nicht anders. Wieder und wieder schwöre ich mir, mich von nun an nicht mehr einzumischen. Aber dann sehe ich Reginald vor mir, wie er mir mit ernstem Gesicht sagt, dass er an David verzweifelt, und ich habe wieder das sichere Gefühl, dass es in meiner Macht steht, einiges im Universum wieder geradezurücken. Außerdem ist es jetzt ohnehin zu spät. Ich habe Ruth und David für sechs Uhr heute Abend eingeladen und Natalia losgeschickt, um *Top*

Gun aus der Videothek zu holen. Tanya ist eingeweiht und wird mich unterstützen, auch wenn ihre frischgezupfte Augenbraue skeptisch in die Höhe schoss, als ich ihr von meinem Plan erzählte. Ich habe dafür gesorgt, dass Jeffrey nach der Arbeit noch ein Glas Wein trinken geht, und Mark sitzt im Arbeitszimmer und füllt Excel-Tabellen für *Müßige Hände* aus. Es ist alles vorbereitet. Da kommt auch schon die Wahrsagerin, etwas zu früh, in einem violetten Ford Ka die Einfahrt hochgefahren.

22.00 Uhr

Liebe Leser, ich habe einen echten Erfolg zu vermelden! Rupert, Ruth, Gerald, Miss Hughes – lediglich unbedeutende Fehltritte auf der Karriereleiter als Heiratsvermittlerin, denn Ruth und David haben Telefonnummern ausgetauscht. Tanya war daran zwar nicht ganz unbeteiligt, da sie der Wahrsagerin einen Zehner zusteckte, damit diese Ruth sagte, der Mann ihrer Träume werde ein blasser Fremder sein, der im Zeichen des Kreuzes geboren sei und gerade ein grünes Poloshirt von Marks and Spencer trage; aber es war meine Idee gewesen, die beiden miteinander zu verkuppeln. Ich schickte Reginald und Pru eine SMS mit den Worten: «Mission erfüllt!» Wenn erst das Haus gelüftet und der Gestank der Räucherstäubchen verflogen ist, werde ich meinen Triumph so richtig genießen können.

Samstag, 17. Mai

Nur ein kurzer Eintrag, ehe ich mich für zwei Wochen auf die Bahamas verabschiede. Mir ist nicht ganz wohl dabei, ausgerechnet jetzt zu verreisen, wo jederzeit Krieg zwischen Natalia und Tanya ausbrechen kann, Gerald in eine geheimnisvolle Unbekannte verliebt ist und Ruth und David unter Umständen noch meiner Unterstützung bedürfen, um ihr erstes Rendezvous zu arrangieren; aber es nützt nichts. Rupert hat versprochen, gelegentlich vorbeizukommen und nach Darcy zu sehen. Nun gibt es kein Zurück mehr. Jeffrey hat seinen neuen Schnorchel in der Badewanne ausprobiert, in meinem Koffer warten mehrere figurformende Badeanzüge, Sonnenschutzcreme mit Lichtschutzfaktor 50 (Mutter sagt immer, ich würde wie ein Fasan aussehen, wenn ich Sommersprossen bekomme), ein Hut mit breiter Krempe, Strandlaken, Insektenschutzmittel, zwei Romane von Maeve Binchy und eine Großpackung Brillenputztücher auf ihren Einsatz. Ich hasse es, wenn meine Sonnenbrille verschmiert ist. Morgen früh geht's los.

Auf Facebook änderte ich noch schnell meinen Status zu «ist im Urlaub auf den Bahamas», doch dann bekam ich Angst, dass ich damit vielleicht ganze Horden von Internetdieben einlud, vorbeizukommen und das Haus auszuräumen. Daher loggte ich mich noch einmal ein und schrieb «wartet mit gezücktem Gewehr hinter der Haustür».

Bestimmt sind Sie davon ausgegangen, erst in eineinhalb Wochen wieder etwas von mir zu hören, aber ich konnte einfach nicht anders. Ich habe fieberhaft nach einer Möglichkeit gesucht, Ihnen, liebe Leser, mein Herz auszuschütten und Ihnen von den grauenhaften Ereignissen in diesem Urlaub zu erzählen. Schließlich habe ich ein etwas heruntergekommenes Internetcafé in Crab Hill aufgetrieben, nicht gerade die beste Gegend. Links von mir sitzt ein Jugendlicher, auf dessen Monitor ein Computerspiel läuft, bei dem man offenbar gleichzeitig ein Auto steuern und Menschen erschießen muss, rechts von mir ein älterer Herr, der die Webseiten japanischer Oberschulen studiert. Die Tastatur ist klebrig. Jetzt dürfte Ihnen das Ausmaß meiner Verzweiflung klar sein.

Schon zu Beginn unseres Urlaubs gab es leichte Spannungen. Ich hatte gehofft, endlich ein ruhiges Gespräch mit Jeffrey führen zu können. Ich wollte ihm alles über Gerald, Ruth, David und das Training für die regionalen Meisterschaften im Wechselläuten erzählen. Aber er war so damit beschäftigt, an seinem BlackBerry herumzuspielen, dass er nicht einmal aufsah, als ich die Geschichte mit der Wahrsagerin mitten im Satz abbrach. Am liebsten hätte ich das verdammte Ding kurzerhand in das Karibische Meer geschleudert. Dieser Vorfall war jedoch harmlos im Vergleich zu dem, was dann passierte.

Ich kann es selbst nicht fassen, aber es ist wahr: Iwan dem Schrecklichen ist es gelungen, sich in unseren Urlaub einzuschleichen. Beim Abendessen gestern erwähnte Jeffrey ganz beiläufig, dass Iwan und seine vierte Frau durch einen «glücklichen Zufall» (das hat *er* gesagt, nicht ich) am nächsten Morgen in unserem Hotel einchecken würden. Ich entlud meinen Zorn am Hummer, den ich mit erheblich mehr Körpereinsatz aufknackte als sonst.

Und so kam es, dass ich den heutigen Tag damit verbrachte, Jeffrey und Iwan vom Strand aus dabei zuzusehen, wie sie mit lauten, stinkenden Jetskis über das Meer rasten – in Gesellschaft von Iwanka, die einen goldenen Bikini mit Stringtanga am Leib und geradezu beängstigend große Implantate in der Brust trug. Als sie an den Strand zurückkehrten, kicherte Iwanka und gab Jeffrey mit ihrem Versace-Strandlaken einen Klaps auf den Po.

Wie soll ein normaler Mensch so etwas aushalten?

Am Nachmittag täuschte ich Kopfschmerzen vor und zog mich zurück, aber das kann natürlich keine Dauerlösung sein.

Montag, 26. Mai

Liebe Leser, wieder sitze ich im Internetcafé an den klebrigen Tasten und komme mir vor, als befände ich mich im Fegefeuer. Ich muss Ihnen nämlich etwas gestehen. Mein Gewissen lässt mir keine Ruhe.

Wie Sie durch meinen letzten Eintrag wissen, hat man mich heftig provoziert. Die Kopfschmerzstrategie funktionierte nicht lange; ein drohender Lagerkoller und tiefe Empörung zwangen mich zum Handeln. Das wäre ja noch schöner gewesen, wenn ich mich von einem Möchtegern-Oligarchen und seiner ballonbusigen Gespielin von der Seite meines Mannes hätte vertreiben lassen.

Als ich im Hotelzimmer lag und dem Dröhnen des Ventilators lauschte, ersann ich einen Plan. Vielleicht lag es an der Kombination aus Hitze und Rumpunsch, dass ich zu drastischen Mitteln griff.

Ich kehrte mit einer großen Flasche Kokosöl aus der Hotelboutique an den Strand zurück. Iwankas Haut hat die Farbe einer getrockneten Aprikose, doch Iwan ist so bleich, wie man das von jemandem erwartet, dessen Vorfahren unter Tage in den Salzbergwerken des Urals geschuftet haben. Daran ändert auch ein Mercedes-Cabrio nichts.

Iwanka sorgte dafür, dass Iwan keinen Sonnenbrand bekam, indem sie ihm ständig Sonnencreme mit hohem Lichtschutzfaktor aus einer großen Plastikflasche auf den Leib sprühte. Ich wartete, bis Jeffrey und Iwan ins Meer gingen, um sich abzukühlen, und wies Iwanka darauf hin, dass ihr Lipliner irgendwie seltsam aussah. Das war nicht einmal gelogen – der Strich, den sie mit ihrem korallenroten Lipliner zieht, orientiert sich nicht im Entferntesten am natürlichen Umriss ihrer Lippen.

Nachdem Iwanka auf die Hoteltoilette geflüchtet war, um einen Spiegel zu suchen, kippte ich den Inhalt der Sprayflasche in den Sand und füllte sie mit dem Kokosnussöl auf. Am Abend war Iwan krebsrot und vor Schmerz ausgesprochen schlechter Laune. Er und Iwanka reisten am nächsten Morgen ab. Nach Moskau.

Gestern Nacht lag ich wach und lauschte der Brandung und Jeffreys Schnarchen, während ich mir den Kopf über eine moralisch wie philosophisch bedeutsame Frage zerbrach. Heiligt der Zweck wirklich jedes Mittel?

Trautes Heim, Glück allein. Das habe ich noch nie so stark empfunden wie nach diesem Urlaub. Keine sonnenbrandgefährdeten Oligarchen und kein Sand, der ständig in meine Sandalen gerät. Ich kann die milde Schönheit eines englischen Frühsommertags genießen, ohne dabei von stechenden Insekten, scharfem Essen, Sonnenstich oder Gewissensbissen geplagt zu werden. Randolph hat im Garten ganze Arbeit geleistet; die Beete explodieren förmlich vor Blumen, der Rasen ist ein ebenmäßiger grüner Teppich. Sobald ich das Frühstücksgeschirr abgeräumt habe, werde ich mir einen Krug Limonade machen, mich mit der Zeitung in die Sonne setzen und nachlesen, was in der Zwischenzeit so alles in der Welt passiert ist.

Zumindest hier in der Gegend haben sich in den letzten vierzehn Tagen offenbar ausnahmsweise keine größeren Katastrophen abgespielt. Als wir gestern Abend die Einfahrt hochfuhren, fragte ich mich bang, was uns wohl hinter unserer salbeigrünen Haustür und den zugezogenen Vorhängen erwartete. Hatten sich Natalia und Tanya gegenseitig die Haare ausgerissen? Hatte Natalia erneut einen Streik ausgerufen und das Haus sich selbst überlassen, sodass jetzt wie in einer Messie-Wohnung überall große Müllhaufen vor sich hin stanken?

Es gab Gott sei Dank keinen Grund zur Sorge. Das Haus war nicht staubiger als sonst auch. Das Einzige, was auffiel, waren die Türme von Pappkartons in der Diele, die mit dem Schriftzug *Müßige Hände* und dem Bild einer stilisierten Frauenhand bedruckt waren. Dazwischen war in einem ordentlichen Stapel unsere Post abgelegt worden, und unter den vielen Rechnungen, die ich für Jeffrey zur Seite legte, waren auch zwei Postkarten.

Eine kam von Gerald. Auf der Vorderseite war eine Illustration von Beatrix Potter – zwei Kaninchen, die Arm in Arm spazieren gingen. Am Rand war ein Teefleck. Er hatte Folgendes geschrieben:

Liebe Constance,
wann kommst du wieder?
Gerald (einsam und allein in der Glockenstube)

Der Arme kann es eindeutig kaum erwarten, dass ich ihm bei seiner geheimnisvollen Unbekannten unter die Arme greife. Die zweite Postkarte war von Sophie. Sie zeigte das Aquädukt Pont du Gard und ließ neue Hoffnung in mir aufkeimen, dass sie während ihres Auslandsjahrs einen kultivierteren Geschmack entwickelt hatte. Der Poststempel war allerdings aus Spanien – irgendein unfähiger Postangestellter auf dem Kontinent hat wohl Surrey mit Spanien verwechselt und die Karte auf eine kleine Reise durch Europa geschickt. Aber bei Sophies entsetzlicher Handschrift kann ich ihm das kaum verübeln.

Ich war gerade dabei, die Postkarten an die Pinnwand zu heften, als Natalia auftauchte. Sie trug einen sommerlich kurzen, pinkfarbenen Morgenmantel. Als ich ihre Fingernägel sah, entwich mir ein entsetzter Schrei: Sie wirkten entzündet und waren am Nagelbett dunkelrot, als würden sie bluten. Auf den zweiten Blick stellte sich allerdings heraus, dass Natalia Kunstnägel von *Müßige Hände* trug, die grün, gelb und rot bemalt waren – die Farben der litauischen Flagge, wie Natalia mir erklärte.

Die sonderbaren Krallen hielten Natalia nicht davon ab, Jeffrey ein vollständiges englisches Frühstück zuzubereiten, obwohl sie eigentlich ihren freien Tag hatte, deshalb ersparte ich mir jeden Kommentar. Ich selbst entschied mich für zuckerfreie Cornflakes, da die Erinnerung an meine kneifenden Badeanzüge und an das karibische Spanferkel, das im Ganzen auf einem Bett aus Bananenblättern serviert worden war, noch nicht verblasst war.

Montag, 2. Juni

Kaum war Jeffrey heute Morgen auf dem Weg zur Arbeit, wurde ich durch schallendes Gelächter in den Wintergarten gelockt, wo Tanya und Natalia Darcys Klauen pink und silber lackiert hatten. Scheint ganz so, als wäre Natalia inzwischen nicht nur die beste Kundin von *Müßige Hände,* sondern auch Tanyas beste Freundin.

Ich billige es natürlich nicht, dass man sich an der natürlichen Schönheit meines Papageis vergreift, aber ich war nicht scharf darauf, mich mit einem schwangeren Wirtschaftsflüchtling und einer launischen Litauerin anzulegen, zumal deren unerwartete Allianz ein wenig Harmonie ins Haus zurückgebracht hat, so zerbrechlich dieser Zustand auch sein mochte.

Dienstag, 3. Juni

Jeffrey hat gerade aus der Kanzlei angerufen. Das kommt so selten vor, dass ich schon das Schlimmste befürchtete.

Hatte er sich die Hand im Kopierer eingeklemmt? Hatte er sich seinen Briefbeschwerer aus Onyx auf den Fuß fallen lassen und dabei einen Zehennagel zertrümmert? Leider war das, was ich dann zu hören bekam, mindestens genauso schlimm. Er rief an, um mir mitzuteilen, dass er Andrew, von *Alpha & Omega,* und Amanda, die überambitionierte Skifahrerin, für heute Abend bei uns zum Essen eingeladen habe. Seinem forschen Ton nach zu urteilen, hatte er keine Ahnung, dass

a) vier Stunden bei weitem nicht ausreichen, um eine störrische litauische Hausangestellte dazu zu bewegen, sämtliche Spuren von Nagelverlängerungen aus dem Esszimmer zu entfernen und anschließend eine Mahlzeit zu zaubern und zu servieren, die den Ansprüchen eines Seniorpartners in einer Rechtsanwaltskanzlei und seiner Schickimicki-Gespielin genügt; und dass

b) in sechs Wochen die Meisterschaft der Wechselläuter stattfindet und ich es mir eigentlich nicht leisten kann, die Probe zum dritten Mal hintereinander zu versäumen.

Die Leiden einer Frau. Ente à l'orange müsste zu machen sein.

23.32 Uhr

Sie sind wieder weg. Gott sei Dank sind sie wieder weg. Ich möchte über diesen Abend nicht viel sagen. Nur so viel: Ein durchschlagender Erfolg war es nicht. Als wir am Tisch Platz nahmen, sprang Amanda sogleich wieder, wie von der Tarantel gestochen, in die Höhe. An ihrer cremefarbenen Bleistifthose von Nicole Farhi klebte ein frischbemalter Kunstnagel. Sie überspielte den Vorfall mit einem affektierten Lachen, aber ich sah es in ihren Augen eisig blitzen. Als ich nach der Brunnenkressesuppe die Ente servierte, sagte sie: «Wachteln! Wie herrlich! Das ist meine Lieblingsvorspeise – die Portionen sind gerade so groß, dass sie einem nicht so schwer im Magen liegen.» Später fragte sie mich dann noch, wie viele Enkelkinder ich hätte, und rümpfte die Nase über meinen Kaffee, weil er nicht aus Fair-Trade-Bohnen war.

Oh, wie habe ich mich nach der kühlen, modrigen Ruhe der Glockenstube gesehnt!

Mittwoch, 4. Juni

Heute kam schon wieder eine Postkarte von Gerald. Er schrieb:

Constance, ich bin liebeskrank. Heile mich.

Auf der Postkarte war keine Briefmarke; er musste sie direkt in unseren Briefkasten am Haus geworfen haben. Dann ist er wenigstens nicht zu liebeskrank, um ein paar Schritte zu gehen.

Ich muss unbedingt wissen, nach wem er sich so verzehrt, daher habe ich kurzerhand das Untenstehende auf eine schlichte, cremefarbene Karte geschrieben und Natalia damit losgeschickt. Sie soll die Karte unter seiner Tür durchschieben.

Lieber Gerald,
du kannst jederzeit gern vorbeikommen. Ich werde dir in deiner Liebesangelegenheit helfend zur Hand gehen.
Constance

Donnerstag, 5. Juni

Liebe Leser, ich stehe unter Schock. Trotz des warmen Wetters habe ich Gänsehaut unter meiner ärmellosen, pfirsichfarbenen Bluse. Vielleicht ahnen Sie ja bereits, worauf ich anspiele. Aber falls Sie genauso ahnungslos sind, wie ich es so lange war, werde ich Ihnen alles in Ruhe erklären.

Heute Morgen habe ich die Küche aufgeräumt. Ich wischte die Marmeladenflecken von den Platzdeckchen und sah den Papierkram durch, den Natalia immer auf dem Tisch liegen lässt. Als ich gerade Geralds letzte Postkarte in der Hand hielt, kam Tanya herein. Sie warf einen Blick auf die Karte, und ich hörte, wie sie die Luft einsog. Da ich ihre Reaktion als Interesse an Geralds Gefühlszustand deutete, erzählte ich ihr die ganze Geschichte – dass Rosemary mit einem Trapezkünstler durchgebrannt war, mein Gespräch mit Gerald in der Teestube, Miss Hughes und ihr immer kürzer werdender Rock und so weiter, bis zum aktuellen Stand der Dinge. Tanya sagte immer wieder: «Aber, Connie …», und versuchte mich zu unterbrechen, aber ich bestand darauf, die Geschichte bis zum Ende zu erzählen. Als ich fertig war, verschränkte sie die Arme vor dem Bauch, schüttelte den Kopf und sagte: «Begreifst du denn gar nichts?»

Und dann sagte sie, es sei doch für einen Blinden offensichtlich, dass Gerald gar nicht für Miss Hughes schwärme. Sie erklärte, wie sie die Sache sah. Zuerst wollte ich meinen Ohren nicht trauen. Ich bin eine anständige Frau, und Gerald hatte ich, ungeachtet seiner zerknitterten Hosen und seines anfälligen emotionalen Gleichgewichts, für einen anständigen Mann gehalten. Tanya wedelte mit der Postkarte vor meinem Gesicht herum, wild entschlossen, mich vom Gegenteil zu überzeugen. Ich sah mir die Karte noch einmal an. Auf der Vorderseite war Pu der Bär abgebildet, der ein Glas Honig aufschraubte. Ein kitschiges Motiv, das aber in meinen Augen nichts Verfängliches an sich hatte. Dann las ich erneut, was Gerald geschrieben hatte. Ich holte die erste Postkarte und sah mir an, was er dort geschrieben hatte. Ich spürte ein Kribbeln an der Wirbelsäule. Und plötzlich wusste ich, worauf Tanya hinauswollte. Wie konnte er nur? Wieso hatte ich nichts gemerkt?

Tanya fragte, ob ich die Postkarte etwa beantwortet hätte, und ich wiederholte mechanisch, was ich geschrieben hatte. Sie wurde blass, trotz des Selbstbräuners. Doch ich hatte keine Zeit, mich weiter verrückt zu machen, in der Kirche wollten Blumengestecke zusammengestellt werden. Pru kam in einer Wolke von Maiglöckchenparfüm auf mich zugeschwebt und war guter Dinge – David und Ruth waren schon zweimal im Kino und einmal miteinander essen gewesen, und Ruth hatte ihren Kaftan an *Katzen in Not* gespendet. Aber ich konnte mich über diesen Erfolg gar nicht richtig freuen. Ständig sah ich Gerald vor meinem inneren Auge, wie er in der Glockenstube stand, sich an sein Seil klammerte, den Kopf zur Seite legte und mich sehnsüchtig anschmachtete. Egal, wie sehr ich mich darauf zu konzentrieren versuchte, meinen Draht um die Rosenstängel zu wickeln, dieses Bild ging mir einfach nicht aus dem Kopf.

Wie konnte er nur? Und was soll ich tun, wenn er vorbeikommt?

Verstecken. Genau. Das werde ich tun. Ich werde mich verstecken.

16.00 Uhr

Er ist vor dem Haus! Ich bin im Arbeitszimmer und beobachte durch einen Spalt in der Jalousie, wie er die Einfahrt auf und ab geht, mit einem Strauß Rosen in der Hand. Ich habe Natalia, Mark und Tanya verboten, die Tür aufzumachen, und die Kette vorgelegt. Ich bin eine Gefangene in meinem eigenen Haus.

Wäre Jeffreys Hundeallergie nicht, dann hätten wir vielleicht einen blutdürstigen Schäferhund, den ich jetzt auf Gerald hetzen könnte. Vielleicht sollte ich mir einen von diesen dicken Handschuhen zulegen und Darcy zum Kampfpapagei ausbilden.

Ich habe gerade wieder einen Blick aus dem Fenster geworfen. Er geht wieder. Gott sei Dank! Den Rosenstrauß schleift er hinter sich her.

Freitag, 6. Juni

Ich kann mich nicht ewig verstecken. Ich muss diese Angelegenheit irgendwie aus der Welt schaffen. Wie ich es sehe, habe ich folgende Möglichkeiten:

Ich erzähle Jeffrey alles und sage ihm, er möge meine Ehre nach eigenem Ermessen verteidigen.

Ich sage Gerald, dass ich ins Kloster gehe.

Ich überrede Jeffrey zum Auswandern.

Ich rasiere mir den Kopf und kleide mich wie Margaret Thatcher, damit er das Interesse an mir verliert.

Ich bin die verschiedenen Optionen mit Tanya durchgegangen, doch sie war der Meinung, eine schlichte Nachricht genüge, um Gerald Einhalt zu gebieten. Ich überlegte hin und her und schrieb schließlich Folgendes:

Lieber Gerald,
ich bin eine verheiratete Frau. Bitte hör auf.
Constance

Samstag, 7. Juni

«Keine Nachrichten sind gute Nachrichten», heißt es doch. Heute Morgen lagen zum Glück keine Postkarten von Gerald auf der Fußmatte. Ich weiß nur nicht, ob er aus Scham oder aus Angst vor Jeffrey schweigt. Mein Mann ist recht kräftig gebaut, allerdings kamen seine Fäuste das letzte Mal zum Einsatz, als unser Rugbyteam gegen Wales verloren und Jeffrey vor Wut gegen die Wand geboxt hat.

Sonntag, 8. Juni

Jeffrey wollte heute den Rasen mähen, solange das Wetter noch gut ist, also besuchte ich Mutter allein. Wieder zog sie missbilligend die Augenbraue in die Höhe, als hätte ich etwas Furchtbares getan, um ihren Schwiegersohn zu vertreiben. Auch wenn ich mir nichts vorzuwerfen hatte, wagte ich es nicht, von Gerald zu sprechen, denn ihr tadelnder Blick erinnerte mich an früher, als ich ein Stück von dem Früchtekuchen für Weihnachten stibitzt hatte, der vier Monate in der Speisekammer reifte. Stattdessen erzählte ich ihr das Neueste von Rupert, der gerade befördert worden ist, und von Sophie, die mir versprochen hat, ihre französischen Verben «im Schlaf» zu lernen. Mutter rümpfte die Nase und fragte, was daran auszusetzen sei, wenn das Kind Englisch spreche.

Als ich nach Hause kam, lag Jeffrey auf einem Liegestuhl im Garten und schlief. Auf dem Boden neben ihm stand ein Glas mit Gin Tonic, ungemähtes Gras reichte bis zu seinem Rand. Der Besuch bei Mutter hatte mich so ausgelaugt, dass ich keine Kraft mehr hatte, ihm Vorhaltungen zu machen.

Montag, 9. Juni

Immer noch kein Lebenszeichen von Gerald, dafür durchwachsene Neuigkeiten von Tanya, die endlich angefangen hat, Umstandskleidung zu tragen – hübsch und bunt und erheblich kleidsamer als die üblichen Jogginghosen. Heute Morgen, als wir wie immer zu unserem 11-Uhr-Kaffee beisammensaßen, sagte sie zu mir, sie habe gute Nachrichten zu verkünden.

«*Müßige Hände* ist auf Erfolgskurs, Connie», erzählte sie strahlend. «Das ist alles Marks Verdienst. Er hat einen Business-Plan erstellt, mit Grafiken und Tabellen und so. Und jetzt hat er sogar einen Investor für unser Start-up gefunden!» Mit Begriffen wie Business-Plan und Start-up kann ich nicht viel anfangen, aber mich freute Tanyas Enthusiasmus, und daher lächelte ich sie aufmunternd an.

«Und das Beste ist, dass der Business-Plan sogar genügend Kapital zur Finanzierung neuer Geschäftsräume vorsieht. Na ja, wenn ich Geschäftsräume sage, meine ich eine kleine Zweizimmerwohnung mit einer offenen Küche im Wohnzimmer. Aber Hauptsache ist, dass wir es uns mit dem Geld des Investors leisten können, etwas Eigenes zu mieten. Du bist uns endlich los.»

Ich biss etwas zu fest in mein Rosinenbrötchen und spürte, wie mein Kiefer verkrampfte. Natürlich freue ich mich für Tanya, dass sie mit ihrer Firma Erfolg hat und dass das Baby ein richtiges Zuhause haben wird und nicht neben Jeffreys Golfschlägern schlafen muss, aber ich werde Tanyas Gesellschaft und die Gespräche mit ihr vermissen. Ich schluckte, ließ mir aber nichts anmerken und gratulierte ihr. Dann verstellte sie den Sender im Radio und drehte den grässlichen Popsong einer gewissen Katie Perry auf volle Lautstärke.

Dienstag, 10. Juni

Das Wechselläuten heute Abend stellte mich vor eine Herausforderung: Welches Outfit würde mir die Avancen eines gewissen Mannes vom Leib halten, gleichzeitig aber bequem in die Schutzausrüstung passen? Ich stand so lange vor meinem Spiegel und überlegte, dass Natalia um meine Füße herumstaubsaugen musste. Schließlich entschied ich mich für eine schwarze Hose und ein graues, schon etwas ausgeleiertes T-Shirt, weil ich hoffte, dadurch eine lässige, aber entschiedene Seriosität auszustrahlen, ohne wie eine alte Hexe auszusehen. Das altrosa Rouge und die Wimperntusche, die ich normalerweise immer auflege, ließ ich lieber weg. Dann zog ich meinen grauen Trenchcoat über und ging aus dem Haus, unsicher ob ich mit meinem Aufzug die gewünschte Wirkung erzielen würde. Aber wie sich herausstellte, schoss ich damit sogar über das Ziel hinaus. Als ich die Glockenstube betrat, erkundigte sich Reginald, ob mich die Magen-Darm-Grippe erwischt hätte.

Dann kam Gerald, und ich gab mich beschäftigt. Ich legte eifrig mein Gurtzeug an und platzierte den Helm so auf meinem Kopf, dass noch einige Haarsträhnen hervorlugten, damit ich nicht wie ein kahler Eierkopf aussah. Erst als wir mit der Probe begannen, wagte ich es, ihn anzusehen. Gerald sah irgendwie anders aus. Er starrte mit ernstem Gesichtsausdruck vor sich ins Leere und trug eines seiner alten, blauen Hemden. Es war perfekt gebügelt, und seine Nasenhaare waren gestutzt. Während des ganzen Abends wechselte er kein einziges Wort mit mir.

Mittwoch, 11. Juni

Auf meine Postkarte hat Gerald bisher auch nicht reagiert. Ich vermute, er hat verstanden, was ich sagen wollte – was man von Jeffrey leider selten behaupten kann –, und respektiert meinen Wunsch.

Als ich heute den Hauswirtschaftsraum aufräumte, fiel mir ein Paar von Sophies violetten Leggings in die Hände. Ich sah sie vor mir, in diesen Leggings mit einem ihrer Minikleider darüber, und plötzlich vermisste ich sie ganz furchtbar. Das kann mich in den unmöglichsten Momenten kalt erwischen. Ich beschloss, sie anzurufen, unterdrückte meine Telefonnummer, und siehe da, sofort hatte ich sie an der Strippe. Die Verbindung war sehr schlecht. Ihre Stimme klang dumpf, und im Hintergrund raschelte es, als würden Wellen an einen Strand schlagen. Ich fragte, wie es ihr gehe, sie gab ein unverständliches «Hud» von sich und sagte, sie rede nur deshalb so komisch, weil sie zu viel Französisch geübt habe. Als ich sie fragen wollte, ob ich ihr eine Flasche Hustensaft von Boots nach Frankreich schicken solle, sagte sie, sie müsse Schluss machen und Daisy den Eimer hinhalten. Dann war das Gespräch weg. Ich hoffe, es geht ihr bald besser. Dieses Französisch ist in der Tat eine Sprache, die verheerende Verwüstungen an den Stimmbändern einer Engländerin anrichten kann.

Donnerstag, 12. Juni

Heute kam ein ausgesprochen gut gelaunter Reginald vorbei. «Constance, Sie sind ein Genie», sagte er bei einem kalten Pimm's im Garten und strahlte über das ganze Gesicht. «Es läuft wie geschmiert.» Ich hoffte inständig, dass er von David und Ruth sprach, und damit lag ich richtig. Seit über einer Woche hat David nicht mehr versucht, seinen Vater zu einem psychologischen «Auditing» zu überreden, außerdem benutzt er jetzt ein Deo und war mit Ruth Minigolf spielen. Alle Anzeichen sprechen also dafür, dass er bald wieder so «normal» wird wie früher. Später, beim Blumenbinden, erzählte Pru, dass auch auf ihrer Seite Erfolge zu vermelden waren: Ruth war zum ersten Mal seit achtzehn Monaten beim Friseur gewesen. Ich genoss meinen Triumph und versuchte, nicht allzu lange darüber nachzudenken, dass, wenn einiges anders gelaufen wäre, es mein eigener Sohn hätte sein können, der von Ruths plötzlichem Bemühen um adrett frisierte Konformität profitierte. Ich tröstete mich mit dem Gedanken, dass ich Pru sowieso nicht als Schwiegermutter für Rupert würde haben wollen, da sie sich mit Sicherheit stark in die Hochzeitsvorbereitungen einmischen würde. Und nach dem zu urteilen, was sie heute mit den Freesien veranstaltet hat, arbeitet sie viel zu schludrig, als dass man ihr guten Gewissens die Tischdekoration anvertrauen könnte. Nur gut, dass Reginald über ein nachsichtiges Gemüt verfügt.

Freitag, 13. Juni

Freitag, der 13. Ein Unglückstag, unter anderem auch für eine von Sophies geistig minderbemittelten «Freundinnen». Gerade habe ich folgende E-Mail bekommen:

hi mum was geht? alles ok? kannst du x freundin die krankenschw fragen was man bei entzündeter Zunge macht? freundin hat letzte w piercen lassen und essen geht immer noch net. tut scheiße weh. und kommt so komisches zeugs raus. muss weg. hdgdl
soph xxx

Ich dachte lange nach und schrieb ihr schließlich Folgendes zurück:

Liebe Sophie,
als du vor sieben Jahren die Grundschule verlassen hast, hast du Englisch erheblich besser beherrscht als jetzt. Es ist natürlich nicht ganz auszuschließen, dass die französische Sonne deinem Gehirn geschadet hat (benutzt du keine Sonnencreme? Trägst du keinen Hut?), aber vorsichtshalber werde ich dir neben dem Hustensaft auch noch ein Übungsbuch zur englischen Grammatik zuschicken.
Was deine Freundin angeht, so würde mich zunächst einmal interessieren, warum du deine Zeit mit jemandem verschwendest, der sich etwas dermaßen Abscheuliches und Geschmackloses antut. Eine gepiercte Zunge? Bis jetzt dachte ich, so etwas sei geistig verwirrten, fledermausfressenden Heavy-Metal-Fans vorbehalten.
Aber zurück zum Thema. Leider habe ich keinen Kontakt mehr zu der von dir erwähnten Krankenschwester, die im Übrigen Natascha heißt (und mir keine Weihnachtskarten mehr schickt, seit ich sie gefragt habe, ob sie sich bei Gelegenheit einmal Großmutters Krampfadern ansehen könne), aber ich weiß noch, dass Großmutters Katze einmal einen entzündeten Abszess an der Zunge hatte, und ich vermute,

die Behandlung ist ähnlich. Deine Freundin sollte ihre Zunge in einer starken Salzlösung baden. Das ist äußerst unangenehm, aber die Schmerzen werden ihr vielleicht eine Lehre sein, sich in Zukunft derartige Selbstverstümmelungen zweimal zu überlegen.
Ich hoffe, es geht dir gut und du hast eine schöne Zeit in Frankreich. Nun dauert es ja gar nicht mehr lange, bis die Ferien beginnen und du für ein paar Tage nach Hause kommst!
Kuss, Mum

Samstag, 14. Juni

Mark und Tanya sind ausgezogen. Sie haben ja nur zwei Monate bei uns gewohnt, aber für mich fühlt es sich an wie das Ende einer Ära. Um zehn Uhr heute Morgen fuhr Mark in ihrem brandneuen Firmenwagen vor, einem fliederfarbenen Smart, der an den Seiten mit dem verschnörkelten Schriftzug *Müßige Hände* in Schwarz beklebt ist. Drei Stunden und neunzehn Wagenladungen später waren Tanya, Mark und ihre spärlichen Besitztümer verschwunden. Zurück blieb eine Leere im plötzlich viel zu großen Haus, wie sie auch Sophies Abreise jedes Mal hinterlässt. Ich rief nach Natalia, weil das Mittagessen noch nicht fertig war und ich mich nach Gesellschaft sehnte, aber sie ließ sich einfach nicht blicken. Ich rief nach Jeffrey, der aus seinem Arbeitszimmer zu mir herunterbrüllte, dass er gerade sehr beschäftigt sei und alle Hände voll zu tun habe. Also ging ich zu Darcy, um mich mit ihm zu unterhalten. Er blickte mich aus seinen klugen schwarzen Augen an und krächzte: «Du bist gefeuert!»

Sonntag, 15. Juni

Jeffrey hat mich ohne Murren in den Gottesdienst und zu Mutter begleitet. Ich werde einfach nicht schlau aus diesem Mann.

Montag, 16. Juni

Gerade habe ich einen Anruf aus dem Ökohotel an der Ardèche erhalten, der mich völlig aus der Fassung gebracht hat. Sophie ist von einer Exkursion, bei der die Molchpopulation der Loire untersucht werden sollte, nicht wieder zurückgekehrt. Meine Finger zittern so stark, dass ich kaum tippen kann. Der Hoteldirektor versuchte mich zu beruhigen. Man habe ihr Zimmer durchsucht, und anscheinend fehlten ihr Reisepass und ein Großteil ihrer Kleidung. Vielleicht habe sie Heimweh und sei bereits auf dem Weg zurück nach England. Ich sagte ihm, dass sie so etwas nie tun würde, ohne sich mit mir abzusprechen. Wie würde sie denn sonst für ihr Flugticket zahlen?

Er sagte, Sophies Freundin Daisy sei ebenfalls verschwunden. Könne es sein, dass die beiden zu einem spontanen Kurzurlaub aufgebrochen seien? Ich musste schlucken. Das war natürlich denkbar, aber nur eine von vielen Möglichkeiten. Was, wenn sie von russischen Mafiosi entführt worden war und für sie als Drogenkurier arbeiten musste? Oder schlimmer noch – von Zuhältern aus Paris? Wenn sie nur einmal auf mich hören würde, hätte sie für solche Fälle eine Dose Pfefferspray in ihrer Handtasche gehabt.

Mir ist ganz schlecht vor Sorge. Jeffrey ist schon auf dem Weg nach Hause. Ich hoffe, er beeilt sich.

Dienstag, 17. Juni

Entwarnung. Sophie ist nichts passiert, sie ist nur ein bisschen weggetreten wegen einer piercingbedingten Infektion. Ich bin viel zu wütend, um mehr zu schreiben. Außerdem muss ich ein Flugticket nach Ibiza-Stadt buchen.

Mittwoch, 18. Juni

Nur ein kurzer Eintrag, ehe Tanya mich in einer Viertelstunde abholt und mich zum Flughafen bringt. Jeffrey ist heute Morgen völlig ungerührt zur Arbeit gefahren, als hätte sich seine einzige Tochter nicht mit einem Metallbolzen in der Zunge in irgendeinem heruntergekommenen südländischen Loch verkrochen. Es schaudert mich, wenn ich nur darüber schreibe.

Um drei Uhr gestern Nachmittag ging Sophie endlich an ihr Handy, allerdings erst, nachdem der Direktor des Ökohotels auf mein Drängen hin die französische Polizei verständigt hatte und ich mich mit Interpol in Verbindung gesetzt, eine Suchmeldung im Anzeigenteil des *Daily Telegraph* veröffentlicht und mir in meiner Verzweiflung ganze zweiunddreißig Haare ausgerissen hatte.

Als sie hallo sagte, hörte sich das an, als hätte sie eine nasse Socke im Mund. Anfangs klang sie benommen, dann kleinlaut, dann weinerlich. Meine Erleichterung machte schon sehr bald tiefster Verärgerung Platz. Sophie war nicht an der Ardèche. Sie war auch nicht an der Loire oder am Tarn. Stattdessen befand sie sich in irgendeiner Bruchbude in San Antonio, auf einer spanischen Insel, die nicht für ihre Stichlingspopulation, sondern für ausschweifende Partys bekannt ist.

Sophie hatte so hohes Fieber, dass es ihr nicht gelang, mir weiter vorzuspielen, sie befände sich in Frankreich. Ich kann es immer noch nicht glauben, dass sie überhaupt zu einer solchen Täuschung fähig war. Diese neue DJane-Freundin von ihr muss sie auf die schiefe Bahn geführt haben.

Aber mir bleibt keine Zeit für weitere Spekulationen. Ich habe Wasserreinigungstabletten, leichte Sommerkleidung, Sagrotan, Insektenschutzmittel, Mullbinden und eine Leuchtfackel eingepackt. Gott allein weiß, was mich erwartet. Wünschen Sie mir Glück!

Samstag, 21. Juni

Ein kurzer Gruß von unterwegs. Das einzig Positive an meiner aktuellen Situation: Ich bin am Leben. Aber wer weiß, wie lange noch. Ein arroganter Zollbeamter am Flughafen hat meine Wasserreinigungstabletten konfisziert.

Früher, in glücklicheren Zeiten, sah ich mir im Musée Rodin in Paris einmal die berühmte Skulptur *Das Höllentor* an. Ein furchteinflößender Reigen aus verzerrten, sich windenden menschlichen Körpern. Ibiza erinnert mich daran.

Sophie und ich sind wohlbehalten nach England zurückgekehrt. Bis es so weit war, gab es allerdings einige Situationen – etwa als ich dem grob fahrlässigen Fahrstil spanischer Taxifahrer ausgesetzt war –, in denen ich befürchtete, nie wieder einen Eintrag für dieses Blog schreiben zu können.

Nach meiner Ankunft in Ibiza-Stadt fuhr ich sofort zu der Adresse, die Sophie mir genannt hatte. Ich stieg die Betontreppe eines unscheinbaren Sechziger-Jahre-Wohnblocks hinauf und klopfte zögernd an die ramponierte Tür. Das hier hatte wenig mit dem Flair einer von Bougainvillea umsäumten Finca zu tun, von der Engländer mit Aussteigerambitionen immer träumen. Ich klopfte noch zweimal an die Tür und war gerade dabei, mir die Finger mit einem Feuchttuch zu säubern und mich zu fragen, ob dieser unfähige Taxifahrer mich nicht vielleicht doch zum falschen Ort gebracht hatte, als die Tür aufging.

Vor mir stand ein mageres Mädchen mit rötlicher Bräune und Kopfhörern um den Hals: die ominöse Daisy. Sie sagte ungeniert und fröhlich: «Sie sind Sophies Mum, stimmt's?», und ließ mich herein. Durch einen überhitzten und verwahrlosten Wohnraum gelangte ich ins Schlafzimmer, wo Sophie im Bikini auf dem Bett lag. Ihre Füße hatten sich in einem schmutzigen Laken verheddert, und um das Bett herum war ein Wust aus leeren Milky-Way-Verpackungen, Sonnenöl, Flip-Flops, Klatschmagazinen und Make-up-Utensilien drapiert. Am Spiegel waren Fotos von sich und ihren Freunden befestigt. Darauf trugen sie so wenig Stoff am Leib, dass man daraus nicht einmal eine Weste für einen Zwerghamster hätte nähen können.

«Hallo, Mum», sagte sie matt lächelnd, dann verzog sie vor Schmerz das Gesicht. Ich fühlte mich hin- und hergerissen und wusste nicht, was jetzt angebrachter war: sie liebevoll wieder aufzupäppeln oder ihr eine ordentliche Standpauke zu halten. Schließlich entschied ich mich, beides im Wechsel zu tun. Sophie vergrub die ganze Zeit den Kopf unter dem Kissen. Entweder sie schämte sich, wenn auch reichlich spät, für dieses widerliche Piercing, oder sie versuchte, dem Salzwasser zu entgehen, mit dem ich sie jedes Mal, wenn sie unter dem Kissen hervorkam, zum Gurgeln zwang.

Die Hitze und der emotionale Stress lösten bei mir eine höllische Kopfschmerzattacke aus, der ich mit Tabletten aus dem Badezimmerschränkchen beizukommen versuchte. Diese machten mich jedoch so munter, dass ich umgehend den Drang verspürte, an die frische Luft zu gehen, und schließlich marschierte ich vierzehnmal bis zum Ende der Bucht und wieder zurück. Bewegung kann wahre Wunder bewirken. Es gelang mir sogar, die halbnackte Partymeute und die monoton wummernde Musik auszublenden, und angesichts der landschaftlichen Schönheit der Insel fühlte ich eine seltsame Euphorie von mir Besitz ergreifen.

Der Rest meines Aufenthalts verlief erheblich ruhiger. Ich päppelte Sophie wieder auf und versuchte, in der winzigen Küche, die außer einer Schachtel alter Cornflakes und einer Flasche Ketchup keine Lebensmittel enthielt, etwas Gesundes für sie zu kochen. Daisy ignorierte ich weitestgehend, was nicht allzu schwer war, da sie entweder unterwegs war oder schlief.

Als Sophie auf dem Weg der Besserung war, buchte ich unsere Rückflüge, und ab ging es nach Hause. Das Piercing musste sie wegen der Metalldetektoren am Flughafen herausnehmen, schraubte es dann aber gleich wieder rein.

Freitag, 27. Juni

Sophie hat heute den ganzen Tag lang nicht das Zimmer verlassen. Nächsten Samstag ist ihr neunzehnter Geburtstag. Hoffentlich ist sie bis dahin wieder die Alte. Ich werde eine Party für sie organisieren; es wird ihr bestimmt guttun, wenn sie etwas hat, worauf sie sich freuen kann. Ich denke da an ein Festzelt, Eiscreme, Trifle, Törtchen – alles, was sie früher immer so gernhatte. Vielleicht buche ich auch einen Zauberer. Zu Beginn seiner Vorstellung könnte er gleich das Zungen-Piercing verschwinden lassen.

Samstag, 28. Juni

Die Planung für Sophies Geburtstagsparty ist in vollem Gange. Das Zelt ist bestellt, genau wie Marvin, der Zauberer, der lustige Tiere aus Luftballons formen wird. Als kleines Mädchen konnte Sophie davon gar nicht genug kriegen. Sie wird zwar neunzehn, aber für einen aufblasbaren Schwan ist man nie zu alt. Da bis Freitag nicht mehr viel Zeit bleibt (ich war ja davon ausgegangen, dass Sophie noch in Frankreich sein würde), beschloss ich, die Gäste ausnahmsweise einmal telefonisch und nicht per Briefkarte einzuladen, wie es die Etikette eigentlich verlangt. Die Familie wird kommen, dazu noch Reginald, David und Ruth sowie einige von Sophies alten Freundinnen aus der Grundschule, zu denen sie keinen Kontakt mehr hat, und deren Mütter, zu denen ich sehr wohl noch Kontakt habe. Rupert fragte mich mehrmals, was Sophie von meinem Plan halte, bevor er zusagte. Ich weiß wirklich nicht, warum er sich so anstellt. Was ist schon gegen eine schöne Party einzuwenden? Am besten mache ich mich gleich an die Namensschilder. Irgendwo müsste noch cremefarbener Karton sein, aus dem ich letztes Jahr die Anhänger für die Weihnachtsgeschenke gebastelt habe.

Ich habe hin und her überlegt, ob ich Gerald einladen soll oder nicht. Ich will ihm keine falschen Hoffnungen machen, aber mir liegt viel daran, dass sich unser Verhältnis so schnell wie möglich wieder normalisiert. Nicht dass am Ende noch die Gerüchteküche zu brodeln beginnt. Besonders bei Miss Hughes ist Vorsicht geboten, vor ihr ist kein Geheimnis sicher, erst recht nicht, wenn sie ihr Hörgerät voll aufgedreht hat. Deshalb habe ich beschlossen, bei der Probe der Wechselläuter am Dienstag die Party zu erwähnen und die ganze Truppe einzuladen. Damit lenke ich nicht zu viel Aufmerksamkeit auf Gerald, gebe ihm aber hoffentlich auch zu verstehen, dass mir seine Anwesenheit nicht besonders am Herzen liegt.

Die Telefonanrufe waren erledigt, und zum ersten Mal seit Wochen loggte ich mich wieder bei Facebook ein. Der Reiz des Neuen hat etwas nachgelassen, und mittlerweile finde ich, dass sich die Seite von gängigen E-Mail-Programmen nicht unterscheidet, bis auf die Tatsache, dass mehr Reklame angezeigt wird und ich ständig rätselhafte

Einladungen erhalte, meine «Freunde» zu Zombies zu machen. Nun wurde ich jedoch zum ersten Mal auf den Bereich «Veranstaltungen» aufmerksam. Nach zwei Stunden Tüftelei war es mir gelungen, eine Seite für Sophies Geburtstagsparty ins Netz zu stellen, die auch das hübsche Bild eines lächelnden Clowns enthielt. Durch Facebook haben sich meine Internetfähigkeiten wirklich enorm verbessert – Rupert kann stolz auf mich sein. Über die Plattform lud ich natürlich als Erstes Sophie ein. Einige ihrer Schulfreunde aus der Oberstufe, an deren Namen ich mich noch erinnern konnte, bekamen ebenfalls eine Einladung.

Bei «Weitere Informationen» schrieb ich: «Ein Nachmittag mit Spiel und Spaß, Törtchen und Zaubertricks, um den neunzehnten Geburtstag meiner Tochter zu feiern. Dresscode: wie beim Ladies Day in Ascot (bevor es damit bergab ging).»

20.30 Uhr

Ich will nur schnell testen, ob mein Laptop noch funktioniert. Nach dem Abendessen ist Sophie sofort vom Tisch aufgesprungen und hat dabei ein Glas Wein umgestoßen, dessen Inhalt sich über die Tastatur ergossen hat. Von wem sie diese tollpatschige Art nur hat?

Sonntag, 29. Juni

Das heutige Sonntagsessen mit Mutter, die ich aus dem Seniorenheim geholt habe, und Rupert, der von Milton Keynes hergefahren ist, verlief nicht ohne Spannungen. Es kam keine anständige Konversation auf, da Sophie ihre geschwollene Zunge vor ihrer Großmutter verstecken musste und besagte Großmutter ausschließlich daran interessiert war, ob Rupert diesen Sommer Cricket spiele (nein) und ob er eine Freundin habe (ebenfalls nein, leider!). Irgendwann fuhr Mutter Sophie an: «Hast du deine Zunge verschluckt?», und ich erwiderte: «Schön wär's!» Ausnahmsweise einmal war ich heilfroh, dass Jeffrey seine Zeitung auseinanderfaltete, bevor die anderen mit dem Dessert fertig waren. So hatte ich wenigstens eine Entschuldigung, aufzustehen und das Geschirr wegzuräumen.

Montag, 30. Juni

Heute beschloss ich, meiner Tochter ein wenig auf die Füße zu treten. Sie ist jetzt seit fast fünf Tagen wieder zu Hause, tut aber nichts anderes, als Trübsal zu blasen, vor dem Fernseher zu sitzen und Ben-&-Jerry's-Eiscreme zu essen, und das direkt aus der Packung. Der ganze Sommer liegt noch vor ihr, aber sie hat keine Lust, für die letzte Projektwoche ins Ökohotel zurückzukehren, und ihr Studium in Bristol beginnt erst in über drei Monaten. Auf Basis ihrer aktuellen Aktivitätsrate genügend Zeit für vierundzwanzig Großpackungen Eis und sechsundneunzig

Talkshow-Folgen. Ich hatte Angst um ihre Gehirnzellen und um ihre Figur. Ich musste etwas unternehmen.

Um elf Uhr klopfte ich an Sophies Tür und wurde mit einem apathischen «Was gibt's denn?» hereingebeten. Sie hockte in einem knappen Spaghettiträger-Top auf dem Bett und lackierte sich die Nägel blauschwarz. Zunächst zeigte ich mich einfühlsam, untersuchte ihre Zunge und fragte, ob sie noch Schmerzen habe. Dann kam ich auf die beruhigende Wirkung von Eiscreme zu sprechen und schlug so den Bogen zur Party am Samstag, wo sie sich auf große Mengen davon freuen könne. Schließlich erwähnte ich, dass bis zu ihrem Studienbeginn im Herbst noch viel Zeit sei, und wollte ihr gerade vorschlagen, etwas Konstruktives mit ihrer Zeit anzufangen, indem sie Miss Hughes bei ihrer Arbeit für *Katzen in Not* unterstützte oder sich ehrenamtlich bei den Pfadfinderinnen engagierte, als sie mich unterbrach. «Jetzt mach dir nicht gleich ins Hemd», sagte sie mit einem Gähnen. «Ich weiß schon, wie ich die Zeit sinnvoll nutzen werde.»

Das hatte ich nicht erwartet. «Ach, und wie?», fragte ich zögernd.

«Ich mache diese Fernsehsache in London.» Ich starrte sie mit offenem Mund an. «Das wird eine großartige Übung für mein Soziologie-Studium», fügte sie hinzu, während sie konzentriert die Augen zusammenkniff, um den letzten noch unlackierten Nagel mit einer dicken Farbschicht zu versehen.

«Du meinst eine Dokumentation? Du wirst an einer Dokumentation mitarbeiten?»

«Ja, genau. Eine Dokumentation.»

«Und worum geht es dabei?»

«Ähm, um viele Menschen und wie sie miteinander auskommen. So was in der Art.»

«Das ist also ein Praktikum, für das du dich da beworben hast?»

«Dafür haben sich Hunderte beworben. Ich wollte es dir nur nicht früher sagen, weil ich nicht wusste, ob sie mich nehmen.»

Ich war sehr zufrieden. Das war mehr Eigeninitiative, als ich erwartet hatte. Sophie hatte nicht nur unbekümmert auf irgendwelchen ausgedörrten spanischen Party-Inseln geurlaubt; sie hatte auch an ihre Zukunft gedacht.

«Das ist ja wunderbar, warum hast du mir nicht schon früher davon erzählt? Ich war kurz davor, Miss Hughes anzurufen! Aber wo wirst du in London wohnen? Soll ich Bridget anrufen und fragen, ob du in ihrem Gästezimmer unterkommen kannst? Sie hat eine sehr schöne Wohnung, aber nimm dich vor den französischen Eclairs zum Frühstück in Acht. Oder sollen wir dir für ein paar Monate eine kleine Wohnung zur Zwischenmiete suchen?»

«Nein, nein, das ist schon alles geregelt, die Fernsehsache ist … mit Unterkunft.»

«Dann stellen sie dir also eine eigene Wohnung zur Verfügung?»

«Na ja, es ist eher ein Schlafplatz.»

«Das wird bestimmt lustig! Wie früher bei den Pfadfinderinnen.»

«Ja, so ähnlich.»

Nur renommierte Firmen stellen ihren Praktikanten auch gleich eine Unterkunft zur Verfügung. Daher verließ ich Sophies Zimmer mit einem Lächeln auf den Lippen und einem Zettel mit dem Namen der Organisatorin und deren Telefonnummer in der Hand. Dass ich Sophie eigentlich noch hatte bitten wollen, die Vorhänge aufzuziehen und das Bett zu machen, hatte ich völlig vergessen.

Dienstag, 1. Juli

Wieder einmal stehe ich vor der Frage, was ich zur Probe der Wechselläuter anziehen soll. Ich habe beschlossen, einen Kontrapunkt zu letzter Woche zu setzen, schließlich habe ich nichts zu verbergen; gerade trage ich ein knielanges, jadegrünes Sommerkleid und meine neuen bronzefarbenen Sandalen von Marks and Spencer, und ich werde mich nicht extra umziehen. Und auf Make-up werde ich auch nicht verzichten. Das Licht in der Glockenstube ist nicht gerade schmeichelhaft für den Teint.

Mittwoch, 2. Juli

Ich hätte ebenso gut einen Kartoffelsack tragen können. Gerald hat mich nicht einmal angesehen, sogar dann nicht, als ich die ganze Gruppe zu Sophies Geburtstagsparty eingeladen habe.

Donnerstag, 3. Juli

Die Getränke für Sophies Party sind besorgt – schließlich darf sie ja seit mittlerweile einem Jahr ganz legal einen oder zwei Bellinis trinken. Außerdem hat mich Marvin, der Zauberer, wissen lassen, dass er ohne eine Zweiliterflasche Strongbow-Cider nicht arbeiten kann. Wahrscheinlich kennt er einen Trick, um sich dieses Gesöff genießbar zu zaubern.

Jedenfalls kaufte ich die alkoholischen Getränke bei Waitrose, und dort wurde ich überall mit dieser neuen Kampagne konfrontiert, mit der die Regierung zu verantwortungsvollem Alkoholgenuss aufruft. Schon auf dem Parkplatz sah ich die ersten Plakate, und in den Gängen sprangen mir weitere entgegen. Überall wurde ich mit den gleichen lästigen Moralpredigten traktiert. Dabei bin ich durchaus in der Lage, meinen Alkoholkonsum im Auge zu behalten, was man von den meisten Leuten, die auf staatliche Schulen gegangen sind, nicht behaupten kann.

Am späten Nachmittag trinke ich gern ein Gläschen Sherry oder einen Gin Tonic, und beim Abendessen dürfen es ein oder zwei Gläser eines guten französischen Weins sein, auf die zu besonderen Anlässen Portwein folgt. Jeffrey hat eine Vorliebe für Whisky mit Soda. Aber keiner von uns beiden rührt vor fünf Uhr nachmittags auch nur einen Tropfen an, und daher sehe ich auch nicht ein, warum uns das Gesundheitsministerium plötzlich mit dem Finger drohen sollte. Ich halte es für eine Unverschämtheit, dass man Jeffrey und mich in einen Topf wirft mit rauflustigen Teenagern, die nachts im Stadtzentrum sternhagelvoll in der Gosse liegen und sich in ihrem eigenen Erbrochenen wälzen.

Wir haben schließlich noch ein Gefühl für Sitte und Anstand. Und eine Leber, die vieles verzeiht.

Es war mir nicht möglich, Sophie zum Einkaufen zu überreden. Dabei hätte ich ihr so gern ein hübsches Kleid für die Party morgen gekauft. Vielleicht macht sie sich wegen der Rezession Sorgen um unsere finanzielle Lage. Jedenfalls hat sie den ganzen Tag mit ihrem iPod auf dem Rasen gelegen und ihre blasse Haut hin und wieder mit Kokosöl eingerieben. Da ich den Sonnenbrand schon kommen sah, entschloss ich mich, den «verkehrten Iwan» anzuwenden, und füllte ihre Sprayflasche mit Lichtschutzfaktor 50, während sie schlief.

Nach einer Stunde Unkrautjäten (Randolph macht seine Sache gut, aber gelegentliches Nacharbeiten kann nicht schaden) hatte ich genug Sonne – und Sommersprossen – abbekommen. Daher ging ich ins Haus und loggte mich bei Facebook ein, wo mich Überraschendes erwartete. An der Pinnwand zu Sophies Party standen sechsunddreißig Kommentare, alle von Leuten, die ich gar nicht kannte und die jegliche Grundkenntnisse in Grammatik oder Umgangsformen vermissen ließen. Auch ihre Profilbilder schienen mir wenig vertrauenerweckend, von Pamela Anderson über einen zwielichtigen Burschen im Kapuzenpulli bis zu einem Bild von Calvin-Klein-Unterwäsche, am lebenden Objekt fotografiert, war alles dabei. Der letzte Kommentar war: «Hab dich!» Vielleicht kann Jeffrey die Ligusterhecke mit Stacheldraht verstärken.

Samstag, 5. Juli

Der heutige Tag hat nicht optimal begonnen. Sophie will nie mehr das Haus verlassen, denn heute Morgen bemerkte sie mehrere weiße Handabdrücke auf der geröteten Haut ihres Dekolletés. Sie schnappte sich die Flasche mit dem Kokosöl vom Küchentisch und starrte sie entgeistert an. Dann warf sie die Flasche auf den Boden und trampelte wütend darauf herum, was auf den Schieferplatten, die Natalia auf mein Drängen hin erst vor kurzem geschrubbt hatte, einen riesigen Fettfleck hinterließ. Jeffrey warf mir einen irritierten Blick zu, als ich mich bei ihm erkundigte, wie wir den Garten verbarrikadieren könnten. Der Trifle ist noch nicht fest. Ich muss Schluss machen.

22.00 Uhr

Da bin ich wieder. Sophies Geburtstag ist genauso chaotisch verlaufen, wie der Tag begonnen hatte. Fünf Minuten vor Ankunft der Gäste hatte sich Sophie noch immer nicht umgezogen. Sie trug einen Kapuzenpulli, enge, ausgefranste Jeans-Shorts und Flip-Flops und saß mit hängenden Schultern am Küchentisch. Hatte sie etwa das hübsche, pflaumenfarbene Sommerkleid nicht gesehen – genau das Richtige für ihre helle Haut –, das ich gestern bei John Lewis gekauft und zusammen mit einer passenden Haarspange auf ihr Bett gelegt hatte? Sie hatte, verkündete sie auf meine Nachfrage hin, aber empört, so etwas würde sie nie im Leben anziehen, ein derartiger Fummel sei wohl eher etwas für jemanden, dem jeglicher

Sinn für Mode abgehe, zum Beispiel Natalia. Natalias Englisch ist, wie Sie wissen, alles andere als perfekt, aber in diesem Fall wusste sie sofort, was Sache war. Sie schenkte gerade Orangensaft ein und stolperte mit dem Glas wie zufällig zur Seite, sodass der Saft Sophie in den Schoß spritzte. Sophie stieß einen spitzen Schrei aus und warf ihrerseits ein Glas mit Saft in Natalias Richtung. Der Trubel nahm erst ein Ende, als Jeffrey, der sich nur höchst selten einmischt, seine Zeitung sinken ließ und «Schluss jetzt mit dem Affentheater!» brüllte. Sophie ging dann doch noch auf ihr Zimmer, um sich umzuziehen, allerdings konnte man das Ergebnis kaum als Fortschritt bezeichnen. Als es an der Tür klingelte und der erste Gast eintraf, kam sie wieder nach unten, in einem T-Shirt mit dem Aufdruck «Ibiza Rocks» und einer Hose, die wie Latex-Leggings aussehen.

Aber sie hatte schließlich Geburtstag, daher versuchte ich, Sophies unglückliches Händchen für Mode zu ignorieren, und die erste Stunde der Feier gestaltete sich auch recht angenehm. Ruth und David erschienen händchenhaltend, Reginald und Miss Hughes saßen im Partyzelt beisammen und aßen Trifle, Harriet half mir, Krüge mit Pimm's und Limonade in den Garten zu tragen, und die pastellfarbenen Luftballons wiegten sich sanft in der leichten Brise. Natalia schnitt ganz friedlich Zitronen für den Gin Tonic auf. Offenbar war es Jeffrey gelungen, sie zu besänftigen. Hatte er ihr vielleicht eine Gehaltserhöhung versprochen? Marvin, der Zauberer, begann seine Vorführung damit, dass er eine Taube aus seinem Zylinder zog (ich war froh, dass Darcy sicher im Haus eingesperrt war. Ich hätte es nicht ertragen können, wenn er wieder ausgebüxt wäre), und nahm zwischendurch immer mal wieder einen ordentlichen Schluck aus der Strongbow-Flasche. Sophie tat cool und beschäftigte sich angestrengt mit ihren Fingernägeln, doch als die Taube zu ihr flatterte und sich auf ihre Schulter setzte, erschien ein strahlendes Lächeln auf ihrem Gesicht.

Und so heiter und gelöst hätte es weitergehen können, wenn nicht am Ende des Rasens eine vertraute Gestalt aufgetaucht wäre, die uns zuwinkte und von einem schwarzen Labrador begleitet wurde. Gerald und Poppy. Mein Herz machte einen Satz. Er war also gekommen. Warum war er gekommen? Ich griff nach Jeffreys Hand. Er zuckte zusammen und fragte: «Was ist denn mit dir los?»

Dann wurde es schlagartig still, denn Marvin fragte nach Freiwilligen, die er in zwei Hälften sägen wollte. Dabei gestikulierte er wild mit der leeren Ciderflasche herum, daher ist es vielleicht verständlich, dass sich niemand meldete.

Gerald kam auf uns zu. Sein Atem stank nach Sherry, sein Gesicht war gerötet, sein kurzärmeliges Hemd aber perfekt gebügelt. Er sah Marvin an, der immer noch einladend auf die improvisierte Bühne zeigte, dann sah er die versammelten Gäste an, dann sah er mich an. «Constance, für dich tue ich alles», brüllte er, bevor er heftig schwankend auf den Zauberer zustürmte, der schon mit der Säge auf ihn wartete.

Zum Glück ging Geralds Kampfschrei an Jeffrey vorbei, der gerade damit beschäftigt war, die Zitronenscheibe aus seinem Gin Tonic zu fischen, doch Sophie und Miss Hughes warfen mir einen fragenden Blick zu. «Wir Glöckner halten zusammen», sagte ich mit einem hoffentlich ungezwungenen Lachen, während Marvin den immer noch schwankenden Gerald in einer mit violetten Pailletten besetzten Kiste verstaute. Mit viel Trara sägte er ihn in zwei Hälften, und ich erkannte, dass Gerald in diesem Zustand erheblich ungefährlicher war als in einem Stück und auf freiem Fuß. Ich musste dafür sorgen, dass es möglichst lange so blieb. «Zeit für eine Rede!», verkündete ich, während ich den Zauberer am Ellbogen packte und ihn energisch von der Bühne bugsierte, woraufhin er gleich den Klapptisch mit dem Champagner und den Bellinis ansteuerte. Aus dem Stegreif schwärmte ich in den höchsten Tönen von meiner Tochter und den Freuden des Familienlebens mit ihrem wunderbaren Vater, während ich dem schwitzenden, immer noch zweigeteilten Gerald einen vielsagenden Blick zuwarf.

Wieder in Freiheit, lief Gerald über den Rasen davon, eine dünne Spur aus Sägespänen blieb als einzige Erinnerung an seine Anwesenheit zurück. Poppy blieb noch, um einige Törtchen zu fressen, die auf den Boden gefallen waren. Kaum hatten die Gespräche wieder begonnen, hörte ich das dumpfe Bum, Bum, Bum moderner Musik und sah eine Gruppe Jugendlicher die Einfahrt heraufziehen. Die Randaletruppe von Facebook! Es lief mir kalt über den Rücken. «Poppy! Fass!», rief ich verzweifelt. Das Hündchen hatte einen Klecks Sahne auf der feuchten Nase, hob den Kopf und glotzte mich verwirrt an. Und dann musste ihr plötzlich aufgegangen sein, dass ihr Herrchen nicht mehr da war, denn sie galoppierte laut bellend die Einfahrt hinunter. Jeder, der sie kennt, weiß, dass Poppy in etwa so gefährlich ist wie ein Robbenbaby. Aber es gelang ihr dennoch, die Jugendlichen aus der Stadt mit ihrem Auftritt zu verschrecken und uns vor einem weiteren Desaster zu bewahren. In dieser Hinsicht bewies sie wesentlich mehr Format als ihr Herrchen.

Danach wollte keine richtige Stimmung mehr aufkommen, und es dauerte nicht lange, bis die Gäste sich verabschiedeten. Also sammelte ich die Ballons ein, die in die Blumenbeete geweht worden waren, und aß den letzten Klecks Trifle, der schon zu fest geworden war. Als ich Sophie fragte, ob die Party ihr gefallen habe, sagte sie, sie sei «ganz in Ordnung» gewesen. Dann fragte sie mich, was ich tun würde, wenn ich vor die Wahl gestellt würde und mich entscheiden müsste, «a) mit Gerald zu vögeln, b) ihn zu heiraten oder ihn c) von einer Klippe zu stoßen» (ihre Ausdrucksweise, nicht meine). Ich erwiderte, sie solle nicht so frech sein. Die Bellinis müssen ihr zu Kopf gestiegen sein.

Sophie habe ich natürlich nichts gesagt, aber nach reiflicher Überlegung bin ich zu dem Schluss gekommen, dass ich mich vermutlich entweder für Möglichkeit a) oder c) entscheiden würde.

Sonntag, 6. Juli

Ein ruhiger Tag. Nach der Aufregung gestern konnte ich mich nicht dazu aufraffen, den Gottesdienst oder Mutter zu besuchen. Stattdessen blieb ich zu Hause, klaubte die letzten Kuchenkrümel aus dem Teppich in der Diele und ging Sophie beim Packen für ihr Praktikum zur Hand, was sich als ziemliche Herausforderung entpuppte. Ich schlug vor, leichte, bequeme Kleidung, feste Stiefel und einen

Regenmantel mitzunehmen, doch sie entschied sich unter anderem für einen kurzen Volantrock in schreiendem Pink und ein mit goldenen Pailletten besetztes Neckholder-Oberteil. Jede Diskussion war zwecklos, aber als sie kurz wegsah, schmuggelte ich ein paar cremefarbene T-Shirts und eine bequeme 7/8-Hose in den Koffer. Ich bin sicher, dass sie ihrer Dankbarkeit wortreich Ausdruck verleihen wird, sobald ihre Zunge abgeschwollen ist.

Montag, 7. Juli

Sophie ist abgereist. Egal, wie viele Weihnachts- oder Osterferien noch damit enden werden, dass sie ihren Koffer durch die Diele rollt und flucht, wenn er im Teppich stecken bleibt, es läuft immer darauf hinaus, dass ich danach allein in einem Haus sitze, dessen Stille immer bedrückender wird, und meine Tränen wegblinzle. Ich muss an Jeffrey denken, der gerade in seinem Großraumbüro sitzt, sich auf seine Unterlagen konzentriert und am Computer arbeitet, während Telefone klingeln, Kollegen sich miteinander unterhalten und eine Sekretärin ihm vielleicht eine Tasse Tee bringt, wenn sie sich zu so etwas heutzutage überhaupt noch herablassen. Ignoriert er die Leere einfach, oder spürt er sie auch?

Ich rief ihn an, um es herauszufinden, doch er sagte, er stecke gerade mitten in einer Telefonkonferenz mit den Niederlanden und dem Finanzvorstand der Allianz-Bank. Ich sagte, ich hätte ebenfalls einiges zu tun. Dann ging ich nach oben und räumte Sophies Sockenschublade auf. Hoffentlich hat sie genügend Socken mitgenommen. In letzter Zeit scheint sie meine Ratschläge und meine Hilfe nicht mehr so richtig annehmen zu wollen, aber vermutlich gehört das zum Erwachsenwerden dazu. Ich hätte sie heute liebend gern mit dem Auto nach London gefahren, aber sie bestand darauf, dass ich sie am Bahnhof absetzte, damit sie den Zug nehmen konnte. Als Sophie aus dem Wagen stieg, sagte ich: «Bis bald, mein Schatz», und sie antwortete mit einem rätselhaften «Vielleicht siehst du mich ja früher wieder, als du denkst, Mum». Möglicherweise ahnt sie schon, dass sie mich genauso vermissen wird wie ich sie, und plant schon einen Besuch.

Dienstag, 8. Juli

In genau einem Monat werde ich vierundfünfzig. Jetzt wäre vermutlich ein guter Zeitpunkt, dezente Hinweise bezüglich geeigneter Geschenke in die Gespräche mit Jeffrey einzustreuen, oder ist so etwas unter meiner Würde?

Das Problem ist, dass man Jeffrey in dieser Hinsicht nicht sich selbst überlassen sollte. Einmal hatte er meinen Geburtstag vergessen, und im Jahr darauf bekam ich dann eine Kette aus rosa Diamanten und Jettsteinen. Ich kann nur hoffen, dass seine Sekretärin diese Geschmacklosigkeit ausgesucht hat. Die Kette liegt in der Schublade mit meiner Unterwäsche, wo sie sich immer in meinen Feinstrumpfhosen verfängt. Danach war es ein Backofenhandschuh, im Jahr darauf ein Fußsprudelbad. Sophie liegt manchmal genauso daneben. Letztes Jahr kaufte sie mir ein ganz widerliches Buch mit dem Titel *Belle de Jour. Die intimen Aufzeichnungen eines Londoner Callgirls.* Wenigstens auf Rupert ist Verlass. Er schenkt mir immer mein Lieblingsparfum oder ein hübsches Tuch. Irgendwie gelingt es ihm stets, genau die Farben und Muster auszusuchen, die mir am besten stehen. Ach, hätte doch der Rest der Familie auch so einen erlesenen Geschmack wie er.

Mittwoch, 9. Juli

Gerald ist gestern nicht zum Wechselläuten erschienen. Ich hoffe, Marvin, der Zauberer, und seine Säge haben bei ihm keine ernsten Schäden hinterlassen. Bis zur Meisterschaft sind es nur noch sechs Wochen, und wir können es uns nicht leisten, einen unserer Glöckner zu verlieren, wie rhythmisch minderbemittelt er auch sein mag. Miss Hughes schien mir die Schuld an seiner Abwesenheit zu geben und trat mir zweimal auf den Fuß, als wir einen Plain Bob Major spielten. Sie wiegt bestimmt über neunzig Kilo, und jetzt lenkt ein dicker blauer Fleck auf dem Fuß von meinem schicken, cremefarbenen Leinenschuh ab. Die Kunst erfordert eben Opfer.

22.30 Uhr

Womit habe ich das verdient? Ich habe Sophie den Unterschied zwischen Gut und Böse erklärt, ihr ab ihrem dritten Lebensjahr die Klassiker der Kinderliteratur vorgelesen, ich habe dafür gesorgt, dass sie jeden Tag einen Apfel isst, und sie gelehrt, dass sie alles erreichen kann, was sie will, wenn sie nur hart genug dafür arbeitet. Wie also konnte das passieren? Der Reihe nach:

Um neun Uhr heute Abend, als ich eine Tierdokumentation über das Leben der Säugetiere von David Attenborough im Fernsehen sah und Jeffrey ein Nickerchen in seinem Sessel machte, klingelte das Telefon. Es war Tanya. «Schalt den Fernseher ein», sagte sie aufgeregt. «Er läuft schon», erwiderte ich. «Ich sehe mir gerade an, wie eine Babyfledermaus fliegen lernt.» «Falscher Sender», meinte sie. «Schalt mal um auf Channel 4.» Jeffrey war inzwischen aufgewacht und blickte irritiert zu mir herüber. Mit seiner Hilfe gelang es mir, den Sender zu finden: Channel 4 lief. Wir starrten auf die Mattscheibe. Es kam mir vor wie ein schlechter Witz. Wir konnten unsere Augen nicht abwenden. «Connie? Bist du noch dran?», hörte ich Tanyas Stimme aus der Ferne, ich hatte den Telefonhörer einfach zur Seite gelegt, Jeffrey beendete die Verbindung. Schließlich traf mich die Erkenntnis mit voller Wucht: Sophie hatte keinen begehrten Praktikumsplatz bei einer renommierten Fernsehdokumentation ergattert, sondern spielte in einer experimentellen Reality-Show namens *Der Kerker* mit, die erst gestern in einem äußerst missbilligenden Leitartikel in der Zeitung erwähnt worden war. Dank besagtem Artikel wusste ich, dass bei diesem Format zwölf Leute in einer Art mittelalterlichen Kerker gefangen gehalten werden und bestimmte Aufgaben lösen müssen, um sich das Recht auf Tageslicht oder besseres Essen als Haferschleim zu verdienen. Wer sich am ungeschicktesten anstellt, wird als «Dummkopf des Tages» an einen Kunststoffpranger gestellt. Ich weiß, ich weiß, diese Sendung ist nur eine von vielen grausamen, voyeuristischen Freak-

Shows, die es absoluten Versagern ermöglichen, dadurch Karriere zu machen, dass sie vor laufender Kamera Strip-Poker spielen oder sich tränenreich über die Misshandlungen beschweren, denen sie vorher freudestrahlend vertraglich zugestimmt haben. Aber meine Tochter?

Ich richtete meinen Blick wieder auf den Fernsehbildschirm. Sophie saß in ihrem trägerlosen violetten Minikleid von Topshop auf einem Etagenbett und massierte einem Zwerg die Füße.

Donnerstag, 10. Juli

Kennen Sie diese kurzen, seligen Momente nach dem Aufwachen, wenn die Welt für ein paar Sekunden in Ordnung ist? Als ich heute Morgen die Augen aufschlug, fragte ich mich, ob es warm genug dafür war, ohne Strickjacke zum Blumenbinden zu gehen, und ob Jeffrey sich schon selbst Kaffee gekocht hatte oder wie immer darauf wartete, dass ich es tat. Und dann fiel mir alles wieder ein.

Nach einer geruhsamen Nacht ist man ja gewappnet, mit einigem fertigzuwerden, aber nicht mit allem. Ich schoss in die Höhe. Während ich mich hier in meiner Sommerbettwäsche aus weißer Baumwolle rekelte, war Sophie mit fremden Menschen, die noch seltsamer waren als sie selbst, in einer dämmrigen Zelle eingepfercht und wurde rund um die Uhr von Fernsehkameras beobachtet. Sophie war im Kerker. Ich rannte nach unten, aber Jeffrey war bereits gegangen. Er hatte die Hiobsbotschaft gestern Abend erheblich ruhiger aufgenommen als ich und kerzengerade mit einem doppelten Whisky in der Hand auf dem Sofa gesessen, während ich auf und ab getigert war und mir die Haare gerauft hatte. Allerdings fiel mir auf, dass er nicht gefrühstückt hatte, also müssen ihm die Ereignisse doch auf den Magen geschlagen haben.

In der Küche räumte Natalia gerade die Spülmaschine aus. Ich glaubte zu hören, dass sie die Titelmelodie dieser fürchterlichen Sendung summte. Um dieser Demütigung zu entgehen, verließ ich das Haus, ohne ein Wort mit ihr zu reden, und eilte schnurstracks zum Zeitungskiosk, wobei ich meine Schritte zählte und durch die Nase ein- und den Mund ausatmete, um mich zu beruhigen. Noch bevor die Sendung gestern Abend zu Ende gewesen war, hatte Rupert angerufen und gesagt, ich solle mich lieber gleich auf ein enormes Medienecho einstellen, was sich aber mit der Zeit wieder legen würde. Und daher kaufte ich zum ersten Mal nach dem Tod von Prinzessin Diana wieder eine Boulevardzeitung. Nicht nur eine, sondern gleich drei: Das neue Fernsehformat hatte es auf die Titelseiten von *The Sun, The Mirror* und *The Mail* geschafft. Als ich Mr. Rasheed, dem Zeitungshändler, das Geld in die Hand drückte, wandte ich den Blick ab. Sein Sohn ist im gleichen Alter wie Sophie.

Kaum war ich wieder zu Hause, verkroch ich mich im Wintergarten, zog meine rosa Gummihandschuhe an, die ich sonst immer für den Abwasch nehme, und blätterte die Zeitungen durch. Sie können sich bestimmt vorstellen, was ich empfand, als ich Sophies offizielles «Bewerbungsfoto» sah, auf dem sie mit einem koketten Ausdruck im Gesicht den Kopf zur Seite neigt und ihre gepiercte Zunge herausstreckt. Mit klopfendem Herzen las ich, wer ihre Mitstreiter waren: der bereits erwähnte Zwerg, ein

Transvestit mit Yogalehrer-Diplom, eine Striptease-Tänzerin aus Brasilien, ein achtzehnjähriger Privatschüler, der ein besessener Fan von *Wiedersehen mit Brideshead* war und einen Teddybären namens Aloysius mitgebracht hatte (oder «versnobbter Spinner mit Schmusetier», wie er von der *Sun* genannt wurde). Außerdem waren eine lesbische Gemeindemitarbeiterin, die Schlaglöcher in der Straße ausbesserte, ein Peter-Andre-Double namens Phil und ein Physiklehrer mit einem Mussolini-Schnurrbart mit von der Partie.

Das Wissen darum, dass Millionen Menschen das Bild meiner Tochter angaffen konnten, dass genau jetzt, in diesem Moment, Perverse von Japan bis Gibraltar die Sendung über das Internet verfolgten, war zu viel für mich. Als wäre es nicht schon schlimm genug gewesen, dass sie einmal im Minirock vor dem hiesigen Pub auf und ab stolziert war. Die Gesichter in der Zeitung verschwammen vor meinen Augen. Ich rief Jeffrey an. Sein Mobiltelefon war abgeschaltet. Als ich die Nummer seines Büros wählte, meldete sich seine Sekretärin und sagte mir, er sei in einer Besprechung mit Andrew und dem Generaldirektor von Hubris Consulting. Ich trug ihr auf, die Besprechung umgehend zu unterbrechen, um Jeffrey zu sagen, er solle die *Sun* lesen. Verzweifelt auf der Suche nach einem Strohhalm, rief ich die Nummer an, die Sophie mir aufgeschrieben hatte. Es klingelte zweimal, dann meldete sich eine gehetzte Stimme und sagte: «Chinarestaurant Goldener Drache.» Ich legte auf, während sich meine Augen mit Tränen der Enttäuschung füllten. Ich rannte nach oben in Jeffreys Arbeitszimmer, ging ins Internet und suchte auf der Seite von Channel 4 nach einer Kontaktnummer. Nachdem ich mir eine Stunde lang Tonbandansagen und krächzende Musik angehört und von Pontius zu Pilatus geschickt worden war, hatte ich endlich eine Produktionsassistentin an der Strippe. Sie klang, als wäre sie nicht älter als zwölf, und erklärte mir in einem Duktus, der spielend zwischen gepflegtem Englisch und übelstem Slang wechselte, da Sophie über achtzehn sei, könne ich gar nichts tun, und außerdem solle ich stolz darauf sein, dass es meine Tochter in die Endrunde geschafft habe.

Ich knallte den Hörer auf, schlug die Hände vors Gesicht und weinte zehn Minuten lang. Dann tat ich das, was ich immer tue, wenn mir das Elend über den Kopf wächst: Ich sagte zehnmal hintereinander Wordsworth' *Narzissen* auf, nahm ein paar Notfalltropfen nach Dr. Bach, betrachtete mich im nächsten Spiegel, hob den Kopf und sagte streng: «Reiß dich zusammen, Constance, und mach weiter.» Dann ging ich in die Kirche zum Blumenbinden, wobei mir der Gedanke Trost spendete, dass keine der Damen dort jemals Channel 4 sieht.

22.00 Uhr

Jeffrey und ich haben uns gerade die neueste Folge von *Der Kerker* angesehen. Wir konnten einfach nicht anders. Manchmal ist die Vorstellung von etwas viel grausamer als die Wahrheit; und sich auszumalen, welche Bilder der eigenen Tochter um die Welt gehen, ist schlimmer, als der beschämenden Realität ins Auge zu sehen. Aber glauben Sie mir, auch das war kein leichtes Unterfangen.

Die «Insassen» mussten eine «Challenge» bewältigen, was, soweit ich verstanden habe, ein fester Bestandteil dieser aberwitzigen Sendung ist. Sie bekamen einen Riesenkorb mit Obst, ein weißes Bettlaken und einen Kunstdruck, der Botticellis *Geburt der Venus* zeigte. Die Aufgabe bestand darin, das Gemälde unter Zuhilfenahme des Obstes möglichst treffend auf dem Bettlaken nachzustellen. Anschließend sollte ein Kunsthistoriker entscheiden, ob ihnen das gelungen war oder nicht. Jeffrey und ich sahen uns an. Warum um Himmels willen machte unsere Tochter bei diesem Zirkus mit?

Wenigstens war Sophies Leistungskurs in Kunst nicht völlig umsonst gewesen. Im flackernden Licht der Kerzen hatte sie die durchaus vernünftige Idee, sich in der Pose der Venus auf das Bettlaken zu stellen, damit Phil, das Peter-Andre-Double, mit einem Farbstift ihre Silhouette nachzeichnen konnte. Ich wünschte nur, er hätte ihre Figur nicht so detailgetreu zu Papier gebracht. Auch die Striptease-Tänzerin zog eine Augenbraue hoch und sah aus, als würde sie Sophie eine Ananas auf den Kopf hauen wollen. Wahrscheinlich war ihr aufgefallen, dass die Original-Venus etwas üppiger proportioniert war. Danach machten sich alle daran, die Früchte auf dem Laken zu arrangieren, was eine Weile ganz gut lief, bis eine heftige Diskussion ausbrach, weil die Gemeindearbeiterin fand, der Busen der Venus ließe sich am besten durch zwei Grapefruits darstellen, während die Striptease-Tänzerin auf Melonen bestand. Peter Andre sprach ein Machtwort zugunsten der Melonen. Ich ärgerte mich maßlos darüber, dass Jeffrey diese Entscheidung mit einem stummen Kopfnicken begrüßte. Das Ergebnis fand dann allerdings sogar ich sehr beeindruckend, und ich war sicher, dass die Zellengenossen die «Challenge» gewinnen würden, bis der Transvestit im letzten Moment noch eine sehr unglücklich positionierte Banane auf dem Laken drapierte, als Zeichen des Protests gegen «westliche Geschlechterklischees», und der Kunsthistoriker angewidert den Kopf schüttelte. Es gab kein Tageslicht und Haferschleim zum Abendessen. Gut für Sophie, dass sie schon etwas Erfahrung mit dieser Art der Ernährung hat, sie musste früher nämlich immer das Porridge ihrer Großmutter essen.

Freitag, 11. Juli

Grundgütiger! Die Boulevardzeitungen haben nur ein Thema: überall Fotos von Phil, dem Peter-Andre-Double, wie er gerade seinen Stift neben Sophies Oberschenkel ansetzt, dazu Schlagzeilen wie «Botticellis Venus flachgelegt». Die *Daily Mail* hat das gleiche Foto abgedruckt, allerdings mit einer etwas weniger anrüchigen Überschrift: «Die Kunst der Liebe?»

Auch heute wieder übergab ich Mr. Rasheed meine Münzen mit feuchter Hand und wagte es kaum, meinen Blick zu heben. Er weiß es. Alle wissen es.

Als wollte es meinen Gedanken Nachdruck verleihen, klingelte mein Handy, sobald ich den Zeitungsladen verlassen hatte. Es war Bridget.

«Mein Gott, Constance, wie geht es dir? Das ist Sophie, stimmt's?», sagte sie. Einen Augenblick lang war ich versucht, sie anzulügen, ich hätte ihr – und mir – gern vorgemacht, dass der gepiercte Teenager in diesem Käfig voll narzisstischer Affen rein gar nichts mit meiner süßen kleinen Tochter zu tun hatte.

«Ja, es ist Sophie», sagte ich stattdessen resigniert. Es war doch sowieso aussichtslos. Ich hörte ein paar Minuten lang zu, wie Bridget mich aufzumuntern versuchte, dann beendete ich das Gespräch und steckte mein Handy wieder ein. Unmittelbar darauf klingelte es erneut. Tanya.

«Hallo, Connie. Hast du heute schon Zeitung gelesen?», fragte sie. Ich erklärte, dass es den Zeitungsmachern meiner Meinung nach weniger darum gehe, «gelesen» zu werden, als darum, tätliche Angriffe auf die englische Sprache und jegliches Ästhetikempfinden zu verüben, aber ja, ich hätte sie gerade in der Hand. Sie lud mich auf einen Kaffee ein, was mir sehr gelegen kam. Ich brauchte dringend Ablenkung.

Es war mein erster Besuch in ihrer neuen Wohnung, die im Vergleich zu ihrem alten Haus natürlich schon ein Abstieg, aber trotzdem sehr hübsch ist. Im Wohnzimmer und im daran anschließenden Essbereich kümmert sich Tanya um ihre *Müßige Hände*-Kundschaft, und Mark erledigt den Papierkram in der kleinen Abstellkammer. Zwischen den Nagellackfläschchen und den Dosen mit Pailletten lag eine aufgeschlagene *Sun*, die eine Doppelseite mit einem Artikel über den *Kerker* enthielt. Ich nahm einen Schluck Kaffee und schnappte vor Entsetzen nach Luft, zum Teil wegen des Instantkaffees, zum Teil wegen des Anblicks von Sophie, die im Lichtschein eines Feuerzeugs die Tätowierungen des Peter-Andre-Doubles bewunderte. Tanya versuchte mir einzureden, dass das doch alles halb so wild sei und dass Sophie «mir nichts, dir nichts» zwanzigtausend verdienen könne, wenn sie sich hinterher mit der Presse unterhielte. Vermutlich hat sie recht. Hätte Jeffrey das geahnt, hätte er für Sophie bestimmt nicht jedes Jahr fünf Prozent seines Jahreseinkommens auf einem Sparbuch angelegt.

22.00 Uhr

Jeffrey und ich haben gerade die neueste Folge von *Der Kerker* angeschaut. Die Umstände hätten idealer sein können, aber es war das erste Mal seit langer Zeit, dass wir mal wieder einen ganzen Abend lang gemütlich beisammengesessen haben. Jeffrey goss sich einen Whisky und mir einen Sherry ein, und als der Vorspann die düsteren, nur von elektrischen Kerzenleuchtern erhellten Korridore zeigte und dazu die Titelmelodie mit wummernden Bässen und dämonischem Lachen ertönte, setzten wir uns nebeneinander auf das Sofa. Wir mussten nicht lange warten, bis unsere Tochter auf dem Bildschirm erschien. Sie trug ein Top, unter dem ein grüner Büstenhalter hervorlugte, dazu eine orientalisch angehauchte Pumphose, die sehr tief auf der Hüfte saß. Sophie stand in der geringfügig erleuchteten Zelle, um für ihre Zellengenossen das Abendessen zuzubereiten. Der Anblick beunruhigte mich zutiefst, denn ihre kulinarischen Fähigkeiten lassen sehr zu wünschen übrig, da kann auch unsere hochwertige Landhausküche, die Jeffrey vor drei Jahren einbauen ließ, nichts ausrichten. Einmal bat ich Natalia, Sophie zu zeigen, wie man einen Shepherd's Pie macht, das Resultat war das reinste Desaster. Der Fußboden schwamm in Brühe, und Natalia drückte sich Küchenkrepp auf eine Schnittwunde am Finger, um die Blutung zu stillen.

Glücklicherweise schien es im Fernsehen besser zu laufen. Ben, der Physiklehrer, hatte Mitleid mit Sophie und verriet ihr das einzige Rezept, das er kannte, Chili con Carne, von dem er mit einem wehmütigen Ausdruck im Gesicht behauptete, dass er damit seine bisher einzige Freundin rumgekriegt habe. Er ging das Ganze wissenschaftlich an, und Sophie befolgte Schritt für Schritt die Anweisungen, wie sie die Zwiebeln und die Paprika schneiden sollte. Jeffrey und ich sahen uns erstaunt an; dass Sophie so folgsam sein konnte, war für uns beide eine Überraschung.

Nach meinem dritten Glas Sherry fand ich den *Kerker* gar nicht mehr so übel. Durch die Sendung bekam ich wenigstens einmal Seiten meiner Tochter zu sehen, die ich sonst nie kennengelernt hätte. Na gut, das Chili con Carne kam eher bescheiden an. Aber wenn die Gemeindearbeiterin nicht Vegetarierin gewesen wäre und der Zwerg kein Schnurrbarthaar in seinem Teller gefunden hätte, wäre es ein triumphaler Erfolg gewesen.

Samstag, 12. Juli

Heute habe ich auf Facebook Sophies Namen eingegeben. Hätte ich es doch nicht getan! Es erschienen einhundertdreiundneunzig Suchergebnisse, darunter viele Fanclubs, ein Hassclub und eine Gruppe namens «Ich würde mir lieber mit einem rostigen Löffel die Eier abschneiden, als Sophie Hardings Chili con Carne zu probieren».

Ruck, zuck war ich wieder ausgeloggt.

Sonntag, 13. Juli

Heute war ich in der Kirche und bei Mutter. An beiden Orten herrschte selige Unwissenheit in Sachen *Der Kerker*.

Der *Sunday Telegraph* wusste hingegen leider ziemlich gut Bescheid. Zwar kam das Blatt ohne schlüpfrige Fotos oder reißerische Schlagzeilen aus, aber in der Beilage fand ich einen langen Artikel von irgendeinem Soziologieprofessor, der behauptete:

Mit Der Kerker *hat das Reality-TV-Genre seine Apotheose erreicht. Während die Kandidaten durch die schummrig beleuchteten Gänge irren, lassen sie sich manipulieren oder manipulieren selbst, sind dem Voyeurismus Ware und Konsument zugleich; dabei ist es gerade ihre vielgepriesene – vermeintliche – Exzentrik, die sie einander gleichmacht. In vollkommener Unkenntnis des Umstands, dass die einzig tatsächlich von ihr bewohnte Gefängniszelle jene ist, die sie sich selbst geschaffen hat, ist Sophie Harding die neue Emma Bovary.*

Ich las den Artikel Jeffrey vor, aber er konnte damit auch nichts anfangen.

Montag, 14. Juli
22.00 Uhr

Heute gab es für die «Insassen» in *Der Kerker* eine neue Aufgabe: Sie sollten lernen, wie man Einrad fährt, und dann in dem finsteren Korridor ein Rennen veranstalten, bei dem eine Taschenlampe in Kerzenform als Staffelholz dienen sollte (vermutlich würde eine echte Kerze gegen die Bestimmungen des Aufsichtsamts verstoßen). Jeffreys

Hand suchte die meine, und wir tauschten besorgte Blicke aus. Wir wussten beide, dass es für Sophie nicht einfach werden würde.

Wir sollten recht behalten. Selbst als das Peter-Andre-Double ihre Hand hielt, war sie einfach nicht in der Lage, das Gleichgewicht zu halten und loszuradeln. «Na los, Sophie!», feuerte Jeffrey sie bei ihrem sechsten Versuch an und sprang vom Sofa auf. Doch es war vergebens. Alle anderen Teilnehmer schafften es, sogar der Zwerg (auf einem eigens angefertigten «Minirad»), nur die arme Sophie nicht. Und nur ihretwegen galt die «Challenge» als nicht erfüllt, sodass es für alle eine Woche lang keinen Wein gab.

Danach wurden noch Aufnahmen von Sophie gezeigt, die mit ihren mageren Handgelenken im Plastikpranger steckte und mit verlaufener Wimperntusche schluchzte: «Daran ist nur mein Dad schuld. Er wollte mir keine Stützräder kaufen, und ich habe nie richtig Radfahren gelernt. Ich hasse ihn, und euch und alle anderen hasse ich auch. Das ist nicht fair!» Jeffrey musste mich mit Gewalt davon abhalten, zum Telefon zu greifen und dieser Produktionsschnepfe die Hölle heißzumachen. Dann goss er sich und mir einen doppelten Scotch ein. Pur.

Dienstag, 15. Juli

Heute Abend stieg ich schweren Schrittes die Treppen zur Glockenstube hinauf. Durfte ich hoffen, dass bei den Wechselläutern niemand von Sophies Auftritt in *Der Kerker* wusste? Ich durfte nicht. Kaum hatte ich meine Handtasche abgesetzt und meinen Stammplatz am Seil eingenommen, wandte sich Miss Hughes mir zu und sagte: «Ihre Tochter war heute in der Zeitung.»

«Oh», erwiderte ich, weil ich nicht wusste, was ich sagen sollte. Aus den Augenwinkeln sah ich, dass sich ein tadellos frisierter Gerald an sein Glockenseil gestellt hatte und uns zuhörte.

«Ich hätte es nie für möglich gehalten, dass jemand aus unserem Dorf Gefallen daran finden könnte, sich dermaßen im Fernsehen aufzuspielen.»

Ich suchte fieberhaft nach einer passenden Replik, als Gerald mich aus meiner Notlage befreite.

«Es ist schon spät, sollten wir nicht langsam anfangen?», fragte er. Und das taten wir dann auch, und schon bald hatten der vertraute Klang der Glocken und das gleichmäßige Auf und Ab des Seils alle Gedanken an Sophie, Minikleider, Einräder, Zwerge und Peter-Andre-Doubles vertrieben.

Nach der Probe ging es mir schon viel besser, und ich lächelte Gerald auf dem Weg nach draußen dankbar zu.

Die neugewonnene Zuversicht war jedoch nicht von Dauer. Als ich zu Hause eintraf, lief *Der Kerker* bereits. Jeffrey starrte auf den Bildschirm, sein Glas Scotch so fest umklammert, dass seine Fingerknöchel ganz weiß waren. Im Fernsehen trug unsere Tochter gerade einen heftigen Streit mit der brasilianischen Striptease-Tänzerin aus. Jeffrey erklärte mir empört, dass Renita Sophie beschuldige, ihren Eyeliner gestohlen zu haben. Ich hätte meine Tochter ja gern in Schutz genommen, aber da meine neue Wimperntusche zur gleichen Zeit verschwunden ist wie Sophie, lässt sich eine gewisse Vorliebe für die Kosmetikartikel anderer Leute nicht von der Hand weisen. Ich erzählte Jeffrey davon. Er schüttelte enttäuscht den Kopf und griff zur Karaffe, um sich noch einen Scotch einzuschenken.

Mittwoch, 16. Juli

Der tägliche Gang zum Zeitungskiosk. Dieses Mal gelang es mir nicht, Mr. Rasheeds Blick auszuweichen. «Das ist doch Ihre Tochter, nicht wahr?», sagte er, während er mit dem Zeigefinger auf das Titelblatt der *Sun* tippte. Es zeigte eine Großaufnahme von Sophie und Renita im Streit um den Eyeliner, darüber prangte in breiten Lettern die Schlagzeile «Make-up-Krieg!».

«Ihre Tochter hat Temperament. Aber diese Renita ist eine richtige Zicke», sagte er mit seiner sanften, melodischen Stimme. «Ich hoffe, dass sie rausfliegt, wenn die erste Entlassung ansteht.»

Entlassung! Natürlich. Rupert hatte mir gestern Abend am Telefon erklärt, was es damit auf sich hat. Die «Insassen» mussten bald jemanden nominieren, der den Kerker verlassen sollte. Es ist natürlich kein sehr netter Zug, darauf zu hoffen, dass die eigene Tochter gesellschaftlich geächtet und mit einem Fußtritt aus der Gemeinschaft hinausbefördert wird, aber ich tue es trotzdem. Dann wäre unser Martyrium wenigstens bald vorbei.

Sophie wird wahrscheinlich tatsächlich entlassen werden! Wie sehr hatte ich mir gewünscht, diese Worte schreiben zu können, und wie viel hatte ich bis dahin auszustehen. Jetzt wird alles wieder gut.

Wie immer hatten Jeffrey und ich es uns auf dem Sofa bequem gemacht, um gemeinsam die neueste Folge von *Der Kerker* anzusehen. Ich hatte ihn vorher schon informiert, dass die erste Entlassung eines «Insassen» wohl unmittelbar bevorstehe, und er rutschte so nervös auf der Sofakante herum, dass ich schon fürchtete, er würde seinen Whisky auf dem Teppich verschütten. Dann ging es los, und in der Tat mussten nun alle nacheinander in der «Verhörkammer» Platz nehmen, die mit mittelalterlichen Folterinstrumenten und plüschigen Möbeln ausgestattet war. Aus dem Off erklang die strenge Stimme eines «Folterknechts», der die Häftlinge verhören sollte.

Jeder der «Insassen» musste sagen, wen er nach Hause schicken wollte, und es sah nicht gut aus für unsere Tochter. Sie hatte zwar den Physiklehrer und das Peter-Andre-Double auf ihrer Seite, doch anscheinend hatte sie es geschafft, das gesamte weibliche Lager gegen sich aufzubringen, einschließlich des Transvestiten, der sagte, sie habe seine Feuchtigkeitscreme gestohlen. Die Auszählung der Stimmen ergab, dass Sophie und Renita nominiert waren. Welche der beiden entlassen würde, sollten die Fernsehzuschauer durch eine Telefonabstimmung entscheiden. Sobald die Nummern für die Anrufe und SMS eingeblendet wurden, stellte Jeffrey sein Glas ab und zog sein BlackBerry aus der Tasche. Ich war schwer beeindruckt, dass er die

Dinge selbst in die Hand nahm. Zu ihrem eigenen Besten ist es zwingend notwendig, dass Sophie umgehend diese Sendung verlässt, und was Wahlergebnisse angeht, kann man sich auf die britische Öffentlichkeit ja nicht verlassen. Andernfalls wäre es wohl kaum zu über einem Jahrzehnt unter Labour-Regierung gekommen.

Als ich einen Blick über Jeffreys Schulter warf, sah ich, dass er RENITA in sein BlackBerry tippte.

«Stopp, du hast das falsch verstanden!», fuhr ich dazwischen. «Du musst den Namen der Person eingeben, die du nach Hause schicken willst, nicht den Namen der Person, die im Kerker bleiben soll.» Vielleicht war ja eine ähnliche Verwechslung dafür verantwortlich, dass es Gordon Brown in die Downing Street geschafft hatte.

«Nichts da!», rief Jeffrey aus. «Warum sollte ich Sophie herauswählen? So gut habe ich mich schon seit Jahren nicht mehr amüsiert.»

Er drückte auf «Senden». Wie konnte er nur? Wie konnte er?

Donnerstag, 17. Juli

Die zwölfjährige Produktionsassistentin mit dem oszillierenden Akzent rief an. Ob wir heute Abend als VIP-Gäste ins Fernsehstudio kommen wollten, um Sophie zu unterstützen und sie in Empfang zu nehmen, falls sie entlassen würde? Nein, wollten wir nicht. Ich sagte ihr, dass wir schon etwas vorhätten. Sophie war ohne unser Zutun in der Lage gewesen, den Weg in den Kerker zu finden, da wird sie es wohl auch allein wieder nach draußen schaffen. Wütend beendete ich das Gespräch. Kaum hatte ich aufgelegt, rief ich zurück, um mich zu vergewissern, dass man ihr eine Unterkunft besorgen und sich um sie kümmern würde.

Freitag, 18. Juli

Harriet hat angerufen. Inzwischen hat es sich bis nach Weybridge herumgesprochen. Sie war schockiert. «Meine Nichte, Constance, meine Nichte», stammelte sie immer wieder. Ich fand das ziemlich taktlos. Flüsternd informierte ich sie darüber, wie Jeffrey abgestimmt hatte. Zunächst schwieg sie, doch dann flüsterte sie verschwörerisch zurück: «Wie konnte er? Wie konnte er nur?» In solchen Momenten kann ich ihr sogar ihre süße Enkelin verzeihen.

Tanya hat auch angerufen. «Hallo, Connie. Was hältst du davon, wenn wir Pizza besorgen und die Sendung mit euch zusammen ansehen?» Ich hatte nicht die Kraft, nein zu sagen. Sie und Mark werden um neun Uhr hier sein. Resigniert beschloss ich, mit dem Strom zu schwimmen, statt mich dagegenzustemmen, und lud Rupert mit einer SMS ebenfalls ein.

22.30 Uhr

Es ist vorbei. Sie ist draußen. Was für ein Abend.

Mark, Tanya und Rupert kamen gegen acht Uhr. Rupert umarmte mich und überreichte mir eine Flasche chilenischen Rotweins, den Jeffrey gleich hinten im Weinregal verschwinden ließ.

Mark und Tanya brachten Pizza mit. Tanya aß direkt aus

dem Pizzakarton, den sie auf ihrem Bauch balancierte, allen anderen stellte ich Teller hin. Der Geruch lockte sogar Natalia aus ihrem Zimmer. In ihrer Jogginghose und dem kurzen Top, das ein beachtliches Stück slawischen Bauchs offenbarte, wäre sie problemlos als *Kerker*-Teilnehmerin durchgegangen. Als die Titelmelodie gespielt wurde, sprang Jeffrey auf und ging nervös auf dem Teppich auf und ab. Ich bat ihn, damit aufzuhören, da er mir sonst noch das Paisleymuster ruinieren würde.

Schon bei der ersten Szene auf dem Bildschirm blieb mir die Spucke weg. Ich kam mir vor wie eine Anthropologin, die mitten im Regenwald auf einen Eingeborenenstamm gestoßen war, der ein fremdes, geheimnisvolles Ritual durchführte. Hunderte, ja Tausende von Menschen standen um eine Art Laufsteg herum und schwenkten Transparente, auf denen Slogans wie «SoHa rockt!!!» standen. Ich brauchte eine Weile – und eine Erklärung von Rupert –, um zu begreifen, dass all diese Leute gekommen waren, um meine Tochter anzufeuern. «Schon okay, Mum», sagte Rupert, während er mir beruhigend die Schulter tätschelte, «sie sind nur ein bisschen gaga. Wenn sie nicht wegen Sophie durchdrehen würden, dann wegen eines Fußballvereins oder eines tanzenden Hundes oder jemanden von Girls Aloud.» Ich nickte und sah wieder auf den Bildschirm. Der Moderator unterhielt sich gerade mit einem Teenie-Mädchen, das das gleiche violette Minikleid wie Sophie trug und ein Zungen-Piercing vorführte, das es sich hatte stechen lassen, «um so auszusehen wie So. Sie ist voll cool.» Ich wollte ja immer, dass meine Tochter anderen ein Vorbild ist, aber so etwas hatte ich dabei nicht im Sinn gehabt.

Dann wurde in den Kerker geschaltet, wo alle Häftlinge – selbst die, die sich sonst ständig an die Gurgel sprangen – einträchtig im Kreis standen und sich an den Händen hielten. Die Szene hatte zugleich etwas von einer katholischen Messe, einem Nachtclub und einer Todeszelle. Sophie hatte sich zur Feier des Tages ganz schön herausgeputzt: Ihre Augen hatte sie mit smaragdgrünem Lidschatten betont, und sie trug das mit goldenen Pailletten besetzte Neckholder-Top. Der Gesamteindruck erinnerte mich vage an Darcy, allerdings glaube ich nicht, dass das beabsichtigt war.

Die Menge war angeheizt, Tausende brüllten wie die Verrückten herum, und die Kamera schwenkte auf Sophie und Renita. Beiden standen die Tränen in den Augen. Dann kam der große Moment: Das Ergebnis wurde verkündet. Dreiundfünfzig Prozent der Anrufer hatten gegen Sophie gestimmt. Sie war draußen. Jeffrey gab dem Papierkorb einen Tritt, der umkippte und den Boden mit Broschüren für Kreuzfahrten durch norwegische Fjorde und Zahnprothesen übersäte. Rupert streichelte meine Hand und sagte: «Na, siehst du, es ist vorbei.»

Das war es nicht. Denn gleich darauf war eine heftig weinende Sophie zu sehen, die gefragt wurde, wie sie sich jetzt fühle. Ich hätte ihr ja geraten, sich in vornehmes Schweigen zu hüllen. Tat sie aber nicht. Stattdessen zog sie über alle anderen Teilnehmer her, gab widerstrebend zu, dass das Peter-Andre-Double «ziemlich fit» sei, um gleich darauf Renita zu beschuldigen, alle gegen sie aufgehetzt zu haben, und dann zu kreischen: «Eigentlich sollte ich jetzt dort drin im Whirlpool sitzen und nicht diese mexikanische Schlampe.» Zum Glück wurde das Interview an dieser Stelle abgebrochen. Musik ertönte und läutete das Ende von Sophies Fernsehkarriere ein. Endlich. Ich griff nach dem Telefon und wählte ihre Nummer, obwohl ich nicht wusste, ob man ihr schon ihr Handy zurückgegeben hatte. Beim sechsten Versuch gab ich auf und hinterließ eine lange Nachricht auf ihrer Mailbox, in der ich ihr mitteilte, wie aufgebracht und gedemütigt ich sei, ihr aber dennoch meine emotionale Unterstützung zusagte.

Einige Minuten später bekam ich eine SMS von ihr:

bin soooo angepisst von rauswurf, bleibe bei freundin

Samstag, 19. Juli

Ein weiterer langer, ereignisreicher Tag liegt hinter mir. Er begann mit dem frühmorgendlichen Gang zum Zeitungskiosk. Ich war gespannt, welche Schlagzeilen mich heute, hoffentlich zum letzten Mal, erwarten würden. Schlimmer als das hier kann's kaum sein, dachte ich, als ich den Laden betrat und mein Blick auf die Dosen und Reispackungen fiel, die sich in grell erleuchteten Regalen bis unter die Decke stapelten. Ein Eldorado für all jene, die es nicht hinbekommen, ihre Haushälterin in einen richtigen Supermarkt zu schicken.

Aber was ich dann sah, schlug dem Fass den Boden aus. Sämtliche Boulevardblätter und sogar einige richtige Zeitungen titelten mit «Rassenunruhen im *Kerker*» oder ähnlichen Schlagzeilen. Der Text darunter stellte Sophies zugegebenermaßen unhöflichen und unangebrachten Kommentar über die «mexikanische Schlampe» in eine

Reihe mit den übelsten Verbrechern der Apartheid in Südafrika. «Aber sie ist doch gar keine Mexikanerin», murmelte ich entgeistert, während ich las, dass Channel 4 mit Beschwerdebriefen von Zuschauern überschwemmt wurde und die Botschafter von Mexiko und Brasilien eine Entschuldigung der britischen Regierung verlangten.

Meine Finger zitterten, als ich Mr. Rasheed die Münzen gab. Er lächelte mich an und schüttelte mitfühlend den Kopf.

«Tse! Sophie ist doch keine Rassistin. Ich kann mich noch gut daran erinnern, wie sie draußen mit Mehak gespielt hat, als die beiden klein waren. Ich hätte diesen Zeitungsfritzen einiges dazu erzählen können, wenn sie ihren Hintern aus London hierherbewegt hätten, um herauszufinden, was wirklich Sache ist. Stattdessen schreiben sie diesen Kokolores!»

Ich bedankte mich für sein Verständnis.

«Außerdem», fügte er hinzu und beugte sich dabei verschwörerisch über den Tresen, «diese Renita ist tatsächlich eine mexikanische Schlampe. Entschuldigen Sie die Ausdrucksweise. Ich habe zu Mehak gesagt: Fall nicht auf solche Mädchen herein! Fall nicht auf sie herein.» Er fuchtelte mit dem Finger vor meinem Gesicht herum, als wollte er einen wilden Tiger beschwören. «Wenn er es wagt, so ein Mädchen nach Hause zu bringen, bekommt er eine Tracht Prügel, die er so schnell nicht mehr vergisst, darauf können Sie sich verlassen. Aber das macht mich noch lange nicht zum Rassisten, nicht wahr?»

Ich nickte, schüttelte gleich darauf verwirrt den Kopf und verließ den Laden. Mein Handy piepte. Ich hatte eine SMS von Sophie:

hi mum, bin banhof knst mich abholen?? xx

Wie Sie sich vorstellen können, fuhr ich mit sehr gemischten Gefühlen zum Bahnhof. Als ich den Wagen abstellte, sah ich sie bereits vor dem Ausgang stehen. Sie tippte eine SMS in ihr Handy und sah winzig aus, geradezu zerbrechlich, und viel kleiner als auf den Fotos in den Zeitungen. Mein Ärger verrauchte schlagartig. Sophie wuchtete ihr Gepäck in den Kofferraum und stieg ein. Ich musterte ihre großen zartblauen Augen, die völlig ungeschminkt waren, und ihre samtweiche Haut. Dann streckte ich die Hand aus und strich ihr über die Wange. «Ach, Sophie, meine Kleine», sagte ich.

«Na, Mum, was geht ab?»

Wir fuhren schweigend nach Hause, und ich musste mit den Tränen kämpfen, so erleichtert war ich, meine Tochter wieder bei mir zu haben. Als wir in unsere Straße einbogen, sah ich, dass ein Übertragungswagen von Sky Television vor unserer Einfahrt stand. Weitere Autos parkten kreuz und quer, und etwa ein halbes Dutzend Reporter lungerte auf dem Gehsteig herum. Ich schnappte entsetzt nach Luft, Sophie winkte den Wartenden fröhlich zu. Ich trat das Gaspedal durch und ließ Kies auf die Meute hageln, als ich die Einfahrt hochraste.

Sowohl Natalia als auch Jeffrey warteten bereits hinter der Haustür, um Sophie zu begrüßen. Natalia, die sichtlich beeindruckt war, die gleiche Luft zu atmen wie eine ehemalige Kerker-Insassin, bot zum ersten Mal seit Menschengedenken aus freien Stücken an, ihr eine Tasse Tee zu machen. Dann erzählte sie, dass sowohl sie als auch ihre Schwester Lydia große Fans der Sendung seien und jede Folge über das Internet gesehen hätten, und fragte, ob es stimme, dass sogar auf der Toilette eine Kamera installiert sei. Jeffrey klopfte Sophie auf den Rücken und sagte: «Jetzt bist du wieder zu Hause, gut, gut. Aber lass dir für das nächste Mal gesagt sein: Taktik ist alles. Es ist wichtig, eine Allianz zu bilden. Du musst dir Verbündete suchen, um den Feind zu besiegen. Darauf kommt es an.» Mit diesen Worten verließ er das Haus, um den Schuppen aufzuräumen.

Ich bat Natalia, auf der Galerie oben Staub zu saugen, weil ich hoffte, endlich ungestört mit Sophie reden zu können; ein paar Takte wollte ich ihr zu ihrer TV-Eskapade schon noch sagen. Ich hatte mir gerade Tee eingeschenkt, tief Luft geholt und mit «Selbst heutzutage gibt es gewisse Regeln, die eine junge Dame …» eröffnet, als Sophies Handy klingelte. Ihr Gesprächsanteil ergab in etwa Folgendes: «Ja? Ja … nö … ja … ja … ja … ja … ja … nein. Okay, ciao.»

«Wer war das?», fragte ich.

«Der Agent, der sich um meine PR kümmern will», sagte sie, während sie selbstgefällig ihre Haare zurückwarf. «Der Typ sagt, er hat eine Menge Erfahrung. Er kann für mich das Beste bei den Interviews herausholen, wenn ich exklusiv mit ihm zusammenarbeite. Und wenn Reporter anrufen, soll ich ihnen sagen, dass ich mein freiwilliges Jahr in einem Waisenhaus in Mexiko absolviert habe.»

«Aber, Sophie, wer ist dieser Mann? Wie heißt er?»

«M irgendwas. Oder so ähnlich.»

«M? Und wie ist sein voller Name?»

«Er hat keinen vollen Namen. Volle Namen sind mit den Dinosauriern ausgestorben, so wie das Oberteil, das du da trägst. Er sagte, er heiße … M Clo. Genau, das war's. M Clo.»

Sonntag, 20. Juli

Man hätte ja meinen können, dass uns wenigstens am Sonntag ein bisschen Ruhe vergönnt sei, aber nein. Es liefen immer mehr Reporter auf. M – nein, «M Clo» will und werde ich nicht sagen – rief Sophie auf dem Handy an und befahl ihr, keinesfalls mit den Journalisten zu reden. Er hat für morgen ein Exklusivinterview und ein Fotoshooting mit dem *Hot*-Magazin arrangiert. Sie werden um zehn Uhr hier sein. Ob es etwas hilft, wenn ich absperre und die Kette vorlege, wenn sie klingeln?

Montag, 21. Juli

Mir wächst alles über den Kopf, ich kann nicht mehr. Ich habe ein einsam gelegenes Cottage in Norfolk gebucht und werde mit Sophie dort den Rest der Woche verbringen. Sie glaubt zwar, wir würden in eine Zahnklinik fahren, um ihre Zähne bleichen zu lassen, wie es M empfohlen hat; aber Hauptsache ist, dass es im Cottage kein Internet, kein Telefon, keine Reporter, keine Zeitungen und keinerlei Verbindung zur Außenwelt gibt.

Liebe Leser, ich will Ihnen erklären, was mich zu diesem hastigen Aufbruch getrieben hat. Wider besseres Wissen – und Ruperts Warnungen – ließ ich heute Morgen die Leute von *Hot* ins Haus. Sophie hatte mit Hungerstreik gedroht, falls ich mich weigerte, und Jeffrey hatte gesagt: «Lass sie machen, was sie will, der Trubel legt sich schon wieder», bevor er ohne ein Wort das Haus verließ, an einer Traube aus Reportern vorbeimarschierte und zur Arbeit fuhr.

So kam es, dass ich einem Stylisten, einem Visagisten, einem Redakteur und einem Fotografen Einlass in unser Heim gewährte, während Sophie über ihr Handy letzte Anweisungen von «M Clo» erhielt. Das Interview fand in der Küche statt, aus der man mich ausgesperrt hatte. Aber da ich mit einem Glas am Ohr an der Tür lauschte, konnte ich Sophies Antworten ganz gut verstehen, die sehr selbstbewusst erzählte, wie sehr sie den Physiklehrer bewundere, weil er mit Kindern arbeite, was sie ja an ihr freiwilliges Jahr in einem mexikanischen Waisenhaus erinnere, das, nun ja, hart gewesen sei, ihr aber auch unheimlich viel gegeben habe, und so weiter und so fort. Als sie nach dem Streit mit Renita gefragt wurde, schwieg sie zuerst betreten und sagte dann: «Ich hatte schon immer Probleme damit, mein Temperament zu zügeln; aber ich werde an mir arbeiten und eine Therapie machen. Ich glaube, es liegt daran, dass meine Mum mich, als ich klein war, immer in den Hauswirtschaftsraum gesperrt hat, wenn ich ungezogen war, und ich glaube, das hat dazu geführt, dass ich … dass ich … heute über so ein enormes Aggressionspotenzial verfüge. Es gibt vieles, das ich aufarbeiten muss.» Eine Pause, gefolgt von einem lauten Schluchzen.

Ich ließ entrüstet mein Glas sinken. Wie konnte sie nur? Das war mit Sicherheit «M Clos» Werk. Den Hauswirtschaftsraum hatte ich immer nur als allerletztes Mittel benutzt, wie damals, als sie ihrer Großmutter tote Käfer ins Haarshampoo gemischt hatte. Wenn ich jetzt empört in die Küche gestürmt wäre, hätte das natürlich den Eindruck bestätigt, dass ich eine unmenschliche Rabenmutter war, daher verhielt ich mich ruhig. Nach einer Weile war das Interview beendet, und Sophie wurde für die Fotoaufnahmen «gestylt», die draußen geschossen wurden, und es war das Entsetzlichste, was ich je im Garten erleben musste, seit Darcys Verschwinden jedenfalls. Sophie posierte vor meinen Hortensien, eingewickelt in eine mexikanische Flagge, die leider nicht alles verhüllte, was sie hätte verhüllen sollen. Randolph, der gerade die Blumenbeete weiter hinten im Garten umgrub, stieß einen anerkennenden Pfiff aus. Für die nächsten Aufnahmen wurde sie als Sambatänzerin verkleidet, mit einem riesigen Federschmuck auf dem Kopf und einem winzigen Paillettenkostüm. Ich konnte gar nicht hinsehen.

Als diese grauenhafte Farce endlich ein Ende und die Truppe von *Hot* das Haus verlassen hatte, schloss ich die Tür, legte die Kette vor und blickte Sophie streng an. Der dick aufgetragene Bronzepuder in ihrem Gesicht ließ sie aussehen wie einen Schornsteinfeger. «Und, junge Dame? Was hast du zu deiner Verteidigung zu sagen?», fragte ich und verschränkte die Arme vor der Brust.

Ihr Mobiltelefon klingelte.

«Ja? Ja … ja … ja … ja … ja … ciao.»

«Das war M Clo», sagte sie strahlend. «Er will, dass ich ein Kinderbuch schreibe. Und ich bekomme mein eigenes Parfum. Es soll ‹Scharfe Zunge› heißen. Scharfe Zunge, kapierst du die Anspielung?»

Norfolk, wir kommen!

Da bin ich wieder, und die Kratzer auf meinem linken Arm sind schon fast verheilt. Sobald wir unterwegs waren und Sophie begriff, dass wir weder eine Zahnklinik noch irgendein anderes ihr genehmes Ziel ansteuern würden, begann sie, wie eine Wildkatze im Auto zu randalieren. Nur gut, dass ich vorsorglich die Kindersicherung aktiviert und ihr Handy versteckt hatte.

Das Cottage entsprach exakt meinen Vorstellungen: klein, leichter Modergeruch, kein Handynetz, keine Hauptstraße, kein gar nichts. Sophie sagte, sie wolle lieber sterben, als auch nur eine Nacht dort zu verbringen. Ihr Hungerstreik dauerte gerade mal eineinhalb Tage, dann kapitulierte sie vor meinem Gemüseauflauf. Ich hatte uns auf einem Bauernhof in der Nähe mit den nötigen Lebensmitteln eingedeckt. Während sie aß, starrte sie auf ihren Teller. Vielleicht begriff sie ja gerade in jenem Moment, wie viel schöner es war, sich durch frisches, gesundes Essen zu ernähren, statt pausenlos Schokoriegel in sich hineinzustopfen; aber vielleicht auch nicht. Ein paar Tage später unternahmen wir lange Spaziergänge am Strand. Sophie sammelte Muscheln, malte mit Stöcken Kreise in den Sand und vergaß manchmal sogar, dass sie eigentlich nicht mehr mit mir reden wollte.

Eine kurze Verschnaufpause nur, denn jetzt, wo wir wieder zu Hause sind, geht das Theater weiter. M erwidert ihre Anrufe nicht. Sophie hat sich die Ausgabe von *Hot* besorgt, in der das Interview mit ihr abgedruckt wurde, und der Artikel über sie beginnt so:

Nachdem die gesamte Nation Zeuge geworden war, wie SoHa

ihrer Zellengenossin rassistische Schimpfwörter an den Kopf warf, hätte man denken können, dass sie sich zumindest ein bisschen schämen würde. Fehlanzeige! Wir trafen die zierliche Blondine in der Luxusvilla (fünf Schlafzimmer!) ihrer Eltern in Surrey, wo sie mit uns über die WIRKLICHEN Gründe für den Streit mit Renita redete. Außerdem berichtete sie von der erschütternden Zeit in einem mexikanischen Waisenhaus, sprach über die altmodischen Erziehungsmethoden ihrer Eltern und verriet uns, was hinter den Kulissen WIRKLICH zwischen ihr und Phil abging.

Ich weigerte mich, weiterzulesen. Wenn sie aus meinem ganz normalen Haus eine «Luxusvilla» gemacht hatten, wollte ich gar nicht erst wissen, was aus Sophies Antworten geworden war.

18.00 Uhr

Als ich eben an Sophies Zimmer vorbeiging, hörte ich sie weinen. Nachdem ich leise geklopft hatte, ging ich hinein. Sie saß in ihrem violetten Minikleid auf dem Bett, die Beine angezogen, neben sich die neueste Ausgabe des *Hot*-Magazins und ihr Mobiltelefon. Ich setzte mich zu ihr und legte den Arm um sie. Sie ließ den Kopf auf meine Schulter sinken. «Schätzchen, was ist denn los?», fragte ich. Sie schluckte und schluchzte in meine cappuccinofarbene Strickjacke, wobei ihre Tränen Spuren schwarzer Wimperntusche hinterließen. Egal.

«M Clo», sagte sie. «Er hat endlich zurückgerufen.» Sie schniefte und unterdrückte dann ein erneutes Schluchzen.

«Als er mich Sophie nannte und nicht SoHa, wusste ich

gleich, dass etwas nicht stimmt. Und dann hat er gesagt, ich sei nicht mehr angesagt. Und er hat recht. Sieh dir das an!»

Sie hielt die aktuelle *Hot* hoch, drehte angewidert ihr Gesicht weg und vergrub es erneut in meiner Strickjacke. Das Cover des Magazins zeigte Renita in einem winzigen schwarzen Bikini, darüber thronte die Schlagzeile: «Die Hölle im Waisenhaus. Nur durch Phil konnte ich meine tragische Vergangenheit vergessen, sagt der neue Star im *Kerker*.»

Während Sophie sich ihren Weinkrämpfen hingab, strich ich ihr über das Haar und sagte ihr, dass ihr doch die ganze Welt offenstünde und dass sie viel zu schade sei für diese Glitzerwelt, die nur aus Möchtegern-Promis, anzüglichen Schlagzeilen und albernen Abkürzungen bestehe.

«Wenn du meinst, MuHa», sagte sie. Dann fing sie wieder an zu weinen.

Sonntag, 27. Juli

Ein Unglück kommt selten allein. Kaum habe ich meine entgleiste Tochter wieder etwas aufgebaut, lässt Jeffrey die nächste Bombe hochgehen. Heute Morgen beim Frühstück war es ihm gelungen, mit nur einem entschlossenen Schlag sein Ei zu köpfen, was er mit einem zufriedenen «Ha!» kommentierte und mir gleich darauf in aller Seelenruhe eröffnete, Iwan der Schreckliche würde vorbeikommen, heute, und für unbestimmte Zeit bleiben. Er und Iwanka haben sich getrennt. Angeblich ist er am Boden zerstört, aber wenn Sie mich fragen, wird er sich so schnell erholen wie ein Falke, dem auf der Jagd eine Wühlmaus durch die Lappen geht. Wie gut, dass sich Natalia einige Tage freigenommen hat, um eine Cousine in London zu besuchen. Der Himmel allein weiß, wie sie die Neuigkeit aufnehmen wird. Ich rief Rupert an, um mich bei ihm über seinen gedankenlosen Vater zu beschweren, aber er schien gar nicht bei der Sache zu sein und fragte mich nach einer Weile, über wen ich eigentlich redete. Er ist schon seit ein paar Wochen so abwesend; ich glaube, ich werde ihm ein paar Zeitschriften mit guten Kreuzworträtseln schicken, damit er seine Konzentrationsfähigkeit trainieren kann.

Montag, 28. Juli

Iwan ist da. Er sitzt im Wintergarten und raucht. Seine bloße Anwesenheit verpestet die Luft im Haus mehr als der Gestank seiner russischen Zigarren. Und das Schlimmste: Ich habe es mir selbst zuzuschreiben. Denn wie ich gestern Abend zu meiner Bestürzung erfahren habe, geht Iwans Beziehungskrise, zumindest teilweise, auch auf mein Konto. Wenn ich Reginald das nächste Mal sehe, muss ich unbedingt das Thema «Göttliche Vergeltung» ansprechen.

Aber von Anfang an: Iwan traf gegen neunzehn Uhr ein, soll heißen, er raste in seinem angeberischen Alfa-Romeo-Sportwagen wie ein Wahnsinniger die Einfahrt hoch und hätte um ein Haar die Terrakottatöpfe mit den Geranien umgefahren. Der Tisch war bereits gedeckt, und ich hatte einen Auflauf vorbereitet. Jeffrey schenkte Wein

ein, Iwan kippte den Wein wie Wasser hinunter. Seine Augen schienen unter den schweren Lidern immer kleiner zu werden, bis er sich schließlich sammelte und uns zu erzählen begann, wie es zu der Scheidung von Iwanka, Ehefrau Nummer vier, hatte kommen können.

Ich hielt es nicht für angemessen, dieses Thema vor Sophie zu besprechen, deren emotionales Gleichgewicht nach wie vor nicht stabil ist, doch Iwan ließ sich nicht abbringen, nicht einmal durch meinen Versuch, das Gespräch auf den beklagenswerten Zustand der Glockentürme in diesem Land zu lenken.

Obwohl Iwan und Iwanka sich als glückliches Paar präsentiert hatten, als sich unsere Pfade im Urlaub auf den Bahamas kreuzten, waren sie zu diesem Zeitpunkt bereits heillos zerstritten gewesen. Iwan war der Meinung, dass sich seine Frau mehr Gedanken um Schönheitssalons und Designerboutiquen machte als um seine Bedürfnisse. Meine Nachfrage, was denn seine «Bedürfnisse» seien, löste ein peinliches Schweigen am Tisch aus. Iwanka wiederum warf ihm vor, sie für die Vergrößerung ihrer Brüste, die inzwischen etwas asymmetrisch geworden waren, aus Geiz absichtlich zu einem zweitklassigen Chirurgen geschickt zu haben.

Mit heiserer Stimme erklärte Iwan, der Urlaub auf den Bahamas habe dann das Fass zum Überlaufen gebracht, weil seine Frau vergessen habe, ihn ordentlich mit Sonnenschutz einzucremen, ein schwerer Sonnenstich sei die Folge gewesen. Er behauptete, für immer von den Narben der Brandblasen gezeichnet zu sein. Dann setzte er wieder sein Weinglas an. Sophies blaue Augen füllten sich mit Tränen.

Stumm saß ich daneben und hätte mich nicht gewundert, wenn Gott mich in diesem Augenblick mit einem Blitz gestraft hätte.

Dienstag, 29. Juli

Natalia ist gestern Abend aus London zurückgekehrt. Sie kam ins Esszimmer, um uns zu begrüßen, ausgerechnet in dem Moment, als Iwan mit der Faust auf den Tisch schlug und zu Jeffrey sagte, dass Russland Georgien völlig zu Recht in Schutt und Asche gebombt habe.

Natalia ließ ihre Reisetasche fallen und nannte Iwan ein russisches Schwein. Ich war überrascht, dass ihr englischer Wortschatz derartige Beleidigungen hergab. Aber wie dem auch sei, anscheinend waren neben Politik und Religion auch die Grenzen von Südossetien ein Tabuthema für die gepflegte Konversation beim Dinner. Iwan sah zum Teil amüsiert, zum Teil verwirrt aus, während Jeffrey lediglich so aussah, als würde er sich am liebsten in den Fugen der Bodendielen verkriechen.

Natalia stemmte aufgebracht die Hände in die Hüften. «Ich nicht können leben mit diese russische Gefängniswärter», verkündete sie. Dann blickte sie Jeffrey an. «Sie wählen müssen. Er gehen oder ich.»

Ich weiß nicht, warum sie sich an Jeffrey wandte, wo doch normalerweise alle Fragen, die ihre Anstellung betreffen, in meinen Zuständigkeitsbereich fallen. Vielleicht wollte sie dem Hausherrn gegenüber Respekt bekunden. Jedenfalls stand sie trotzig und mit hoch erhobenem Kopf da, ihr kastanienbrauner, von hellen Strähnen durchzogener Pferdeschwanz fiel auf ihre nackten Schultern. Jeffreys Blick wanderte unschlüssig von ihr zu Iwan und wieder zurück. Iwan zog eine Augenbraue in die Höhe, sah Jeffrey an und fragte mit einem sardonischen Grinsen: «Nun, mein Freund?»

Jeffrey hat von Natur aus einen rosigen Teint, aber inzwischen war seine Gesichtsfarbe so dunkel wie Rote Bete. Er nahm sein Käsemesser in die Hand und legte es gleich darauf wieder auf den Tisch. Dann hob er den Kopf.

«Natalia, Sie müssen furchtbar müde sein», sagte er schließlich. «Sie arbeiten zu schwer. Was halten Sie davon, ein paar Wochen Urlaub zu machen?»

Ein paar Sekunden lang stand sie stocksteif da. Dann nahm sie ihre Reisetasche, legte sich den Tragegurt über die Schulter und verließ ohne ein Wort das Zimmer.

Und so hatte mich Jeffrey mir nichts, dir nichts meiner Haushälterin beraubt. Iwan brach in schallendes Gelächter aus. Dann schmierte er ein Stück Stilton auf einen Cracker, setzte eine Weintraube darauf und stopfte sich sein Kunstwerk in den unersättlichen Schlund. Anschließend erhob er sein Glas Portwein. «Auf uns», sagte er, während er Jeffrey ansah. «Auf uns», erwiderte Jeffrey mit dünner Stimme.

Aus der Küche ertönte ein dumpfes Klirren. Dann fluchte jemand lauthals in einer fremden Sprache.

Später lag ich noch lange wach und wartete darauf, dass Jeffrey ins Bett kam, damit ich ihn fragen konnte, wie er sich das mit dem Fensterputzen und Sockenbügeln in Zukunft vorstellte. Immer wieder spielte ich dieses Gespräch in Gedanken durch – einschließlich meines sardonischen Lächelns und meines unnachgiebigen Kopfschüttelns –, bis ich von unten das leidige Gejaule von Led Zeppelin vernahm. Es war zwei Uhr morgens. Ich gab auf und fiel in einen unruhigen Schlaf. Ich träumte, dass das Haus einer Ruine glich und ich in einem Labyrinth aus Abfall und Dreck feststeckte, bis Meister Proper mit gelben Gummihandschuhen durch die Müllberge gestiefelt kam, um mich zu erlösen.

Als ich heute Morgen aufwachte, war Natalia schon verschwunden, ohne Hinweis darauf, wann – und ob – sie wiederzukommen gedachte. Ich ging nach unten in die Küche, wo Iwan und Jeffrey gerade frühstückten: Spiegeleier, Tabasco und belgisches Bier. Ich fragte Jeffrey, ob er denn nicht zu spät zur Arbeit kommen würde. Er zuckte nur mit den Achseln.

Mittwoch, 30. Juli

Nur noch zwei Wochen bis zum Wettbewerb im Wechselläuten. Gestern Abend herrschte nervöse Stimmung. Haben wir genug geübt? Sind wir eine ernsthafte Konkurrenz für die Glöckner von St. Albans, die seit drei Jahren regelmäßig die Meisterschaft gewinnen?

Als Gerald seine Glocke bei einem Wechsel eine halbe Sekunde zu spät schlug, sog Miss Hughes deutlich hörbar die Luft ein und murmelte: «Schwachkopf», was dazu führte, dass ich und einige andere ihren Einsatz verpassten. Reginald trug rote Schweißbänder von Nike um die Handgelenke und setzte zwischen den Wechseln immer wieder eine Flasche Gatorade an die Lippen. In der Pause richtete er ein paar Worte der Motivation an uns.

«Freunde, Christen, Glöckner», sagte er. «Wir haben

uns hier versammelt, weil wir voller Hoffnung sein und der Furcht keinen Raum geben wollen. Wenn wir wie ein Mann für unser gemeinsames Ziel kämpfen, haben Streit und Zwietracht keine Chance. St. Albans ist ein ernst zu nehmender Gegner, aber wenn wir so zusammenhalten, wie es unsere Vorfahren über Generationen hinweg getan haben, können wir siegen. Und ich sage euch, Glöckner, wir *werden* siegen.»

«Bravo», sagte Gerald höflich.

«Wir dürfen nicht zulassen, dass uns kleinliche Auseinandersetzungen ablenken, dass wir aus verletzter Eitelkeit unseren Siegeswillen verlieren», sagte Reginald mit einem Blick auf Miss Hughes, die äußerst geräuschvoll einen Schokoladenkeks aß und ihn ignorierte.

«Wir wollen uns schinden, bis wir Blasen an den Händen haben, wir wollen uns dem Gegner ohne Furcht stellen, und vor allem wollen wir dabei niemals die Hoffnung verlieren.»

Er hielt inne. Daphne, die Vorsteherin des Postamts, wischte sich eine Träne aus dem Auge. Ich klatschte Beifall, um etwas guten Willen zu zeigen.

«Ich hätte da noch eine Frage», sagte ich, während sich Reginald mit seinem Taschentuch über die schweißnasse Stirn fuhr. «Kennt jemand eine gute Haushälterin?»

Leider hatte niemand einen Tipp für mich, aber während ich meine missliche Lage erklärte, wurde ich immerhin gebührend von Gerald bedauert, ein Akt des Mitgefühls, zu dem Jeffrey im Übrigen nicht fähig ist. Natalia ist nach wie vor wie vom Erdboden verschwunden, aber jedes Mal, wenn ich Jeffrey frage, wo sie nur stecken mag, zuckt er mit den Achseln und wechselt das Thema.

Wer hätte gedacht, dass es so schwierig sein würde, eine halbwegs anständige Haushälterin aufzutreiben. Was ich auch unternehme, jeder Versuch, Ersatz für Natalia zu finden, blieb bisher erfolglos. Es ist der Sache natürlich nicht unbedingt förderlich, dass ich keinen blassen Schimmer habe, ob ich nur eine Vertretung brauche oder eine Vollzeitstelle anbieten soll. Ich fragte die Damen vom Blumenschmuck und erntete das gleiche ratlose Schweigen wie beim Wechselläuten. Ich würde nur höchst ungern den gleichen Weg gehen wie damals bei Natalia und Iwans anrüchige Personalvermittlung für osteuropäische Arbeitskräfte in Anspruch nehmen. Sophie ist mir keine große Hilfe. Gestern konnte ich sie dazu bewegen, in allen Schlafzimmern Staub zu wischen, allerdings hat sie dabei den kleinen Igel aus Ton, den Rupert in der Vorschule für mich gemacht hatte, vom Fensterbrett gestoßen. Jetzt hat das arme Tier ein paar Stacheln weniger. In meiner Verzweiflung bat ich Reginald, folgende Anzeige im Pfarrblatt zu veröffentlichen:

Haushaltshilfe gesucht

Angesehene Familie sucht gewissenhafte, gründliche Haushälterin mit sauberen Fingernägeln, guten Englischkenntnissen und Erfahrung im Umgang mit Papageien. Sollte mit Hausgästen jeglicher Nationalität zurechtkommen. Sollte eine Mehlschwitze ohne Fertigmischung zubereiten können und in der Lage sein, Silber zu polieren, Säume umzunähen und Whisky aus einer Karaffe einzuschenken, ohne zu kleckern. Bitte keine gefärbten Haare, keine Piercings, kein anmaßendes Wesen.

Warum ist mir eigentlich nicht früher aufgefallen, dass Natalia keine meiner Einstellungskriterien erfüllt hat?

Freitag, 1. August

Wo ist der Juli hin? Ich war so beschäftigt mit Sophies Eskapaden, der Ankunft von Iwan dem Schrecklichen und Natalias plötzlichem Aufbruch, dass ich kaum bemerkt habe, wie die Zeit vergangen ist. Und jetzt ist es schon August und nur noch eine Woche bis zu meinem vierundfünfzigsten Geburtstag.

Ich bin noch immer nicht dahintergekommen, was Jeffrey plant. Ob er überhaupt etwas plant? Ein Mann, der unter Strom steht, weil er heimlich extravagante Geschenke organisieren muss, sieht für mich anders aus. Morgens kaut er konzentriert auf seinem Toast herum und genehmigt sich gelegentlich eine von Iwans Essiggurken dazu. Dann fährt er entweder selbst zum Bahnhof oder lässt sich von Iwan mitnehmen, der hin und wieder wegen irgendwelcher halbseidenen Geschäftsangelegenheiten in der Stadt zu tun hat und offenbar auf seinen protzigen Wagen angewiesen ist, um sein Ego aufzupolstern. Abends geht Jeffrey mit Iwan ins Plucked Pheasant, oder er macht es sich mit dem *Economist* und einem Glas Scotch in seinem Lesesessel bequem. Nichts in seinem Verhalten gibt mir den kleinsten Hinweis darauf, womit er mich zu meinem Geburtstag überraschen wird.

Nicht dass Sie glauben, die Sache mit dem Geschenk sei

eine fixe Idee von mir – ich bin durchaus in der Lage, mir das, was ich gern haben möchte, selbst zu kaufen –, aber ich finde, dass ein Geburtstagsgeschenk sehr viel über den Zustand einer Ehe aussagt. Den handgeschnitzten Liebeslöffel aus Holz, den Jeffrey mir im ersten Jahr unserer Ehe von einer Rugbytour aus Wales mitgebracht hat, habe ich immer noch. Er ist mit Symbolen verziert: einem Anker für Beständigkeit, einem Hufeisen für Glück und Efeuranken für wachsende Liebe. Die Waliser hängen eben an ihren Symbolen, was in Anbetracht der Tatsache, dass sie das standardisierte Alphabet ja anscheinend immer noch nicht beherrschen, nur verständlich ist. Angesichts der Ereignisse der letzten Monate bin ich jedenfalls schon sehr gespannt darauf, was der Freitagmorgen bringen wird.

Aufgrund des fehlenden Personals bin ich gezwungen, außer Haus zu feiern. Ich werde ein schlichtes Abendessen für die Familie in dem französischen Restaurant hier im Ort organisieren. Dann brauche ich nur noch Rupert und Harriet anzurufen und Mutter Bescheid zu geben. Jeffrey ist ein Mann mit vielen Begabungen, doch die Organisation von gesellschaftlichen Ereignissen gehört nicht dazu. Die Bauchtänzerin zu meinem vierzigsten Geburtstag habe ich ihm bis heute nicht verziehen.

Samstag, 2. August

Heute habe ich die ersten Aprikosen von unserem Bäumchen im Garten geerntet – Randolph hat es wirklich gut gepflegt – und einen Obstkuchen für Tanya gebacken. Sophie sollte mir dabei zur Hand gehen, aber sie war zu sehr damit beschäftigt, ihren Bauch in die Sonne zu halten. Ich gebe ihr noch eine Woche, dann spreche ich das Thema *Katzen in Not* an.

Ich stattete Tanya einen Besuch ab und fand sie in gedrückter Stimmung vor. Sie ist jetzt fast im achten Monat und trug ein Umstandskleid aus rotem Stretchmaterial, aus dem oben ein beachtlicher Dekolleté-Wulst herausquoll.

«Mir reicht's, Connie!», sagte sie, während wir im Wohnzimmer Platz nahmen, das inzwischen nicht mehr ganz so schick aussah wie bei ihrem Einzug. Kreuz und quer stapelten sich Kartons mit *Müßige Hände*-Produkten. «Mein Rücken tut weh, und meine Füße auch», seufzte sie. «Ich habe ständig aufsteigende Hitze, und ich sehe aus wie eine Qualle.»

Ich tröstete sie, so gut ich konnte, und erzählte, dass ich kurz vor Sophies Geburt auch wie ein gestrandeter Schweinswal ausgesehen hätte. Sie fummelte an ihren Fingernägeln herum, die ausnahmsweise einmal nicht lackiert waren.

Um sie abzulenken, fragte ich, ob sie und Mark sich schon für einen Babynamen entschieden hätten. Sie sagte, wenn es ein Junge werde, wollten sie ihn Mark junior nennen, ein Mädchen würde entweder Pinot, Sharia, Coleen, Tiffany oder Iwanka heißen.

Ich keuchte vor Entsetzen, gab aber vor, mich an einem Aprikosenkern verschluckt zu haben. Dann wechselte ich wieder das Thema und lud Tanya und Mark zu meiner Geburtstagsfeier ein. Eigentlich wollte ich ja nur im Kreis der Familie feiern, aber Tanya sah aus, als würde ihr ein netter Abend unter Freunden guttun. Ich bin sicher, dass alle bestens miteinander auskommen werden, zumindest solange Mutter Tanyas Dekolleté nicht kommentiert oder sich nach Babynamen erkundigt.

Sonntag, 3. August

Wunderbare Neuigkeiten! Ganz wunderbare Neuigkeiten! Ich bin ganz aus dem Häuschen. Dass ich diesen Tag noch erlebe! Noch vor ein paar Monaten war ich so verzweifelt, dass ich Rupert bei der *Telegraph*-Kontaktbörse im Internet anmelden wollte.

Und heute kam er, der erlösende Anruf meines Sohnes.

«Mum, wegen deiner Geburtstagsfeier», fing er an. «Das ist doch nur ein Essen in kleinem Kreis, oder? Nur die Familie?»

Ich versicherte ihm, dass dem so war, und beschloss kurzerhand, Mark und Tanya erst zu erwähnen, wenn ich wusste, worauf er hinauswollte. Und dann sagte er die Worte, auf die ich seit Jahren gewartet habe.

«Kann ich jemanden mitbringen?»

«Aber selbstverständlich. Ja. Gern. Überhaupt kein Problem.» Ich fragte so beiläufig wie möglich, ob er eine Bekannte oder eine Freundin mitbringen wolle.

«Nein, Alex ist viel mehr als das», sagte er nach einer kurzen Pause.

Keine läppische Bekannte, keine bloße Freundin, sondern jemand, der «viel mehr als das» ist. Das klingt so offiziell, dass ich mich frage, ob da nicht schon ein Ring im Spiel ist. Bei John Lewis haben sie gerade sehr elegante

Hüte. Ich glaube, ein sanftes Braunrot würde sich auf den Hochzeitsfotos gut zu meinen Haaren machen.

Freudestrahlend brachte ich Jeffrey die frohe Kunde, der sie aber zu meiner Überraschung ohne nennenswerten Enthusiasmus zur Kenntnis nahm. Er sagte: «Hm», und ging nach oben.

Natalia ist nach wie vor nicht wieder aufgetaucht, und es sieht nicht so aus, als würde ich demnächst eine neue Haushälterin finden, aber ich bin viel zu aufgeregt wegen Rupert, um mich über die Spinnweben zu ärgern, die ich gerade über Jeffreys Aktenvernichter entdeckt habe.

Montag, 4. August

Ich frage mich, ob Alex die Kurzform von Alexandra ist. Was für ein schöner, majestätisch klingender Name. Alexandra Harding, das hat was. Oder könnte es Alexis sein? Ich glaube, das ist griechisch. Hoffentlich rasiert sie sich unter den Armen, wenigstens bei ihrer Hochzeit.

Dienstag, 5. August

Gerade komme ich vom Wechselläuten zurück. Als ich zur Kirche kam, machte sich Reginald gerade warm. Er trug ein T-Shirt mit der Aufschrift «Yes, we can!», ruderte mit den Armen wie eine Windmühle und machte Dehnübungen, indem er zuerst den einen und dann den anderen Fuß auf einen Grabstein stellte. Manchmal glaube ich, er nimmt den Wettbewerb zu ernst.

In der Pause, nachdem Reginald eine weitere Motivationsrede gehalten hatte, lud ich alle zu meinem Geburtstagsessen am Freitag ein. Ich weiß, ich weiß. Aber ich konnte einfach nicht anders. Die Aussicht, endlich die neue Freundin meines Sohnes kennenzulernen, ließ mich alle Hemmungen verlieren. Gerald zog mich beiseite und fragte, ob die Einladung auch ihm gelten würde und ob das nach den Vorkommnissen der letzten Feier nicht etwas peinlich sei, aber ich versicherte ihm, dass er herzlich willkommen sei. Noch drei Tage!

Mittwoch, 6. August

Was ist das richtige Outfit für die erste Begegnung mit der Zukünftigen des einzigen Sohnes? Ich würde gern elegant, aber freundlich wirken, gepflegt, aber nicht verkleidet, mondän, aber nicht unnahbar, chic, aber nicht französisch – idealerweise eine Kreuzung zwischen Helen Mirren und Vanessa Redgrave mit einem Hauch Catherine Zeta-Jones. Am besten versuche ich es im John Lewis von Kingston Upon Thames.

18.00 Uhr

Ich bin zurück, und ich glaube, ich habe das perfekte Teil für den festlichen Anlass gefunden: ein marineblaues Seidenkleid mit cremefarbenen Punkten. Obenherum liegt es schön an, mit einem Halsausschnitt, der nicht zu viel Dekolleté zeigt (ungefähr ein Zwanzigstel von Tanyas), weiter unten ist es figurfreundlich geschnitten, und der Rocksaum endet knapp unter dem Knie. Mit flachen Schuhen und einer cremefarbenen Strickjacke werde ich apart, aber nicht zu formell angezogen sein. Ich hoffe, Jeffrey wird «Wooooow» sagen, wenn er mich darin sieht, wenigstens dieses eine Mal. Als ich Sophie fragte, was sie davon halte, sagte sie: «Ganz okay.» Dann schaltete ich den Fernseher ab, stellte mich vor sie und fragte sie noch einmal. Sie musterte mich einige Sekunden lang und meinte dann, ich würde darin wie Samantha Cameron aussehen, was ich als Kompliment auffasste.

Donnerstag, 7. August

Nur noch einmal schlafen, dann ist der große Tag gekommen! Ich war heute beim Friseur – schneiden und färben –, dann ging ich zum Blumenbinden in die Kirche und lud alle anwesenden Damen zu meinem Geburtstagsessen ein. Gerade habe ich das Restaurant angerufen, und zum Glück haben sie genügend Platz – es ist Urlaubszeit und nicht viel los.

Ob sie wohl blond oder brünett ist? Mollig oder dünn? Wie alt? Ich hoffe, sie trägt auch ein Kleid. Zu Sophie sagte ich, sie solle nett und freundlich zu Alex sein – wer weiß, vielleicht wird sie ja bald ihre Schwägerin –, doch sie lachte nur und ging auf ihr Zimmer. Wehe, wenn sie sich morgen nicht zusammenreißt.

Nun bin ich also vierundfünfzig Jahre alt. Jeffrey hat sich sehr früh ins Büro verabschiedet und meinen Geburtstag mit keinem Wort erwähnt. Ich weiß nicht, was das soll. Ich gehöre ja nun nicht zu den Frauen, die erwarten, ein Frühstück mit geräuchertem Lachs, frischgepresstem Orangensaft und einer Orchidee in einer Miniaturvase serviert zu bekommen; mir hätte es schon genügt, wenn er mir gratuliert hätte. Dass ich heute Geburtstag habe, kann ihm nicht entgangen sein, schließlich habe ich ja oft genug über das Essen heute Abend gesprochen.

Mir blieb also nichts anderes übrig, als zu hoffen, dass es meine übrigen Mitbewohner besser mit mir meinen würden. Iwan überraschte mich mit einer Nerzstola, einem extravaganten Geschenk, für das ich in einem durchschnittlichen englischen Sommer wie diesem allerdings nur wenig Verwendung habe. Trotzdem rührte mich seine noble Geste so sehr, dass ich großzügig über die leeren Gurkengläser hinwegsah, die er heute Morgen im Wintergarten hinterlassen hatte. Von Sophie bekam ich einen Satz Schnapsgläser. Weiß der Himmel, warum.

Der Postbote brachte einen ansehnlichen Stapel Geburtstagskarten, darunter auch eine von Rupert. Wie immer hatte er eine sehr geschmackvolle Karte ausgesucht, die einen Strauß Iris – meine Lieblingsblumen – zeigte, aber das, was er auf die Innenseite geschrieben hatte, war gefühlsbetonter als sonst: «Alles Gute zum Geburtstag, Mum, und vergiss nicht, dass ich, was auch passieren mag, immer Dein Dich liebender Sohn sein werde. Rupert.» Alex' weiblicher Einfluss scheint ihm gutzutun.

15.00 Uhr

Meine Güte. Wieder einmal muss ich mich fragen, was Jeffrey sich eigentlich denkt. Oder ob er überhaupt denkt.

Vorhin hat es an der Tür geläutet. Als ich sie öffnete, sah ich gerade noch, wie ein kleiner Transporter die Einfahrt verließ und auf die Straße bog. Auf der Fußmatte stand ein mit Geschenkband geschmückter Käfig, in dem ein großer Mynah-Vogel saß, der seine besten Jahre offenbar bereits hinter sich hatte.

An dem Vogelkäfig war eine Karte befestigt: «Ein Vögelchen für mein Vögelchen. In Liebe, Jeffrey.»

Und noch vor ein paar Stunden war es meine größte Befürchtung gewesen, dass er meinen Geburtstag vergessen haben könnte!

Ich schleppte das Tier in den Wintergarten. Seine feuchten Augen und die verschrumpelten Krallen erinnern mich an Miss Hughes. Darcy plusterte sich auf und flatterte mit den Flügeln, um dem Neuankömmling zu zeigen, wer hier der Herr im Haus war. Bleibt nur zu hoffen, dass der Abend angenehmer wird, als der bisherige Tag verlaufen ist.

Samstag. 9. August

Mein lieber Schwan, ist mir schlecht. Das liegt aber nur zum Teil daran, dass ich aus Iwans Gurkengläsern getrunken habe, weil er mir die Essiglake als probates russisches Geheimmittel gegen Kater aufgenötigt hat.

An Übelkeit, Herzrasen, innerer Unruhe und Atemproblemen ist in erster Linie der gestrige Abend schuld, denn die unvorhergesehenen, zutiefst verstörenden Ereignisse beim Geburtstagsdinner haben mich dazu gezwungen, Trost in Jeffreys Brandy zu suchen.

Ich bringe es einfach nicht über mich, Ihnen zu erzählen, was passiert ist. Ich kann nicht.

Ich bin gewiss nicht perfekt, aber ich finde nicht, dass ich ein schlechter Mensch oder eine schlechte Mutter bin. Was habe ich falsch gemacht?

Wenn ich Jeffrey damals doch nur erlaubt hätte, ihm das Modellschlachtschiff zu kaufen.

Sonntag, 10. August

Es hat mich viel Überwindung gekostet, mich an den Computer zu setzen, um diesen Eintrag zu beginnen. Achtzehn Stunden in einem abgedunkelten Raum und meine Notfalltropfen haben mich mehr schlecht als recht beruhigt.

Als ich an einem kalten, nun schon viele Monate zurückliegenden Neujahrstag mit dem Schreiben dieses Internettagebuchs begann, ahnte ich nicht, dass es mir eines Tages als Plattform dienen würde, um allen zu sagen, dass mein Sohn, mein eigen Fleisch und Blut, dass Rupert … Stopp! Eins nach dem anderen.

Ich freute mich wahnsinnig auf den Freitagabend und konnte es kaum erwarten, im Kreis meiner Lieben meinen Geburtstag zu feiern. Ich zog mein neues Kleid an und gab mir mit meiner Frisur und meinem Make-up allergrößte Mühe. Ich borgte mir sogar einen himbeerfarbenen «Lipgloss» von Sophie. Iwan pfiff anerkennend, als ich nach unten kam. Jeffrey band sich gerade seine Krawatte vor dem Spiegel in der Diele und reagierte überhaupt nicht. Wahrscheinlich fiel ihm gar nicht auf, dass ich anders aussah als sonst.

Als Jeffrey, Iwan, Sophie und ich das Restaurant betraten, waren die Wechselläuter dort bereits versammelt. Gerald schenkte mir einen großen Strauß gelber Rosen, Miss Hughes eine Dose Zitronenbonbons. Weitere Gäste trafen ein und überreichten mir ihre liebevoll ausgesuchten Gaben. Von Edward und Harriet bekam ich ein Set mit Gartenwerkzeugen, deren Griffe ein altmodisches Blumenmuster zierten. Pru übereichte mir eine hochwertige Ausgabe der neuen Queen-Victoria-Biographie, zweifellos ein Zeichen der Anerkennung dafür, dass ich Ruth mit David zusammengebracht und ihr Haus vom Gestank des Patschuliöls erlöst hatte.

Jeffrey bestellte Champagner für alle, im Schein der Kerzen kamen meine Gäste ins Gespräch. Nur Rupert und Alex, auf die mich von allen am meisten freute, fehlten noch.

Da war er ja endlich! Rupert steuerte auf unseren Tisch zu, keine Alex, sondern einen unscheinbaren jungen Mann im Schlepptau – den er kurz darauf als Alex vorstellte. Zuerst war ich verwirrt und dachte, dass ich ihn bei unserem Telefonat missverstanden haben musste und er lediglich einen guten Bekannten meinte, als er von seiner Begleitung gesprochen hatte. Dann war ich furchtbar enttäuscht und nahm, wieder einmal, vor meinem inneren Auge Abschied von einer baldigen Hochzeit.

Rupert blickte sehr ernst drein und setzte sich neben

mich, Alex nahm an seiner Seite Platz. In diesem Moment dämmerte mir wahrscheinlich schon, was Sache war, aber ich machte gute Miene zum bösen Spiel, schenkte den beiden Champagner ein und stellte Alex als einen Freund von Rupert vor. Dann rief ich den Kellner an den Tisch, um die Vorspeisen zu bestellen. Rupert trank sein Glas in einem Zug aus, während Alex an seinem nur nippte und mir erklärte, wie sehr er sich freue, mich endlich kennenzulernen, dass ich genau so sei, wie Rupert immer erzählt habe, und dass das eine ganz entzückende antike Perlenbrosche sei, die ich mir da an meine Strickjacke gesteckt hätte. «Ist von meiner Mutter», murmelte ich, während ich meinen Löffel durch die Käsekruste meiner Zwiebelsuppe stieß, darauf konzentriert, keine Überschwemmung zu veranstalten. Alles andere blendete ich einfach aus. Meine Gäste waren in angeregte Unterhaltungen vertieft, niemand schien Verdacht geschöpft zu haben. Jeffrey schmierte Pastete auf kleine Toastdreiecke und gab vor Edward lautstark damit an, sein Golf-Handicap um zwei Punkte verbessert zu haben, während Iwan ihm unbemerkt eine Essiggurke vom Teller stibitzte und sie in einem Stück verschlang. Ich blickte Rupert an. Rupert blickte mich an. Dann legte er mir die Hand auf den Arm und sagte, er könne so nicht mehr weitermachen, es gebe etwas, das ich wissen müsse. Alex starrte ins Leere, eine sanfte Röte stieg ihm in sein bartloses Gesicht. Mit einem leichten Stottern, das ich seit seiner Kindheit nicht mehr gehört hatte, erklärte Rupert, dass Alex nicht nur ein Freund sei und dass er mir etwas Wichtiges über sich selbst sagen müsse, eigentlich sei er immer noch derselbe, aber mit einem Unterschied, der zwar nicht groß, aber trotzdem von Bedeutung sei und über den er endlich mit mir reden müsse. Sophie beugte sich zu mir und sagte: «Mum, Rupert ist schwul. S-C-H-W-U-L. Hast du's jetzt endlich gecheckt?»

Nun war es nicht mehr zu leugnen. Sophie hatte bestätigt, was ich bereits ahnte, seit Rupert an diesem Abend nicht in Begleitung einer künftigen Alexandra Harding erschienen war. Trotzdem, es wollte mir einfach nicht gelingen, das Wort «schwul» mit meinem Sohn in Verbindung zu bringen. Alles, was ich über Schwule weiß, habe ich aus dem Fernsehen oder von Elton John. Aber das passt alles nicht. Rupert hat keine extrovertierte Persönlichkeit. Er trägt weder gemusterte Jacken noch bunte Schuhe, und schon gar keine Perücken. Er ist ein fleißiger IT-Berater, der ein ruhiges Leben in Milton Keynes führt. Ich sah ihn an. Dann sah ich Alex an. Mir fiel auf, dass sie unter dem Tisch Händchen hielten. Und dann fiel mir auf, dass alle am Tisch verstummt waren.

Überwältigt von einer Mischung aus Schock, Verwirrung und Moët & Chandon, sprang ich auf und stürmte aus dem Lokal. Jeffrey kam mir nach und fuhr mich nach Hause. Er sagte kein einziges Wort. Am nächsten Morgen reiste er ab, zu einem Jagdausflug mit Iwan. Über unseren Sohn haben wir kein einziges Wort verloren.

Ich weiß nicht, was ich davon halten soll. Jedes Mal, wenn ich darüber nachdenke, dröhnt mir der Kopf, als würde Jeffrey sein Pink-Floyd-Album abspielen. Ich hatte mir eine genaue Vorstellung von Alex gemacht, die ich einfach nicht aus dem Kopf bekam: ein nettes Mädchen, klein, zierlich, mit dunkelblonden Haaren, einem grünen Sommerkleid, jemand, der mir Komplimente für meine

Frisur gemacht, sich nach Darcy erkundigt und das Restaurant gelobt hätte. Jemand, dem bewusst wäre, wie wichtig es ist, die Hochzeitseinladungen farblich auf die Blumendekoration abzustimmen.

Als ich heute Morgen ein Päckchen Papiertaschentücher aus meiner Handtasche nahm, fand ich darin Ruperts Geburtstagsgeschenk. Er musste es mir im Restaurant zugesteckt haben.

Es war ein wunderschöner, bestickter Seidenschal in Braunrot.

Montag, 11. August

Sophie ist dauernd auf ihrem Zimmer und redet kaum. Wahrscheinlich hat sie genauso an Ruperts Bekenntnis zu knabbern wie ich. Iwan und Jeffrey jagen immer noch Schneehühner in Yorkshire.

Mir wäre lieber, sie würden den magenkranken Mynah erschießen, der im Wintergarten hockt und garstige Geräusche und Gerüche von sich gibt.

Wenn ich den Anblick nicht mehr ertrage, verhülle ich den Käfig mit einem großen Handtuch, was das dumme Vieh in totale Apathie versetzt. Ich wünschte, das würde auch bei mir funktionieren.

Dienstag, 12. August

Rupert hat mir eine SMS geschickt:

Mum, ich hoffe, es geht dir gut. Ich bin immer noch ich. LG, Rupert.

Das ändert jetzt nichts an seiner unglücklichen sexuellen Orientierung, aber ich stellte zutiefst befriedigt fest, dass Ruperts SMS dieses Mal keinen einzigen Rechtschreibfehler enthielt.

Mittwoch, 13. August

Gestern Abend habe ich mich gezwungen, zur Probe der Wechselläuter zu gehen. Ich musste hin. Die Meisterschaft ist am Sonntag, und egal, wie gedemütigt ich mich fühlte, egal, wie sehr es mir davor graute, nach Ruperts Bekenntnis den anderen Glöcknern unter die Augen zu treten, ich wusste, wenn wir St. Albans besiegen wollten, musste ich diese eine knifflige Folge endlich fehlerfrei läuten können.

Es war gar nicht so schlimm. Reginald, der sich mit Hampelmannspringen warm machte, unterbrach seine Übungen und tätschelte mir aufmunternd den Arm, Gerald zwinkerte mir freundlich zu, und selbst Miss Hughes brachte ein Lächeln zustande, das aber eher wie höhnisches Grinsen aussah. Dann begann die Probe, und als ich mich auf den Rhythmus konzentrierte, auf den Moment, in dem ich das Seil loslassen musste, um genau zum richtigen Zeitpunkt die Glocke oben schlagen zu hören, als ich spürte, wie das Seil zwischen meinen Fingern schwer und dann wieder ganz leicht wurde, war ich zum ersten Mal seit Freitag wieder ruhig und gelöst.

Leider war dieses Gefühl nicht von Dauer. Nach der

Probe fiel mir auf, dass ich eine SMS von Jeffrey bekommen hatte:

Tolles Wetter, viele Vögel. Bleibe noch eine Woche oder länger. J x

Donnerstag, 14. August
2.00 Uhr

Kann es nicht sein, dass Homosexualität nur eine Phase ist, aus der man wieder herauswächst?

11.00 Uhr

Nach einer unruhigen Nacht saß ich gerade im Wintergarten bei Darcy, weil ich hoffte, in seinen klugen schwarzen Augen Antworten auf meine Fragen zu finden, als es klingelte. Vor der Tür stand ein junger Mann mit einem Wischmopp in der Hand.

«Ich bin wegen der Stelle hier», sagte er.

«Was für eine Stelle?»

«Haushälterin. Die Agentur schickt mich. Sie haben doch eine Anzeige aufgegeben, oder nicht?»

Das passte ins Bild. Selbstverständlich ist die neue Haushälterin ein Mann, schließlich ist die neue Freundin des Sohnes ja auch ein Mann. Man kann sich wirklich auf nichts mehr verlassen.

«Ähm ... alles in Ordnung?», fragte er. Ich hatte ihn die ganze Zeit über angestarrt, ohne etwas zu sagen.

«Ja ... ja, tut mir leid, ich bin heute nur ein bisschen müde. Kommen Sie rein.»

Er hat freundliche Augen, einen ähnlichen Akzent wie Natalia (nur viel schwächer) und lange Arme, die sich als sehr nützlich erweisen dürften, um die Spinnweben vom Kronleuchter zu holen. Er heißt Boris. Nach ein paar Anrufen, mit denen ich seine Referenzen überprüfte, stimmte ich einer zweiwöchigen Probezeit zu, Beginn sofort. Natalias altes Zimmer wird im Nu für ihn leer geräumt sein. Als Erstes soll er den Käfig des Mynahs sauber machen.

Freitag, 15. August

Heute kam Tanya vorbei. Ich beobachtete vom Schlafzimmerfenster aus, wie sie mit ihrem Smart in die Einfahrt bog. Sie parkte den Wagen und schob ihren Schwangerschaftsbauch vorsichtig am Steuer vorbei, als sie ausstieg. Rupert wird nie eine Frau in diesen Zustand bringen. Es wird keine Schwangerschaften geben, keine Bücher mit Jungen- und Mädchennamen, kein Anruf mitten in der Nacht, um einem zu sagen, dass die Wehen einsetzen und das Enkelkind unterwegs ist, keine Versuche, in einem zerknautschten roten Gesichtchen eine Ähnlichkeit mit ihm zu finden, keine Kinderbettchen, keine Babyschuhe, keine Stofftiere, keine Buchstabenmobiles. Nichts dergleichen.

Als ich nach unten ging und die Tür aufmachte, rannte Tanya sofort zur Toilette. Die letzten Schwangerschaftswochen machen ihr zu schaffen. «Meine Blase hat die Größe einer Erbse!», sagte sie später bei einem Glas Wasser. Sie hat Rückenschmerzen, ihre Beine sind geschwollen, und jedes Mal, wenn sie versucht zu schlafen, fängt das

Baby an, sie zu treten. Sie meidet Koffein, Alkohol, Thunfisch, Weichkäse, Pastete, Steak und Salat und schluckt jeden Tag Folsäure. Wie sich die Zeiten geändert haben. Ich erzählte ihr, dass ich während meiner Schwangerschaft fast jeden Abend ein Glas Sherry trank und alles aß, was mir schmeckte. Und Mutter war gerade dabei, Pflaumen-Chutney zu kochen, als die Wehen einsetzten. Sie wirft mir heute noch vor, dass damals der ganze Topf mit Chutney geronnen war und weggeworfen werden musste, als sie aus dem Krankenhaus zurückkam.

Ich hätte liebend gern den ganzen Vormittag über Schwangerschaften geplaudert, aber Tanya hatte andere Pläne.

«Was ist denn jetzt mit Rupert? Habt ihr euch schon ausgesprochen? Dieser Alex scheint ein netter Typ zu sein.»

Ich schwieg. Tanya fiel bestimmt auf, dass meine Augen rot und geschwollen waren und mein Gesicht nach einer schlaflosen Nacht völlig zerknautscht aussah.

«Jetzt hab dich doch nicht so, Connie», sagte sie. «Wir leben im einundzwanzigsten Jahrhundert. Hast du denn nie *Brokeback Mountain* gesehen? Sei froh, dass er kein Zuhälter oder Junkie ist, oder» – sie verdrehte die Augen – «Börsenmakler oder so was.»

Ich nickte stumm, während ich an einem Ingwerkeks von Waitrose knabberte (zum Backen fehlt mir momentan einfach die Kraft). In diesem Moment kam Sophie herein, ging zum Kühlschrank und trank Orangensaft direkt aus der Packung. Tanya redete weiter auf mich ein. Sophie wischte sich mit dem Handrücken über den Mund und sagte:

«Sie hat recht, Mum. Stell dich nicht so an. Melde dich

bei Rupert, er ruft nicht an, weil er dich nicht unter Druck setzen will, aber er wartet auf eine Nachricht von dir.»

Tanya und Sophie sahen mich erwartungsvoll an. Boris, der ebenfalls in der Küche war, machte gerade die Arbeitsplatte sauber.

«Was meinen Sie denn?», fragte Tanya, an ihn gerichtet. «Sollte Connie ihren Sohn anrufen, der sich gerade geoutet hat?»

«Als schwul», fügte Sophie hinzu.

Boris ließ den Putzlappen sinken und sagte nachdenklich: «In Polen haben es schwule Männer sehr schwer, wenn sie nicht in einer der großen Städte wohnen. Das Leben kann sehr hart für sie sein, und manchmal will selbst ihre Familie nichts mehr mit ihnen zu tun haben. Hier ist das anders. In England ist alles viel besser, Menschen sind Menschen. Ihr Sohn ist Ihr Sohn. Nur der Mensch zählt.» Dann putzte er weiter.

Tanya und Sophie redeten weiter auf mich ein. «Jetzt mach schon», sagte Tanya, während sie mir das Telefon in die Hand drückte. Ich sagte, ich würde ihm eine SMS schicken. Ich gab den Text ein und schickte die Nachricht ab. Die beiden seufzten erleichtert und tauschten zufriedene Blicke aus.

Allerdings hatten sie nicht gesehen, was ich geschrieben hatte:

Rupert, bte vergiss nicht, großmutter eine karte z geburtstag zu schicken, 24. Aug

Samstag, 16. August
7.00 Uhr

Ich bin gerade aus einem furchtbaren Traum aufgewacht. Es war der Tag der Meisterschaft, und aus irgendeinem Grund sollte Rupert mit uns zusammen läuten, am Seil neben Gerald, aber als wir unsere Plätze in der Glockenstube einnahmen, war mein Sohn nicht da. Wir suchten ihn überall und fanden ihn schließlich draußen, wo er bei der Gruppe von St. Albans stand, bei der auch Elton John mitläutete. Rupert hatte sich dem falschen Team angeschlossen. Er trug eine Lederhose und lächelte.

Ich weiß, dass es nur ein Albtraum war, aber dieses Bild ging mir auch nach dem Aufwachen nicht aus dem Kopf. Ich schickte ihm eine SMS:

Rupert, besitzt du eine Lederhose?

Er antwortete:

Nein. 2 Jeans, 2 Baumwollhosen, 2 Anzughosen. Mehr nicht.

Na, wenigstens etwas. Halten Sie mich bitte nicht für die Art von Mensch, die andere nur deshalb verurteilt, weil sie eine Hose aus dem falschen Material tragen. Aber wenn man jahrelang glaubt, seinen Sohn in- und auswendig zu kennen, wenn man sogar blind in sein Gesicht zeichnen könnte, wo die Grübchen in seinen Wangen sitzen, und wenn man dann plötzlich herausfindet, dass er einem sein ganzes Erwachsenenleben lang etwas verheimlicht hat und man im Grunde genommen gar nichts über ihn weiß, wenn sich herausstellt, dass er nie mit einem über seine Wünsche und seine Sorgen geredet hat, dann … nun ja. Einfach ist das nicht. Mehr möchte ich dazu nicht sagen.

Ich frage mich, ob es Jeffrey genauso geht wie mir, ob er nicht schlafen kann und seine Tage von Kummer gezeichnet sind oder ob es ihm gelingt, sich bei der Vogeljagd abzulenken.

Sonntag, 17. August
8.00 Uhr

Eine SMS von Rupert:

> *Viel Glück für den Wettbewerb heute. Sag mir, wenn du reden willst.*

Ich muss weg. Wir treffen uns am Park, wo Gerald mit seinem Kleinbus auf die ganze Truppe wartet. Obwohl ich furchtbar nervös bin, habe ich ausgiebig gefrühstückt – zwei gekochte Eier, Toast, Tee und Orangensaft –, um eine gute Grundlage für den Tag zu haben. Ich will auf keinen Fall wegen Unterzuckerung in Trance fallen und mich im entscheidenden Moment durch Elton-John-Halluzinationen aus dem Takt bringen lassen.

Was für ein Tag! Seit heute glaube ich nicht mehr daran, dass alle Glöckner dieser Welt eine Gemeinschaft bilden.

Um 10.30 Uhr kamen wir in St. Albans an, etwas später als geplant, da wir einmal wegen Daphnes Lesebrille und das zweite Mal wegen Reginalds Schweißbändern umkehren mussten. Eine heitere, fast idyllische Szenerie erwartete uns auf dem Kirchplatz: Die Kirchtürme strebten elegant in den blassblauen Himmel, bunte Fahnen flatterten im Wind, zwanzig Glöcknerteams aus dem Süden und dem Südosten Englands vertraten sich die Beine, Thermoskannen mit Tee und Picknickkörbe in Reichweite, und warteten darauf, ihr Können unter Beweis zu stellen. Wir versammelten uns für die letzten motivierenden Worte Reginalds in einer Ecke des Kirchhofs. Nachdem wir unsere Namensschilder angelegt und die Schärpen über unsere Schutzausrüstung gezogen hatten – jedem Team wurde eine andere Farbe zugewiesen, und wir waren in einem schönen, satten Türkis ausstaffiert worden –, brüllte Reginald: «Schaffen wir es?», und wir mussten «Ja, wir schaffen es!» zurückbrüllen und dazu die Faust in die Luft stoßen.

Unsere Gegner, die Glöckner von St. Albans, hatten sich auf der anderen Seite des Kirchhofs versammelt. In ihren roten Schärpen saßen sie ruhig da und beteten. Mir fiel auf, dass eine unter ihnen, eine dünne Frau, deren schwarz-grau gesträhntes Haar mich an einen Dachs erinnerte, immer wieder mit einem sonderbaren Gesichtsausdruck zu uns herübersah und uns musterte, doch gerade als ich die anderen darauf aufmerksam machen wollte, mussten wir schon wieder «Ja, wir schaffen es!» brüllen.

Als wir unsere Bananen schälten – Reginald hatte vorgeschlagen, dass wir zwanzig Minuten vor unserem Auftritt noch etwas aßen, um genügend Energie zu haben –, begann es unter meiner Schärpe zu jucken. Erst schob ich es auf die Hitze und das raue Material, doch das Jucken wurde immer stärker, bis ich es kaum noch ertragen konnte. Da stimmte doch etwas nicht. Plötzlich fiel mir auf, dass Reginald sich auch kratzte. Ebenso Gerald und Miss Hughes und genau genommen alle Glöckner unserer Gruppe. Auf meiner Schulter konnte ich kleine Pusteln erkennen. Sabotage! Ich trommelte das Team zusammen.

«Wer hat dir die Schärpen gegeben?», fragte ich Gerald. «War es jemand vom Wettkampfkomitee?»

«Nein», erwiderte er, während er sich am Nacken kratzte. «Es war eine Dame von St. Albans, die mit den merkwürdigen Haaren. Ich dachte, sie wollte uns behilflich sein.»

Ich hatte einen ganz anderen Verdacht: Juckpulver. Aber was sollten wir tun? Selbst wenn wir uns das Pulver in den sehr einfach ausgestatteten Toiletten von der Haut wüschen, wäre der Juckreiz noch zu stark, als dass wir ohne Beeinträchtigung läuten könnten. Kamillenlösung musste her, und zwar schnell. Ich fragte eine Dame vom Wettkampfkomitee, wo die nächste Apotheke sei, doch sie schüttelte den Kopf und sagte, die im Dorf sei geschlossen, es sei schließlich Sonntag. Was sollten wir nur tun?

Plötzlich schoss mir ein Gedanke durch den Kopf. Rupert. Immer wenn ich einen Ort erwähne, den ich gern besuchen möchte – ein historisches Gebäude des National Trust oder ein Restaurant –, gibt er den Namen in sein Handy oder in sein Notebook ein und sagt mir dann ganz genau, wie weit es bis dorthin ist und wie ich hinkomme. Vielleicht konnte er ja auch herausfinden, wo es in der Gegend um St. Albans eine Apotheke gab, die sonntags geöffnet war. Ich zog mein Mobiltelefon aus der Tasche und wählte seine Nummer. Nach dem zweiten Klingeln nahm er ab.

«Mum! Ich bin so froh, dass du angerufen hast! Es bedeutet mir so viel …»

«Rupert, ich brauche Kamille. Es ist ein Notfall. Ich stehe vor der Kirche St. Albans. Welche ist von hier aus die nächste Apotheke mit Wochenenddienst?»

«Ähm, was? Ähm … bleib dran, ich sehe bei Google Maps nach.»

Rupert war unsere Rettung. Reginald setzte sich ans Steuer, und ich rief ihm zu, wie er fahren sollte. Ich rannte in die Apotheke, schnappte mir eine Flasche mit Kamillenlösung und warf dem verdutzten Mädchen hinter dem Tresen ein paar Münzen hin. Dann fuhr Reginald, fünf Stundenkilometer schneller als erlaubt, wieder zur Kirche zurück, wobei er sich laut und ausführlich bei Gott und sämtlichen versteckten Blitzanlagen entschuldigte.

Uns blieben nur noch sechs Minuten. Hastig verteilten wir die Kamillenlösung auf unseren geröteten, mit Pusteln übersäten Schultern. Sofort ließ der Juckreiz nach. Als wir aufgerufen wurden und die Glockenstube emporstiegen, waren wir fest entschlossen, zu gewinnen. Wir läuteten die Glocken, wie wir sie noch nie geläutet hatten. Mit Rhythmus und Gefühl. Nicht einmal Gerald verpasste seine Einsätze. Als am Ende des Nachmittags die Ergebnisse verlesen wurden, war keiner von uns überrascht, dass wir gewonnen hatten, und der Ausdruck auf den Gesichtern unserer Konkurrenten von St. Albans ließ mich sogar meinen schwulen Sohn für einen Moment vergessen.

Laut singend ging es nach Hause, und Miss Hughes klopfte mit ihren langen, gelb verfärbten Fingernägeln den Takt dazu auf unserem Pokal. Jetzt habe ich gerade noch Zeit, um Sophie aus dem Badezimmer zu werfen und schnell zu duschen, bevor wir uns alle im Plucked Pheasant zu einem kleinen Siegesumtrunk treffen.

Montag, 18. August

Das Licht ist viel zu grell. Mir ist übel.

Warum habe ich nicht nach zwei Gläsern Champagner aufgehört? Warum?

Ich kann mich vage daran erinnern, Jeffrey angerufen zu haben, aber sein Handy klingelte nur endlos und schaltete dann auf die Mailbox, also legte ich auf. Dann wählte ich Ruperts Nummer, der sofort abnahm, und ich sagte ihm, dass ich ihn lieb hätte und er immer mein Sohn sein würde, selbst wenn er nach Brighton ziehen und sich einen Schnauzbart stehenlassen würde. Wie peinlich.

Es gehört sich nicht für eine Engländerin, derart offen über Gefühle zu sprechen.

Ich glaube, ich werde Boris bitten, mir ein Glas Eiswasser zu bringen, und mich dann wieder ins Bett legen.

Mein Kater ist passé. Und auch sonst geht es mir wesentlich besser. Rupert ist gerade gegangen. Um vier Uhr heute Nachmittag rief er an und sagte, er brauche dringend eines seiner alten Programmierbücher, die er auf dem Dachboden aufbewahre, und ob er nach der Arbeit vorbeikommen könne. Da es eine lange Fahrt zu uns ist, sagte ich, er solle besser gleich zum Essen bleiben und dass ich sein Lieblingsgericht kochen würde, Huhn à la Surprise mit Kartoffelplätzchen. Kaum hatte ich aufgelegt, sagte Sophie, sie sei froh, dass ich das mit Rupert endlich geklärt hätte, denn er rufe sie die ganze Zeit an und erkundige sich nach mir, und das gehe ihr tierisch auf die Nerven. Dann verkündete sie, dass sie sich mit einem «Kumpel» im italienischen Café treffen wolle, weil Huhn à la Surprise «voll öde» sei und die einzige Überraschung daran wäre, dass «die Hühnerbrüste mit Käse und so grünem Zeugs» gefüllt würden. Ich sagte ihr, dass das «grüne Zeugs» gehackter Salbei sei und ich bei der Käseauswahl immer zwischen Cheddar und Gloucestershire variierte, sodass man durchaus von einem gewissen Überraschungsmoment reden könne. Als ich hörte, wie die Haustür hinter Sophie ins Schloss fiel, dachte ich an Rupert und daran, wie es sein würde, in seine Augen zu sehen, die haselnussbraun und genauso grün und golden gesprenkelt sind wie Jeffreys.

Einige Stunden später schlug Rupert dreimal mit dem Türklopfer gegen die Tür – genau so, wie er es schon als Kind getan hatte –, und da war er, mein Sohn. Er trug ein hellgraues Poloshirt und Jeans, und er sah umwerfend aus. Er überreichte mir einen kleinen Strauß Freesien, die in Zellophanpapier eingewickelt waren. Als ich ihn ansah, überkam mich eine Welle der Zuneigung, und ich drückte ihn an mich. Aus irgendeinem Grund hätte mich der würzige Geruch seines Rasierwassers um ein Haar zum Weinen gebracht. Dann gingen wir in die Küche. Ich holte Rupert ein kaltes Bier aus dem Kühlschrank, und er nippte daran, während ich das Essen zubereitete und von dem gestrigen Wettkampf und Tanyas immer runder werdendem Bauch erzählte.

Erst als die Hälfte des Huhns à la Surprise verputzt war (Rupert war übrigens der Meinung, dass der Name vollkommen gerechtfertigt sei), legte mein Sohn sein Besteck zur Seite und sah mich an. Auf seiner Stirn bildete sich eine kleine Falte. «Mum, es tut mir leid, dass ich es dir nicht früher gesagt habe», begann er. «Ich hatte so ein schlechtes Gewissen, weil ich es dir verheimlicht habe, aber irgendwie habe ich nie den richtigen Zeitpunkt erwischt. Als ich an der Uni war, wollte ich es dir beichten, aber es war alles noch so neu für mich, und dann habe ich es einfach immer wieder auf später verschoben … Einmal hatte ich mir fest vorgenommen, mit dir darüber zu sprechen, aber als ich zu dir sagte, ich hätte dir etwas zu sagen, hast du mich gefragt: ‹Du hast doch nicht etwa Marihuana geraucht?› Und dann sagtest du, du hättest in der Zeitung gelesen, dass dieses Teufelszeug heutzutage viel stärker sei als früher und dass ich mir damit meinen scharfen Verstand ruinieren würde …»

Ich blickte ihn verblüfft an. Er hatte recht. Das hatte ich völlig vergessen. Warum hatte ich meinem Sohn nicht zugehört?

«Und dann habe ich Alex kennengelernt, und … Ich bin einfach nur glücklich. Er wird dir gefallen, Mum. Er hat die Grünlilie umgetopft, die du mir zu Weihnachten geschenkt hast, und er liest gern, genau wie du.»

Was sollte man dazu sagen? Ich war einerseits froh, dass Rupert glücklich war; auf der anderen Seite: Dass meine Alexandra – die mit Sicherheit eine wunderbare Mutter für meine Enkelkinder gewesen wäre, wenn sie je existiert hätte – durch einen Mann ersetzt worden war, machte mir immer noch schwer zu schaffen, grüner Daumen und Liebe zur Literatur hin oder her. Doch als ich bemerkte, dass Rupert mich hoffnungsvoll ansah, wollte ich ihm nicht wehtun. «Er ist bestimmt ein netter Kerl», sagte ich und hoffte, dass ich es eines Tages auch einmal so meinte.

Eine halbe Stunde nachdem Rupert fort war, fiel mir auf, dass er sein Buch gar nicht mitgenommen hatte.

Dienstag, 19. August

Ich kann nicht lange schreiben. Ich muss gleich zurück ins Krankenhaus. Iwan wurde in den Fuß geschossen. Tanya hat ihr Kind bekommen.

Mittwoch, 20. August

Zuerst die gute Nachricht. Tanya hat ein süßes kleines Mädchen auf die Welt gebracht. Sie war ein paar Wochen zu früh dran, ist aber putzmunter und wiegt 2500 Gramm. Mutter und Kind werden noch für ein paar Tage zur Beobachtung im Krankenhaus bleiben, aber Ende der Woche dürfte die kleine Familie wieder zu Hause sein.

Die weniger gute Nachricht: Das Baby heißt Sharia. Mark findet, der Name würde «anmutig und irgendwie orientalisch klingen». Ich wollte ihn schon fragen, ob er sich aus Solidarität vielleicht auch eine PDA habe geben lassen und noch nicht wieder klar im Kopf sei, hielt meine Zunge dann aber im Zaum. Ich besuchte die frischgebackenen Eltern wenige Stunden nach der Entbindung. Tanya schlief, Mark deutete mit zitternder Hand auf den Brutkasten, in dem die kleine Sharia lag. Ihre winzigen Finger und Zehen waren perfekt geformt und so niedlich. Ganz anders als Iwans abgetrennter Zeh, der andere Grund für meinen Besuch im Krankenhaus.

Ich möchte an dieser Stelle betonen, dass Jeffrey ein sehr guter Schütze ist, aber mit seiner Treffsicherheit verhält es sich genauso wie mit seiner Tätigkeit als Schatzmeister des Rotary Club: Zuweilen führt eine souveräne Sorglosigkeit dazu, dass er über sein Ziel hinausschießt. So kam es, dass er, nachdem er einen besonders fetten Vogel gesichtet hatte, zu früh abgedrückt und Iwan dem Schrecklichen den kleinen Zeh am linken Fuß abgeschossen hat. Iwan wurde in Yorkshire notärztlich versorgt und gestern auf die Privatstation unseres örtlichen Krankenhauses verlegt. Jeffrey und ich wussten nicht, was uns erwarten würde, als wir ihn in seiner Suite besuchten, die in grässlichen Lavendeltönen gehalten ist. Wir betraten das Zimmer und sahen, wie Iwan hastig eine Zigarette im Blumentopf ausdrückte. Als er erkannte, dass wir es waren, sagte er, er habe uns für eine dieser «überambitionierten» Krankenschwestern gehalten. In Russland seien die Krankenschwestern äußerst attraktiv, fügte er hinzu. Das treffe auf die englischen Schwestern nicht zu. Wir näherten uns seinem Bett. Ich erkundigte mich, wie es ihm gehe, worauf er nur «Na, wie wohl?» entgegnete und mich finster anstarrte. Jeffrey dagegen tätschelte ihm die Schulter, und Iwan packte seine Hand und schüttelte sie brüderlich.

Ich verstehe die Russen nicht. Iwan ist ein Mann, bei dem man wegen jeder Lappalie mit permanenter Unzufriedenheit, schlechter Laune und plötzlichen Wutausbrüchen rechnen muss. Aber obwohl Jeffrey ihm eine schwere Verletzung zugefügt hat, die ihn für den Rest seines Leben entstellen wird, schien Iwan ihm das weniger übelzunehmen als damals, als Jeffrey versehentlich Iwans Wodkaglas geleert hatte. Meinen Mann verstehe ich allerdings auch nicht. Im Krankenhaus haben wir uns zum ersten Mal seit Ruperts dramatischem Bekenntnis wiedergesehen, und ich hatte erwartet, in seinem Gesicht Spuren von Kummer und Gram zu entdecken. Doch das Einzige, was ich ihm ansehen konnte, war, dass er zu lange ohne Hut in der Sonne gewesen war.

Donnerstag, 21. August

Iwan der Schreckliche ist zurückgekehrt: verwundet, schlecht zu Fuß und schlecht gelaunt. Er trampelt durchs Haus wie ein Grizzly mit einem Fuß in der Bärenfalle und lässt alles zu Bruch gehen, was ihm in die Quere kommt. Jeffrey hat den Verlust seines liebsten Portweinglases zu beklagen, Sophie musste von einem der Glaspferde Abschied nehmen, die sie als Kind gesammelt hatte. Sie trägt es tapfer. Überhaupt hat sich ihre Gemütslage in den letzten Tagen erheblich gebessert. Neuerdings schließt sie sich stundenlang im Bad ein, wo sie unzählige Kosmetikartikel ausprobiert und singt. Zum Glück ist Boris immer sofort zur Stelle, um den Glitzerlidschatten vom Waschbecken zu wischen.

Jeffrey brannte bestimmt darauf, mit mir über Rupert zu sprechen, und als wir endlich einmal allein waren, sagte ich triumphierend: «Ich habe mit ihm geredet, und eigentlich ist es gar nicht so schlimm, mein Lieber, wirklich nicht. Ich kann mir vorstellen, dass es nicht einfach für dich ist, aber im Grunde genommen ist unser Sohn immer noch der Alte. Das werden wir schon überstehen.»

«Was du nicht sagst», murmelte Jeffrey, bevor er anfing, seine Gummistiefel mit den zusammengeknüllten Seiten der *Financial Times* von gestern auszustopfen.

Freitag, 22. August
11.00 Uhr

Ich habe Rupert und Alex zum Abendessen eingeladen. Es war Sophies Idee, und Rupert war vor Freude ganz aus dem Häuschen. Zuerst hatte ich zwar so meine Bedenken, wie Jeffrey reagieren würde und ob es nicht besser wäre, bei einer derart delikaten Familienangelegenheit nicht jemanden wie Iwan am Tisch sitzen zu haben. Aber das Wichtigste ist jetzt, dass wir Rupert zeigen, dass wir ihn unterstützen. Ich bin sicher, Jeffrey sieht das ganz genauso, aber wie immer kann ich nur schlecht einschätzen, was er denkt. Als ich ihm beim Frühstück heute Morgen von der Einladung erzählte, ließ er seine Zeitung etwa einen Zentimeter sinken und brummelte: «Gut.»

Vielleicht wird ja tatsächlich alles gut. Vielleicht macht Jeffrey in den nächsten sieben Stunden seinen Frieden mit dem Lebensentwurf unseres Sohnes, und vielleicht kann ich Darcy bis dahin davon abbringen, ständig «Hallöchen, mein Hübscher» zu sagen.

23.30 Uhr

Ganz so reibungslos lief es dann doch nicht. Natürlich war es schön mit Rupert, und Alex scheint tatsächlich ein sehr netter junger Mann zu sein, aber ich hätte mir trotzdem gewünscht, dass dieser höfliche, gut aussehende Erdkundelehrer mit den gepflegten dunklen Haaren und dem kurzärmeligen Karohemd nicht von meinem Sohn, sondern von meiner Tochter mitgebracht worden wäre. Er wäre der ideale Mann für Sophie: ruhig und selbstsicher, aber mit einem sympathischen heiseren Lachen, das auf ein humorvolles Wesen schließen lässt. Während mir diese Gedanken durch den Kopf schossen, bemerkte ich, dass Rupert mich ansah, und ich sprang schnell auf, um die gefüllten Oliven herumzureichen.

Boris hatte einen vorzüglichen Lammrücken mit Frühkartoffeln zubereitet – er kann erheblich besser kochen als Natalia –, trotzdem herrschte beim Essen eine angespannte Atmosphäre, die Konversation geriet immer wieder ins Stocken. Es machte es nicht besser, dass Iwan der Schreckliche die erste lange Schweigepause am Tisch mit folgender Bemerkung beendete: «In Russland gibt es nicht viele schwule Männer. In England sind sie überall, in Russland, nein. In Russland sind Männer noch Männer.» Dann spießte er ein Riesenstück Lammfleisch auf seine Gabel und fuhr sie schwungvoll in den Mund.

«Und was ist mit dem russischen Beitrag zum Eurovision Song Contest dieses Jahr?», hakte Rupert nach. Doch Iwan erwiderte ungerührt, das sei kein echter Russe, sondern eine lettische Schwuchtel gewesen, die keinen Tropfen russischen Männerbluts in den Adern gehabt habe. Ich wechselte schnell das Thema und erzählte, wie uns Rupert letzten Sonntag zum Sieg verholfen hatte. Den Wettkampf selbst schilderte ich so detailliert, dass Iwan sehr bald schon verstummte und wie alle anderen am Tisch gebannt an meinen Lippen hing.

Dann aber griff Iwan das Wettkampfthema auf und sprach unendlich lange über die Turniere im Ringen, die zwischen den Jugendlichen seines Dorfes abgehalten wurden und die er angeblich jeden Sommer gewonnen hatte. Offenbar brauchte man dazu lediglich eine Schlammgrube, ein paar Strohballen für die Zuschauer und eine Flasche billigen Wodkas, mit dem hinterher das Blut abgewaschen wurde. Rupert und Alex sahen sich an und verdrehten die Augen. Seltsamerweise besann sich ausgerechnet Sophie auf ihre guten Manieren und hörte Iwan fasziniert zu.

Jeffrey sagte während des ganzen Essens kaum ein Wort, brachte es aber fertig, eineinviertel Flaschen Bordeaux und zwei Gläser Portwein zu leeren. Ich wünschte, Darcy wäre ähnlich schweigsam gewesen. Als Rupert und Alex ihre Mäntel anzogen und wir in der Diele herumstanden und uns angespannt fragten, was wir zum Abschied sagen oder ob wir sie beide umarmen sollten, krächzte mein Papagei fröhlich: «Regenbogen, ahoi!»

Samstag, 23. August

Heute kam ein Brief, der an Jeffrey adressiert und in der krakeligen Handschrift geschrieben war, die ich von Natalias Einkaufszetteln kannte. Er kam aus London. Warum schrieb sie ihm und nicht mir? Wahrscheinlich glaubt sie, bei ihm leichteres Spiel zu haben. Aber ich will nicht, dass sie zurückkommt. Boris ist eindeutig die bessere Haushälterin und tatsächlich in der Lage, das Bad blitzsauber zu halten, obwohl Sophie alles mit ihrer ständig wachsenden Sammlung von Kosmetikartikeln vollstellt.

Ich werde mich wohl damit abfinden müssen, es nicht zu erfahren. Als der Wasserkessel kochte – für eine Tasse Tee, wie ich betonen möchte, nicht, um den Wasserdampf einer anderen Verwendung zuzuführen, obwohl er sehr reichlich vorhanden war und den Brief im Handumdrehen geöffnet hätte –, kam Jeffrey herein, nahm seine Post und gab mir einen Klaps auf den Po. Dann verließ er das Haus, um eine Runde Golf zu spielen. Iwan blieb im Wintergarten zurück und rauchte, und Sophie leistete ihm Gesellschaft.

Sonntag, 24. August

Ein hektischer Tag. In der Kirche dankte Reginald Gott für unseren Sieg am Sonntag und bat ihn, den Glöcknern von St. Albans für ihr Juckpulverattentat zu vergeben, allerdings lag wenig Nachdruck in seiner Stimme. Dann ging es ab ins Seniorenheim, zum Essen mit Mutter, die heute Geburtstag hat. Jeffrey und Sophie begleiteten mich, Rupert hatte abgesagt, weil er sich auf ein Projekt vorbereiten musste. Vielleicht war es auch eine Ausrede – normalerweise kommt er zu allen Familienfesten, aber es fällt ihm zur Zeit wohl schwer, seiner Großmutter gegenüberzutreten. Mutter war auch an ihrem Ehrentag ganz die Alte: Als sich ihre Mitbewohner an dem großen, ovalen Tisch im Speisesaal versammelt hatten, erklärte sie, dass man zu ihrer Zeit kein solch albernes Theater zu Geburtstagen veranstaltet habe. Anschließend beschwerte sie sich darüber, dass es zum Abschluss des Mittagessens keine Käseplatte gab. Dann verkündete sie, es sei viel zu heiß und stickig im Raum, allerdings stellte sich bei näherer Untersuchung heraus, dass sie unter ihrer Bluse noch eine Flanellweste trug.

Nach dem Essen brachte Jeffrey Sophie nach Hause, und ich stattete Mark und Tanya einen Besuch ab, die mit der kleinen Sharia inzwischen wieder zu Hause sind. Das Baby hat eine kräftige Stimme, mit der es sich lautstark beschwerte, als Tanya ihm mein Geschenk, ein selbstgestricktes Mützchen, aufsetzte. Vielleicht spürte die Kleine instinktiv, dass die perlmuttfarbene Kopfbedeckung nicht zu dem quietschrosa Strampler passte. Tanya, die sich erstaunlich schnell in ihre Mutterrolle eingefunden hat, wiegte die Kleine so lange hin und her, bis sie sich wieder beruhigt hatte, während Mark den beiden aus einiger Entfernung zusah, eine Mischung aus Ehrfurcht und Angst in den Augen. Ich musste mich zwingen, nicht daran zu denken, dass ich diesen Blick nie bei Rupert sehen werde.

Als ich nach dieser Szene häuslichen Glücks wieder zu Hause war, musste ich feststellen, dass Iwan mit seiner Zigarre die Ränder meiner Bergpalme angesengt hatte.

Montag, 25. August

Eben ging ich in die Küche, um mir ein Glas Holundersaft zu holen, da bot sich mir ein höchst ungewöhnlicher Anblick: Sophie wechselte den Verband an Iwans Fuß. Die Besuche von Iwan dem Schrecklichen gleichen für mich immer einem verheerenden Tornado, aber in dem Augenblick wurde mir klar, dass dieser Tornado auch sein Gutes hat: Sophie wirkt neuerdings wie ausgewechselt.

Ehrlich gesagt, liebe Leser, war ich in den letzten Monaten in Sorge um meine Tochter. In großer Sorge. Ihr Verhalten in diesem Sommer – der Trip nach Ibiza, das Zungen-Piercing, der törichte Ausflug in die bunte Welt des Fernsehens – war verantwortungslos, rücksichtslos und hat gezeigt, wie leicht sie zu verführen ist.

Und dann die wundersame Wandlung: Seit Iwan laut fluchend durchs Haus humpelt, ist aus Sophie ein wahrer Engel geworden. Sie badet seinen verletzten Fuß (ohne Mundschutz!), sie hört sich geduldig seine peinlichen Geschichten über Bärenjagd und Yachtkäufe an. Der Mann ist genauso großmäulig, egoistisch und abstoßend wie immer, und nur Gott allein weiß, wie sie das aushält. Trotzdem macht sie ein fröhliches Gesicht dabei. Ich bin beeindruckt.

Dienstag, 26. August

Sophie hat den Mynah – den ich nach wie vor, so gut es geht, ignoriere – Fergie getauft. Als ich sagte: «Nach Herzogin Sarah, wie nett», sah sie mich erstaunt an und zuckte mit den Achseln. Vorhin habe ich sie im Wintergarten überrascht. Sie hat dieser erbärmlichen Kreatur doch tatsächlich aus einem ihrer schrecklichen Klatschmagazine vorgelesen. Ich werde jetzt wirklich dafür sorgen, dass sie sich ehrenamtlich engagiert, damit sie etwas zu tun hat, bis sie nach Bristol geht. Nur nichts im Bildungsbereich. Ich glaube, damit wäre sie überfordert.

Heute Abend fand keine Probe der Wechselläuter statt, es ist Sommerpause. Ich spürte noch das Adrenalin des Wettkampfs in meinen Adern, und mir fehlten der erhebende Klang der Glocken und die Kameradschaft. Ich überredete Jeffrey zu einer Partie Backgammon, bei der im Hintergrund Kirchenlieder liefen, aber es war nicht dasselbe, und nachdem ich zum zweiten Mal gewonnen hatte, war ich nicht enttäuscht, als er sich hinter dem *Economist* vergrub.

Mittwoch, 27. August

Ich fasse es nicht. Sophie ist mit Iwan durchgebrannt.

Und wieder schreibe ich einen Eintrag mit feuchten Handflächen und rasenden Kopfschmerzen. Wieder hat mir mein eigen Fleisch und Blut einen verheerenden Schlag versetzt.

Gestern ist Sophie nicht zum Frühstück erschienen. Iwan auch nicht. Da beide Langschläfer sind, habe ich mir nichts weiter dabei gedacht. Ich verabschiedete Jeffrey und vergewisserte mich, dass er einen Apfel eingesteckt hatte, dann beschloss ich, die Küchenschubladen auszuräumen und gründlich zu putzen. Das nahm mehrere Stunden in Anspruch – wie war eine Quittung für ein Dutzend Crispy-Creme-Doughnuts mit rosa Zuckerglasur in die Schublade geraten? Warum fand ich hinter den Teelöffeln einen My-Little-Pony-Aufkleber? –, bis mir ein Blick auf die Uhr verriet, dass es schon fast Mittag war. Im Haus war es ungewöhnlich ruhig.

Ich rief nach Sophie. Keine Antwort. Ich ging nach oben und versuchte, ihre Zimmertür aufzumachen. Sie wurde von einem Stapel Kleidung auf dem Boden blockiert, aber nachdem ich sie aufgedrückt hatte, stellte ich fest, dass ihr Zimmer leer und wie immer ein völliges Chaos war. Auf dem Boden lag eine halbleere Wodkaflasche. Keine Spur von Sophie. Ich nahm an, dass sie unterwegs war, und ging wieder nach unten, um mir die Schubladen im Esszimmer vorzuknöpfen.

Und dann hörte ich Autoreifen auf dem Kies in der Einfahrt quietschen. Ich eilte in die Diele, wo Jeffrey mich erwartete und ganz merkwürdig dreinschaute, so ähnlich wie Mutter früher, wenn sie sehr wütend war und das

Nudelholz schwang. Er drückte mir sein BlackBerry in die Hand und sagte: «Lies das.»

Es war eine E-Mail von Iwan, oder vielmehr war sie von seinem BlackBerry aus geschickt worden, doch die Nachricht hatte eindeutig Sophie geschrieben:

Hi mum & dad, muss lachen wenn ich mir vorstelle wie ihr im haus nach mir sucht. ich bin nicht da! ich und iwan gehen zsammen weg!!! bin so glücklich, er ist total abgefahren und dads bester freund ich weiss ihr werdets irgendwann verstehen. weiss net ob ich noch auf uni gehe mum sagt immer dass es genauso wichtig ist richtigen Mann zu finden wie seinen abschluss zu machen und jungs die soziologie studieren sind alle schwul (nix für ungut, rupert!!!) sind grade in einem taxi kA wo wir hingehen, alles wie im film, superkrass das alles!!
LG soph :-)
Ps fergie ist bei mir

Offenbar hatte Iwan sein BlackBerry nach dieser E-Mail abgeschaltet. Ich habe Jeffrey noch nie so wütend erlebt. Sein sonst so beherrschter Gesichtsausdruck war wie eine Maske von ihm abgefallen; seine Wangen waren tiefrot, die Pupillen winzig klein. Er war so außer sich, dass mir nichts anderes übrigblieb, als ganz ruhig zu werden. Ich machte uns Tee, und in der Küche fiel sein Blick sofort auf eines von Iwans Schnapsgläsern. Er nahm es sich und schleuderte es mit lautem Gebrüll durch den Raum. Um ein Haar hätte er damit die hölzerne Hahnenfigur getroffen, die Harriet mir letztes Jahr zum Geburtstag geschenkt hat.

Jetzt bin ich allein. Jeffrey ist nach London gefahren, um Iwans Bekannte abzuklappern und herauszufinden, wo sich die beiden verstecken. Ob er sein Jagdgewehr dabeihat?

Freitag, 29. August

Womit habe ich das verdient? Womit?

Samstag, 30. August

Liebe Leser, bitte verzeihen Sie den wehleidigen Eintrag von gestern. Jeffrey hat immer noch keine Hinweise darauf, wo Sophie und Iwan stecken, aber wir müssen am Ball bleiben. Ich darf mich nicht länger verkriechen, keine einschläfernden Romane (Maeve Binchy funktioniert meiner Meinung nach am besten), keine zerknüllten Papiertaschentücher und keine Notfalltropfen mehr.

Um mich aufzubauen, stellte ich eine Liste mit Leuten zusammen, die mit schlimmeren Problemen zu kämpfen hatten als ich.

König Lear. Meines Wissens plant keines meiner Kinder, mich umzubringen.

Die Frau in Lionel Shrivers Buch *Wir müssen über Kevin reden.* Rupert ist zwar schwul, aber soviel ich weiß, hat er keinen Massenmord mit einer Armbrust begangen.

Weiter bin ich nicht gekommen.

Sonntag, 31. August
2.00 Uhr

Ich halte das nicht mehr aus. Wo zum Teufel steckt sie? Was macht sie mit diesem Mann? Wann kommt sie zurück? Wie erträgt sie seinen Mundgeruch? Warum hat sie nicht angerufen oder eine E-Mail oder eine SMS geschickt? Möglicherweise hat er sie mit Drogen gefügig gemacht und sie irgendwohin verschleppt, wo es noch gefährlicher zugeht als in Zone 3 von Tschernobyl. Vielleicht sind sie in Moskau. Oder in Tschetschenien.

14.00 Uhr

Als ich heute Morgen aufwachte, war mir kalt, meine Decke war vom Bett heruntergerutscht. Auf meinen Handflächen zeichneten sich kleine rote Halbmonde ab, die Abdrücke meiner Fingernägel, die ich im Schlaf in meine Haut gekrallt hatte. Ich konnte mich noch ganz deutlich erinnern, was ich geträumt hatte: Iwan und Jeffrey duellierten sich mit altmodischen Pistolen, während Sophie im Brautkleid (eines von diesen schulterfreien, die immer so schrecklich nuttig aussehen) danebenstand und zusah und ein höhnisch grinsender Reporter mit dunkler Sonnenbrille das Ganze mit seinem Handy filmte. Es fielen Schüsse, und plötzlich fiel mein geliebter Darcy vom Himmel, und ich erwachte mit Tränen in den Augen.

Später ging ich in die Kirche und verharrte so lange auf den Knien im Gebet, bis sie schmerzten. Danach kam Rupert zu Besuch. Er brachte mir die neue Ausgabe von *Hello* und eine Schachtel Pralinen mit, und obwohl er ebenfalls sehr besorgt war, setzte er sich zu mir und plauderte mit mir über alles Mögliche, sodass ich für kurze Zeit abgelenkt war. Doch nachdem er gegangen war, nahm ich wieder das Foto zur Hand, das Sophie an ihrem zwölften Geburtstag zeigt: Sie steht vor den glänzenden Blütenblättern der Magnolie, ihre Haare sind platinblond, und sie vergräbt ihre Hände in den Taschen ihres rosa Kleidchens und blinzelt in der Sonne.

Wo sie jetzt wohl sein mag?

17.00 Uhr

Schlimmer konnte es eigentlich nicht kommen, dachte ich, bis Natalia vor der Tür stand. Sie war kaum wiederzuerkennen: Ihre langen braunen Haare hatte sie in einem eigenartigen gelblich weißen Ton färben lassen, und abgenommen hatte sie auch. Sie trug einen Jeansmini von der Größe eines Gürtels, aus dem knochige tiefbraune Beine herausragten. «Kann ich kommen rein?», fragte sie. Ich besann mich auf meine gute Erziehung und sagte einladend: «Aber natürlich. Wie schön, Sie zu sehen.» Allerdings hoffte ich inständig, dass sie ihre Stelle nicht zurückhaben wollte und Boris vertrieb, der mit solcher Begeisterung putzt, dass er inzwischen fast eine emotionale Bindung zum Staubsauger aufgebaut hat. Zum Glück war meine Sorge unbegründet. Sie wollte nur ihre restlichen Sachen abholen, die ich in ihre goldfarbene Reisetasche gepackt und im Gästezimmer untergestellt hatte. Als ich ihr die Tasche überreichte, fragte sie, ob Jeffrey zu Hause sei – ich nehme an, sie wollte ihn anstandshalber begrüßen. Als ich ihr sagte, er sei unterwegs und komme erst am Abend wieder, verließ sie ohne ein weiteres Wort das Haus. Gott sei Dank hat Boris nicht nur eine bessere Putztechnik, sondern auch bessere Manieren.

Montag, 1. September

Der Regen schlägt gegen die Fenster, der Wind peitscht durch die Zweige der Magnolie und verstreut die letzten vertrockneten Blütenblätter wie schmutziges Konfetti über den Rasen. Die Fernsehnachrichten zeigen Bilder eines zehn Kilometer langen Staus auf der M5, Wohnmobile mit Fahrrädern und Kanus auf dem Dach; Familien, die dachten, am heutigen Feiertag würden sie um diese Zeit schon Sandburgen bauen, starren auf die Scheibenwischer, die sich quietschend hin- und herbewegen.

Von mir haben die enttäuschten Urlauber kein Mitleid zu erwarten, Sie können froh sein, dass sie keine Tochter haben, die mit einem neunzehigen russischen Alkoholiker mittleren Alters durchgebrannt ist. Ich hätte lieber im Stau gestanden als Harriets Besuch ertragen, die meine Hand nahm, lächelte und mitleidig den Kopf schüttelte. Dann gab sie auch noch zu bedenken, dass sich Sophies verdorbener Charakter schon auf der Party zu Lauras sechstem Geburtstag gezeigt hatte, wo sie ein Törtchen hatte mitgehen lassen.

Heute musste ich daran denken, wie sehr Sophie sich immer gefreut hat, wenn sie sich zu Beginn eines Schuljahres ein neues Federmäppchen aussuchen durfte. Sie spitzte dann eifrig ihre Buntstifte für den ersten Schultag an und probierte sie aus, indem sie den ernst dreinschauenden Männern in Jeffreys Zeitung bunte Schnurrbärte verpasste. Einmal malte sie John Major rote und grüne Dreadlocks. Und heute? Was ist nur aus meinem kleinen Mädchen geworden?

Diese Frage treibt auch Jeffrey um. Auf der Suche nach Sophie telefoniert er Tag für Tag mehrere Stunden lang herum, bisher ohne nenneswerten Erfolg. Über einen Geschäftspartner von Iwan hat er herausgefunden, dass sich dieses Ungeheuer immer noch in London aufhält, vermutlich irgendwo im Westen der Stadt. Jeffrey sagt, dass es in der Kanzlei ohnehin gerade wenig zu tun gebe, sodass er kaum etwas versäume – wenigstens ein Vorteil, den diese endlose Rezession mit sich bringt. Deshalb verbringt er seine Tage damit, Straßen abzufahren, in Hotels nachzufragen, in Wodkabars zu sitzen.

Aber selbst wenn er Sophie findet? Was dann? Ich weiß, wie stur sie sein kann. Wie will er sie überreden, wieder nach Hause zu kommen? Ich hätte ihm einen Einkaufsgutschein für Topshop als Köder mitgeben sollen.

Die einfachste Lösung wäre, dass Iwan ihrer überdrüssig wird. Als liebende Mutter fällt es mir schwer, das zu sagen, aber ich hoffe, er bricht ihr das Herz.

Heute Vormittag stand Jeffrey unvermittelt vor der Tür. Unsere Tochter hat er nicht mitgebracht, dafür aber Fergie. Was für eine Riesenenttäuschung. Er sagte nur das Nötigste und trank zwei Schluck von dem Eistee, den ich ihm in die Hand drückte, dann zog er gleich wieder Richtung London von dannen.

Den Mynah hatte er in einem Bushäuschen in Shepherd's Bush gefunden, das in der gleichen Straße liegt wie die Reinigung, in der Iwan sich, einem Informanten zufolge, mit einem Geschäftspartner treffen wollte. Sowohl Käfig als auch Vogel waren mit Graffiti besprüht. Boris brauchte zwei Stunden, um die Federn mit Fleckentferner davon zu befreien. Im Käfig lag ein Zettel mit einer Nachricht: «Bte um Fergie kümmern! Sie beißt net! Thx!», außerdem ein halboffenes Päckchen mit gerösteten Erdnüssen. Als ich Sophies Handschrift erkannte, musste ich weinen.

Fergie erholt sich jetzt im Wintergarten. Darcy beäugt sie skeptisch, was ich in gewisser Weise verstehe, aber er wird sich damit abfinden müssen, dass das Leben kein Zuckerschlecken ist, das müssen wir anderen schließlich auch.

Als ich Fergie vorhin mit einem Handtuch abrubbelte und ihr dabei in die Augen sah, wurde mir plötzlich klar, dass sie und ich etwas gemein haben: Beide sind wir Opfer von Iwans Skrupellosigkeit und Sophies Verantwortungslosigkeit. Sie blinzelte. Wenn sie die Augen zumacht, ist sie eigentlich gar nicht so hässlich. Ich habe ihr Leinsamen gegeben, das bringt ihr Gefieder zum Glänzen.

Donnerstag, 4. September

Haben Sie in letzter Zeit auch das Gefühl, dass der Tag des Jüngsten Gerichts unmittelbar bevorsteht? Gletscher schmelzen, Buschfeuer wüten in Kalifornien, mein Sohn ist schwul, meine Tochter ist mit einem Russen durchgebrannt, und jetzt fängt auch noch Fergie, der Mynah, zu sprechen an.

Alle paar Minuten schlägt sie wild mit den Flügeln (auf denen immer noch Lackreste zu sehen sind) und schließt die Augen. Dann reißt sie den Schnabel auf und spuckt ein paar heisere, unverständliche Silben aus. Es hört sich an wie: «Nutti will, geht!»

Das halten meine Nerven nicht aus. Ich habe sie mit einem Geschirrhandtuch mit Landschaftsszenen aus Kent abgedeckt. Vielleicht beruhigen die sie.

11.00 Uhr

Endlich eine Spur! Vorhin habe ich mit Bridget telefoniert, bei der man sich im Gegensatz zu Harriet immer darauf verlassen kann, dass sie ruhig bleibt und genau das Richtige sagt. Sie tröstete mich, als ich ihr erzählte, was passiert war, aber als ich zu Fergie und ihren albernen Sprechversuchen kam, wurde sie nachdenklich. Dann meinte sie: «Constance, vielleicht versucht sie, ‹Notting Hill Gate› zu sagen.»

Ich habe sofort Jeffrey Bescheid gegeben.

Freitag, 5. September

Ein weiterer Fahndungserfolg! Rupert hat angerufen. Es ist ihm gelungen, Sophies Seite bei MySpace zu infiltrieren. Dazu hat er sich ein falsches Konto mit dem Namen einer ihrer Schulfreunde und dem Foto eines Kätzchens als Profilbild eingerichtet und ihr eine Freundschaftsanfrage geschickt. Sie hat ihn heute hinzugefügt. Rupert kann bestätigen, dass ihr Status «in London, Baby!!» ist. Außerdem hat sie ein Foto vom Pool des Hotels, in dem sie und Iwan wohnen, auf ihre Seite gestellt, um damit bei ihren Freunden anzugeben. Rupert hat es geschafft, einen Ausschnitt zu vergrößern: Er zeigt ein Handtuch, auf das der Hotelname «Abbey Court» gestickt ist. Es gibt tatsächlich ein Hotel dieses Namens in der Nähe der U-Bahn-Station Notting Hill Gate. Rupert hat sofort Jeffrey informiert, der sich bereits auf dem Weg dorthin befindet.

Samstag, 6. September

Sophie ist wieder da! Ich bin überglücklich und erleichtert, aber ich habe auch eine gehörige Portion Wut im Bauch.

Gestern Nachmittag meldete sich Jeffrey, um mir zu verkünden, dass Sophie bei ihm im Wagen auf der Rückbank sitze und er mit ihr auf dem Weg nach Hause sei.

Während ich auf die beiden wartete, ging ich angespannt auf und ab, hin- und hergerissen, ob ich meine Tochter in die Arme schließen oder ihr den Hals umdrehen sollte. Ich bat Boris, ihr Zimmer aufzuräumen und eine Vase mit frischen Blumen aus dem Garten auf ihren Schreibtisch zu stellen, dann räumte ich die Vase wieder weg und legte stattdessen einen ungeöffneten Brief vom Studentenwohnheim der Universität in Bristol auf ihren Schreibtisch. Dann nahm ich den Brief wieder an mich und stellte die Blumen wieder hin.

Mein Magen krampfte sich zusammen, als ich Jeffreys Wagen hörte. Ich rannte ihnen entgegen. Jeffrey sprang aus dem Auto und hielt Sophie die Tür auf. Sie stieg aus. Sie trug ein strassbesetztes Minikleid aus grüner Seide, das mit Sicherheit sündhaft teuer gewesen war, aber ansonsten war sie ganz die Alte: dünn, blass und schlecht gelaunt.

Sophie stolperte in ihren neuen Stilettos die Einfahrt herauf, ignorierte meine ausgestreckten Arme (vermutlich eine kluge Entscheidung, da diese noch immer unentschlossen waren, ob sie sie umarmen oder erwürgen wollten) und stürmte die Treppe hinauf in ihr Zimmer, wobei sie sich ihre Schuhe von den Füßen riss. Ich folgte ihr nach oben und hörte, wie Möbelstücke vor die Tür geschoben wurden, dann das Klirren einer Vase, die zu Boden fiel, und schließlich eine Reihe von Flüchen, die ich hier auf keinen Fall wiederholen möchte.

Bis jetzt hat sie ihr Zimmer nicht verlassen. Nur einmal hat sie sich nachts heimlich in die Küche geschlichen und das letzte von Iwans Essiggurkengläsern geleert. Zu dumm, dass an ihr Zimmer ein eigenes Bad angrenzt. Ich habe es sowohl mit dezentem Klopfen als auch mit lautem Hämmern an ihrer Tür versucht, aber es war nichts zu machen. Sie weigert sich, mich hereinzulassen, und befindet sich wieder einmal im Hungerstreik. Ich habe Rupert angerufen und um Rat gefragt, und er meinte, ich solle ihr Zeit geben. Hoffentlich ist es bald vorbei.

Jeffrey war nur unwesentlich gesprächiger als Sophie. Ich machte uns eine Tasse Tee und bat ihn, mir ganz genau zu erzählen, wie es ihm gelungen war, unsere Tochter aus der Höhle des Löwen zu befreien. Er antwortete ausweichend und sagte nur, dass er einfach ins Hotel marschiert sei, ihre Zimmernummer herausgefunden und die nötigen Schritte unternommen habe. Er versicherte mir, dass Iwan uns so schnell nicht wieder belästigen werde. Dann schlug er die Zeitung auf, um sich die Ergebnisse der Rugbyspiele vom Wochenende anzusehen.

Großer Gott. Gerade schießt mir ein furchtbarer Gedanke durch den Kopf. Glauben Sie, dass er ihn umgebracht hat?

Sonntag, 7. September

Sophie hat ihr Zimmer verlassen. Gestern Abend, als ich aus der Badewanne stieg und mir die Haare trocken rubbelte, hörte ich, dass der Fernseher lief. Ich ging nach unten. Sophie saß im Schneidersitz auf dem Sofa, einen Teller mit Käse und Crackern vor sich, und sah sich *America's Next Top Model* an.

«Sophie!», sagte ich.

«Ja, Mum?», erwiderte sie, ohne den Blick vom Fernseher abzuwenden.

«Wollen wir reden?»

«Nö.»

Den Gottesdienst ließ ich heute ausfallen, um sie im

Auge zu behalten. Sie verbrachte viel Zeit mit Fergie, fütterte sie und redete auf sie ein. Als ich in den Wintergarten kam, um Darcys Wasserschale aufzufüllen, gestand sie, dass sie Fergie nur deshalb in dem Bushäuschen zurückgelassen habe, weil man sie aus dem Hotel geworfen hätte, wenn sie sie behalten hätte. Iwan habe sie dazu gezwungen. Nach einer Weile fügte sie hinzu: «Mum, ist dir eigentlich jemals aufgefallen, dass Iwan ganz fies aus dem Mund stinkt?»

Ich lächelte und sagte, dass ich das auch schon bemerkt hätte.

Montag, 8. September
10.00 Uhr

Jeffreys Sekretärin hat angerufen. Er ist verhaftet worden. Ich zittere am ganzen Körper.

Soll ich sein Jagdgewehr verstecken?

16.00 Uhr

Die gute Nachricht zuerst: Jeffrey hat Iwan den Schrecklichen NICHT mit seinem Jagdgewehr erschossen.

Jetzt die schlechte: Man hat ihn wegen Betrugs festgenommen.

Mehr kann ich im Moment nicht schreiben. Ich muss sofort auf das Polizeirevier.

Wie soll ich die gestrigen traumatischen Ereignisse beschreiben? Wie diese Schande überleben?

Gerade hatte ich das Gespräch mit Jeffreys Sekretärin beendet, da hörte ich ein Auto die Einfahrt herauffahren. Durch das Fenster sah ich einen Streifenwagen, der gut sichtbar für sämtliche Nachbarn vor unserer Haustür hielt.

Ich schrie Boris zu, er solle sich um die Besucher kümmern, und rannte nach oben. Ich musste so schnell wie möglich das Jagdgewehr verstecken. Aber wo? Ich nahm das Gewehr aus dem Schrank in Jeffreys Arbeitszimmer und hielt es dabei mit einer Sportsocke fest, um keine Fingerabdrücke zu hinterlassen. Dann eilte ich von Zimmer zu Zimmer und suchte fieberhaft nach einem Versteck. Jeden Moment würde die Polizei vor mir stehen. Das Einzige, woran ich denken konnte, war eine Szene aus einem unsäglich schlechten Krimi, den ich mir einmal mit Jeffrey zusammen angesehen hatte. In dem Film hatten die Gangster ihre Mordwaffen von einer Brücke in einen reißenden Fluss geworfen. Allerdings konnte ich gerade weder auf eine Brücke noch auf einen reißenden Fluss zurückgreifen. Ich war keine gute Komplizin. Clyde hätte sich bedankt, mich als Bonnie zu haben.

Schon drangen Stimmen aus der Diele, so entschied ich kurzerhand, die Waffe zwischen den Zeitungen am Boden von Darcys Käfig zu verstecken. Ich öffnete den Käfig. Einer der Polizeibeamten öffnete die Tür zum Wintergarten. Ich erstarrte. Darcy, der jede Gelegenheit nutzt, um seine Flügel auszubreiten, schoss wie eine Rakete aus dem Käfig und flog durch den Raum, nur knapp am Kopf des Polizeibeamten vorbei. Dieser begann laut zu fluchen. Entgeistert stand ich da, Jagdgewehr in der einen Hand, Tennissocke in Größe XL in der anderen.

Ich war sicher, dass man mir in der nächsten Sekunde die Waffe entreißen und sie auf Blutspuren untersuchen würde. Ich spürte schon das kühle Metall der Handschellen auf meiner Haut. Stattdessen zeigte mir der Polizeibeamte, der etwa in Ruperts Alter war, einen Durchsuchungsbeschluss und sagte, er müsse Jeffreys Geschäftsunterlagen durchsehen. Ich war erst verwirrt, dann erleichtert, dann wütend. Was in aller Welt hat Jeffrey angestellt?

Das ist natürlich die Frage, die unser weiteres Schicksal bestimmen wird und dafür gesorgt hat, dass ich die ganze Nacht kein Auge zugetan habe. Jeffrey wird vorgeworfen, Reisepässe und Führerscheine gefälscht und seine Steuererklärungen manipuliert zu haben. Ich verstehe das alles nicht. Er beharrt darauf, unschuldig zu sein. Natürlich ist er unschuldig. Als ich ihn gestern sah, konnte ich gar nicht anders, als ihm zu glauben. Seine Augen waren gerötet, er war blass, die Krawatte hing lose um seinen Hals. Er war der einzige Mann auf dem Polizeirevier – mit Ausnahme der Polizeibeamten –, der keinen Trainingsanzug trug. Mit einem Zittern in der Stimme erklärte er mir, er habe nichts Unrechtes getan, es sei alles ein fürchterliches Missverständnis.

In ein paar Tagen wird Anklage gegen ihn erhoben. Er wird natürlich vom besten Anwalt Londons vertreten: einem Bekannten namens Simon, der aussieht wie eine Kreuzung zwischen Hyäne und Weißkopfseeadler. Ich kann nur hoffen, dass er etwas erreicht, bevor alle Welt – und insbesondere Miss Hughes – herausfindet, was passiert ist.

Mittwoch, 10. September
6.00 Uhr

Ich bin sehr früh aufgewacht und kann nicht wieder einschlafen. Es ist zwecklos, im Bett zu bleiben. Dort erwarten mich nur wieder diese schrecklichen Albträume, wie der von heute Nacht: Jeffrey bekommt lebenslänglich, und Sophie und ich müssen (in Trainingsanzügen!) mit dem öffentlichen Bus ins Gefängnis fahren und den Knopf für unsere Haltestelle drücken, ohne ihn vorher desinfiziert zu haben. Warum ich? Das Schlimmste, womit eine Frau im vierundfünfzigsten Jahr ihres Lebens zu kämpfen haben sollte, sind ein paar Falten mehr. Aber nicht das. Großer Gott, nicht das. Was, wenn Jeffrey wirklich ins Gefängnis muss? Was, wenn wir das Haus verkaufen müssen? Was, wenn ich bald bei Lidl einkaufen muss?

16.00 Uhr

Die Peinlichkeiten reißen nicht ab. Der junge Polizeibeamte, der für Jeffreys Fall zuständig ist, hat mich heute Morgen aufs Revier mitgenommen, um mich zu verhören. Mein einziger Trost war, dass ich rein gar nichts über Jeffreys Finanzangelegenheiten weiß und ihm das auch glaubhaft versichern konnte. Er ließ mich schnell wieder gehen. Danach habe ich noch Jeffrey besucht. Seit seiner Leistenbruchoperation 2001 habe ich ihn das erste Mal unrasiert gesehen. Er hatte nicht viel zu sagen. Ich auch nicht.

Der freundliche Polizist, der mich verhört hatte, bot an, mich nach Hause zu fahren. Ich lehnte ab. Es reicht, wenn die Nachbarn einmal am Tag einen Streifenwagen vor unserem Haus sehen.

Heute Abend kommt Rupert zum Essen vorbei. Ich werde einen komplizierten Fischauflauf zubereiten, was mich hoffentlich für eineinhalb Stunden ablenken wird. Boris habe ich ein paar Tage freigegeben. So diskret er auch sein mag, ich möchte momentan nur die Familie um mich haben.

Was soll nur aus uns werden? Und wo um Himmels willen hat Boris meinen Schneebesen versteckt?

Donnerstag, 11. September

Gerald hat mich heute besucht. Ich war gerade dabei, das Silber zu polieren, weil ich hoffte, durch eine monotone Beschäftigung Stress abbauen zu können, als es an der Tür klingelte.

Und da war er, mein Glöcknerfreund. Und mein Exverehrer? Zu meiner Überraschung hatte er weder billige Pralinen noch Blumen von der Tankstelle dabei. Er sagte: «Hallo, Constance.» Ich sagte: «Komm rein.»

Ich kochte Tee, während er im Salon saß, dann brachte ich ihn auf einem Tablett hinüber, zusammen mit ein paar von den Johannisbeerplätzchen, die er so gern mag. Gerald rührte sie nicht an. Er trank ein wenig Tee, wobei sich jedes Mal seine graumelierten Augenbrauen zusammenzogen, wenn er die Tasse an den Mund setzte, und erklärte dann ernst, dass seine Gefühle für mich immer noch die gleichen seien. Er habe alles versucht, um sich abzulenken – Gartenarbeit, Sudoku, Poppy das Rückwärtslaufen beibringen –, aber nichts habe funktioniert. Nun sei ihm das mit Jeffrey zu Ohren gekommen (wie? Wie hat es sich herumgesprochen?), und er könne den Gedanken daran nicht ertragen, dass ich von einem Mann, der kein einziges der seidig glänzenden, kastanienbraunen Haare auf meinem Kopf wert sei, in eine so furchtbare Situation gebracht worden war. Er sagte, dass er gekommen sei, um mir seine innige, aufrichtige und leidenschaftliche Liebe zu gestehen. Dann verschüttete er Tee auf seine Hose und wandte den Blick ab.

Ich bin sicher, dass Sie mich nicht allzu hart verurteilen werden, wenn ich Ihnen jetzt sage, dass mich Geralds Rede nicht völlig kaltgelassen hat. Loyalität hat für mich oberste Priorität – neben Sauberkeit –, aber auch meine Geduld hat ihre Grenzen. Ich glaube, erst in diesem Moment, als mir ein Außenstehender auf den Kopf zusagte, ich sei schlecht behandelt worden, ist es mir so richtig bewusst geworden. Es ist ja nicht nur die Festnahme. So viele schreckliche Ereignisse sind während dieses Jahres auf uns eingestürmt – Sophies Eskapaden, Ruperts Coming-out –, und Jeffrey hat sich nicht gerade als Fels in der Brandung erwiesen. Und wenn ich ehrlich bin, würde ich sogar sagen, er war überhaupt nicht für mich da. In den letzten Monaten hat er mehr Zeit mit seinem BlackBerry oder mit Iwan – ich will diesen Namen eigentlich gar nicht erwähnen – verbracht als mit mir. Nichts fällt ihm mehr an mir auf: kein neues Kleid, keine neue Frisur, keine drei

Pfund weniger auf den Rippen. Er übersieht mich einfach. Natürlich liebe ich ihn, so wie ich die Kinder liebe oder wie ich den Garten als Teil meines Lebens liebe, aber unsere Beziehung ist bei weitem nicht mehr das, was ich mir als frischverliebte Braut erträumt hatte.

Und jetzt saß da ein Mann auf meinem Sofa, dem ich wirklich wichtig war. Gerald starrte auf meine Vorhänge, steif wie ein Eiszapfen. Zuerst war ich ja schockiert gewesen, als ich herausfand, was seine Postkarten zu bedeuten hatten. Doch nach Sophies Geburtstagsparty nötigte es mir Bewunderung ab, wie er sich leise zurückzog, sich aber trotzdem noch Gedanken darüber machte, wie es mir ging. Ich fixierte das Blumenmuster auf Geralds Sessel. Das Ticken der Standuhr schien lauter zu werden, im Wintergarten krächzte Fergie. Ich wusste, was ich zu tun hatte. Ich sagte Gerald, dass es besser sei, wenn er jetzt gehe, und begleitete ihn zur Tür. An der Türschwelle drehte er sich noch einmal zu mir um und fragte: «Constance, darf ich noch hoffen?»

Ich sah ihm lange in die Augen, bevor ich die Tür vor seinem Gesicht schloss.

Freitag, 12. September

Simon, der Hyänenadler, hat ganze Arbeit geleistet: Jeffrey kommt frei! Es gibt zu wenig Beweise, um Anklage zu erheben. Ich kann Jeffrey noch heute Nachmittag abholen.

Unsere Zukunft ist gesichert, unser Ruf wiederhergestellt.

Aber warum ist mir dann das Herz so schwer?

Jeffrey ist zurück, aber er ist ein anderer geworden. Liebe Leser, ich habe mich Ihnen manches Mal in schweren Zeiten anvertraut, und Sie hatten immer ein offenes Ohr für mich. Bitte lassen Sie mich auch jetzt nicht im Stich. Das ist der schwärzeste Tag meines Lebens.

Als ich Jeffrey abholte, war ich durch seine veränderte Erscheinung vorerst nicht beunruhigt. Er war zwar blass und wirkte niedergeschlagen, doch das war schließlich nichts, was sich nicht durch ein heißes Bad und einen Brandy beheben lassen würde, und außerdem verständlich nach einem Gefängnisaufenthalt.

Abgesehen von ein paar Bemerkungen über den kühlen Wind und die ersten Herbstblätter auf der Straße, redeten wir auf der Fahrt kaum. Er erkundigte sich nach Sophie, und ich sagte, es gehe ihr gut. Dann sagte ich, dass es zum Abendessen Steaks geben würde, die esse er doch so gern.

Zu Hause angekommen, machte ich Tee und erwartete nichts anderes, als dass Jeffrey sich unverzüglich wieder in seine alten Gewohnheiten einfinden würde, was zum Beispiel bedeutete: meine Fragen abwehren, sich hinter der *Financial Times* verkriechen, in sein Arbeitszimmer gehen. Stattdessen setzte er sich zu mir, sah mich an und sagte die Worte, die wohl jeden Mann und jede Frau in Unruhe versetzen, selbst nach dreiunddreißig relativ harmonischen Ehejahren.

«Constance», sagte er ganz ruhig. «Wir müssen reden.»

Zuerst entschuldigte er sich vorbehaltlos, aber recht

nüchtern dafür, dass ich seinetwegen so viel hatte durchmachen müssen.

Dann begann er über Iwan zu sprechen und dass dieser schon immer einen Hang zu dubiosen Geschäften gehabt habe. Jeffrey hatte schon lange den Verdacht gehegt, bei Iwans «Personalvermittlung» handele es sich in Wahrheit um eine Strohfirma, über die junge Osteuropäer nach London geschmuggelt würden. Dass Iwan der Schreckliche über einen äußerst verabscheuungswürdigen Charakter verfügte, war nichts Neues für mich, aber dass er derartige Untiefen aufwies, schockierte sogar mich. Ebenso wie die Tatsache, dass Jeffrey diese Aktivitäten stillschweigend geduldet hatte.

Jeffrey entschuldigte sich erneut, dieses Mal für seine mangelnde Menschenkenntnis. Er erklärte, dass er bei Iwan, einem seiner ältesten Freunde, immer beide Augen zugedrückt habe. In seiner Nähe habe er sich wieder jung und abenteuerlustig gefühlt.

Das änderte sich, als Iwan mit Sophie durchbrannte. Nachdem Jeffrey ihn endlich in dem Hotel bei Notting Hill Gate aufgespürt hatte, weigerte sich Iwan, Sophie gehen zu lassen. Jeffrey zufolge hatte es wohl eher etwas mit Iwans Überheblichkeit zu tun als mit aufrichtiger Zuneigung Sophie gegenüber. Jedenfalls war es eine ausgesprochen peinliche Situation: Jeffrey flehte Sophie an, mit ihm zu kommen, Sophie drohte, sich mit den Absätzen ihrer neuen Stilettos umzubringen.

Jeffrey blieb keine andere Wahl, als Iwan zu erpressen: Entweder er würde Sophie gehen lassen, oder Jeffrey würde der Polizei von seinen fragwürdigen Geschäftspraktiken erzählen. Die Entscheidung fiel Iwan nicht schwer. Er verfrachtete Sophie, die sich mit Händen und Füßen wehrte, in Jeffreys Wagen und machte sich dann aus dem Staub. Jeffrey ist fest davon überzeugt, dass Iwan sich rächen wollte und deshalb den Spieß umdrehte: Er ging zur Polizei und bezichtigte Jeffrey genau der Verbrechen, in die er selbst verwickelt war. Bei der Durchsuchung fand die Polizei im Gästezimmer belastendes Material, das zwar Iwan gehörte, aber trotzdem dafür sorgte, dass Jeffrey in seiner Zelle bleiben musste, bis der Hyänenadler die Justiz davon überzeugt hatte, dass die Beweise für eine Anklage nicht ausreichten. Ich konnte es kaum fassen. Um ein Haar hätte die Angelegenheit in einer Katastrophe geendet.

Dennoch war ich erleichtert, dass Jeffrey mir alles gebeichtet hatte. Es war das längste Gespräch, das wir geführt haben, seit er versucht hatte, mir die Cricket-Regeln zu erklären. Ich setzte noch einmal frischen Tee auf und gesellte mich wieder zu ihm. Jeffrey sah mich deprimiert an. Er erzählte, dass er im Gefängnis Zeit gehabt habe, nachzudenken.

Er sagte, er habe wegen Rupert geweint, weil er nie sehen werde, wie sein Sohn ein hübsches Mädchen im weißen Kleid heirate, weil er nie erleben werde, wie er ein Kind, unser Enkelkind, im Arm halte.

Jeffrey gab sich die Schuld dafür, dass Sophie mit Iwan durchgebrannt war. Er meinte, er habe als Vater versagt.

Er erklärte, er habe genug von seiner Arbeit und sei frustriert von der ständigen Jagd nach Geld, der Anhäufung von Dingen, die er gar nicht brauche. Er habe als Junge einmal ein Buch über die ersten europäischen Siedler in Lateinamerika gelesen und davon geträumt, mit im Wind wehenden Haaren durch die Pampas zu reiten.

Er sagte, er wäre lieber Gaucho als Firmenanwalt.
Er sagte, dass er mittlerweile alles in Frage stelle.
Er sagte, dass das auch für mich gelte.

Sonntag, 14. September

Morgen um 6.25 Uhr geht es für Jeffrey und mich ab nach Buenos Aires. Wir werden wohl fortbleiben. Boris bekommt einen kleinen Vorschuss und wird sich um das Haus kümmern. Sophie wird nichts anderes übrigbleiben, als erwachsen zu werden und selbst auf sich aufzupassen. Falls sie es nicht tut, werden Harriet, Edward und Rupert dafür sorgen, dass sie pünktlich zu Semesterbeginn in Bristol ist.

Ich habe Sunblocker, Insektenschutzmittel, Wasserreinigungstabletten, einen Verbandskasten, steril verpackte Spritzennadeln, ein Handbuch über Giftschlangen, Hautcreme, einen warmen Hut, feste Stiefel, ein Reisebügeleisen, ein Buch mit Kreuzworträtseln, einen Kompass und Notfalltropfen im Gepäck. Jeffrey hat ein Lasso eingepackt. Sein BlackBerry bleibt hier.

Ich habe meine Vorbehalte gegen diese Reise, aber sie ist vielleicht die einzige Chance, um unsere Ehe zu retten.

Ich hoffe, in Argentinien gibt es nicht nur Plumpsklos.

Wir haben sicher argentinischen Boden erreicht. Physisch sind wir in Ordnung; was die Psyche angeht, bin ich mir da nicht so sicher. Jeffrey hat sich gleich nach der Ankunft einen Cowboyhut aus Leder gekauft, den er sich schief ins Gesicht zieht, weil das seiner Meinung nach kernig aussieht.

Wenigstens residieren wir im Hilton, das über einige Computer in der Lobby verfügt. Jeffrey wollte in einem «rustikalen, landestypischen Hotel» absteigen, etwas «mit Charakter und Geckos an der Wand», aber ich fand, dass ich schon zur Genüge auf seine Midlife-Crisis Rücksicht genommen hatte, indem ich mich in die südliche Hemisphäre verschleppen ließ. Dieses eine Mal habe ich meinen Kopf durchgesetzt, obwohl ich mich dann auf einen Kompromiss einließ und statt mit einer Suite mit einem Standardzimmer einverstanden war.

Buenos Aires ist eine beeindruckende Stadt, riesig, chaotisch, temperamentvoll. Als wir gestern in dem historischen Viertel San Telmo unterwegs waren, hörten wir Trommeln, und ehe wir die Flucht ergreifen konnten, befanden wir uns mitten in einer bunten Straßenparade. Jeffrey schwang sofort das Tanzbein, doch seine Bewegungen wirkten plump gegen die geschmeidige Anmut der Argentinierinnen, die übrigens ähnlich winzige Shorts trugen wie Sophie. Ich verschwand in ein Geschäft und stöberte nach handgearbeiteten Decken und Servietten aus Spitze. Auch die Kellner hier haben lateinamerikanisches Temperament, was daran ersichtlich ist, dass sie unverhältnismäßig schnell wütend werden. Ich hätte nicht gedacht, dass man hier nach sechsundzwanzig Jahren immer noch so empfindlich auf eine Bemerkung über die Falklandinseln reagiert.

Angesichts des geschäftigen Treibens in der Hauptstadt hatten Jeffrey und ich noch keine Gelegenheit, nachzudenken oder zu reden, geschweige denn zu entscheiden, wie es mit unserer Ehe weitergehen soll. Aber das wird sich ändern. Übermorgen verlassen wir Buenos Aires. Unser nächstes Reiseziel sind die Sierras.

Freitag, 19. September

Ich bin allein. Allein in Argentinien. Jeffrey ist weg.

Hätte ich mich doch bloß nicht geweigert, Tango zu lernen. Ich habe doch wirklich versucht, Verständnis für seine Midlife-Crisis aufzubringen, aber als er von mir verlangte, meine Beine wie eine lateinamerikanische Dirne in die Luft zu werfen, da wurde es mir einfach zu viel.

Jedenfalls war meine Weigerung, ihn zu einer Milonga zu begleiten, für Jeffrey Grund genug, ohne mich zur Estancia abzureisen. Er sagte, er brauche Zeit zum Nachdenken. Allein. Er sagte nicht, wann – oder ob – ich nachkommen sollte. Seinen Cowboyhut hat er mitgenommen.

Und darum sitze ich jetzt allein vor dem Computer in der Lobby des Hilton, gestrandet auf einer marmorverkleideten Insel der Zivilisation inmitten dieser staubigen, lauten, fremden Stadt. Wenn ich an zu Hause denke, wird mir das Herz ganz schwer. Aber den langen Rückflug stehe ich nicht allein durch. Und ich will mich nicht damit abfinden, dass meine Ehe zu Ende sein soll. Noch nicht.

21.00 Uhr

Ich habe mir vom Zimmerservice einen Salade niçoise und eine halbe Flasche argentinischen Weißweins bringen lassen, und jetzt fühle ich mich schon viel besser. Der Wein war überraschend gut. Während ich aß, sah ich mir auf dem riesigen Flachbildschirm eine amerikanische Fernsehserie namens *Frasier* an und lachte herzlich. Gleich darauf wurde mir wieder bewusst, wo ich war – und warum –, und ich fing an zu weinen. In diesem Moment wimmelt es in der Lobby von Menschen, die ausgehen; Frauen in schicken Röcken und Schuhen mit hohen Absätzen, Männer in Jacketts, Kinder, die gescholten werden, weil sie ihre Finger in den Zierbrunnen stecken. Direkt vor mir steht ein älteres Paar, es könnten Argentinier oder vielleicht auch Spanier sein, beide tadellos gekleidet in Creme, mit faltiger, nussbrauner Haut. Ihr Haar ist schlohweiß und zu einem Dutt frisiert, der von einer Spange aus Schildpatt gehalten wird. Gerade ist der Mann stehen geblieben und hat seinen Stock an die Wand gelehnt, um ihr beim Anlegen ihrer Strickjacke zu helfen. Ich muss sofort auf mein Zimmer, mir kommen schon wieder die Tränen.

Samstag, 20. September

Ich habe noch niemandem von zu Hause erzählt, was hier passiert ist. Wie denn auch, wenn ich es nicht einmal selbst weiß? Es kann ja auch sein, dass Jeffrey morgen anruft und wieder ganz der Alte ist. Als heute Morgen mein Telefon piepte, zuckte ich heftig zusammen. Aber es war nur eine

SMS von Rupert: *Hi Mum, hoffe, es geht euch gut und Argentinien gefällt euch. Iss ein Steak für mich mit! LG Rupert.* Wie der Rest der Familie hat er keine Ahnung, warum wir nach Argentinien geflogen sind.

Ich saß da, allein, vor einer kleinen Glasschale mit Grapefruitkompott und einem Teller mit Würstchen und Tomaten, und wusste nicht, was ich ihm antworten sollte. Schließlich behalf ich mich mit: *Hallo, Rupert, Wetter gut, Essen gut, pass auf dich auf, Kuss, Mum.* Das war nicht gelogen, aber die ganze Wahrheit war es auch nicht.

Sonntag, 21. September

Gestern Abend habe ich mich in die Bar des Hilton gesetzt. Allein, was sonst. Ich weiß sehr wohl, dass es sich für eine Frau normalerweise nicht gehört, allein zu trinken, aber aufgrund der Tatsache, dass mich mein Mann nach dreiunddreißig Jahren Ehe für eine Herde Kühe hat sitzenlassen, erwarte ich mildernde Umstände. Besagte Bar ist sehr nobel eingerichtet, mit dunkler Eichentäfelung und einem grandiosen Blick über die Stadt, und weit und breit keine übergewichtigen Männer in geschmacklosen T-Shirts, die mit fettigen Fingern Kartoffelchips in sich hineinschaufeln. Also kein Vergleich mit dem Plucked Pheasant.

Ich ließ mich auf einem Barhocker nieder und schlug mein Buch auf (*Die Zwillingsschwestern* von Joanna Trollope). Als die Barkeeperin zu mir kam, warf sie einen kurzen Blick auf mich, meinen Roman und meine weiße Bluse, die ich mit dem Reisebügeleisen geglättet hatte, und lächelte mich freundlich an. Sie war ungefähr dreißig, hatte ein hübsches Gesicht und dichtes schwarzes Haar mit einer einzigen grauen Strähne. Sie schenkte mir einen Gin Tonic ein, und wir plauderten ein wenig. Es war so schön, jemanden zu haben, mit dem ich mich unterhalten konnte – dieses Blog ist mir natürlich auch ein großer Trost, aber manchmal sehnt man sich dann doch nach einem Gegenüber aus Fleisch und Blut –, dass mich ihr grauenhafter Akzent und ihr Lispeln kaum noch störten. Bestimmt werde ich sie noch einmal in der Bar besuchen kommen. Wahrscheinlich schon heute Abend.

Montag, 22. September
1.00 Uhr

liebe leser, ich habe ein wort auf spanisch gelernt: *cabrón.* adriana hat gesagt, das ist das, was jeffrey ist, und sie hat recht. *cabrón cabrón cabrón cabrón!*

15.00 Uhr

O Gott, wie peinlich. Liebe Leser, Sie sind ja einiges von mir gewohnt, aber bitte vergessen Sie, was ich heute Nacht geschrieben habe. Sie müssen verstehen, dass ich unter erheblichem Stress stehe. Dreißig Bahnen im Hotelpool und ein Perrier mit Eis haben geholfen, wieder einen klaren Kopf zu bekommen.

Immer noch keine SMS von Jeffrey. Keine E-Mail. Nichts. Ich hätte in der Zwischenzeit schon längst von einem durchgeknallten Latino überfahren oder von einer

Straßenparade zu Tode getrampelt werden können. Aber das interessiert ihn ja nicht. *Cabrón.*

Aber ich habe das hier bekommen:

hi mum, hoffe du hast ne geile zeit in argentinien. is dad schon vom ferd gefallen?!! lol!
is hier irgendwo ne kreditkarte? will darcy mehr nüsse kaufen :-)
hdl soph xx

Dienstag, 23. September

Heute Morgen habe ich es mit Hilfe einer gezeichneten Karte von Adriana, der Barkeeperin, ins Nationalmuseum der schönen Künste und wieder zurück geschafft, ohne mich zu verlaufen oder ausgeraubt zu werden. Für ein derart wildes Land haben sie hier wirklich erstaunlich schöne Ausstellungsstücke. Auf dem Rückweg zum Hotel kaufte ich für Rupert einen Ledergürtel und für Sophie ein Portemonnaie. Jeffrey hätte natürlich versucht zu handeln, aber ich finde, diese Feilscherei steht einer Engländerin nicht gut zu Gesicht, und händigte dem Verkäufer sofort die verlangten fünf US-Dollar pro Teil aus.

16.00 Uhr

Soll es das nun gewesen sein? Fühlt man sich so, wenn eine Ehe gescheitert ist? Leer und fremd, verstört, schwindlig und allein? Ich esse gut, ich schlafe gut. Und wenn ich abends im Bett liege und lese, stopfe ich mir vier Kissen in den Rücken und genieße es, so viel Platz zu haben.

Das war es also?

Mittwoch, 24. September

Tagelang nichts, und heute habe ich gleich zwei E-Mails bekommen. Die erste:

Connie,
tut mir leid, dass ich abgehauen bin. Hier in der frischen Luft geht es mir schon viel besser. Ich lerne gerade Polo spielen!! Ich glaube, ich bin ein Naturtalent. Wenn ich das nächste Mal auf das Pferd steige, wird es sich auch bewegen! Wir reden bald, versprochen. Muss nur erst den Kopf freibekommen.
Ich hoffe, im Hilton hast du alles, was du brauchst. Falls nicht – die Platin-Kreditkarte ist in deiner Handtasche.
In Liebe, Jeffrey

So etwas verdiente wohl kaum eine Antwort.

Die zweite E-Mail:

Liebe Constance,
du bist nicht mehr da, und ich weiß nicht, warum. Es wird gemunkelt, dass du in Kolumbien bist. Vielleicht war das immer schon dein Traum, und Jeffrey hat dich ganz spontan in einen romantischen Urlaub entführt. Aber ich habe den Eindruck, dass alles ganz anders ist. Ich kann mir nicht helfen, ich glaube, dass die Toskana eher nach

deinem Geschmack wäre. Constance, wenn du nicht sein möchtest, wo du bist, wenn du diesem Mann ohne triftigen Grund gefolgt bist und das jetzt bereust, wenn du möchtest, dass jemand kommt und dich nach Hause holt, dann sage es. Ein Wort von dir genügt, und ich buche sofort einen Flug. (Jeffrey hat seine Schrotflinte nicht durch die Sicherheitskontrollen am Flughafen gebracht, oder?)
Alles Liebe, Gerald

Auch auf diese E-Mail habe ich nicht geantwortet.

Donnerstag, 25. September

Raten Sie mal, was heute für ein Tag ist: mein vierunddreißigster Hochzeitstag, und der vierte Hochzeitstag nacheinander, den Jeffrey vergessen hat. Mein Koffer ist gepackt. Aber ich fliege nicht nach Hause. Ich fahre auch nicht Jeffrey hinterher.

Ich gehe auf Reisen.

Abends an der Bar hat mir Adriana oft von ihrer Heimat vorgeschwärmt. Sie kommt aus Patagonien, dem gebirgigen Süden des Landes. Wenn man sich erst einmal an ihr Lispeln gewöhnt hat, ist ihre Stimme weich, fast hypnotisch, und mir war, als könnte ich den kalten, frischen Wind, der von den Gletschern herunterweht, spüren. Plötzlich hatte ich Sehnsucht nach Patagonien. Ich will dorthin. Warum sollte Jeffrey der Einzige sein, der einfach verschwindet, wenn ihm danach ist? Warum sollte ich hier allein herumhängen und Tag für Tag das papierne Hygienesiegel von meiner Toilette reißen?

Ich weiß, was Sie jetzt denken. Ich sollte lieber hierbleiben, weil ich nicht der Typ für spontane Kurztrips bin; weil ich nicht gerade abenteuerlustig bin; weil mir fremde Orte, fremde Leute und fremdes Essen Angst machen. Aber Adriana hat meine Bedenken mit ruhiger Entschlossenheit beiseitegewischt. Sie hat mir ein paar einfache Sätze auf Spanisch aufgeschrieben, unter anderem «Nein, danke», «Ja, bitte», «Hau ab, du Sohn einer Hündin» und «Ein Steak, medium». Ich bin ganz aufgekratzt und fühle mich mutig und frei.

Ich werde ein Taxi zum Flughafen nehmen, von dort geht es in einer kleinen Maschine weiter nach El Calafate. Vor Ort werde ich mich in das Hotel bringen lassen, das mir Adriana empfohlen hat und von dem sie mir versichert, dass es modern und komfortabel und ein guter Ausgangspunkt für eine Tour zu den Gletschern sei.

Vorhin hat Jeffrey versucht, mich anzurufen. Ich habe das Gespräch einfach weggedrückt.

Hasta luego, amigo.

Freitag, 26. September

Geschafft! Ich befinde mich im Hotel Sierra Nevada in El Calafate, das es natürlich in keiner Weise mit dem Hilton aufnehmen kann: kleines Zimmer, abgenutzter Teppich, dünne Wände. Es wird mir schwerfallen, ohne die weichen weißen Kissen auszukommen. Aber ansonsten ist es in Ordnung hier.

Wenn ich an die Telefonkosten denke, wird mir ganz schlecht, aber ich rief Harriet von meinem Zimmer aus an, um mich zu erkundigen, ob Sophie ohne größere Katastrophen in Bristol angekommen ist. Harriet zufolge hat sie sich die Augen aus dem Kopf geheult, als sie ihr nicht erlauben wollte, Fergie und eine Kiste Champagner in Edwards Landrover zu laden. Aber offenbar besserte sich Sophies Laune wieder, als sie im Studentenwohnheim ein Begrüßungspaket mit Aspirin, Red Bull und einer Dose Spaghettisauce überreicht bekam. Als ich studierte, gab es nur einen Bibliotheksausweis und sonst gar nichts.

Harriet fragte mich, ob Jeffrey und ich unseren Urlaub genießen würden. Ich glaubte einen sarkastischen Unterton in ihrer Stimme zu erkennen und sagte, aber ja doch, das würden wir, sehr sogar, danke schön, dann brüllte ich in den Hörer, wie schlecht ausländische Telefonnetze doch seien, und zog das Telefonkabel aus der Dose. Danach ging ich zur Touristeninformation, die nur ein paar Minuten von meinem Hotel entfernt ist, und buchte für morgen einen Ausflug zum Perito-Moreno-Gletscher. Ich werde um acht Uhr von einem Minibus abgeholt, zum Gletscher gefahren und mit Steigeisen ausgerüstet. Nach einer kurzen Einführung geht es dann auf eine fünfstündige Wanderung durch das Eis. Das ist natürlich ein ganz anderes Kaliber als mein üblicher Spaziergang zum Dorfteich, um die Zeitung zu kaufen. Wie dumm, dass ich meine Thermounterwäsche zu Hause gelassen habe.

Samstag, 27. September

Ich habe den Perito Moreno bezwungen. Ich bin auf einem Gletscher spazieren gegangen und habe es überlebt.

Es war «genial», wie die amerikanischen Jugendlichen sagten, die mit unserer Gruppe unterwegs waren.

Schwarze Felsen ragten in den Himmel; die kalte Luft ließ meine Lungen schmerzen. Das Eis – rau und uralt, durchzogen von feinen Linien in düsterem Blau – erinnerte mich an Jeffreys Herz. Ich trampelte darauf herum.

Sonntag, 28. September

Heute Morgen bin ich durch einen Anruf von Rupert geweckt worden. Es war merkwürdig, mit ihm zu sprechen, während ich in meinem schmalen Bett unter einer Polyesterdecke in Rosa und Lila lag und auf die grauen Berggipfel vor meinem Fenster blickte. Sturmwolken zogen auf, und Ruperts Stimme klang blechern und weit weg.

«Dad hat mich angerufen. Er macht sich Sorgen um dich. Warum seid ihr nicht gemeinsam unterwegs? Was ist los?»

Ich sagte ihm, das solle er seinen Vater fragen.

«Das habe ich doch! Du weißt doch, wie er ist. Er sagte nur, dass er gerade Polo spielen lernt. Er dachte, du seist noch im Hilton. Aber als ich dort anrief, sagte man mir, du seist vor zwei Tagen abgereist. Ich hatte solche Angst um dich!»

Ich sagte ihm, ich sei in Patagonien, das mir sehr gut gefalle.

«Patagonien?! Und was ist mit Dad? Was ist da los zwischen euch? Was hast du jetzt vor?»

«Pinguine», sagte ich, während mein Blick auf das Titelbild des Reiseführers neben dem Bett fiel.

«Ich glaube, ich werde mir heute die Pinguine ansehen.»

Dann sagte ich, er solle auf sich aufpassen, und drückte auf den kleinen roten Knopf, der die Verbindung unterbrach.

Dienstag, 30. September

Margaret Thatcher sagte einmal, man sei ein Versager, wenn man nach seinem fünfundzwanzigsten Geburtstag noch mit dem Bus fahren müsse. Eigentlich habe ich ihr darin immer zugestimmt, aber hier kommt man ohne den Bus nicht sehr weit, und außerdem haben die Argentinier sowieso nicht viel Respekt vor Lady Thatchers Meinung. Also ließ ich mir von einer netten Französin im Sierra Nevada erklären, wie das Bussystem funktioniert; sie half mir sogar, eine Fahrkarte zu kaufen. Die Busfahrt war dann gar nicht so furchtbar, wie ich mir das vorgestellt hatte. Ich buchte den besten Sitzplatz, meine Rückenlehne ließ sich fast so weit nach hinten klappen wie in der Business-Class im Flugzeug, und es waren sogar ein Vorhang zur Abtrennung, ein Kissen und eine Packung Kekse im Preis inbegriffen. Wenn die Frau neben mir nicht geschnarcht hätte, wäre es richtig bequem gewesen.

Und jetzt bin ich hier, in einem kleinen, schnuckeligen Hotel in Rawson, und jedes Mal, wenn sich die Tür öffnet, um eine weitere Gruppe junger Neuseeländer mit ihren obligatorischen, aber überflüssigen Wollmützen in die etwas heruntergekommene Lobby hereinzulassen, kann man den Atlantik riechen.

Mittwoch, 1. Oktober

Heute habe ich Pinguine gesehen, richtige Pinguine. Sie watschelten in einem dichten Teppich aus Schwarz und Weiß über den Sand und schnatterten, während der Wind den Geruch von Seetang vor sich hertrieb. Es war, als wäre ich in den Fernseher gesprungen und in einer Tierdokumentation gelandet. Es hätte mich nicht gewundert, wenn David Attenborough aufgetaucht und neben den Pinguinen in die Hocke gegangen wäre, um die Fressgewohnheiten dieser wunderbaren Geschöpfe zu kommentieren. Mit ihren lustigen Fräcken und unbeholfenen Bewegungen erinnerten mich die Pinguine ein bisschen an Reginald. Aber ich verscheuchte jeden Gedanken an zu Hause, indem ich einen netten Südkoreaner aus unserer Gruppe bat, mit der neuen Kamera, die ich mit Jeffreys Kreditkarte gekauft hatte, ein Foto von mir zu machen.

Zurück im Hotel, schickte ich Sophie eine SMS und fragte, wie es ihr in Bristol gefalle. Erst nach einigen Stunden kam eine Antwort. Sie enthielt nur ein einziges Wort. *Megakrass.*

Dann schickte ich noch eine SMS an Boris und erkundigte mich, ob mit dem Haus alles in Ordnung war. Er antwortete sofort: *Alles in bester Ordnung, Chefin.*

Donnerstag, 2. Oktober

Argentinien ist ganz anders, als ich es mir vorgestellt hatte. Genau genommen weiß ich gar nicht, was ich mir in dem ganzen Durcheinander zwischen Flugbuchung und

Kofferpacken vorgestellt hatte, aber es ging in etwa in die Richtung Schmutz, Kakteen, Slums und Mangel an Errungenschaften der Zivilisation wie Müsli. Stattdessen habe ich festgestellt, dass es sogar in relativ kleinen Städten wie Rawson Hochhäuser, Büroangestellte in Anzug und Krawatte, ordentliche Gehsteige, Bankautomaten, Supermärkte und Apotheken gibt. Das ist natürlich nicht überall so, und einige meiner Befürchtungen haben sich auch tatsächlich bewahrheitet. Im Botanischen Garten von Buenos Aires habe ich mir meine Strickjacke an einem blühenden Kaktus zerrissen. Und auf der Busfahrt hierher konnte man beobachten, wie die Gebäude außerhalb von El Calafate immer einfacher wurden, je weiter wir uns vom Zentrum entfernten, bis da nur noch baufällige Wohnblöcke mit spärlicher Beleuchtung standen, vor denen kleine Jungen im Dreck Fußball spielten.

Der Anblick wird mich bestimmt auch morgen begleiten, denn vor mir liegen zwanzig Stunden Fahrt zurück ins Herz des Landes. Eine Estancia in der Nähe von Córdoba wurde mir von allen Seiten wärmstens empfohlen. Was Jeffrey kann, kann ich schon lange.

Montag, 6. Oktober

So lässt es sich aushalten: klare, kühle Luft, eine idyllische Landschaft mit sanft geschwungenen Hügeln. Es erinnert mich ein wenig an einen Urlaub in Wales, aber hier ist das Wetter entschieden besser, und es gibt mehr Pflanzen mit Dornen. Ich bin auf einer kleinen Estancia untergekommen, einer Rinderfarm mit ein paar Zimmern, die an

Touristen vermietet werden. Meines ist klein und hübsch, hat cremefarbene Wände und ein schmiedeeisernes Bett. Getrockneter Lavendel ragt aus bauchigen Übertöpfen hervor, und durch eine Fenstertür mit bodenlangen blauen Vorhängen fällt der Blick auf Bäume, grasende Rinder und nachts auf Millionen funkelnder Sterne. All dies gibt mir ein Gefühl der Weite, das sich in den Cotswolds noch nie eingestellt hat. Das nächste Dorf ist über eine Stunde entfernt, und es führt nur eine unbefestigte Straße her. Kein Lärm, kein Hinweis auf Zivilisation, so weit das Auge reicht, nur grüne Hügel und Stille, die lediglich von Vogelgesang abgelöst wird. Ich werde ruhen, lesen und nachdenken. Und dann vielleicht das Loch in meinen Wandersocken stopfen.

Dienstag, 7. Oktober

Fehlt mir Jeffrey? Diese Frage hat mich den ganzen Tag lang beschäftigt: als ich in der kühlen Morgenluft auf einem langen Spaziergang die Grenzen der Estancia erkundete, und auch, als ich am Nachmittag im Pool schwimmen war. Wenn ich jetzt gerade zu Hause wäre und es wäre neunzehn Uhr und ich wartete darauf, dass er nach Hause käme, damit ich ihm vom Ärger mit Natalia erzählen oder ihm die neuen Kissenbezüge für das Gästezimmer zeigen könnte, wäre die Antwort mit Sicherheit: Er fehlt mir sehr. Aber ich bin nicht zu Hause, sondern hier.

Ich schwamm Bahn um Bahn in dem kleinen Pool, und während mir die Sonne das Gesicht wärmte und ich spürte, dass das kalte Wasser mir nichts anhaben konnte, fragte ich mich immer wieder: «Vermisse ich ihn?» Auch als ich wieder auf meiner Liege lag und mit dem Zeigefinger gedankenverloren über die Gänsehaut auf meinem Unterarm strich, wusste ich keine Antwort.

Nun sitze ich vor dem Computer im Haupthaus der Estancia. Kerzen beleuchten die gemütliche Lounge, und die Wände sind mit Lederzaumzeug, Hufeisen und alten Schwarzweißfotos dekoriert, die ernst aussehende Gauchos in den traditionellen Schlapphüten und weiten Hosen zeigen. Mein Gesicht glüht noch ein wenig von der Sonne, Sommersprossen sprießen auf meinen Schultern. Ich fühle mich losgelöst von allem; gut möglich, dass das auch mit dem ausgezeichneten argentinischen Rotwein zusammenhängt, den ich aus einem riesigen, bauchigen Glas trinke. Aber dieses angenehme Gefühl hatte ich auch schon in Buenos Aires. Es kommt mir so vor, als wäre es Ewigkeiten her, dass ich in der Hauptstadt war.

Jeffrey hatte übrigens angerufen, als ich gerade auf dem Weg hierher war und durch die Busfenster in die tintenschwarze Nacht starrte. Ich war mir nicht sicher, ob ich mit meinem Mann reden wollte oder nicht, nahm das Gespräch aber an, hauptsächlich, damit das Klingeln aufhörte, das einen nicht sehr vertrauenswürdig aussehenden Mitreisenden mit einem dichten schwarzen Bart aus dem Schlaf gerissen hatte. Die vertraute, immer etwas überheblich klingende Stimme sagte: «Hallo, Constance.» Ich kuschelte mich in meine Strickjacke und die Reisedecke und sagte ebenfalls hallo. Er fragte, ob es mir gutgehe, ich sagte ja. Dann erzählte er mir sehr ausführlich, wie er mit dem Lasso sein erstes Kalb gefangen habe. Ich sagte, ich sei gerade im Bus unterwegs nach Córdoba, wartete noch kurz sein schockiertes Schweigen ab und legte dann auf. Er rief nicht zurück.

Liebe Leser, wie Sie sehen, hänge ich sozusagen in der Luft. Ich habe keine Ahnung, was Jeffrey mit seinen Kollegen in der Kanzlei vereinbart hat. Aber solange ich hier bin und solange es die Platin-Kreditkarte zulässt, werde ich meinen Aufenthalt genießen. Ich glaube, zum Abendessen werde ich wieder Steak bestellen.

Ich hoffe nur, dass nicht eines der armen Tiere auf meinem Teller landet, die die Aussicht aus meinem Zimmer so pittoresk machen.

Mittwoch, 8. Oktober

Ich bin geritten! Als ich das letzte Mal auf einem Pferd saß – das muss 1970 auf einem Fest des Ponyzüchterverbands gewesen sein –, waren ein plumper Schecke namens Daisy, ein Slalom um geringelte Pfähle und Sprünge über Fässer im Spiel. Hier sind die Pferde schlank, aber zäh, haben Römernasen und dichtes Fell. Carlos, einer der Gauchos, nahm mich auf einen Ausritt mit, der über das Weideland bis zu einem kleinen Fluss mit glasklarem Wasser führte. Es zahlt sich aus, dass ich früher Reitunterricht hatte; ich saß fest im Sattel und fiel selbst dann nicht herunter, als mein Pferd vor einem der kleinen Falken scheute, die hier so zahlreich sind wie bei uns Tauben. Ich glaube, Carlos, der etwas über dreißig ist, war beeindruckt. Allerdings war die Reitausrüstung ungewohnt: Die Sättel sind riesig und dick gepolstert, sodass man fast gezwungen wird, krumm zu sitzen und die Beine lang zu machen, was in krassem

Widerspruch zu der Reithaltung steht, die mir von Mrs Hough, meiner Reitlehrerin, eingeimpft worden war. Eigentlich sollten nämlich Schulter, Ellbogen und Ferse eine gerade Linie bilden. Mit ihrem «Zehen hoch, Fersen runter!» könnte Mrs Hough hier wohl nichts ausrichten. Als Carlos mit seinem Pferd zu traben begann und mein Pferd folgte, bewegte ich mich instinktiv im Rhythmus auf und ab, wie ich es gelernt hatte, doch auf dem argentinischen Sattel fühlt sich das irgendwie unnatürlich an. Carlos lachte, aber als er sah, dass ich es bemerkt hatte, hörte er auf. Am Ende unseres Ausritts hatte ich mich daran gewöhnt, beim Traben auszusitzen und beide Zügel in einer Hand zu halten, und war fest davon überzeugt, dass ich sogar dem Möchtegern-Cowboy Jeffrey Konkurrenz machen könnte.

Donnerstag, 9. Oktober

Heute ist etwas sehr Ungewöhnliches passiert: Sophie hat angerufen und nicht um Geld gebeten. Stattdessen fragte sie, ob es mir gutgehe. Ich überlegte einen Moment und sagte dann, ja, es gehe mir gut. Dann wollte sie wissen, was mit mir und Jeffrey los sei. Ich dachte wieder nach und sagte dann: «Ich weiß es nicht.» Das schien sie nicht zufriedenzustellen. Dann kam mir ein Artikel über Beziehungsprobleme aus einer ihrer Klatschzeitschriften in den Sinn, über den ich einmal beim Aufräumen gestolpert war, und ich setzte nach: «Wir brauchen einfach ein bisschen Zeit und Abstand voneinander.» Sie sagte: «Ach so.» Dann sagte sie: «*******, mein Guthaben ist alle», und das Gespräch brach ab. Ich rief sie zurück und fragte, wie es ihr in Bristol gefalle, und sie sagte, es sei «abgefahren» und sie habe eine «geile Zeit» und schon viele neue Freunde gefunden. Gestern Abend sei sie bei einer Achtziger-Jahre-Party des Studentenwerks gewesen, auf der sie alle rosa Beinwärmer und Schweißbänder getragen hätten und um vier Uhr morgens nach Hause gekommen seien und dann ganz spontan beschlossen hätten, alles, was in den Schränken zu finden war, zum Frühstück zu braten, was ganz schön «krank» gewesen sei. Dann erkundigte ich mich, wie es mit den Seminaren und Vorlesungen laufe, worauf sie nur «gut» sagte.

Nach dem Telefonat schwamm ich vierunddreißig Bahnen und versuchte, nicht an Jeffrey zu denken.

Freitag, 10. Oktober

Ein schrecklicher Albtraum sorgte dafür, dass ich heute Morgen mit Tränen in den Augen aufgewacht bin: Sophie, Rupert und Jeffrey waren auf einem Kreuzfahrtschiff, und ich hatte mich mit siebzehn Dosen gebackener Bohnen und einem Campinggaskocher in ein kleines Rettungsboot geflüchtet und trieb auf dem offenen Meer. Die Wellen zwischen uns wurden immer größer, sodass ihre Gesichter an Deck immer schlechter zu erkennen waren, und dann konnte ich sie gar nicht mehr sehen. Plötzlich rutschten zehn von den Konservendosen über Bord, und dann fiel mir auch noch ein, dass ich meine Feuchtigkeitscreme vergessen hatte. Während ich im Boot danach suchte, begann sich die Szene um mich herum zu verändern, und auf einmal stand ich in der Glockenstube. Ich war in den Anblick einer toten Spinne vertieft, die auf meiner Tupperware-Dose mit Vollkornkeksen lag, als mir plötzlich die bleierne Stille auffiel. Ich drehte mich um und sah die Glöckner vom Wechselläuten in einer Reihe stehen. Alle musterten mich und schüttelten missbilligend den Kopf, sogar Reginald und Gerald.

Ich machte einen langen Ausritt mit Carlos, um den Kopf freizubekommen. Sein Englisch ist fast genauso schlecht wie mein Spanisch. Manchmal deutet er auf etwas – einen Vogel oder eine Kuh – und sagt mir das spanische Wort dafür, und ich wiederhole es. Dann sage ich, wie es auf Englisch heißt, und er wiederholt es. Er hat einen leichten Sprachfehler, der mich ein bisschen an Manuel aus *Fawlty Towers* erinnert, mit dem Unterschied, dass Carlos groß und muskulös ist und mit seinen tiefschwarzen Augen viel besser aussieht. Auf einem sanft ansteigenden Stück des Geländes versuchten wir es mit einem leichten Galopp, aber ich konnte mich nicht entscheiden, ob ich mich zurücklehnen sollte, wie es der Sattel verlangte, oder nach vorn beugen sollte, wie ich es im Reitunterricht gelernt hatte, sodass es eine ziemlich holprige Angelegenheit war.

Samstag, 11. Oktober

Ich bin auf die Estancia gekommen, um ein Weilchen für mich zu sein, aber ich habe trotzdem ein paar Freundschaften geschlossen. Es ist Nebensaison, und die einzigen Gäste außer mir sind zwei Amerikaner, ein Ehepaar, das einige Jahre älter ist als ich. Sie heißen Bob und Rosa, und beide haben diese gleichmäßige honigfarbene Bräune, die man nur in einem Klima bekommen kann, das erheblich sonniger ist als Surrey. Wir kamen ins Gespräch, und es stellte sich heraus, dass sie in Miami leben, wohin sie nach ihrer Pensionierung gezogen sind. Bob war früher Software-Spezialist und Rosa Zahnarzthelferin gewesen, und auf mich wirkten sie wie ein ganz normales Ehepaar mit Kindern und Enkeln. Nach ein paar kurzen Plaudereien am Pool und einer längeren Unterhaltung bei einem Glas Wein im Haupthaus erfuhr ich jedoch, dass es für beide die zweite Ehe war und dass sie dadurch eine zusammengewürfelte, recht unübersichtliche Schar von Nachkommen und jede Menge Loyalitätskonflikte hatten. «Unsere Großfamilie ist so was wie eine wandelnde Jerry-Springer-Show», sagte Rosa lachend, während sie ihr Weinglas vor sich hielt, an dessen Rand der Abdruck ihres rosa Lippenstifts prangte. «Nur ohne Prügeleien und Geschlechtsumwandlungen», fügte Bob etwas zu hastig hinzu.

Ich fand die beiden auf Anhieb sympathisch, und sie mich, glaube ich, auch. Mein Ehering muss ihnen aufgefallen sein, aber sie sind höflich genug, keine Fragen zu stellen. Was sie wohl denken? Ich entspreche für sie bestimmt dem Klischee der exzentrischen Engländerin, weil ich jeden Nachmittag schwimmen gehe, obwohl der Pool noch ziemlich kalt ist. Ich erzählte ihnen, dass ich als Kind jeden Sommer am Meer in Cornwall gewesen sei und Sandburgen im Regen gebaut hätte, was ihre Meinung über mich allerdings nur zu bekräftigen schien.

Auch Carlos scheint sich über mein tägliches Schwimmprogramm königlich zu amüsieren. Als ich heute langsam in den Pool stieg und das kalte Wasser gegen meine Oberschenkel schwappte, bemerkte ich, dass er mich, an einen Zaunpfosten gelehnt, beobachtete und ungläubig grinste. Die Argentinier scheinen ja nicht gerade hart im Nehmen zu sein. Kein Wunder, dass wir den Falklandkrieg gewonnen haben.

Sonntag, 12. Oktober

Heute bin ich zum ersten Mal galoppiert. Noch immer spüre ich das Donnern der Hufe unter mir und den Wind, der an meinen Haaren reißt. Zuvor war jeder Versuch, mein Pferd zu einem leichten Galopp anzutreiben, zum Scheitern verurteilt gewesen: Ich versuchte mich nach vorn zu beugen, was der Sattel aber nicht zuließ, und schließlich musste ich wieder langsamer reiten. Heute war das anders. Carlos und ich hatten gerade an einem Fluss gehalten, wo mein Pferd mit einem lauten, schlurfenden Geräusch Wasser getrunken hatte, was Carlos zum Lachen brachte. Es war später Nachmittag, die Sonne warf lange Schatten, ein milder Duft stieg vom Boden auf, warm und feucht. Ich war völlig entspannt. Wir ritten auf eine große, offene Weidefläche zu. Carlos nickte mir zu und lächelte, dann trieb er sein Pferd an, zuerst zu einem Trab, dann zu einem leichten Galopp. Mein Pferd tat es ihm gleich, und ich wurde wie üblich heftig durchgeschüttelt. Carlos ritt schneller, drehte sich um und bedeutete mir mit einer Handbewegung, mich im Sattel zurückzulehnen. Und ich tat es einfach. Nun trieb Carlos sein Pferd zu einem scharfen Galopp an. Meines wurde ebenfalls schneller. Ich ließ mich fallen, meine Hüften schwangen mit und fingen die Bewegung des Pferdes ab, die Erde raste unter mir vorbei. Ich fühlte mich frei, unglaublich frei. Als wir wieder zum Stehen kamen, konnte ich nicht aufhören zu grinsen. Mrs Hough würde angesichts meiner Technik die Hände über dem Kopf zusammenschlagen, aber Carlos sah mich anerkennend an, ein breites Lächeln auf seinem braungebrannten Gesicht, und sagte: *«Muy bien.»*

Montag, 13. Oktober

Ich habe gerade zum ersten Mal seit einer Ewigkeit wieder auf Facebook vorbeigeschaut. Als ich vorhin an meinem Weinglas nippte und mir Bob und Rosa Anekdoten von ihren Freunden erzählten, wurde ich plötzlich neugierig, was mein eigener kleiner Internet-Freundeskreis so trieb. Nachdem ich mich angemeldet hatte, sah ich als Erstes eine Statusmeldung von Bridget, in der sie geschrieben hatte: «fragt sich, ob Dita von Teese ein angemessenes Vorbild für eine dreiundfünzigjährige Verlagsmitarbeiterin ist». Ich dachte eine Weile darüber nach. Nach allem, was man so liest, scheint sich die Dame ja wohl gegen Geld ihrer Bekleidung zu entledigen, andererseits tut sie das auf sehr raffinierte Weise, und die betreffenden Kleidungsstücke sind immer sehr schön und geschmackvoll. Was Jeffrey wohl sagen würde, wenn ich ihn fragte? Ich trank noch einen Schluck Wein und schrieb dann auf Bridgets Pinnwand: «Es gibt schlechtere Vorbilder.»

Dann sah ich, dass Tanya Fotos der kleinen Sharia gepostet hatte, und sofort vergaß ich alles über Burlesque-

Tanz. Die Kleine ist einfach hinreißend. Auf einem der Fotos hält sie sich mit geschlossenen Augen an einem weißen Teddybären fest, und ihre dichten, dunklen Wimpern liegen wie ein schwarzer Schleier auf ihren rosigen Wangen. Auf einem anderen sieht sie mit ihren riesigen blauen Augen aufgeweckt in die Kamera, als wollte sie danach greifen und darauf herumkauen. Auf einem weiteren, zugegebenermaßen ziemlich albernen Foto hat Tanya ihr einen Häschenstrampler mit Ohren angezogen. Das Mützchen, das ich für die Kleine gestrickt hatte, konnte ich allerdings auf keinem der Bilder erkennen. Es ist ihr sicher schon zu klein geworden.

Ich starrte die Fotos einige Minuten lang an und nahm dabei ein paar Schluck Wein, und plötzlich kam alles wieder hoch, was ich während Sophies Verschwinden, Jeffreys Verhaftung und unserer spontanen Reise hierher verdrängt hatte. Ich musste an Harriets Enkelkinder denken, und daran, dass Rupert nie sein eigenes Baby in seinen Armen halten wird, und plötzlich strömten mir Tränen über die Wangen. Als Bob und Rosa mich weinend am Computer sitzen sahen, kamen sie angerannt und fragten, ob alles in Ordnung sei.

Ich konnte sie nicht anlügen. Ich erzählte ihnen alles über Rupert, und dann noch die Sache mit Sophie und Iwan, und das mit Jeffrey konnte ich auch nicht für mich behalten. Rosa legte mir den Arm um die Schultern und sagte, dass Jeffrey ein «Schmock» sei, was mir Bob als «Idiot» übersetzte. Die beiden spürten, dass ich für mich sein wollte, und ließen mich wieder allein. Ich loggte mich bei Facebook aus, nahm mir einen Bildband, der in der Lobby auslag, und tauchte ein in die Welt der argentinischen Estancias, in der die Frauen kochten und die Männer ritten. So einfach konnte es sein.

Dienstag, 14. Oktober

Ist Jeffrey ein Schmock? Das Wort klingt irgendwie treffender als Idiot. Schmock, Schmock, Schmock. Oder ist er vielleicht nur ein *cabrón*? Ich sehe ihn vor mir, zu Hause im Garten, wie er mit einem Gin Tonic und der Sonntagszeitung auf einem Liegestuhl faulenzt, während ich Mutter im Seniorenheim besuche, allein. Schmock.

Am Nachmittag hat Rupert angerufen, und ich fragte ihn: «Glaubst du auch, dass dein Vater ein Schmock ist?» Er erkundigte sich, ob ich zu lange ohne Kopfbedeckung in der Sonne gewesen sei. Wir wechselten das Thema, und er versicherte mir, dass es Darcy und Fergie gutgehe und dass Boris das Haus blitzsauber halte und dass seine Fixierung auf Staubsauger langsam ungesunde Formen annehme. Er hat vor lauter Langeweile beide Staubsauger auseinandergenommen, sie gründlich gereinigt und wieder zusammengebaut. Außerdem bat er Rupert um Erlaubnis, einen Teil des Haushaltsgeldes für den Kauf neuer Düsen verwenden zu dürfen.

In dem Moment fiel mir auf, wie spät es schon war, und ich sagte, dass ich mich beeilen müsse, Carlos warte auf mich.

«Wer ist Carlos?», hörte ich Rupert noch fragen, ehe die Verbindung abbrach.

Mittwoch, 15. Oktober

Heute habe ich mich lange im Spiegel betrachtet. Die Tage an der frischen Luft scheinen meinem Teint gutzutun, vielleicht bringt ihn aber auch die La-Mer-Creme zum Strahlen, die ich mir mit Jeffreys Kreditkarte im Duty-Free-Shop gekauft habe. Ich habe etwas abgenommen, mein Bauch ist ein wenig flacher – ich bewege mich mehr und greife nicht wie zu Hause bei jeder Gelegenheit bei Kuchen und Keksen zu. Meine Beine sind braun gebrannt, mein Haar ist länger als üblich, da der gestufte Bob langsam herauswächst. Ich glaube, längere Haare stehen mir viel besser. Durch die Sonne habe ich jetzt karamellfarbene Strähnen in meinen kastanienbraunen Haaren, sodass der graue Ansatz gar nicht so auffällt. Alles in allem bin ich ganz gut in Form. Nicht dass es irgendjemanden interessieren würde.

Donnerstag, 16. Oktober

Heute Nachmittag, als ich am Pool lag und Joanna Trollope las, rief Jeffrey an. Die Verbindung war schlecht, aber ich verstand, dass er mich bat, etwas sparsamer zu sein, sonst würden uns noch die Kreditkarten gesperrt werden. Ich bestellte einen Sex on the Beach und wandte mich wieder meinem Buch zu.

Grundgütiger Gott, wie konnte ich nur? Was werden Sie wohl von mir denken, wenn Sie erfahren, was ich die letzten Tage getrieben habe?

Aber wenn ich mir meine Einträge der letzten Tage so ansehe, müssten Sie, liebe Leser, schon ziemlich «schwer von Kapee» sein, wie es meine Mutter ausdrücken würde, wenn Sie es nicht schon ahnen würden. Ja, ich schäme mich, und ich habe ein schlechtes Gewissen, aber gleichzeitig finde ich das alles so aufregend und fühle mich so lebendig.

Das geht jetzt schon seit drei Tagen, und erst jetzt habe ich den Mut, Ihnen davon zu erzählen. Aber das muss ich gar nicht, weil Sie es ja bestimmt schon haben kommen sehen.

Ich hätte es nicht tun sollen. Auf keinen Fall. Ich bin seit vierunddreißig Jahren verheiratet. Wir haben zwei Kinder. In vierunddreißig Jahren habe ich mich für keinen anderen Mann interessiert. Es wäre mir absolut lächerlich vorgekommen, einen anderen Mann auch nur anzusehen, das Leben ist schließlich nicht wie in Sophies Zeitschriften oder in irgendeiner Reality-Show im Fernsehen. Das war neben seinen Schuppen auch der Grund dafür, dass ich Gerald abgewiesen habe. Vierunddreißig Jahre lang bin ich Jeffrey eine gute Frau gewesen. Vierunddreißig Jahre lang Frühstück und Abendessen und Urlaub und Familie und nachts im Bett nur ein paar Zentimeter Platz zwischen uns.

Vierunddreißig Jahre, die auf einen Schlag vergessen waren, als Carlos in meine Augen sah, mir mein Weinglas abnahm, um einen Schluck daraus zu trinken, und seine Hand auf meinen Oberschenkel legte.

Ich hasse mich. Aber es gefällt mir. Was soll ich tun?

Dienstag, 21. Oktober

Ich weiß immer noch nicht, was ich tun soll, aber ich habe Bridget angerufen, um sie um Rat zu fragen. Da sie in London lebt, wo wesentlich losere Sitten herrschen als im Osten Surreys, war nicht zu befürchten, dass sie vor Empörung gleich auflegen würde. Als Studentinnen hatten wir stundenlang in ihrem oder meinem Zimmer auf dem Boden gesessen, den Rücken an das schmale Bett gelehnt, und über Jungs geredet, anstatt Byron zu lesen. Nachdem es achtmal geklingelt hatte und ich schon aufgeben wollte, nahm sie ab. Bei mir war es mitten am Tag und sonnig, bei ihr früher Abend. Ich stellte mir vor, wie sie in ihrer Wohnung neben dem Telefon saß und ihre schwarze Strickjacke enger um sich zog, während es draußen schon langsam dunkel wurde. «Constance, endlich!», rief sie. «Ich habe mich schon gefragt, was mit dir los ist. Warum hört man denn gar nichts mehr von dir? Ich dachte schon, dein polnischer Putzmann hätte dich als Geisel genommen.» Dann lachte sie ihr lautes, heiseres Lachen, das sich seit unserer Studienzeit nicht verändert hat.

Ich räusperte mich. Es dauerte natürlich eine Weile, bis ich ihr erklärt hatte, warum ich nicht in England, sondern auf einer Rinderfarm in Argentinien gestrandet war, ohne Jeffrey und ohne eine ausreichende Menge an Leinenblusen. Nachdem Bridget ihren ersten Schock überwunden und etwa zehnmal gefragt hatte, ob es mir wirklich gutgehe, was ich ohne rechte Überzeugung bejaht hatte, spürte sie irgendwie, dass das noch nicht alles war. Also erzählte ich ihr die Sache mit Carlos. Mittendrin – ich glaube, ich war beim gestrigen Tag angelangt, als wir zum Fluss ritten, wo wir nackt badeten und anschließend triefnass wieder auf die Pferde stiegen – fiel mir auf, dass ich das Telefonkabel so eng um meinen Zeigefinger gewickelt hatte, dass ich das Blut abschnürte. Ich befreite den Finger und erzählte zu Ende.

«Oh, Constance», seufzte sie, als ich fertig war.

«Was soll ich denn jetzt machen?», fragte ich, versucht, meinen Finger erneut mit dem Telefonkabel zu erdrosseln.

Das konnte sie natürlich nicht für mich beantworten. Stattdessen erzählte sie mir ein wenig aus ihrem Leben. Sie sagte, sie habe einige «Affären» gehabt, bei denen hübsche Kleider, Tanzen und Abendessen eine Rolle gespielt hätten, und würde sich überhaupt nicht dafür schämen. Sie war der Meinung, dass es höchste Zeit, sei, meine überholten Wertvorstellungen ad acta zu legen, denn sie könne mir förmlich an der Stimme anhören, dass ich mir vorstellte, wie meine Mutter vor mir stand, mit dem Finger drohte und mich ein Flittchen nannte. Damit hatte sie tatsächlich recht.

Dann schlug sie einen neuen Kurs ein.

«Weißt du was?», fragte sie. «Ich vermisse Philip immer noch.» Philip ist ihr Exmann, von dem sie sich scheiden ließ, weil er aus «ökonomischen Gründen» ihr Abonnement für die *London Review of Books* gekündigt hatte und weil er beim Essen immer mit der Gabel gegen seine Zähne schlug. «Ich habe immer noch eins von seinen Hemden im Schrank hängen, ich sehe es mir so gern an. Mein Leben dreht sich nur um mich selbst, und mir fehlt es, dass ein anderer weiß, ich war einkaufen und habe Milch mitgebracht, oder ich habe die Zugfahrkarten für das Wochenende in Bath gekauft.»

Das hatte ich nicht erwartet. «Willst du damit sagen, dass es ein Fehler war, dich von ihm zu trennen?», fragte ich.

«Quatsch», sagte sie. «Es war kein Fehler. Es ist nur schade, das ist alles.»

«Und was heißt das jetzt? Was soll ich tun?», fragte ich. Meine Verzweiflung war mir deutlich anzuhören.

«Constance, das kannst nur du allein entscheiden.»

In dem Moment hörte ich ein unterdrücktes Niesen links von mir und sah aus den Augenwinkeln ein Stück kirschroten Chiffons. Ich hatte Bridget von der Lobby aus angerufen, und Rosa hatte die ganze Zeit zugehört, versteckt hinter einem Ziersattel aus dem neunzehnten Jahrhundert.

Mittwoch, 22. Oktober

O Gott. Eine E-Mail. Von Jeffrey:

> *conmie bitre komm, hab mir dwn arm gebrochen, kann mit links nixht tipprn. du gehdt nicht ans tekefon. hofge du liedz emqil. du mudst nach santa rosa fliegen, dann bus nach chacharamendi, dsnn taci zu estancia.*

es tur mit so leid. ich bin eon idiof. du fehldt mit. mein asm tut vetdammr weh. kannsr du mir verteihen?

Was soll ich tun?

15.00 Uhr

Carlos hat mir die Entscheidung abgenommen. Er lernt jetzt Englisch. Bis vor kurzem hat er mich nur stumm angehimmelt. Heute hat er den Mund aufgemacht und gesagt: «Ich … mag … Britney Schpearsch», und mich voller Stolz angelächelt. In zwanzig Minuten kommt mein Taxi.

Freitag, 24. Oktober

Ich bin jetzt bei Jeffrey. Es geht ihm gar nicht gut. Als ich hier eintraf, lag er in seinem kleinen Zimmer auf dem Bett, die Vorhänge waren zugezogen. Sein Arm war in Gips gelegt, und sein Gesicht hatte die Farbe von Corned Beef. Warum sind Männer unfähig, sich mit Sonnenschutz einzucremen? Als er mich sah, schoss er mit einem Ruck in die Höhe und schrie dann vor Schmerz laut auf.

Jeffrey ließ sich wieder auf das Kissen sinken, und ich setzte mich auf den Bettrand. Ich musterte sein Gesicht, das mir bis auf die burgunderrote Farbe noch immer vertraut war. Ich war erleichtert. Glaube ich jedenfalls. Er sagte, ich würde toll aussehen und irgendwie anders. Ich wurde rot. Ich glaube, das letzte Mal, dass ich in Jeffreys Gegenwart rot wurde, ist über dreißig Jahre her.

Ich wechselte das Thema und kam auf die Anlage zu

sprechen, die einen gewissen rustikalen Charme besitzt. Mit der Estancia, auf der ich die letzten Wochen verbracht hatte, kann sie allerdings nicht mithalten. Es gibt hier keinen Pool, keine Arrangements aus Trockenblumen auf den Zimmern, keine sanfte Hügellandschaft, keine murmelnden Flüsse. Der große, klobige Computer an der Rezeption, auf dem ich diese Zeilen schreibe, ist so ziemlich der einzige Hinweis auf Zivilisation. Rupert würde vermutlich laut lachen und ihn prähistorisch nennen. Ich vermisse Rupert.

Die Estancia liegt im Norden des Landes, und das Klima ist ganz anders. Jeffrey ging mit mir spazieren und trug den gebrochenen Arm in einer Schlinge. Mit dem anderen zeigte er in einer ausladenden Geste auf die endlose Weite roter, trockener Erde. Im Westen ragten hinter einem Schleier aus Hitze die Anden empor. Die Berge wirkten so groß und bedrohlich, dass sie mir fast den Atem nahmen.

Wir haben über alles Mögliche geredet, über Essen und Pferde und das Wetter, aber wir wussten beide, dass wir den wirklich wichtigen Themen auswichen.

Ich habe mir ein eigenes Zimmer genommen. Jeffrey hat nichts dazu gesagt, er hat mich nur lange und eindringlich angesehen.

Samstag, 25. Oktober

Soll ich's ihm beichten? Warum sollte ich das tun? Warum sollte ich es nicht tun?

Wenn ich mit ihm zusammen bin, wenn ich ihm helfe,

die Schlinge um seinen Arm zu legen, wenn ich ihm Sonnencreme mit Lichtschutzfaktor 50 in den Nacken schmiere, komme ich mir vor wie eine Betrügerin. Ich habe so ein schlechtes Gewissen, dass ich schon Magenprobleme habe. Mir ist genauso schlecht wie damals, als Jeffrey mich dazu gezwungen hatte, Austern zu essen.

Sonntag, 26. Oktober
1.00 Uhr

sie wussten das mit natalia, oder? ich wette, alle wussten das mit natalia, alle, nur ich nicht. wie konnte er nur? in unserem haus, unter unserem dach, dabei hat sie doch so schlecht gefärbte haare, dass sie manchmal richtig lila aussehen. wie konnte er? angefangen hat es an silvester, bei dem krimispiel, das *ich* für ihn organisiert hatte, weil ich ihn aufmuntern wollte, aber dann hat sie ihn im dunkeln aufgemuntert, als alle anderen nach spuren suchten, da ist gut munkeln. das ist schlimmer als das, was ich getan habe, schließlich mussten carlos und jeffrey nie im selben raum sein so wie ich wenn diese falsche kleine schlange jeffrey fragte, ob er eine tasse tee möchte. und wissen sie was das schlimmste ist denn es gibt etwas das noch schlimmer ist obwohl das ganze schon schlimm genug ist. das schlimmste ist dass er dachte es wäre nur natalia aber er weiß es nicht. er wollte ehrlich sein und alles erzählen damit wir von vorn anfangen können aber ist sich nicht sicher ob es einmal natalia oder ihre zwillingsschwester lydia war

Ich habe mich etwas gefangen, und nüchtern bin auch wieder. Wie Sie meinem vorherigen Eintrag bereits entnehmen konnten, war gestern Abend der Abend der großen Aussprache. Sie fand während des Abendessens in dem winzigen «Restaurant» der Estancia statt, das eigentlich nur der Salon des Ranchhauses ist, in dem abends die Sofas an die Wand geschoben und ein paar Tische auf den kalten Steinboden gestellt werden. Wir aßen Steak, das auf der Zunge zerging, und tranken fast zwei Flaschen schweren Rotweins aus der Region. Dann sah ich Jeffrey in die Augen und sagte die gleichen Worte, die er vor sechs langen Wochen mir gesagt hatte: «Wir müssen reden.»

Ich wollte ihn wissen lassen, wie sehr er mich verletzt und enttäuscht hatte, und dann wollte ich ihm die Sache mit Carlos beichten und ihn um Verzeihung bitten. Aber dazu kam es gar nicht, denn Jeffrey nahm meine Hand und sagte: «Ich will, dass wir noch einmal von vorn anfangen. Und ich will, dass wir es dieses Mal hinbekommen. Aber zuerst muss ich dir etwas gestehen, und ich weiß nicht, ob du mir vergeben kannst. Ich hätte es dir schon längst sagen sollen, aber ich konnte nicht. Ich konnte einfach nicht.»

Ich drückte seine Hand und wartete nervös. Dann erzählte er mir von Natalia. Das mit ihr lief bis zu dem Tag, als sie nach dem Streit mit Iwan das Haus verließ. Im Nachhinein ist mir völlig schleierhaft, wie ich es übersehen konnte, doch gestern Abend war ich einfach nur schockiert. Jeffrey hätte ebenso gut aufstehen und mir ins Gesicht schlagen können – mit seinem unverletzten Arm.

Mich übermannte eine Wut, wie ich sie noch nie gespürt hatte, eine unbändige Wut, eine Million Mal stärker als damals, als Sophie betrunken nach Hause gekommen war und sich in meinen Stieltopf von Le Creuset erbrochen hatte. Ich erhob mich, kippte Jeffrey seinen Teller auf den Schoß und fegte sein Weinglas auf den Boden. Der Kellner schnappte nach Luft und eilte an unseren Tisch, was mich wunderte. Ich dachte, Latinos wären theatralische Szenen gewohnt.

Ich warf noch einen letzten Blick auf Jeffrey – er starrte mich mit offenem Mund an, auf seinem Hemd klebten die Reste der Salatgarnitur – und ging dann ruhigen Schrittes an die frische Luft. Die Sterne, die zu Tausenden am schwarzen Himmel funkelten, konnten mich nicht trösten. Seitdem habe ich ihn nicht mehr gesehen.

Gestern Abend wartete ich, bis das Ranchhaus leer war, dann ging ich wieder hinein und goss mir den Rest einer Flasche Wein ein, die ich hinter der Bar fand. Ich glaube nicht, dass Jeffrey heute sein Zimmer verlassen hat. Seine Vorhänge sind immer noch zugezogen.

Fast ein Jahr lang. Wie konnte er mir das antun? Wie konnte er nur, in unserem Haus, in einem Zimmer, dessen Vorhänge ich ausgesucht habe, dessen Wände ich in einem zarten Apricot streichen ließ? Das werde ich ihm nie verzeihen.

15.00 Uhr

Keine Ahnung, wo Jeffrey steckt. Ich rief Bridget an, und kaum hatte sie abgenommen, fing ich an zu weinen. Ich brauchte etwa zehn Minuten, um ihr die ganze Geschichte zu erzählen, und als sie dann «Oh, Constance» sagte, wusste ich, dass sie aufrichtig mit mir fühlte, aber das half mir auch nicht.

Ich kann einfach nicht fassen, was er getan hat.

Montag, 27. Oktober

Gestern Abend war der Abend der großen Aussprache Teil zwei. Um sechs Uhr klopfte Jeffrey an meine Tür. Ich lag gerade auf dem Bett und versuchte, mich auf meinen Roman zu konzentrieren, musste mir aber die ganze Zeit die Tränen aus den Augen wischen. Als ich die Tür öffnete, stand er mit einer kleinen, halb verwelkten violetten Blume in der Hand vor mir und sah traurig aus. Ich ließ ihn herein. Er nahm auf einem kleinen Hocker Platz, ich setzte mich auf die Bettkante. Sein Blick fiel auf den Berg zusammengeknüllter Papiertaschentücher auf meinem Nachttisch. «Connie, es tut mir so leid, das musst du mir glauben», sagte er, und in dem Moment rebellierte etwas in mir. Ich wollte sein Mitleid nicht, ich war nicht hilflos.

«Mir tut es auch leid», sagte ich und setzte mich aufrecht hin. Dann erzählte ich ihm die Sache mit Carlos.

Liebe Leser, inzwischen werden Sie ja schon festgestellt haben, dass ich keine Feministin bin. Die traditionelle Rollenverteilung zwischen Mann und Frau habe ich immer akzeptiert. Gleichberechtigung schön und gut, aber man muss es ja nicht übertreiben. Nach Jeffreys Reaktion auf mein Geständnis sehe ich den Sachverhalt allerdings mit anderen Augen. Ich habe genauso einen Fehler gemacht, das weiß ich. Aber Sie werden mir zustimmen, dass man unser Fehlverhalten keinesfalls auf eine Stufe stellen kann. Er hat mich nach Strich und Faden betrogen, unzählige Male, mehrere Monate lang, in unserem Haus, und morgens am Frühstückstisch in aller Seelenruhe seinen Toast gebuttert, als hätte er nicht kurz zuvor in der Besenkammer Ehebruch begangen. Ich habe ihn nur ein paar Tage lang betrogen, weniger als eine Woche sogar, mit einem ihm unbekannten Mann, in einem fremden Land, in dem er mich aus heiterem Himmel im Stich gelassen hatte. Unsere Vergehen – unsere Sünden, wie Reginald es nennen würde – halten sich ganz offensichtlich nicht die Waage. Warum ist er nach meinem Geständnis dann so dermaßen ausgerastet? Warum sprang er von seinem Hocker auf und stieß ihn mit einem Fußtritt um? Warum brüllte er, er habe geglaubt, mich zu kennen, aber jetzt sei ich ihm völlig fremd, bevor er aus dem Zimmer rannte, die Tür hinter sich zuknallte und zu fluchen begann, weil sein verletzter Arm schmerzte?

Warum stand er heute nicht vor meiner Zimmertür, um mich, mit einer Blume in der Hand, um Verzeihung zu bitten?

Warum wiegt es so viel schwerer, wenn eine Frau ein einziges Mal das tut, was Männer immer tun, ohne auch nur mit der Wimper zu zucken?

Dienstag, 28. Oktober

Patt. Ich ignoriere Jeffrey, Jeffrey ignoriert mich.

Mittwoch, 29. Oktober

Heute habe ich endlich Adapter und Netzteil aus dem Koffer genommen und mein Mobiltelefon aufgeladen. Ich hatte zwei besorgte Nachrichten von Sophie und Rupert auf meiner Mailbox, dazu noch eine von Tanya, die sagte, Sharia lasse herzlich grüßen, und eine von Harriet, die mit besorgter Stimme fragte, ob alles in Ordnung sei, und dann sagte, es gehe das Gerücht um, dass Jeffrey und ich wegen Drogenschmuggels in Costa Rica im Gefängnis säßen. Harriets Nachricht habe ich gelöscht, aber die von Sophie und Rupert habe ich mehrmals hintereinander abgehört. Ihre Stimmen zu hören brachte mich zum Weinen. Vielleicht sollte ich zurück nach Hause fliegen. Vielleicht soll die Reise hier zu Ende sein. Die Hitze und der Staub und der weite blaue Himmel beginnen mir auf die Nerven zu gehen. Ich vermisse mein Zuhause, ich vermisse meine Kinder, ich vermisse englischen Regen und schmale Landstraßen und den Geruch von frischgebackenem Kuchen. Ich könnte Jeffrey hier zurücklassen und allein nach Hause fliegen. Ich könnte das Haus verkaufen und mir eine kleine Wohnung nehmen und mit dem anfangen, was geschiedene Frauen so tun: Töpfern lernen, Tiffanylampen herstellen, häkeln, Miss Hughes bei *Katzen in Not* unter die Arme greifen oder etwas in der Richtung. Sieht so meine Zukunft aus?

Ich weiß, dass ich Sophie und Rupert zurückrufen sollte, aber es wäre mir einfach zu schwergefallen, mit ihnen zu reden. Stattdessen schrieb ich eine SMS und schickte sie an beide:

Bin bei Dad, lebe noch, Kuss Mum

Donnerstag, 30. Oktober

Heute hat Jeffrey beim Frühstück kurz zu mir herübergelächelt. Es war ein zaghaftes, unsicheres Lächeln. Ich lächelte unwillkürlich zurück. Dann warf ich ihm einen finsteren Blick zu und fuhr fort, die verbrannten Stellen von meinem Brötchen zu kratzen.

Freitag, 31. Oktober

Vorhin habe ich nach neuen E-Mails geschaut und hatte nicht nur die üblichen Newsletter im Posteingang, die mir billige Zugfahrkarten oder kostenlose Strickmuster anboten, sondern auch folgende Nachricht von Reginald:

Liebe Constance,
ich weiß nicht, wo Sie sind, aber ich hoffe, Sie sind wohlauf. Hier zu Hause machen wir uns Sorgen um Sie. Es sind die abenteuerlichsten Gerüchte im Umlauf, die wir nach besten Kräften ignorieren. Ich bete jeden Tag zu Gott, dass Sie gerade auf einer exotischen Insel in der Sonne liegen und nicht als Drogenkurier oder etwas ähnlich Schreckliches missbraucht werden. Wenn Sie diese Nachricht erreicht, lassen Sie mich bitte wissen, dass es Ihnen gutgeht. Ich könnte den Gedanken nicht ertragen, dass Sie in einer Gefängniszelle dahinvegetieren. Ich weiß, dass Sie eher verhungern würden, als eine Ratte zu essen. Ich

kann mich noch lebhaft an Ihr Gesicht erinnern, als Miss Hughes selbstgebackene pikante Scones zur Probe mitbrachte, bei denen der Käse nicht mehr ganz frisch war.
Aber wo Sie auch immer sein mögen, ich bin sicher, dass Sie sich über Neuigkeiten von zu Hause freuen werden. Stellen Sie sich vor: Rosemary ist wieder da! Offenbar hat sie ihrem Akrobaten den Laufpass gegeben, als er bei einem Gastspiel in Estland von ihr verlangte, ihren Kopf ins Maul eines Löwen zu stecken. Gottes Wege sind unergründlich, liebe Constance. Sie hat sich die Haare schneiden lassen und ihre Leggings weggeworfen und ist wieder ganz die Alte. Gerald ist überglücklich. Zuerst war er völlig durch den Wind, doch dann haben wir ein langes Gespräch geführt, und ich riet ihm, christliche Vergebung walten zu lassen.
Das war, glaube ich, auch schon die einzige nennenswerte Neuigkeit. Das Kirchendach ist in der Ecke immer noch undicht, aber uns fehlen nur noch 143,76 Pfund, bis wir die Reparatur in Auftrag geben können. Ich hoffe, dass wir den restlichen Betrag beim Kuchenverkauf nächsten Monat einnehmen werden. Wenn Sie mit Ihren Walnussschnitten teilnehmen würden, hätten wir unsere Schäfchen schon im Trockenen, und das in mehr als nur einer Hinsicht!
Auf bald, Reginald

Seine Worte brachten mich zum Lächeln. Ich schrieb zurück, dass es mir gutgehe, ersparte mir aber weitere Details. Dann machte ich einen langen Spaziergang, und als mir das trockene Gras die Beine zerkratzte, musste ich an Gerald und Rosemary denken, die gerade dabei waren, sich wieder ein gemeinsames Leben aufzubauen.

Ich bin glücklich. Dieses schreckliche Gefühl in der Magengegend hat sich endlich in Luft aufgelöst, alles fühlt sich leichter an. Mein Leben ist nicht perfekt – ich glaube nicht, dass es je perfekt sein wird –, aber bessere Zeiten stehen bevor.

Gestern Abend klopfte Jeffrey an meine Tür. Ich warf die gebrauchten Papiertaschentücher in den Mülleimer, fuhr mir mit den Fingern durch die Haare und ließ ihn herein. Er hatte einen Picknickkorb und eine Flasche Wein dabei.

Wieder einmal sagte er: «Constance, wir müssen reden.» Dann fragte er, ob ich ihn auf einen Spaziergang begleiten wolle. Ich war einverstanden, unter der Bedingung, dass ich mich vorher mit Insektenschutzmittel einsprühen konnte.

Er führte mich auf einem gewundenen Pfad, an Kakteen und Büschen vorbei, auf einen kleinen Hügel am Rand der Estancia, von dem aus man auf der einen Seite die Anden sehen konnte und auf der anderen die Prärie, die mit dem flachen Horizont verschmolz. Jeffrey breitete eine Decke mit dem Logo der Lufthansa auf dem Boden aus, die er wohl auf unserem Flug nach Buenos Aires hatte mitgehen lassen. Ich verbiss mir einen Kommentar, zog stattdessen meine Sandalen aus und ließ mich auf die Decke sinken. Er packte ein paar Snacks aus – *empanadas*, eine überraschend köstliche Variante von Cornish Pastys, Käse und große rosa Äpfel – und wickelte zwei Weingläser aus einem Geschirrtuch. Als er die Flasche öffnete, war mir, als wäre das laute Plopp des Korkens kilometerweit zu hören. Dann war alles still. Ich sah in die Abendsonne, dann drehte ich den Kopf und bemerkte, dass Jeffrey mich ernst ansah. Tränen standen in seinen Augen.

«Connie, ich bin ein Arsch», sagte er.

«Ich weiß», erwiderte ich und lächelte ihm zu. Wir stießen an, die Gläser gaben ein lautes Klirren von sich. Wir tranken, wir aßen, und danach, als wir zwischen den Krümeln auf der Decke lagen und in den Himmel über uns schauten, sagte er noch einmal, dass es ihm leidtue, dass er bedaure, was er getan habe, und dass er noch einmal von vorn anfangen wolle.

Er sagte, er habe sich dafür gehasst, dass er mit Natalia schlief, aber da sei eine so große Distanz zu mir und unserem gemeinsamen Leben gewesen, dass er sich gefühlt habe wie in einer Art Blase. Er sei sich irgendwie isoliert vorgekommen, nichts habe mehr eine Rolle gespielt, nichts habe sich mehr echt angefühlt. Bis die beschissene Blase dann geplatzt sei. Angesichts seiner Wortwahl schoss meine Augenbraue in die Höhe, und er lachte. Früher, als wir uns gerade kennengelernt hatten, hatte ich ihn oft mit lustigen Geschichten über meine Dozenten zum Lachen gebracht. Wann hatten wir aufgehört, gemeinsam zu lachen? Wann hatten wir aufgehört, einander zuzuhören?

Er erklärte, dass ihm erst hier, als er allein und verletzt war, klargeworden sei, was wichtig sei und was nicht. Dann nahm er mein Gesicht zwischen seine Hände, sah mich an und sagte, dass ich wichtig sei.

Ein neuer Tag, ein neuer Anfang. Jeffrey und ich reisen heute weiter. Zusammen. Unser nächstes Ziel werden die Iguazú-Wasserfälle sein. Wie es danach weitergeht? Wir werden sehen.

Keine Sorge. Ich bin nicht so naiv, zu glauben, dass ein einziges Picknick unsere Ehe gerettet hat. Die Verletzungen sitzen tief und es wird dauern, bis sie verheilt sind. Aber ich bin bereit, es zu versuchen, und Jeffrey auch. Ein Abenteuer liegt vor uns, und wir werden es gemeinsam bestreiten. Abenteuerlich wird es übrigens in mehr als einer Hinsicht werden, denn *Alpha & Omega* hat die Gehaltszahlungen eingestellt. Vor unserer Abreise hatte Jeffrey seinen Partnern erklärt, dass er wegen eines Notfalls in der Familie Urlaub nehmen müsse, doch seitdem hat er sich nicht mehr bei der Kanzlei gemeldet. Er meint, in der Zwischenzeit habe er eine regelrechte Phobie gegen seinen Job entwickelt und würde sich schon beim Gedanken daran so fühlen wie früher, wenn seine Mutter den Zahnarzt erwähnte. Aber anders als früher könne man ihn jetzt nicht mit bunten Aufklebern zu einer Rückkehr bewegen. Wir haben natürlich Geld angelegt, aber diese vermaledeite Rezession hat wohl ein erhebliches Loch in unsere Rücklagen geschlagen. Egal. Wir werden ein wenig sparsamer sein müssen, aber wir kommen schon zurecht. Ich kann mich noch gut an die Ferienlager der Pfadfinderinnen erinnern. Damals schliefen wir auf dünnen Schaumstoffmatratzen, wuschen uns mit kaltem Wasser und aßen gebackene Bohnen, die wir über einem Campingkocher erwärmten, und waren trotzdem zufrieden. Viel weniger kann ein Zwei-Sterne-Hotel auch nicht zu bieten haben.

Jetzt muss ich Jeffrey beim Packen helfen; in einer Stunde reisen wir ab. Es könnte ein paar Tage dauern, bis Sie wieder von mir hören.

Freitag, 7. November

Ein tropischer Käfer hat sich durch die Sohle meiner Ledersandalen gefressen! Ich war gezwungen, mir Flip-Flops zuzulegen, Sie wissen schon, diese Gummidinger, die Sophie trägt, in Knalltürkis. Jeffrey sagt, ich sähe «cool» aus. Wir sind bei den Iguazú-Wasserfällen, im schwülheißen Nordosten Argentiniens. Gestern haben wir eine Bootstour gemacht, die uns so nah an die Wasserfälle brachte, dass die Gischt auf unsere Gesichter spritzte. Jeffrey brachte das Boot mit Absicht zum Schaukeln, sodass ich entsetzt aufschrie, dann packte er mich und hielt mich fest. Er hat zwar das letzte Mal zu Studienzeiten Rugby gespielt, aber er hat immer noch eine Menge Kraft in den Armen.

Mehr kann ich im Moment nicht schreiben, ich muss noch E-Mails an Rupert und Sophie schicken, mich bei Facebook einloggen und nachsehen, ob Tanya neue Fotos von Sharia eingestellt hat, und Harriet und Mutter von der Telefonzelle aus anrufen. Mutter glaubt übrigens immer noch, dass Jeffrey und ich in Andalusien sind und einen Aquarellmalkurs machen. In unserem bescheidenen Hotel gibt es keinen kostenlosen Internetzugang (aber gottlob eine Toilette mit Wasserspülung). Das Internetcafé ist teuer und die Tastatur klebrig.

Samstag, 15. November

Raten Sie mal, woher ich Ihnen schreibe. Aus Rio de Janeiro! Wir haben ein Moped gemietet. Vorhin sind wir mit fast dreißig Stundenkilometern über die Strandpromenade gebrettert, während ich mich von hinten an Jeffrey festhielt. Hinter uns ragten Hochhäuser auf, und die untergehende Sonne ließ das Meer wie Erdbeerbrause aussehen. Als Jeffrey das Moped heldenhaft um einige Mädchen im Teenageralter herumlenkte, die auf der Straße zur Musik aus dem Ghettoblaster tanzten, erinnerte er mich an Che Guevara, allerdings ohne Baskenmütze und grünen Kampfanzug.

Sonntag, 23. November

Jetzt sind wir in Lima. Jeffrey und ich haben die Wanderschuhe geschnürt und sind dem Inka-Pfad gefolgt. Und wir haben uns mit Stehklos auseinandersetzen müssen. Beides habe ich überlebt. Den Tiefpunkt des Trips bildete unser erster richtiger Zwist seit Beginn unserer gemeinsamen Reise: Nach einem Blick auf die Karte behauptete Jeffrey steif und fest, wir müssten einem Pfad folgen, der nach links führte, während ich mir sicher war, dass wir uns rechts halten mussten. Rechter Hand konnte ich nämlich durch den dichten Nebel hindurch eine gelbe Gürteltasche über einem dicken amerikanischen Hintern erkennen. Keiner von uns wollte nachgeben, und aus der kleinen Meinungsverschiedenheit wurde ein handfester Streit über Natalia und Carlos. Schließlich löste sich der

Nebel auf, und sofort kam ein Amerikaner in einer Regenjacke um eine Wegbiegung, tippte Jeffrey auf die Schulter und sagte: «Die Haushälterin, im Ernst? Wie kann man nur so tief sinken.» Ich sah das als moralischen Sieg, und beim Anblick der majestätischen Berge vor uns war unser kleiner Streit schnell wieder vergessen.

Wussten Sie, dass man hier Meerschweinchen isst? Aus dem Fenster eines Busses (der leider nicht so komfortabel war wie die Busse in Argentinien) sah ich eine Einheimische mit einem einfachen Grill, auf dem gleich mehrere dieser putzigen Tierchen geröstet wurden. Wenn ich Sophie davon erzähle, würde sie sich in ihren E-Mails vielleicht nicht mehr so oft über das Mensaessen beschweren.

Freitag, 5. Dezember

Nachricht aus England! Gestern Nacht klingelte mein Handy. Es war Rupert. Nachdem ich mit einem verschlafenen Hallo abgenommen hatte, entschuldigte er sich, mich geweckt zu haben, und sagte, er wisse inzwischen nicht mehr so genau, in welcher Zeitzone wir gerade seien. Dann fragte er leicht gereizt: «Wo steckt ihr, Mum? Wie lange wollt ihr eigentlich noch so weitermachen? Jedes Mal, wenn ich bei euch vorbeifahre, um im Haus nach dem Rechten zu sehen, dreht sich mir der Magen um. Es ist blitzblank, aber es ist so leer ohne euch, und in der Diele stapelt sich die Post. Außerdem glaube ich, dass Boris langsam überschnappt, weil er die ganze Zeit allein ist – er kauft gebrauchte Staubsauger auf eBay und shampooniert den Teppich von Hand.»

Ich lachte und seufzte gleich darauf. Mir fehlt mein Zuhause. Wir haben den 5. Dezember, es ist nicht mehr lange hin bis Weihnachten, und ich sitze hier in einem Internetcafé in Bogotá und schwitze in einem ärmellosen T-Shirt mit Hello-Kitty-Aufdruck, das ich mir an einem Marktstand neben der Bushaltestelle gekauft habe, weil meine Bluse im Dschungel von Motten durchlöchert wurde. Plötzlich sehnte ich mich nach klarer, frostiger Morgenluft und stellte mir vor, wie ich meine Weihnachtskarten schreibe und dazu meine Liste zurate ziehe, auf der alle Leute, die mir letztes Jahr keine Karte geschickt haben, in Rot ausgestrichen sind. Ich seufzte noch einmal. Jedes Mal, wenn ich «zu Hause» erwähne, wird Jeffrey genauso blass wie beim Abrufen seiner Kontoauszüge im Internet und wechselt schnell das Thema. Wir haben immer weniger Geld zur Verfügung, und so langsam verzehre ich mich nach den kleinen Annehmlichkeiten des Lebens, nach einem sauberen, warmen Handtuch neben der Badewanne, kaltem Apfelsaft im Kühlschrank …

Ich schweife ab. Rupert war noch nicht fertig. Nachdem ich ihm erklärt hatte, dass ich unser Zuhause vermisste und wir in nicht allzu ferner Zukunft wieder zurückkommen würden, und Jeffrey neben mir von seinem eigenen Schnarchen wach geworden war, fragte Rupert noch einmal: «Aber wann? Seid ihr Weihnachten wieder da? Oder Neujahr? Bitte, Mum, sag, dass ihr bis Neujahr zurück sein werdet.»

Und dann stellte sich heraus, warum er so erpicht darauf war, dass wir bald zurückkamen: Er wollte sich mit Alex «verpartnern».

Liebe Leser, ich muss zugeben, dass ich mit gemischten

Gefühlen reagierte. Ich war ein bisschen traurig, weil es so endgültig war, weil damit klar war, dass Ruperts Homosexualität definitiv keine vorübergehende Phase ist, wie damals als Teenager, als er eine Schwäche für Grunge entwickelte, aber vor allem war ich glücklich. Glücklich darüber, dass mein Sohn jemanden gefunden hatte, mit dem er für den Rest seines Lebens zusammenbleiben wollte, an den er sich kraft Gesetzes binden wollte. Als er mir von seinen Plänen erzählte – nur eine kleine, schlichte Zeremonie mit der Familie und ein paar engen Freunden, danach vielleicht ein gemeinsames Essen –, konnte ich ihm anhören, wie sehr er sich freute. Und ich freute mich genauso. Schließlich ist eine homosexuelle Hochzeit eine ebenso gute Entschuldigung für den Kauf eines neuen Hutes wie eine heterosexuelle. Jeffrey sah das genauso, aber es dauerte ziemlich lange, bis er wieder einschlafen konnte.

Samstag, 6. Dezember

Ich habe Kopfschmerzen. Das Surren des Ventilators in diesem Internetcafé macht sie nur noch schlimmer. Meine Hände sind so feucht und klebrig wie die Tastatur, auf der ich gerade tippe. Keine Angst: Mich hat nicht das Tropenfieber gepackt, ich habe nur mit den Nachwirkungen von zu viel Aguardiente zu kämpfen. Das ist ein Schnaps, den es hier an jeder Straßenecke gibt, eine Art kolumbianischer Sambuca, wie Jeffrey meint.

Gestern Abend haben wir über unsere Zukunft geredet. Wir entdeckten eine kleine Bar mit dunklen Sitznischen und Kerzen, der Geruch von Kaffee hing in der Luft. Jeffrey bestellte eine Flasche von dem Teufelszeug, die zusammen mit zwei kleinen, viereckigen Gläsern auf den Tisch gestellt wurde. Nachdem er drei Gläser auf ex gekippt hatte, gab er zu, dass er in den letzten Tagen jeden Gedanken an zu Hause völlig verdrängt hatte. Bis zu Ruperts Anruf habe er einfach den Kopf in den Sand gesteckt. Und jetzt wolle er versuchen, ihn wieder herauszuziehen.

«Ich habe Angst, Connie», sagte er. «Meinen Job bin ich mit Sicherheit los. Man kann nicht einfach für drei Monate alles stehen und liegen lassen und erwarten, dass man damit durchkommt. Ich will gar nicht wissen, was für Nachrichten auf meinem BlackBerry auf mich warten. Ich habe ihnen gesagt, dass ich gerade in einer privaten Krise stecke, mehr nicht. Aber ein Seniorpartner hat keine private Krise. Ein Seniorpartner hat überhaupt kein Privatleben», sagte er, während er sich noch ein Glas der widerlichen Flüssigkeit einschenkte.

Ich drückte seine Hand. «Aber, Liebling, ich dachte, du wolltest deinen Beruf als Anwalt sowieso an den Nagel hängen.»

«Das stimmt ja auch», erwiderte er. «Ich hatte die Nase voll von allem, vom Wecker morgens, vom Zug, den Besprechungen, der Monotonie, ich hatte es satt, meinem Kollegen am Schreibtisch neben mir dabei zuzusehen, wie er Tag für Tag seine Tastatur mit Desinfektionsmittel abwischte. Seine Maus hat er auch abgewischt, und den Telefonhörer auch. Ich wollte doch nur ein kleines Abenteuer erleben. Aber jetzt …» Seine Stimme verlor sich.

«Jetzt hängt mir das Leben hier zum Halse raus», sagte er. «Hast du nicht auch genug davon, überall hingehen zu können, alles tun zu können, was du willst? Fehlt dir England nicht?»

O doch, es fehlte mir. In letzter Zeit träumte ich nachts manchmal davon, wie ich am Park unseres Dorfes vorbei zur Kirche gehe, mich dabei aber verlaufe, und plötzlich sieht der Weg ganz anders aus als sonst, und ich gehe immer schneller und schneller, komme aber nirgendwohin. Entweder das, oder ich träume, dass ich in der Küche bin und einen Braten für Rupert und Sophie zubereite – ich kann sie im Esszimmer lachen und plaudern hören, doch in dem Moment, in dem ich mit einem Tablett voll Yorkshire-Puddings in der Hand nach nebenan gehe, ist der Raum leer, selbst der Esstisch aus Eichenholz ist nicht mehr da. Stattdessen stehe ich plötzlich an einer Bushaltestelle in Lima oder in der Kurzwarenabteilung von John Lewis.

Ich kippte ein paar Gläser Aguardiente, der mit jedem Mal mehr nach Sherry schmeckte, und erzählte Jeffrey von meinen Träumen. Jeffrey ergriff meine Hand, und als ich ihn ansah, bemerkte ich, dass er Tränen in den Augen hatte. Genau wie ich.

«Ich vermisse die Kinder», sagte er. «Aber merkwürdigerweise fehlt mir auch meine Arbeit. Ich vermisse es, morgens meine Krawatte zu binden und die Manschettenknöpfe anzulegen. Ich sehne mich danach, abends mit dem Gefühl nach Hause zu kommen, etwas geleistet zu haben, mir das Recht auf Entspannung verdient zu haben. Aber wenn man sich einfach so treiben lässt ... es ist ganz nett, aber ...»

Ich sagte, ich wüsste genau, was er meine. Mit Abenteuern ist es wie mit Schokoladenkeksen. Sind keine da, hat man einen unbändigen Appetit darauf, aber wenn man eine große Dose davon geschenkt bekommt und alle aufisst, wird einem irgendwann schlecht.

«Dann ist es also abgemacht?», sagte ich. «Wir fliegen wieder nach Hause.»

«Wir fliegen nach Hause», sagte er. «Aber du musst dich darauf einstellen, dass es anders sein wird als früher.»

Jeffrey machte sich große Sorgen um unsere finanzielle Situation. Von *Alpha & Omega* gab es kein Gehalt mehr. Während ich selbst mir keine großen Gedanken um das Weltgeschehen gemacht habe, hat sich Jeffrey regelmäßig auf der Website von Reuters informiert. Die Finanzprognosen sind nach wie vor schlecht.

«Wovon sollen wir leben, wie werden wir leben?», fragte er, während er Schnaps Nummer sechs oder sieben hinunterstürzte.

Vielleicht lag es am Aguardiente, oder vielleicht daran, dass ich vor einem Monat noch dachte, Jeffrey zu verlieren und meine Tage als einsame, verbitterte Geschiedene zu beschließen, jedenfalls hatten seine Worte nicht die verheerende Wirkung, die sie früher auf mich gehabt hätten.

«Wir schaffen das schon», sagte ich. «Uns fällt schon was ein, selbst wenn ich anfangen muss, Fleisch beim Discounter zu kaufen und meine Weihnachtseinkäufe bei Woolworths zu erledigen.»

«Woolworths gibt es nicht mehr, schon vergessen?», erwiderte er. «Du wirst dann wohl zu TK Maxx gehen müssen.»

Ich sah Jeffrey an und lächelte und begriff, dass es tatsächlich nie wieder so sein würde wie früher.

Samstag, 13. Dezember

England hat uns wieder, endlich! Ich komme mir vor wie in einer anderen Welt. Keine stickigen Internetcafés mehr, Schluss mit der feuchten Hitze: In diesem Moment sitze ich, eingepackt in eine kuschelige Strickjacke, im Ledersessel in Jeffreys Arbeitszimmer; mein Laptop steht auf seinem Eichenholzschreibtisch, und ich blicke durchs Fenster nach draußen. Es ist Winter, und erst jetzt wird mir klar, wie lange ich fort gewesen bin. Bei unserer Abreise war der Garten noch grün, und die letzten Sommerblumen blühten; jetzt ist er kahl und trostlos. Randolph hat alles zurückgeschnitten, bevor er wieder in die Staaten geflogen ist. Aber auch ich habe mich in den letzten Monaten verändert. Ich habe Surrey blass und akkurat gepflegt verlassen, nun hat meine Haut einen goldbraunen Schimmer, meine Unterarme sind mit Sommersprossen übersät, und durch meine langen, gewellten Haare ziehen sich weiße und goldene Strähnen. Was die Kinder wohl sagen werden, wenn sie morgen zu Besuch kommen?

Jeffrey und ich sind seit gestern Abend wieder da. Wir haben den ersten Flug gebucht, den wir kriegen konnten. Ich hatte ja keine Ahnung, dass man in der Economy-Klasse mit Plastikbesteck essen und den gleichen Film wie alle anderen Passagiere sehen muss. Ich glaube, auch Jeffrey hatte Schwierigkeiten, sich anzupassen, denn während wir uns *Mamma Mia!* anschauten, wirkte er ziemlich gereizt und abwesend.

Jetzt läuft er die ganze Zeit wie ein aufgescheuchtes Huhn im Haus herum und macht die Zimmertüren auf und wieder zu. Boris, der das Haus tadellos sauber gehalten hat, wird uns in zwei Wochen leider verlassen. Jeffrey hat ihm gekündigt. Der Arme ist ein Luxus, den wir uns nicht mehr leisten können, auch wenn er zur Begrüßung einen Kuchen gebacken und während unserer Abwesenheit sämtliche Möbel mit Bienenwachs poliert hat. Boris nahm die Kündigung mit der üblichen unerschütterlichen Höflichkeit zur Kenntnis, doch später hörte ich, wie er in seinem Zimmer eine von Ruperts alten Radiohead-CDs aufdrehte.

Sonntag, 14. Dezember

Was für ein herrlicher Tag. Rupert und Sophie waren da, und es war genau wie in meinem Traum, nur dass die beiden sich nicht in Luft auflösten, als ich ins Esszimmer kam, um den Sonntagsbraten aufzutragen. Rupert trug einen marineblauen Rollkragenpullover und einen leichten Bartschatten, und Sophie lächelte mich an, trotz ihres «Megakaters». Die Weihnachtsferien haben begonnen, und offenbart vermisst sie die Uni jetzt schon, obwohl sie erst heute Morgen nach Hause gekommen ist. Wie oft hatte ich mir vorgeworfen, sie im Stich gelassen zu haben, wenn ich in einem fremden Bett in Brasilien oder Bogotá aufgewacht war. Meine Sorge war völlig unbegründet gewesen. Während unserer Abwesenheit ist Sophie geradezu aufgeblüht. Sie hat ein bisschen zugenommen – ob es damit zu tun hat, dass sie regelmäßig isst, oder an zu viel Weißwein liegt, kann ich nicht sagen – und wirkt viel selbstsicherer. Der Zungenstecker gehört der Vergangenheit an («Das einzige andere Mädchen in meinem Wohnheim mit Zungen-Piercing ist ein Goth, daher musste es raus», erklärte sie). Beim Essen hat sie ihre Erbsen zur Abwechslung einmal nicht unter ihrem Messer versteckt, und dann verkündete sie auch noch, sie sei keine Vegetarierin mehr und ich solle mit dem Tofu in Zukunft Darcy füttern, weil sie lieber Lammbraten hätte – sämtliche vegetarischen Menüs in der Mensa seien «eklig», sagte sie, daher habe sie es aufgegeben. Rupert sah mich an, und wir mussten beide lachen.

Rupert stellte eine Menge Fragen zu unserer Reise, und Jeffrey nahm nach dem Dessert den Atlas aus dem Regal und zeigte den Kindern stolz, wo wir überall gewesen waren und wie viele Grenzen wir auf unserer Reise überquert hatten. Ich holte meine Kamera, und wir sahen uns gemeinsam ein paar Bilder an, angefangen bei den Pinguinen in Argentinien bis hin zu Jeffrey an der Copacabana, mit einer Piña Colada in der Hand und einem Cocktailschirmchen hinter dem Ohr. Sophie fand es «stark», genau wie den Trip, den Liam, ihr aktueller bester Freund, in den Semesterferien unternommen hatte.

Rupert bewunderte die Fotos, und dann fragte er etwas zögerlich: «Und? Seid ihr froh, wieder hier zu sein?»

Jeffrey und ich hielten Händchen. Wir sahen in die jungen, fröhlichen Gesichter unserer Kinder, dann sahen wir nach draußen in den kalten Dezemberregen, und schließlich sagten wir, ja, alles in allem seien wir sehr froh, wieder zu Hause zu sein. Ich versuchte, mir dieses Gefühl nicht nehmen zu lassen, als ich später Mutter besuchte, die zu mir sagte, ich sei so braun wie eine Landarbeiterin.

Montag, 15. Dezember
10.00 Uhr

Ich kann gar nicht stillsitzen, so nervös bin ich. Jeffrey ist nach London gefahren, er hat ein Gespräch mit Andrew von *Alpha & Omega.* Heute Morgen musste ich ihm die Krawatte binden; er hatte vergessen, wie es geht. Kein gutes Omen für eine reibungslose Rückkehr ins Arbeitsleben.

15.00 Uhr

Jeffrey ist zurück. Er ist nicht mehr Partner, also bin ich nicht mehr Partnerin eines Partners. Trotzdem ist nicht alles verloren. Ich erkläre es Ihnen.

Als er aus dem Wagen stieg, versuchte ich sein Gesicht zu lesen. Er hatte seine Krawatte gelockert und wirkte weder niedergeschlagen noch überglücklich vor Erleichterung. Doch erst als ich Tee gemacht hatte und wir beide am Küchentisch saßen, erfuhr ich, was passiert war.

«Meine Karriere ist im Eimer», sagte er. Und dann erzählte er, dass er mit Andrew und einer Frau aus der Personalabteilung gesprochen habe, die einen blonden Pferdeschwanz hatte und ein strenges Brillengestell aus Metall trug. Sie gefiel mir schon von der Beschreibung her nicht. Und tatsächlich: Während Andrew sich erkundigte, was passiert sei und ob es ihm gutgehe, fragte ihn die Frau aus der Personalabteilung, ob er eigentlich wisse, wie sehr sein Verschwinden der Kanzlei und ihren Klienten geschadet habe. Jeffrey versuchte daraufhin, nach besten Kräften zu erklären, dass es sich um eine private Krise gehandelt habe, doch die Frau aus der Personalabteilung fragte nur frostig, ob er ein ärztliches Attest vorlegen könne, um das zu belegen. Jeffrey fragte, ob sie stattdessen die Quittung für einen Cowboyhut aus Leder akzeptieren würde, was sie nicht tat. So ging es noch eine Weile hin und her, bis Andrew meinte, es sei an der Zeit, Tacheles zu reden: Jeffrey könne seine alte Stelle nicht zurückbekommen. Seinen Platz habe bereits Amanda eingenommen (Andrew hatte wenigstens noch so viel Anstand, beschämt auszusehen, erzählte Jeffrey), außerdem müsse sich die Kanzlei in diesen schweren Zeiten zu hundertzehn Prozent auf ihre Partner verlassen können. Er wolle Jeffrey jedoch entgegenkommen. Es würde jemand zur Schulung der Junioranwälte gesucht, in Teilzeit, da eine Mitarbeiterin gerade aus der Elternzeit zurückgekommen sei und nur halbtags arbeite. Für die halbe Stelle gab es auch an Gehalt nur die Hälfte von dem, was Jeffrey vorher verdient hatte (genau genommen ein Viertel davon), aber Jeffrey blieb nichts anderes übrig, als ja zu sagen.

«Für Juristen gibt es kaum freie Stellen», erklärte er mir. «Und die meisten der großen Kanzleien entlassen gerade Leute. Wo soll ich sonst unterkommen?»

Jeffrey hat also den Vertrag unterschrieben. Er wird dann im Januar seine neue Tätigkeit aufnehmen. Sobald die Frau aus der Personalabteilung mit dem Papierkram abgezogen war, gingen Andrew und Jeffrey zum Mittagessen ins The Cheddar Cheese, ein muffiges, altes Pub in einer Seitenstraße der Fleet Street – offenbar reicht das Spesenbudget nicht mehr für Restaurants in der Preisklasse des Nobu. Andrew bewunderte, wie erholt Jeffrey aussah, und Jeffrey sagte, er habe trotz der unzureichenden Beleuchtung einen sehnsüchtigen Blick in Andrews Augen gesehen, als er ihm von seiner Kunstfertigkeit mit dem Lasso und seinen rasanten Fahrten auf dem Moped erzählte.

Als wir unseren Tee ausgetrunken hatten, waren wir uns einig, dass es schlimmer hätte kommen können. Ich fragte Jeffrey, ob wir mit dem Geld auskommen würden, und er sagte, das würden wir dann schon sehen. Morgen trifft er sich mit seinem Finanzberater. Er ist ziemlich sicher, dass wir uns einen Finanzberater eigentlich nicht mehr leisten können, aber dass wir es uns im Moment auch nicht leisten können, keinen zu haben.

Dienstag, 16. Dezember

Wir müssen das Haus verkaufen. Mehr kann ich gerade nicht schreiben, weil ich nicht aufhören kann, zu weinen, und weil ich noch in Boris' Zimmer muss, um mir das Radiohead-Album zu holen.

Mittwoch, 17. Dezember

Gestern Abend war ich bei der Probe der Wechselläuter – zum ersten Mal seit vielen, vielen Monaten. Vorher habe ich mir für eine halbe Stunde Gurkenscheiben auf die Augen gelegt, damit niemand sieht, dass ich geweint habe. Ich überlegte, ob ich die Gurkenscheiben recyceln und für einen Salat verwenden sollte, war dann aber doch der Meinung, dass unsere Lage so hoffnungslos nun auch wieder nicht war, jedenfalls noch nicht.

Als ich über den Kirchhof ging, schob ich jeden Gedanken an das Haus beiseite und freute mich darauf, meine Freunde wiederzusehen. Ich wurde nicht enttäuscht. Reginald zuckte zusammen und starrte mich an, als wäre ich eine Art himmlische Erscheinung, dann umarmte er mich. Gerald wirkte zuerst etwas unsicher, drückte mich dann aber ebenfalls kurz an sich und sagte, ich würde blendend aussehen. Neben ihm stand Rosemary, die in ihrem Tweedrock und ihrem V-Ausschnitt-Pullover überhaupt nicht wie eine Frau aussah, die mit einem Wanderzirkus um die Welt getingelt war. In der Pause kam sie auf mich zu und flüsterte: «Mach dir keine Gedanken, er hat mir alles erzählt. Du hast dir wirklich nichts vorzuwerfen. Mir ist es lieber, dass er es bei dir und nicht bei Miss Hughes versucht hat. Sie hätte ihn sich sofort gekrallt und nicht mehr hergegeben, da brauchen wir uns nichts vorzumachen. Ich kenne diese Art Frauen: In Vilnius ist mir eine bärtige Dame über den Weg gelaufen, die genau das gleiche diebische Glitzern in den Augen hatte wie sie.»

Nach dieser geistreichen Bemerkung und aufgrund der Tatsache, dass ich ziemlich aus der Übung war und mich sehr auf meine Glocke konzentrieren musste, gelang es mir, den ganzen Abend kein einziges Mal daran zu denken, wie ein Fremder meine Bilder von der Wand nahm, in seinen klobigen Schuhen meine Treppe hochtrampelte und mit seinen schmuddeligen Händen die Tür zu meinem Schlafzimmer aufmachte.

Donnerstag, 18. Dezember

Heute hat mir Boris gezeigt, welche Arbeiten im Haus täglich anfallen, denn wenn er nicht mehr da ist, werde ich das übernehmen müssen. Er wird am Montag nach Polen fliegen und dort Weihnachten verbringen und im neuen Jahr wieder nach England kommen, um sich eine neue Stelle zu suchen. Ich bin sicher, dass man sich um ihn reißen wird. Als ich ihm sagte, er könne die Staubsaugerdüsen behalten, die er gekauft habe, fing er vor Freude an zu weinen.

Als er mir erklärte, wie er täglich in allen fünf Schlafzimmern den Staub oben auf den Schränken wegwischte, das Parkett in Jeffreys Arbeitszimmer polierte, die Teppiche saugte, die Gästetoilette im Erdgeschoss, das große Bad und das Gästebad schrubbte, fand ich die Vorstellung, in ein anderes, kleineres Haus zu ziehen, nicht mehr ganz so schrecklich.

Freitag, 19. Dezember

Gestern Abend wollte Jeffrey etwas Schönes für mich kochen, daher zog ich ein hübsches Kleid an, trug Parfum auf und nahm die Batterien aus dem Rauchmelder in der Küche. Er briet ein paar Steaks, die nur ein Mal Feuer fingen, und bereitete eine Pfeffersauce zu, die in einem eleganten Bogen an die Küchenfliesen spritzte. Gott sei Dank ist Boris noch eine Weile bei uns.

Dann zündete er im Esszimmer Kerzen an und legte *Brown Eyed Girl* von Van Morrison auf. Ich war gerührt. Jeffrey muss mir angemerkt haben, wie sehr mir der Verkauf des Hauses zusetzte. Wir waren noch nicht mit dem Essen fertig – die Steaks waren ganz passabel, aber bei weitem nicht so butterzart wie argentinisches Rindfleisch –, da sank Jeffrey plötzlich vom Stuhl auf den Boden. Ich schrie auf, weil ich einen Herzanfall befürchtete, doch er bedeutete mir, ruhig zu sein. Erst dann begriff ich, dass Jeffrey vor mir auf die Knie gegangen war. Er zog eine kleine Schachtel aus seiner Hosentasche und überreichte sie mir.

Es war eine schlichte Pappschachtel aus cremefarbenem Karton, die mit einem bordeauxfarbenen Samtband verschnürt war. Ich öffnete sie, und ein Ring kam zum Vorschein, ein wunderschöner Ring – kein Diamant, kein Platin, sondern ein ovaler Türkis auf einem breiten Silberring, der von zwei kleineren Korallen flankiert wurde.

«Constance, willst du mich noch einmal heiraten?», sagte er lächelnd.

«Noch einmal heiraten? Was meinst du damit?», fragte ich verwirrt.

Er stand auf, wobei ich ganz deutlich seine Knie knacken hörte, und erklärte, in Anbetracht dessen, was wir durchgemacht hätten und was noch vor uns liege, würde er gern unser Ehegelübde erneuern und damit unseren Neuanfang offiziell machen. Bestimmt würde Reginald sich bereit erklären, uns noch einmal zu trauen.

Ich hatte keine Zweifel, dass ich auf Reginald zählen konnte, die Frage war nur: Wollte ich überhaupt? Jeffrey und ich hatten eine wunderschöne Zeit in Südamerika, eine der besten unserer Ehe, doch jetzt, wo wir wieder zu Hause waren, spürte ich jedes Mal, wenn ich an Natalias altem Zimmer vorbeikam oder ganz hinten im Badschrank eines ihrer rosa Haargummis fand, eine überraschend heftige Wut in mir aufsteigen …

Es war keine einfache Entscheidung, aber ich nahm Jeffreys Hand, drückte sie und sagte: «Noch nicht.» Als ich in den frühen Morgenstunden aufwachte, drehte ich mich um und sah, dass auch Jeffrey wach war und an die Decke starrte. Ich kuschelte mich an ihn und legte meinen Kopf an seine Schulter, und schließlich schliefen wir beide wieder ein, bis wir um sieben von Boris geweckt wurden, der zu staubsaugen begonnen hatte.

Samstag, 20. Dezember

Jeffreys rührender, aber doch etwas sonderbarer zweiter Antrag gestern hat mich auf den Gedanken gebracht, dass es doch schön wäre, nach dem Standesamt für Rupert und Alex noch eine kleine Zeremonie in der Kirche abzuhalten. Gleich heute Morgen rief ich meinen Sohn an und erzählte ihm von meiner Idee. Rupert ist zwar kein regelmäßiger Kirchgänger, aber er sagte, er habe so viele schöne Kindheitserinnerungen an die Kirche, dass es den Tag irgendwie bedeutsamer machen würde, wenn wir etwas arrangieren könnten, allerdings unter der Voraussetzung, dass Alex damit einverstanden sei und – hier klang Rupert etwas ängstlich – Reginald es für angemessen halte. Sofort rief ich Reginald an, der von der Idee ganz begeistert war und sagte: «Bei der Formulierung müssen wir natürlich ein bisschen schummeln, aber ich bin sicher, dass ich einen schönen Segen zustande bekomme, Kolosser 3,14 könnte passen. Ein Pfarrer der anglikanischen Kirche darf auch mal schummeln.» Kaum hatte ich mich bei ihm bedankt und aufgelegt, rief Rupert zurück und sagte, dass Alex «völlig aus dem Häuschen» sei. «Er meint, das gibt die besseren Fotos, und er hat recht. Das Standesamt mag zwar fortschrittlicher sein als die Kirche, aber es ist potthässlich.»

Damit war es entschieden. Jeffrey hat gerade ein paar Wagen organisiert, die uns vom Standesamt zur Kirche und dann hierher bringen, wo wir die Hochzeit feiern und den Silvesterabend gemeinsam verbringen werden. Es wäre alles perfekt, wenn ich nur wüsste, wo ich so kurzfristig eine Hochzeitstorte mit zwei Bräutigamen darauf auftreiben kann.

Montag, 22. Dezember

Der Abschied von Boris am Flughafen war traurig. Zur Erinnerung hatte er sich eine von Darcys Schwanzfedern mitgenommen. Den Rest des Tages verbrachte ich damit, Mince Pies zu backen. Sophie ging mir zur Hand und erzählte mir Anekdoten aus ihrem Studentenwohnheim: Einmal hatten sie einem Mädchen namens Stacy einen Streich gespielt, indem sie sich in ihr Zimmer schlichen, alle Möbel umdrehten und mit Lippenstift eine auf den Kopf gestellte Nachricht auf den Spiegel schrieben. Ein anderes Mal wurde Sophie das Opfer eines Streiches, als ihre Kommilitoninnen sich Zugang zu ihrem Zimmer verschafften und Heidi, ihre Plüschgiraffe, als Geisel nahmen. Wir sprachen auch kurz ihr Studium an, von dem sie sagte, es laufe gut.

Am Ende hatten wir so viele Mince Pies geformt, dass sie sich zu einem regelrechten Berg auftürmten. Rupert wird es freuen, er ist ein großer Fan meiner Mince Pies und wird von Heiligabend bis zum zweiten Weihnachtsfeiertag bei uns bleiben. Harriet und Edward haben uns für den ersten Weihnachtsfeiertag zu sich eingeladen, aber ich habe abgelehnt. Ich will das letzte Weihnachten in unserem Haus genießen und mich nicht mit peinlichen Bemerkungen darüber auseinandersetzen müssen, warum ich nicht beim Friseur war.

Am zweiten Weihnachtsfeiertag werden Alex und seine Eltern zu Besuch kommen. Gestern Nacht bin ich schon schweißgebadet aus dem Schlaf hochgeschreckt und habe mich zwei Dinge gefragt. Erstens: Sollen Jeffrey und ich ihnen einfach ganz normal zur Verlobung ihres Sohnes gratulieren, oder sollen wir lieber gemeinsam eine Schweigeminute einlegen, zum Gedenken an die Enkelkinder, die wir nie haben werden? Zweitens: Reicht es, wenn ich zum Essen einen Beinschinken serviere?

Dienstag, 23. Dezember

Ich bin völlig erledigt. Weihnachtseinkäufe mit begrenztem Budget sind kein Spaß. Der Vormittag – ich traf mich mit Bridget in London, um Geschenke zu kaufen – war noch erträglich. Es war schön, meine Freundin wiederzusehen, die mich so fest umarmte, dass ich schon Angst hatte, ich würde ersticken. Sie half mir, ein paar witzige, günstige Geschenke zu finden, unter anderem ein Minigolfspiel für drinnen für Jeffrey. Doch dann wurde das

Shoppen zur Qual. Die Menschenmengen, die sich mit uns gemeinsam durch die Straßen wälzten, ließen mich an Bogotá denken, wo Jeffrey zum Opfer von Taschendieben geworden war, die ihn um zwanzig US-Dollar und sein letztes Päckchen extrastarker Pfefferminz erleichtert hatten.

Der Nachmittag gab mir dann den Rest. In meinem alten Leben bestand der Lebensmitteleinkauf vor Weihnachten im Wesentlichen darin, der Haushälterin (deren Name ich nicht über die Tasten bringe) einen Einkaufszettel zu schreiben und anschließend in aller Seelenruhe durch die breiten, ruhigen Gänge von Waitrose zu spazieren, um noch ein paar zusätzliche Sachen zu besorgen. In meinem neuen Leben geht man zum Discounter. Es war Jeffreys Idee. Er sagte, dort gebe es viele hochwertige Produkte zu günstigen Preisen, und wenn er die Zeit um ein Jahr zurückdrehen könnte, würde er seine Ersparnisse in Lidl anstatt in amerikanische Immobilienderivate investieren.

Das mag ja sein, aber ich brauchte einen starken Kaffee und ein Schlückchen Brandy, um mich vom Einkauf bei Lidl zu erholen. Es war eine verheerende, verwirrende Erfahrung: schmale Gänge, grelle Preistafeln, Wühltische mit Zehnerpacks Socken zum Schnäppchenpreis und Schokoladenweihnachtsmännern, bei denen die Folie zerrissen war.

Ich könnte schwören, dass mir eine Frau absichtlich mit ihrem Einkaufswagen über den Fuß gefahren ist, als ich nach der letzten Packung Parmaschinken für neunundneunzig Pence gegriffen habe.

Mittwoch, 24. Dezember

Heute sind die letzten Weihnachtskarten eingetrudelt, darunter auch ein Kuvert in Schweinchenrosa, das Natalias krakelige Handschrift trug. Ich sagte Jeffrey Bescheid, der meine Hand nahm und den Umschlag wortlos ins Feuer warf. Wir beobachteten, wie ihn die Flammen auffraßen; er gab ein leises Plopp von sich und roch irgendwie streng.

Donnerstag, 25. Dezember

Frohe Weihnachten, liebe Leser. Ich hoffe, Ihr Tag ist besinnlicher verlaufen als meiner. Ein beschauliches Essen im Kreis der Familie und dass Mutter sich nicht ihr Gebiss an der Fünfzig-Pence-Münze ruiniert, die Jeffrey immer im Weihnachtspudding versteckt, mehr habe ich nicht verlangt. Aber es hat nicht sollen sein. Kaum hatten wir uns im Esszimmer versammelt – im Hintergrund lief eine CD mit Weihnachtsliedern des King's College Choir –, klopfte es an der Tür. Um genau zu sein, klopfte es drei Mal laut und energisch; es war unverkennbar das Klopfen eines vor Selbstbewusstsein strotzenden und potenziell gefährlichen Besuchers. Wir sahen uns alarmiert an, bis auf Mutter, die nicht mehr so gut hört wie früher und in den Anblick des dampfenden Rosenkohls von Lidl versunken blieb, der bereits auf dem Tisch stand. Jeffrey, Sophie, Rupert und ich standen auf und gingen zur Tür. Jeffrey öffnete. Vor uns auf der Türschwelle, mit einem Weihnachtsstern, einer Flasche Wodka und einer sehr jungen Frau im Arm, stand Iwan der Schreckliche.

«Frohe Weihnachten!», brüllte er. «Zeit der Vergebung, nicht wahr? Ich habe euch Wodka mit Goldplättchen mitgebracht. Das ist Irania, meine Frau. Aller guten Dinge sind fünf!»

Und plötzlich standen die beiden in der Diele. Iwan riss Jeffrey an sich und umarmte ihn überschwänglich, Irania zog ihren pelzgefütterten Mantel aus, unter dem ein schwarzes Minikleid aus Seide, scharlachrote Strümpfe und Lacklederstiefel zum Vorschein kamen, die bis über das Knie reichten.

Was hätte ich sagen sollen? Was hätte ich tun sollen? Sie können sich vorstellen, wir mir zumute war, als diese Person, die meine Tochter entführt und meinen Mann ins Gefängnis gebracht hatte, einfach so in unser behagliches, familiäres Weihnachtsfest platzte. Doch Iwan hat eine Art an sich, die einer unbezähmbaren Naturgewalt gleicht und dafür sorgt, dass man seine zerdrückten Blumen annimmt und seinen Mantel aufhängt, bevor einem einfällt, «Ver**** dich, du russisches A********» zu sagen. Jeffrey sah allerdings so aus, als wollte er ihm gleich an die Gurgel springen, aber Iwan packte ihn an den Schultern und erklärte: «Ich bin ein anderer Mensch geworden. Das musst du mir glauben, alter Freund.»

Ich drehte mich zu Sophie um, weil ich befürchtete, Iwans Auftritt würde sie aus der Bahn werfen, doch sie musterte ihn und Irania lediglich mit einem kalten, abschätzenden Blick, und als ich an ihr vorbeiging, flüsterte sie: «Sie trägt Stiefel aus der letzten Saison, die sind so was von out.»

Und dann setzten wir uns alle an den Tisch zum Essen, das hastig mit ein paar Frühkartoffeln vom Vortag gestreckt wurde. Zum Glück aß Irania nicht viel. Mutter war zur Abwechslung einmal sprachlos, ließ unsere Besucher aber keine Sekunde aus den Augen und legte sich hin, sobald alles aufgegessen war. Iwan schraubte den Verschluss seiner Wodkaflasche auf und goss sämtliche Portweingläser bis oben hin voll, bis auf Sophies, die ihres mit der Hand zuhielt. «Jetzt können wir reden. Jetzt könnt ihr mir sagen, dass ihr mir verzeiht. Ich schäme mich. Nachts habe ich nicht geschlafen. Irania kann das bezeugen», sagte er mit einem Augenzwinkern in ihre Richtung. Sie fing an zu kichern.

Jeffrey ist nicht nachtragend. Er erhob sein Wodkaglas, betrachtete die Goldplättchen darin, die wie Schneeflocken in der Flüssigkeit schwammen, und stieß mit Iwan an. Darauf folgte ein langes Gespräch – das nur unterbrochen wurde, um der Ansprache der Queen zu lauschen –, in dem Jeffrey und Iwan sich gegenseitig auf den neuesten Stand brachten: Jeffrey fasste die Höhepunkte unserer Reise zusammen, und Iwan erzählte ihm, dass er sein Leben in Ordnung gebracht und seine Personalvermittlung geschlossen habe und jetzt das große Geld mit Firmenliquidationen mache.

Nachdem Rupert und Sophie nach nebenan gegangen waren, um Karten zu spielen, kamen wir auf unsere Pläne für die Zukunft zu sprechen. Iwan knallte sein Wodkaglas auf den Tisch und erklärte: «Ich will hier sesshaft werden. Wurzeln schlagen. Ich will ein trautes Heim in England. Ich werde meine Wohnung in Moskau verkaufen und mir ein Haus genau wie dieses hier kaufen, mit Rosenbüschen an der Tür und einem Pub in Gehweite. Ich will, dass Irania in der Küche steht, auf den englischen Rasen hinaussieht und Kuchen für unsere Kinder backt. Unsere vielen Kinder.» Noch ein Augenzwinkern, noch mehr Gekicher. Liebe Leser, Sie ahnen bestimmt schon, was dann kam. Nach einigen weiteren Gläsern Wodka, und obwohl ich Jeffrey unter dem Tisch gegen das Schienbein trat, sagte er zu Iwan: «Alter Freund, wenn dir das Haus gefällt, kannst du es kaufen. Connie und ich wollen uns verändern.»

Schlagartig war es still. Ich starrte auf die Papierserviette von Lidl, auf der ein Rotkehlchen mit bemerkenswert langen Wimpern abgebildet war, und überlegte, was das geringere Übel wäre: das Haus an Iwan den Schrecklichen zu verkaufen, der jedes Zimmer mit seiner übelriechenden Gegenwart erfüllen und meine Badewanne im viktorianischen Stil durch einen Whirlpool mit vergoldeter Armatur ersetzen würde, oder ein Makler?

Ehe ich mich entschieden hatte, bemerkte ich, dass Jeffrey sich über den Tisch beugte, um Iwan die Hand zu schütteln, und Irania mit einem gierigen Lächeln Richtung Garten blickte.

Später, als Iwan und Irania gegangen waren und Jeffrey und ich mit einem Röhrchen Tabletten gegen Sodbrennen auf dem Sofa saßen, erzählte er mir, dass der Betrag, den Iwan ihm für das Haus geboten habe, erheblich höher sei als der Preis, den wir auf dem freien Markt erzielt hätten. «Geschieht ihm recht», sagte er mit einem verlegenen Lächeln. «Mach dir keine Sorgen, Connie, Iwan und ich werden uns nicht mehr so aufführen wie früher. Keine Jagdausflüge, wenn du mich brauchst», sagte er. Wir sprachen noch ein wenig über das Geld und darüber, wie erleichtert wir waren, dass zwar Iwan, aber wenigstens keine Fremden durch unser Haus trampeln würden.

«Außerdem kannst du dir jetzt einen schönen Hut für Mittwoch kaufen», fügte Jeffrey noch hinzu, während er meine Hand drückte. Nach vierunddreißig Jahren hat er endlich gelernt, das Richtige zu sagen.

Freitag, 26. Dezember

Beim heutigen Mittagessen mit Alex und seinen Eltern gab es zum Glück keine besonderen Vorkommnisse, das Drama von gestern hat ja auch gereicht. Es war schön, Alex wiederzusehen, der wirklich ein sehr charmanter junger Mann ist. Er schenkte mir einen Bildband über Papageien zu Weihnachten und sagte, die längeren Haare würden mir viel besser stehen. Auch seine Eltern sind angenehme Menschen. Es gab keine peinlichen Lippenbekenntnisse bezüglich der unbeabsichtigten Aufzucht von Homosexuellen, sondern nette Gespräche über den Verkehr auf der M25, das Wetter, den traurigen Niedergang der Postämter auf dem Land und den ebenso traurigen Niedergang des Dorf-Pubs.

Während wir uns angeregt unterhielten, sahen sich Alex und Rupert in Jeffreys Arbeitszimmer *Casino Royale* auf DVD an. Ich hätte nicht gedacht, dass Schwule Actionfilme mögen, doch wie ich bereits mehrfach festgestellt habe, steckt das Leben voller Überraschungen.

Samstag, 27. Dezember

Noch einmal stürmt, noch einmal, liebe Freunde! Heute habe ich im Schlussverkauf nach einem Bräutigammutter-Kleid gesucht, kein einfaches Unterfangen. Die ganze Nacht hatte ich wach gelegen und überlegt, was ich anziehen sollte. Was trägt man als passabel erhaltene vierundfünfzigjährige Frau zur Hochzeit des Sohnes mit einem Erdkundelehrer? In einer dieser Vorher-nachher-Shows im Fernsehen hätte man mir bestimmt helfen können, aber das sah ich erst als letzten Ausweg und versuchte es stattdessen bei John Lewis. Sophie begleitete mich, um mich zu beraten und sich ein paar Pullover für den kalten Winter in ihrem Wohnheim zu kaufen. Nach einigen Fehlgriffen, die mich entweder wie ein französisches Stubenmädchen oder wie eine Nonne aussehen ließen, fanden wir die perfekte Kombination: ein eng anliegendes Kleid mit Stehkragen aus braunroter Seide, dazu eine hüftlange cremefarbene Brokatjacke und einen braunroten Hut mit breiter Krempe.

Jeffrey wird seinen Anzug tragen. Ein Mann hat es in Kleiderfragen eben einfacher, wie immer.

Sonntag, 28. Dezember

Jeffrey und ich brachten Mutter wieder in ihr Seniorenheim, wo sie sich darüber beschwerte, dass die Pflegerinnen ihre Weihnachtskarten noch nicht entsorgt hatten. Als sie zwei der Karten im Papierkorb fand, beschwerte sie sich, dass sie sie entsorgt hatten. Von der Zeremonie am

Mittwoch werden wir ihr nichts sagen. Ich fürchte, eine Schwulenhochzeit ist zu neumodisch für sie. Es war schon schlimm genug, als Rupert versuchte, ihr zu erklären, was eine E-Mail ist.

Montag, 29. Dezember

Jeffrey und ich haben den ganzen Tag Minigolf gespielt. Hoffentlich haben wir in unserem neuen Haus einen dünneren Teppich, denn ich habe dauernd verloren, weil der dicke Flor jedes Mal, wenn ich auch nur in die Nähe des umgedrehten Tennispokals kam, den wir als «Loch» benutzten, den Schwung meines Balls bremste. Bei Jeffrey komischerweise nicht.

Dienstag, 30. Dezember

Sophie hatte eine ganz entzückende Überraschung für mich: Sie hat für die Hochzeitstorte zwei Figuren aus Papiermaché gebastelt, zwei Männer. Dazu hat sie die Zeitung von gestern verwendet, und wenn man ganz genau hinsieht, kann man auf einem der Anzüge einige Zeilen aus einem Artikel über Zigeuner lesen, aber ich finde, es ist ein rührendes Geschenk. Noch einen Shepherd's Pie und siebenundzwanzig Kanapees, dann habe ich alles für morgen.

Mittwoch, 31. Dezember
23.00 Uhr

Was für ein Tag, was für ein wunderschöner, herrlicher Tag. Jeder einzelne Moment war wie aus dem Bilderbuch. Wie Rupert strahlte, und wie Alex ihn anlächelte, ihre zitronengelben Krawatten und grauen Anzüge. Harriet machte ein Gesicht, als hätte man sie gegen ihren Willen ins Standesamt geschleppt, und wurde während der Zeremonie fast so braunrot wie mein Hut, während Edward einen Hustenanfall bekam, aber was habe ich anderes erwartet. Danach führte uns eine kurze Autofahrt am Park vorbei, der mit Frost überzogen war, und nach einem kleinen Spaziergang kamen wir schließlich bei der Kirche an, die meine Blumenschmuck-Damen mit cremefarbenen Rosen und roten Weihnachtssternen dekoriert hatten. Eine trübe Wintersonne fiel durch das Buntglas der Kirchenfenster und tupfte Farbkleckse auf die Gesichter meiner Freunde: Mark und Tanya mit der kleinen Sharia, die in eine Decke mit Strasssteinen gehüllt war, Bridget in einer dunkelblauen Samtjacke, David, dessen rosa Krawatte genau den gleichen Farbton hatte wie Ruths Kleid, Rosemary und Gerald und Miss Hughes. Alex und Rupert saßen in der ersten Bank, so dicht beieinander, dass sich ihre Schultern berührten. Reginald hob zu seinem Segensspruch an und sprach von der Liebe, «die da ist das Band der Vollkommenheit», und Jeffrey sah mich an, und es lag so viel Wärme in seinen Augen, dass er damit selbst Miss Hughes' Frostbeulen hätte heilen können.

Und dann war es vorbei, und wir verließen in kleinen Grüppchen die Kirche. Auf dem Kirchhof nahm Rupert meinen Arm und sagte: «Mum, ich bin stolz auf dich. Ich weiß, was du durchgemacht hast.» Ich streichelte ihm über die Wange. «Du bist schon immer ein einfühlsamer Junge gewesen», erwiderte ich.

«Nein, Mum, ich meine, ich weiß wirklich ganz genau, was du durchgemacht hast. Ich weiß es, weil ich dein Blog gelesen habe.»

Vor Schreck hätte ich fast meine Handtasche fallen lassen. Ich war mir sicher gewesen, dass nur Sie, Fremde, die ich inzwischen als Freunde betrachte, meine Leser sind. Als ich im Kopf durchging, worüber ich in meinem Blog so geschrieben hatte – mein anfängliches Entsetzen über Ruperts Coming-out, die Manipulation von Iwans Sonnencreme, Carlos, großer Gott, Carlos –, wurde mir schwindlig. Doch Rupert hielt mich fest. Er hatte meine Einträge entdeckt, als er sich Sorgen um mich machte, nachdem Jeffrey und ich irgendwo in Peru von der Bildfläche verschwunden waren. Da ich anonym schreibe, hatte er alles googeln müssen, was ich vermutlich erwähnen würde, um es zu finden, und schließlich hatte er es mit der Kombination «Jeffrey Rupert Sophie Darcy Wechselläuten John Lewis» geschafft. Rupert sagte, es habe ihm gefallen und dass es nichts gebe, wofür ich mich schämen müsste. Ich drückte ihn fest an mich. Wozu in der Vergangenheit verharren? Mehr ist dazu wohl nicht zu sagen.

Alex rief Rupert zu sich, dann holte Jeffrey mich ein, und ich streckte ihm meine Hand entgegen. Er ergriff sie, und dann dauerte es eine Weile, bis er verstand, dass ich den Ring trug, den er mir geschenkt hatte. Ich hatte ihn ganz spontan aus seinem Nachttisch herausgekramt, wo er traurig neben einem Golfmagazin und einem Schlüsselring mit einem winzigen Schweizer Offiziersmesser herumgelegen hatte. Jeffrey hielt meine Hand ganz fest, rieb mit dem Daumen über das glatte, kalte Metall und lächelte mich an. Genau in diesem Moment begannen über uns im Kirchturm die Glocken zu läuten.

MIX
Papier aus verantwortungsvollen Quellen
FSC® C083411

Das für dieses Buch verwendete FSC®-zertifizierte Papier
Holmen Book Cream liefert Holmen, Schweden.